DÖRLEMANN

Christina Viragh

Im April

Roman

Mit einem Nachwort
von Péter Nádas

Dörlemann

Die Originalausgabe »Im April« erschien erstmals 2006
im Ammann Verlag, Zürich.

Dieses Buch ist auch als Dörlemann eBook erhältlich.
ISBN 978-3-03820-974-4

Umschlaggestaltung: Mike Bierwolf
Satz: Dörlemann Satz, Lemförde
Druck und Bindung: CPI – Clausen & Bosse, Leck
ISBN 978-3-03820-074-1
www.doerlemann.com

Im April

I

Es ist ein Aprilabend Anfang der Sechzigerjahre, erstaunlich warm, das Wohnzimmerfenster steht offen, hin und wieder blähen sich die Nylonvorhänge herein, die Luft riecht nach dem schwelenden Feuer hinter dem Haus, weiß Gott, was die da angezündet haben, der Blumenduft, wie nicht reiner Mandelhonig, kommt von den weißen Zweigen in einer Vase, Spirea, die in diesem April auch schon blüht. Halb acht, es ist nicht dunkel, die Blüten des hinter dem Haus stehenden Kirschbaums treten in der dichter werdenden Dämmerung deutlicher hervor. Da und dort schweben Blütenblätter zur Erde, auch das sieht man deutlich und ist an den Schnee erinnert, der noch vorletzte Woche fiel, kurz bevor es ungewöhnlich warm wurde. Der Rauch vom kleinen Feuer riecht immer mehr nach angesengtem Haar, da ist wahrscheinlich etwas drin, das nicht richtig brennt.

Derselbe Aprilabend Anfang der Zwanzigerjahre, auf der Höhe des Wohnzimmers ist nur Luft, feuchte Luft von dem Nieselregen, der hier auf eine links und rechts von je einem Mietshaus eingegrenzte Wiese fällt. Die Blüten des Löwenzahns auf der Wiese sind geschlossen und bräunlich. Der Kirschbaum besteht aus einem etwa meterhohen, gegabelten Zweig, der von einem Stock gestützt wird. Die Luft riecht nach Schnee.

Anfang des einundzwanzigsten Jahrhunderts befinden sich im Wohnzimmer noch zwei Gegenstände, die in den Sechzigerjahren beim Einzug in den Neubau hier platziert worden sind, nämlich ein Kerzenhalter aus Zinn und außen am Fenster ein Thermometer, das an diesem Aprilabend fünfzehn Grad anzeigt. Das Wetter ist nicht so schlecht, bedeckt, aber trocken. Das Fenster steht einen Spaltbreit offen, die hereinströmende Luft hat einen metallischen Beigeschmack. Im Zimmer ist auf der niedrigsten Stufe geheizt. In einer Vase stehen nicht Frühlingsblumen, sondern Astern.

An diesem Aprilabend des Jahres 1415 macht eine laubgeschmückte Reitergesellschaft auf der Wiese hier Rast. Das Buchenlaub steckt seitlich am Stirnband des Zaumzeugs der Pferde, an den Kopfbedeckungen der Reiterinnen und der Reiter und auch zu Kränzen gewunden auf ihrem Haar oder um ihren Hals. Eine Trompete gibt das Zeichen zum Absteigen, die Pferde werden zu einer Gruppe zusammengenommen und auf der Höhe des späteren Zwischenraums zwischen Lift und Treppenhausgeländer nebeneinander aufgestellt. Einige werden an der Brust rückwärts gestoßen, damit die Reihe gleichmäßig steht.

An diesem Aprilabend Anfang der Sechzigerjahre lässt die Straßenbahn, die im Sechsminutentakt an der Vorderfront des Hauses hält und anfährt, den Spireazweig in der Vase kaum merklich zittern. Kleine runde weiße Blütenblätter fallen auf den sechseckigen Couchtisch aus hellbrauner Esche.

Die Astern des einundzwanzigsten Jahrhunderts stehen neben dem Sofa, auf einem niedrigen Glastisch mit Rädern. Ein graugelb vertrocknetes, an seinem ausgezackten Rand eingekrümmtes Blatt liegt auf der Glasplatte, die anderen, ebenfalls weitgehend vertrockneten Blätter sitzen noch an den Stielen, die dunkelroten Blüten sehen frisch aus.

Der Haargeruch vom schwelenden Feuer ist im Sechzigerjahrewohnzimmer im hinteren Teil mit dem Esstisch, ebenfalls aus Esche, stärker zu riechen als beim Fenster, wo die hereinströmende Luft die Gerüche verdünnt. Riecht wirklich komisch, denn jetzt mischt sich noch etwas Herbsüßes hinein, wie von Holz, das mit Duftöl durchtränkt ist. Zwischendurch riecht es von den Stummeln im Aschenbecher auf dem Tisch.

Im einundzwanzigsten Jahrhundert steht ein Aschenbecher auf dem Fenstersims. Er ist aus türkisblauem Steingut und stammt aus einem nordamerikanischen Indianerreservat. Auch er ist voller Stummel.

Zwanzigerjahre, scheußlich, dieser Aprilabend, keinen Hund würde man bei dem kalten Nieselwetter hinausjagen. Tatsächlich liegt er in seiner Hütte. Das Nieseln sieht wie dünner Nebel aus. Es ist trotz des bedeckten Himmels immer noch hell. Die Wiese ist dunkelgrün vor Nässe, das Gras steht nicht hoch, das Mähen kann man noch eine gute Weile vergessen. Die rostigen Sensen und Rechen sind in einem Schuppen neben der Hundehütte untergebracht, daneben steht ein einstöckiges Bauernhaus auf der Wiese, unten verputzter Stein, oben rot bemaltes Fachwerk.

Aus diesem oberen Stock des Bauernhauses kommt heute Abend in den Sechzigerjahren von Zeit zu Zeit ein Dröhnen, das von den hinten um die ehemalige Wiese stehenden Vierzigerjahremietshäusern widerhallt, sodass man jeden Schlag doppelt hört. Es klingt, als versuchte jemand den Holzboden des oberen Stockwerks durchzuschlagen. Vom Kirschbaum fallen Blütenblätter, vielleicht wegen der Schallwellen, die drei Birnbäume vor dem Haus blühen noch nicht. In einem der hinteren Mietshäuser wird ein Fenster zugeworfen, wahrscheinlich aus Protest gegen den Lärm. Vom großen Nussbaum, der ebenso wie der Kirschbaum ins Hintergärtchen des Neubaus integriert ist, fliegt mit kurzgehackten Rufen eine Amsel auf.

Es ist still, man hört zwei Amseln, die in dem Wäldchen, das sich vom hinteren Rand der Wiese den Hang hinaufzieht, einander antworten, und man hört auch das Kauen der Pferde an den Trensen. Eins hat den Buchenlaubschmuck des Nebenpferdes erwischt, aber der Zweig wird ihm von einem Burschen aus dem Maul gezogen. Die Instrumente, die den heutigen Ausritt, Frühjahr 1415, begleitet haben, liegen nebeneinander auf einer roten Decke. Auch das den ganzen Tag wiederholte Rezitieren von Frühlingsgedichten hat aufgehört.

Das dröhnende Klopfen im oberen Stock des Bauernhauses ist im Moment, jetzt in den Sechzigerjahren, nicht zu hören, in einem der Vierzigerjahremietshäuser wird ein Fenster, wahrscheinlich dasselbe wie vorhin, wieder aufgerissen. Wie gesagt, diese älteren Mietshäuser stehen hinten auf dem Grundstück, an den Hang gebaut, während der Neubau an der Straße steht und das Grundstück nach vorn abschließt. Das erwähnte Wohnzimmer geht nach hinten, also auf das Grundstück hinaus, und das wieder einsetzende Dröhnen ist hier deutlich zu hören. In den straßenseitigen Wohnungen des Neubaus hingegen hört man es nur dumpf, dafür lässt hier die Straßenbahn von Zeit zu Zeit die Scheiben vibrieren.

Dass die immer etwas zu lärmen haben müssen. Auch jetzt, an diesem Aprilabend in den Zwanzigerjahren, kracht es aus dem Bauernhaus, als wäre etwas Schweres, Kompaktes umgefallen, zum Beispiel eine Nähmaschine mitsamt ihrem schmiedeeisernen Fuß. Erschreckt fliegt von einem der Birnbäume eine Meise auf. Jetzt kommt aus dem Haus Kindergeheul. Jetzt bricht es ab. Jetzt, ebenfalls von Kinderstimmen, ein Psalmodieren: Regen, Regen, Segen, Segen, Regen, Regen, Segen, Segen. Auch das bricht ab. Auf der Asphaltstraße vorn fährt ein Automobil stadtwärts, in der Villa jenseits der Straße geht ein Fenster auf und gleich wieder zu. Jetzt wird unter dem Dachgiebel ein kleines Fenster geöffnet, und das Ende eines Fernrohrs erscheint. Es stellt sich auf die Höhe ein, auf der im Sechzigerjahreschlafzimmer die Nachttischlampe mit ihrem plissierten Schirm die Sicht versperren würde. Jetzt, da sich auf dieser Höhe nur Nieselregenluft befindet, kommt der Schuppen in Sicht. Davor eine Pfütze, in der zusammengeknüllte Lumpen liegen. Das

Fernrohr im Giebelfenster wird wieder zurückgezogen, das Fenster zugemacht.

Jetzt steht das Giebelfenster der Villa wieder offen, wir haben den Aprilabend Anfang der Sechzigerjahre, das Ende des Fernrohrs ragt unbewegt heraus. An der Straßenfront des Neubaus sind die Vorhänge zugezogen, da und dort die Lamellen-Rollläden heruntergelassen. Im Wohnzimmer an der Rückseite des Hauses kommt durch den bewegten Vorhang wieder ein Schwaden von dem komisch riechenden Feuer. Was zum Teufel verbrennen die da? Auf der Straße vorn fährt die Straßenbahn an, der Spireazweig in der blauweißen Porzellanvase zittert ein wenig, ein paar der Blütenblätter fallen ab, auch vom Kirschbaum draußen schneit es Blütenblätter. Jetzt ist es still, keine Autos auf der Straße, auch kein Dröhnen aus dem ehemaligen Bauernhaus. Ein schöner, erstaunlich warmer Aprilabend. Der Mann, der auf einen der Esstisch-Stühle gestützt hinten im Wohnzimmer steht, muss kurz lachen.

An der Stelle, wo er steht, befindet sich im einundzwanzigsten Jahrhundert nur ein heller, gesprenkelte Spannteppich, sonst kein Mobiliar. Auf Kopfhöhe hängt ein pseudoantiker Spiegel an der rauverputzten Wand, spiegelt das nur von zwei Baumwollvorhängen umrahmte Fenster und dahinter die undeutliche Masse des größeren, höheren Baus, der seit 1965 an Stelle des Bauernhauses in der Mitte des Grundstücks steht. Der grünliche Fleck im Spiegel gibt den Topfbambus auf einem der Balkone wieder. Erstaunlich, dass er den Winter und die Stürme des Vorfrühlings überlebt hat.

Gestürmt hat's, das kann man wohl sagen, ein genauso stürmischer Sechzigerjahre-Vorfrühling. Nächtelang hat das Wellblechdach des halbverfallenen Schuppens geklappert. Dann hat es geschneit, und niemand hätte gedacht, dass so bald darauf die Kirschbäume blühen würden. Sie blühen besonders schön, ohne Blätter, die plötzliche Wärme hat die Knospen an den dunkelbraunen Zweigen auf einmal geöffnet. Sie blühen besonders schön, sagt der im Wohnzimmer stehende Mann zu sich selbst. Könnte sich ja eigentlich ans offene Fenster stellen, um den Kirschbaum besser zu sehen. Er steht hinten im Zimmer auf die Lehne des Esstisch-Stuhls gestützt, betrachtet die sich blähenden Vorhänge, spielt mit einem geschlossenen Taschenmesser in der anderen Hand.

Nachdem die Frühlingslieder und -gedichte dieses Ausflugs vom Frühjahr 1415 verstummt sind, bleibt es bei den Rufen der sich antwortenden Amseln, dem Kaugeräusch der Pferde, dem metallischen Klicken, wenn sie sich so nahe aneinanderdrängen, dass die Steigbügel zusammenstoßen. Der rotblau gekleidete junge Mann, der in der Nähe etwas im Gras sucht, macht kein Geräusch. Später würde er in der Luft schweben, denn er geht an der Stelle hin und her, wo sich im Sechzigerjahreneubau das Treppenhaus atriumartig zum Kellergeschoss hin öffnet.

Hier liegt jetzt in den Zwanzigerjahren ein Kotflügel im Gras, schon lange, schon seit dem Winter, schon oft betrachtet von der Villa her, mit bloßem Auge und mit dem Fernrohr. Wäre das Wetter besser, würde das schwarzglänzende Metallding aus der blühenden Wiese herausstehen, aber jetzt ist es nur eine der grauen, undeutlichen Formen. Aus dem Bauernhaus kommt wieder die Regen, Regen, Segen, Segen-Leier, man hört es auch an der Straße vorn. Herrgott noch mal, jetzt sind tatsächlich schon Schneeflocken zwischen den Tropfen. Es riecht noch stärker nach Schnee als vorhin, der Geruch des Herdfeuers im Bauernhaus wird in Richtung der Straße getrieben. Die Eingangstür des Bauernhauses wird von innen aufgerissen und wieder zugeschlagen, der Hund kommt aus seiner Hütte, verkriecht sich wieder. Jetzt das Nähmaschinenkrachen und Kindergeheul. Aufhören, brüllt eine Männerstimme, das Geheul bricht ab. Von einem der Birnbäume fliegt eine Amsel mit ihrem abgehackten Winterruf auf. Jetzt ist es wieder still. Motorengeräusch vom Stadtrand her, zwei Automobile kommen gefahren, das Giebelfenster der Villa geht auf, das Fernrohr erscheint, und auch im Mietshaus links von der Wiese wird eine Balkontür geöffnet, eine Frau tritt heraus und blickt den beiden Wagen nach. Es schneit, man kann's nicht anders sagen, im Wäldchen oben am Hang sind die Wipfel der höchsten Tannen schon weiß. Das Fernrohr schwenkt von der Straße weg und richtet sich wieder auf den Schuppen. Dabei rührt sich dort gar nichts. Jetzt wird vom Stadtrand her Hufgetrappel hörbar, klatschend auf dem nassen Asphalt, das Fernrohr schwenkt nach links, wartet, bis das Fuhrwerk in Sicht kommt. Der Schnee fällt in großen Flocken, der Wagen muss bereits in der Nähe sein, aber man sieht ihn kaum. Die Wiese ist auch schon weiß, auf eine löcherige Art, einzelne Grasbüschel stehen heraus. Der schwarze Kotflügel, von dem die Schneeflocken abrutschen, hebt sich jetzt besser ab.

An dieser Stelle wäre dem Fernrohr der rotblaue Suchende im Weg, der jetzt hier im Gras kauert und mit beiden Händen auf dem Boden herumtastet. Die neun Pferde starren mit gespitzten Ohren zu ihm hin. Ein zweiter rotblau gekleideter junger Mann, der ein Stück Brot essend bei den Pferden steht, hört zu kauen auf und blickt ebenfalls zu ihm. Der Suchende steht auf, klopft sich die Erde von den Händen, dreht sich um. Die Pferde entspannen sich, der andere Rotblaue beginnt wieder zu kauen. Der Suchende geht auf die Pferde zu.

Damit würde in den Zwanzigerjahren die Sicht auf den Kotflügel wieder frei, nur hat sich das Fernrohr, das jetzt und in alle Ewigkeit, nein, das vielleicht nicht, aber immerhin bis in die Sechzigerjahre auf Posten ist, im Moment zurückgezogen, das Giebelfenster ist geschlossen.

Andererseits geht der Rotblaue geradewegs auf die spätere Lifttür zu, die an diesem erstaunlich warmen Aprilabend Anfang der Sechzigerjahre von einem neunjährigen Mädchen vorzeitig aufgerissen wird, sodass der Lift etwa zehn Zentimeter über dem Boden stehen bleibt. Das Mädchen steigt ein und drückt auf den Knopf für den dritten Stock. Tralilala, der Lenz ist da, singt sie, der Lift ist schon fast im zweiten Stock, sie tritt auf die Metallschwelle des Liftbodens, was den Lift blockiert, mehr als zehn Zentimeter unterhalb des Stockwerkbodens, die Tür lässt sich nicht öffnen. Das Mädchen drückt auf den Knopf für den dritten Stock, fährt von dort in den zweiten zurück, wartet diesmal ab, bis der Lift von sich aus hält, steigt aus. Sie bleibt vor der graugestrichenen Wohnungstür rechts vom Lift stehen, starrt darauf und beginnt jetzt die Klinke langsam und lautlos hinunterzudrücken. An dem Punkt, wo die unverschlossene Tür nachgibt, lässt sie die Klinke langsam wieder hochkommen, die Tür geht mit einem leisen Klick wieder zu, das Mädchen läuft auf den Zehenspitzen zur Treppe und mit Sprüngen über je zwei Stufen hinweg ins Erdgeschoss. Der Sprung, mit dem sie dort ankommt, würde die aufgereihten Frühlingspferde auseinandertanzen lassen, jetzt erschreckt er eine auf den Lift wartende Nachbarin, denn er geht über vier Stufen und schleudert das Mädchen aus dem Gleichgewicht, sodass sie mit den Handflächen auf den schwarzgrauen Steinboden klatscht. Klar, die Nachbarin muss gleich loslegen mit Ermahnungen, nicht beachten, das Mädchen steht auf und rennt aus dem Haus. Ein schöner, erstaunlich warmer Aprilabend, an dem das Fernrohr im Giebelfenster der Villa auf den Neubau gerichtet bleibt. Das Mädchen steht mitten im Blickfeld. Sie bückt sich, um ihre Schuhe fester zu binden, hinter ihr, hinter dem Glas der Eingangstür, erscheint das Gesicht der Nachbarin, verschwindet wieder. Das Mädchen richtet sich auf und läuft aus dem Bild. In der Glastür spiegelt sich der Verkehr, der sich im Moment vor allem stadtauswärts bewegt. Was die wohl hinter dem Haus angezündet haben, man riecht den süßlichen Haargeruch auch hier vorn an der Straße, das Mädchen, das jetzt an der Hausecke steht, hält sich die Nase zu.

An der Stelle dieser Hausecke wächst das Gras kürzer und dichter als auf dem Rest der Wiese, was man anno 1415 kaum bemerkt, hingegen in den Zwanzigerjahren von allen drei Stockwerken des links von der Wiese stehenden Mietshauses deutlich sehen kann, sodass man sich jeden Frühling die Frage stellt, warum wohl auf diesem Fleck nie eine Blume wächst und ob man da nicht einmal den Boden umgraben sollte. Hu, nein, dafür müsste man den Vater Schacher um Erlaubnis bitten, der auch schon, als die Mietshauskinder auf der Wiese Gänseblümchen pflückten, mit dem Gewehr erschienen ist.

Jetzt, in den Sechzigerjahren, schwenkt das Fernrohr kurz auf diese Stelle, wo sich, wie gesagt, die Hausecke befindet. Mari, das Mädchen, kommt in Sicht. Sie hat die Unterlippe vorgeschoben. Jetzt rennt sie zur Haustür zurück. Geht hinein, drinnen folgt der Lifttrick, der auch wieder gelingt, zehn Zentimeter Niveau-Unterschied, da geht die Lifttür noch auf, und diesmal funktioniert es auch im zweiten Stock oben, Mari tritt im richtigen Augenblick auf die Schwelle und steigt aus. Starrt auf die graue Wohnungstür, drückt langsam und lautlos auf die Klinke und öffnet die Tür so, dass sie eng angelehnt bleibt. Geht rückwärts, nimmt Anlauf, tritt die Tür mit dem Fuß auf. Sie schlägt innen gegen die Flurwand, an eine Stelle, wo der Verputz schon weg ist. Mari betritt die Wohnung.

Jetzt steckt doch jemand im Lift fest, weil die vor etlichen Jahren, wir haben den Anfang des einundzwanzigsten Jahrhunderts, zusätzlich angebrachte innere automatische Tür nicht aufgeht. Zum Glück ist der stecken gebliebene Herr von Gugelau nicht klaustrophobisch, aber jetzt geht auch noch das Licht aus, und er beginnt gegen die Tür zu poltern. Dieses Poltern hört man im ganzen Haus. Man hat auch schon die Alarmklingel gehört, auf die Herr von

Gugelau zuerst gedrückt hat. Es stehen schon mehrere Leute im obersten, vierten Stock vor dem nicht zu öffnenden Lift. Vom Oberlicht wird die Gruppe hell beleuchtet, heller eigentlich, als es diesem bedeckten Aprilabend entspricht. Im vierten Stock ist immer schönes Wetter, hat gerade Herr von Gugelau, der jetzt im Lift Mantel und Jackett auszieht, einmal gesagt. Er hört, wie man zu ihm hereinruft, der Liftservice sei alarmiert, aber jetzt poltert er trotzdem wieder gegen die Tür.

Das kommt wirklich nicht oft vor, dass ein Aprilabend so schön und warm ist wie heute in den Sechzigerjahren um halb acht. Wäre da nicht der komische Feuergeruch, könnte man auch im Neubau den Erdgeruch riechen, der aus den Gärten und von den Feldern in der Umgebung kommt. Vor einem Augenblick, bevor die Wohnungstür gegen die Flurwand schlug, hat der Mann im Wohnzimmer an die auch schon blühenden Forsythien und Feuerbüsche gedacht. Jetzt erschreckt ihn die Tür so, dass er schreit: Sie blühen auch schon, und er lässt das Taschenmesser, mit dem er vorhin gespielt hat, fallen. Sag das nicht, schreit Mari zurück. Sie schreit es dreimal, beim dritten Mal knallt sie die Wohnungstür von innen zu. Jetzt ist es still. Sag das nicht, schreit Mari noch einmal und geht in ihr Zimmer, das mit dem Rollladen verdunkelt ist. Sie schließt hinter sich ab und zündet auf ihrem Schreibpult das Licht an.

Die aus dem Brockenhaus stammende Schreibtischlampe von undefinierbarem Alter und großer Hässlichkeit würde ungefähr die Spitze der Stange bilden, die jetzt anno 1415 in die Wiese gerammt ist. So viel ist im letzten Winter vom Mord an Herrn Meier die Rede gewesen, dass die Frühlingsreiter absichtlich hierhergekommen sind, an den von einer Stange gekennzeichneten Tatort. Lange Stangen hat man zwar schon den ganzen Tag auf Wiesen und Feldern stehen sehen, aber Herr Rufus hat gesagt, das ist der Ort, hier müsste man suchen. Alle haben gelacht. Es geht um Münzen, Plättchen und Medaillen aus Gold, die sich hier angeblich im Gras finden und gleich nach der Schneeschmelze zum Vorschein kommen sollten, wie es im Winter geheißen hat. Der Mörder sei nicht auf Raub aus gewesen. Weder auf Raub noch auf Mord, sagt Herr Lukas. Alle lachen wieder. Man lagert um die Stange im Gras, der Rotblaue sucht jetzt weiter links. Lacht ihr nur, denkt er. Wieder beobachten ihn die Pferde mit gespitzten Ohren. Die beiden Amseln im Wäldchen sind jetzt weiter voneinander entfernt und verwandeln mit ihrem Gesang die Wiese in einen großen, gewölbten Raum, wie Frau Dorothea sagt. Wie ist das?, fragt Herr Lukas. Wenn man die Augen schließt und nur auf die Amseln hört, ist man in einem großen, gewölbten Raum, wiederholt Herr Rufus. Frau Dorothea denkt: Ich darf nichts sagen.

Wenn die Brockenhauslampe die Spitze der Stange bildete, wäre sie in der Aprilabenddämmerung weitherum ein Signal. Jetzt kommt ihr Licht nicht weiter als bis zur braungestrichenen Platte von Maris Schreibpult, auf dem ein halb beschriebenes Blatt Papier liegt. Mari schreibt einen Brief an ihren Vater, den Mann, der im Wohnzimmer auf dem Stuhl sitzt, auf den er sich bisher gestützt hat. Das Dröhnen aus dem Bauernhaus setzt wieder ein. Was machen die da, denkt er, wird das die ganze Zeit so gehen? Der Wohnzimmervorhang hängt im Augenblick still, es ist etwas dunkler geworden, das Weiß des Kirschbaums hebt sich noch deutlicher ab. Ein schöner Frühlingsabend, auf dem Nussbaum singt eine Amsel in das Dröhnen hinein, scheint sie nicht zu stören. Auch die Straßenbahn, die jetzt auf der Straße vorn gefahren kommt und mit einem Scheppern hält, stört sie nicht. Aber jemand sollte nachsehen, was die da verbrennen.

Jetzt, im einundzwanzigsten Jahrhundert, ist an diesem Aprilabend die Wohnung leer, Herrn von Gugelaus Poltern verhallt ungehört im Flur, den der Luftzug vom Wohnzimmerfenster auch schon unterkühlt hat. Das Wetter müsste besser sein, Vorfrühlingsstürme deuten auf einen schönen Frühling, wie es doch heißt. Zumwalds sollten das Fenster nicht offen lassen, solange die Heizung läuft. Wahrscheinlich sind sie auf den Wetterbericht hereingefallen, etwas von Aufhellungen am Abend. Davon kann nicht die Rede sein, auch wenn jetzt bei fallender Dunkelheit der Himmel nicht mehr so eindeutig grau ist. Der Frühling kommt spät dieses Jahr, im Vorgärtchen der einstmaligen Villa mit dem Fernrohr, Weider'sche Villa genannt und heute das Bürohaus einer Immobilienfirma, sind die Tulpen nur knapp herausgekommen, auch die Osterglocken sind noch zu, obwohl Ostern vorbei ist.

Immerhin ist das Wetter nicht so scheußlich wie an diesem Aprilabend in den Zwanzigerjahren, der Schnee liegt schon als glasige Matschschicht auf der Straße. Man hat das kalte Zeug sofort in den Schuhen, wie Herr Blank merken muss, der jetzt aus dem linken Mietshaus tritt, um mit dem letzten Omnibus zu seiner Geliebten in die Altstadt zu fahren. Unnötig zu fragen, wie er zurückkommen will, er kommt nicht zurück, er bleibt über Nacht in der Altstadt. Seine Frau sitzt in der Küche am Tisch auf das Wachstuch gestützt. Es ist mir gleich, denkt sie. Im Bauernhaus hinten zielen die Kinder mit dem Gewehr des Vaters auf Herrn Blank vorn auf der Straße. Das Fernrohr im Giebelfenster der Villa bleibt hingegen auf den Schuppen gerichtet, Herr Blank geht von ihm unbeobachtet zur Omnibus-Haltestelle, obwohl man das Schluckgeräusch seiner Schritte im Schneematsch weitherum hört.

Nur dieser Frühlingsabend von 1415 nimmt es punkto Wetter mit dem schönen Sechzigerjahreabend auf. Er ist zwar etwas kühler, aber dafür heller, weil sich die Lichtreflexe von den zwei Seen, zwischen denen die Wiese auf einer kleinen Anhöhe liegt, von keinen Bauten behindert verbreiten. Die Reitergesellschaft lacht wieder, wer sucht, der findet nicht, hat jemand gesagt. Jetzt im schwindenden Licht erst recht nicht. Man beobachtet zwischen den Pferdebeinen hindurch die roten und blauen Beine der rotblau gekleideten Burschen, die jetzt beide etwas suchen, beide am vorderen Rand der Wiese. Wieder hat eins der Pferde Buchenlaubschmuck erwischt, das ihm niemand aus dem Maul zieht, die Rotblauen sind zu beschäftigt, das Pferd schlägt den Zweig seinem Nachbarn gegen den Hals, umsonst, das elastische Holz lässt sich so nicht brechen. Friert Euch nicht?, fragt Herr Rufus Frau Dorothea. Frau Dorothea wendet den Kopf ab. Ich darf nichts sagen, denkt sie. Tatsächlich, es ist schon ziemlich kühl. Hej, ruft Herr Lukas und klatscht in die Hände, das Pferd mit dem Buchenzweig im Maul ist unruhig geworden, es stößt gegen seinen Nachbarn, der rückwärts auszuweichen beginnt. Das ausweichende Pferd ist Ketsuron, der Braune von Herrn Bernhard. Die Rotblauen kommen gelaufen und richten die Pferde wieder so aus, dass sie über das rotgestrichene, oben mit schwarzem Plastik eingefasste eiserne Treppenhausgeländer hinweg in das offene Kellergeschoss des Sechzigerjahreneubaus hinuntersehen würden.

II

Heuer, Sechzigerjahre, haben die Stürme des Vorfrühlings jedenfalls gehalten, was sie versprachen, schon am 4. Juni hat man im See baden können, und jetzt, am 11. Juni, sind es 29 Grad. Jeden Tag kann es so weit sein, denkt der Mann, der im Schlafzimmer angezogen auf dem Bett liegt. Sie räumen aus, es ist schon fast alles ausgeräumt. Seine Tochter Mari, der es verboten ist, hinter das Haus zu gehen, steht hinter dem Haus. Sie ist unsichtbar zwischen Möbeln und Kisten, die aus dem Bauernhaus ausgeräumt worden sind. Es sind auch Tiere zum Vorschein gekommen, aus dem Keller ein Schwein, aus dem Schuppen ein Schrankvoll Kaninchen. Der zum Käfig umfunktionierte Schrank ist ein Empire-Stück. Das Schwein ist mit einem Strick an einem der Birnbäume festgebunden und hat die Augen zu. Mari steht vor einer rotlackierten Kiste und fragt eins der Schacherkinder: Was ist da drin? Geht dich einen Scheißdreck an, sagt der älteste Schacherjunge. Im Neubau wird ein Fenster zugemacht, Mari blickt zum zweiten Stock hinauf, aber hinter den Geranienkisten aus Styropor ist das Schlafzimmerfenster, aus unerklärlichen Gründen die einzige Öffnung des Schlafzimmers zum Balkon, immer noch offen. Mari stellt sich etwas abseits, hinter die im Vorfrühling durch die Stürme gefällte kleine Tanne. Er kann mich nicht sehen, denkt sie, aber sie täuscht sich, vorhin hat er sie gesehen, als er vom Bett aufstand und sich ans Fenster stellte. Es schlägt zwölf, das Mittagsgeläut beginnt, Mari geht vom umgefallenen Baum wieder zur roten Kiste. Bekommst du zu Hause nichts zu fressen?, fragt der älteste Schacherjunge, der von seiner Mutter gerade ins Haus kommandiert wird. Und du, verschwinde, sagt die Frau zu Mari. Mari verschwindet hinter dem Schuppen. Steht eine Weile dort, das Geläut hört auf, es wird still, kein Verkehr auf der Straße, nur jetzt eben die Straßenbahn, dann nur das Besteckgeklapper aus den Mietshäusern ringsum und aus zwei oder drei Wohnungen das Radio. Kein Mensch auf dem ganzen Grundstück. Mari blickt hinter dem Schuppen hervor zum Schwein hinüber, das sich hinzulegen versucht, was nicht geht, weil der Strick zu kurz ist. Jetzt, denkt Mari. Sie drückt sich an die morsche Schuppenwand und schaut zum zweiten Stock des Neubaus hinauf. Im linken Teil des Fensters hängt der Nylonvorhang in regloser Dichte, durch das schwarze Rechteck des vorhangfreien Fensterteils sieht man die Schlafzimmerwand als weißlichen Fleck. Mari drückt die Wange so stark an die Schuppenwand, dass ihr Kiefer aufklappt. Einundzwanzig, zweiundzwanzig, dreiundzwanzig, es geschieht nichts, kein Knall in der Stille, sie hört zu zählen auf. Jetzt nicht, denkt sie und löst sich von der Schuppenwand. Was ist in der Kiste? Die Russen werden kommen. Was ist in der Kiste?

Am diesem Mittag des 11. Juni in den Zwanzigerjahren schickt Vater Schacher seinen zwölfjährigen Sohn von der Suppe weg auf die Wiese hinaus. Aber ich bin doch am Essen, sagt der Sohn. Geh, sonst hau ich dir eins auf den Grind, sagt der Vater. Das Gras steht immer noch nicht hoch genug zum Mähen, und es ist nass, aber der Nordwind hat schönes Wetter gebracht, Kälte und einen blauen Himmel mit fädigen Wolken, wie man ihn sonst eher im Herbst sieht. Der junge Schacher, der spätere Vater der mit Mari bekannten Kinder, tritt vor die Tür und will umkehren, um seine Jacke zu holen, so im Hemd ist es kalt, aber nein, lieber nicht, er drückt sich die Arme an den Oberkörper und geht hinaus, unter die Birnbäume. Er schielt zur Schuppentür, der Hund hat sich in seiner Hütte verkrochen, der junge Schacher geht zum Wiesenrand und bleibt dort stehen. Tief über den Teller gebeugt, löffelt der Vater in der Küche die Suppe, dann ist er fertig, blickt durch das Fenster, sieht seinen Sohn vor der Wiese stehen. Er schiebt seinen Stuhl zurück, geht zum Fenster, reißt es auf, reißt auch den Mund auf, aber der Sohn ruft: Vater, ich kann doch nicht in die Wiese hinein, ich zertrample doch das Gras. Muss ich selber kommen?, fragt der Vater. Da läuft der Sohn in die Wiese hinein. Biswind, kaltes, schönes Wetter, die Sterne noch in den Zwillingen, aber die Sonnenwende nicht mehr weit, da finde man es, hat es im Hundertjährigen Kalender geheißen. Was findet man?, hat der Junge gefragt. Weiß ich nicht mehr, hat der Vater gesagt, such halt, dann siehst du's dann. Der junge Schacher zieht hinter sich eine Spur durch das Gras und hört, wie drüben in der Villa das Giebelfenster aufgeht. Er erreicht in Sprüngen den anderen Wiesenrand, läuft weiter, hinter das rechts von der Wiese stehende Mietshaus. Er stellt sich an die Hauswand, für das Fernrohr unsichtbar. Das Fernrohr schwenkt auf die dunkle Furche, wo die Grashalme niedergetreten sind. Der ist nicht mehr zu retten, denkt der Benutzer des Fernrohrs, trampelt durch das eigene Gras, sein Vater wird ihn umbringen. Da erscheint, wie auch der Junge vom Mietshaus drüben sieht, der Vater unter den Birnbäumen, das Gewehr geschultert. Er blickt suchend über die Wiese und sieht gleich den Sohn, der da drüben an der besonnten gelben Hauswand steht. Warum sucht er nicht, der Saugoof? Der Vater greift nach dem Gewehrriemen und beginnt ihn über die Schulter herunterzuziehen. Der Sohn sieht die Bewegung, wirft sich herum, rennt zur anderen Hausecke, um die Ecke, auf die Straße hinaus und, ohne stehen zu bleiben, bis zur großen Linde, die etwa zweihundert Meter stadteinwärts an der Kreuzung mit der Hügelstraße steht. In der Villa wird das Giebelfenster ganz aufgerissen, und eine Stimme brüllt: Schacher, hört sofort auf!

Schacher, der Sohn, der ehemalige junge Schacher, sitzt an diesem Sechzigerjahremittag am selben Küchentisch, löffelt Vanillepudding und liest die Zeitung. Es klingelt an der Haustür. Das ist sicher wieder dieser Ausländercheib, sagt die Frau und schreit, ohne aufzublicken: Wir sind am Essen. Es klingelt wieder. Der hau ich links und rechts eine um die Ohren, sagt die Frau. Sie will etwas zum Fressen, sagt ihr ältester Sohn. Die Frau ist schon unterwegs zur Tür, Schacher blickt nicht von der Zeitung auf, die fünf Kinder starren ihr nach. Sie öffnet die Tür. Zwei Polizisten. Was ist jetzt das?, sagt die Frau. Schacher hebt den Kopf. Die zwei Polizisten, wegen der Wärme nur im hellblauen Hemd, sind, sagen sie, auf Anzeige gekommen. Anzeige wegen des Schweins, auf dem ganzen Areal ist ausschließlich das Halten von Katzen erlaubt.

Wir sind ja am Ausziehen, gottverdammtnochmal, sagt Schacher. Das ist gleich, die Anzeige ist rückwirkend, das Schwein war bestimmt die ganze Zeit im Keller. Es gehört dem Großvater, sagt die Frau, während sie die Polizisten hereinlässt. Der Großvater, also Vater Schacher, der vor rund vierzig Jahren mit dem Gewehr unter den Birnbäumen erscheint, liegt im oberen Stock mit Arthritis im Bett, aber es stimmt, er hat das Schwein gekauft und im Keller versteckt. Welcher Sauhund hat uns angezeigt, fragt Schacher, aber die Polizisten dürfen nur sagen, dass die Anzeige aus einem der Mietshäuser kommt. Wahrscheinlich dieser Kommunist, sagt Schacher, wenn ich den erwische. Herr Schacher, sagt der eine Polizist, vor Racheaktionen muss ich Sie ausdrücklich warnen. Schacher stampft durch die Küche und reißt im Vorbeigehen den Kalender von der Wand. Wirft ihn auf die Häkeldecke des schmalen Diwans. Beim Fenster bleibt er stehen, horcht hinaus, man hört die Radios, sonst nichts. Ich finde es schon noch heraus, sagt er. Dann ist es wieder still, Schacher stampft weiter. Hinter dem Schuppen hört Mari das Stampfen nicht, im Haus schlafen alle, denkt sie, auch die Polizisten. Auch das Schwein scheint zu schlafen, es hat die Augen nach wie vor zu, die Kaninchen im Schrank schlafen wie üblich mit offenen Augen. Kaum zu glauben, dass es so früh im Sommer schon so warm ist. Die Kirschen oben am Baum haben schon Farbe, die unteren haben die Schacherkinder abgerissen, obwohl es ihnen verboten ist, das Hintergärtchen des Neubaus zu betreten. Alle schlafen, denkt Mari, ihr Vater im Schlafzimmer im zweiten Stock denkt etwas Ähnliches, es fällt ihm auf, dass man außer den Radios nichts hört. Er steht auf, geht zum Fenster, sieht auf dem ganzen Grundstück keinen Menschen, bemerkt den silbrigen Schimmer auf den Birnbaumspitzen, fast ein Hitzeflimmern, denkt er mit einem kurzen Lachen. Wo sind alle? Beim Essen. Wo ist Mari? Das Essen steht bereit. Man kann nicht einfach ins Blaue hinaus nach ihr rufen. Da steht ein Schwein. Der Mann tritt vom Fenster zurück und legt sich wieder hin. Stille. Jetzt das Kreischen einer Frauenstimme, und jetzt ein Schuss. Wieder Stille. Jetzt mehrstimmiges Geheul, Männerstimmen. Der Mann stürzt zum Fenster, da rennen schon von allen Seiten Leute auf das Bauernhaus zu, er sieht seine Tochter Mari neben dem Schuppen stehen. Mari, brüllt er, komm sofort nach Hause.

Träte Mari, die den Ruf erst bei seiner vierten Wiederholung hört oder hören will, an diesem Junitag des einundzwanzigsten Jahrhunderts in die Wohnung, würde ihr als Erstes Zumwalds Familienwappen ins Auge fallen. Es hängt der Wohnungstür gegenüber auf Augenhöhe an der Wand, was den architektonischen Unsinn, eine Eingangstür auf eine Wand gehen zu lassen, nicht verbessert. Aber vielleicht tut es Zumwalds Selbstwertgefühl gut. Sechs Tannen auf einem Hügel, am Fuß des Hügels ein kleines Haus, alles nur in den Umrissen erkennbar, da es sich um eine Wappenscheibe aus Glas handelt, die ans Fenster gehören würde. Nur Volkspartei-Wähler hängen die Wappenscheibe ans Fenster, hat Frau Zumwald gesagt. Sie und ihr Mann, beide achtunddreißig, stimmen links. An diesem Junitag, wieder zu kühl für die Jahreszeit, der Sommer will heuer nicht recht kommen, sitzt Frau Zumwald am Tisch in der Verbreiterung des Flurs, bei der sich der Architekt offensichtlich etwas mehr gedacht hat, nämlich dass man da vor der Küche eine Essecke einrichten kann. Mari würde staunen, wie nett sich der Glastisch mit den weißen Stühlen da macht. Licht gibt es auch, vom Küchenfenster her und von dem kleinen Zimmer, das dieser Essecke gegenüberliegt und wo jetzt die Balkontür einen Spaltbreit offen steht. Wenn's nur ein bisschen wärmer wäre. Selena Zumwald trägt eine rote Strickjacke über dem Pyjama, dafür, dass die Heizung anspringt, ist es doch nicht kalt genug. Selena sitzt am Tisch und blickt auf die nach Margeriten aussehenden, aber, wie der Verkäufer gesagt hat, zur Familie der Chrysanthemen gehörenden gelben Blumen in der Vase. Sie greift, ohne hinzusehen, nach dem Zigarettenpäckchen links von ihr und denkt: Ist ja gleich. Sie macht das Päckchen auf, lässt ein blaues Feuerzeug herausgleiten, zieht eine Zigarette heraus, zündet sie an. Das käme Mari vertraut vor, dieser Rauchgeruch, den man beim Eintreten sofort riecht. Heute ist der Rauch mit einem kalten Betongeruch unterlegt, wie er bei feuchtkühlem Wetter von dem hinteren, größeren Sechzigerjahrebau immer kommt. Man sollte die Balkontür im kleinen Zimmer zumachen, aber das geht nicht, weil dann die neue Katze nicht zu ihrem Kistchen auf dem Balkon hinauskann. Sie ist noch zu klein, um durch das Fenster des Schlafzimmers zu springen, das nach wie vor keinen direkten Zugang zum Balkon hat. Vor ein paar Jahren hat es im Haus eine Unterschriftensammlung gegeben, damit die Schlafzimmerfenster zu Balkontüren erweitert würden, aber es hat nichts genützt. Selena beugt sich über den Tisch, um besser hinauszusehen und festzustellen, ob es regnet, aber es sieht nicht danach aus, jedenfalls auf diese Distanz sieht man es nicht, da ist nur ein unsicher beleuchteter grauer Hintergrund und der grünliche Fleck von dem Balkonbambus dort gegenüber. In den Betongeruch mischt sich der Geruch von Seewasser, vom entfernteren, großen See, ein Geruch wie von einem überschwemmten Keller. Was ist heute eigentlich für ein Tag, denkt Selena Zumwald, ach ja, der Elfte, und schon fast zwölf Uhr, obwohl es dem Licht nach auch Morgen oder Nachmittag sein könnte. Viel Verkehr um diese Zeit, zum Glück so monoton, dass er nicht stört. Selena horcht hinaus, ob die Autoreifen auf dem Straßenbelag ein nasses Geräusch machen, aber es klingt nicht so, wahrscheinlich regnet es nicht. Noch vor kurzem hat man es vom Fußgängerstreifen her besonders gut hören können, aber seit die Streifen aus einer rutschsicheren Oberfläche bestehen, stellt sich das Schlürfgeräusch nicht mehr ein.

Mari, an diesem heißen Junitag in den Sechzigerjahren, steht bei den Brief- und Milchkästen im Hauseingang und hört von weitem eine Sirene. Jetzt kommen sie Herrn Schacher holen, denkt sie, die Polizisten haben ihn erschossen. An der Glastür laufen Leute vorbei, die Sirene wird laut, aber die Ambulanz ist nicht zu sehen. Die Sirene hört auf, wieder völlige Stille. Immer noch kein Auto auf der Straße, jetzt können sie ungehindert kommen, aber sie sind ja schon da, denkt Mari und rennt auf den Absatz zwischen Lift und Treppenhausgeländer. Jetzt sind sie da, denkt sie, und wir wollten doch am Nachmittag noch etwas machen. Oben geht eine Wohnungstür auf, ihr Vater beugt sich über das Geländer, aber er sieht sie nicht, obwohl sie ihn sieht, denn er blickt ins Kelleratrium hinunter. Mari tritt lautlos rückwärts und drückt sich neben dem Lift an die Wand. Oben geht die Tür wieder zu. Es ist ganz still da hinter dem Haus. Was machen die, sie holen ihn, nachdem sie ihn erschossen haben, denkt sie. Das ist natürlich Unsinn. Schacher hat auf seiner dritten Runde durch die Küche plötzlich zwischen zwei Kindern hindurchgegriffen und die Küchentisch-Schublade aufgerissen, unter zerknüllten Almanachen, Gummiringen und verbrauchten Taschentüchern eine Pistole herausgeholt, entsichert und sich in den Kopf geschossen. Ohne sich tödlich zu treffen, denn obwohl ihn die acht Anwesenden, unter ihnen die beiden Polizisten, vom Schubladeaufreißen bis zum Entsichern der Pistole in keiner Weise unterbrachen, hat ihn das Aufkreischen seiner Frau im Augenblick, als er die Pistole ansetzte, doch gestört. Und still ist es dahinten auch nicht, das Geheul und das Kreischen gehen weiter, nur kann man das hier im Treppenhaus nicht hören. Was man hört, ist eine weitere Sirene, die Polizei bekommt Verstärkung, denkt Mari, und so ist es. Holen sie jetzt uns?, denkt sie. Sie rennt los, über den Gang, der um das Kelleratrium herumführt, was hier im Erdgeschoss ein architektonisches Unding ist, da der Gang an nackten Wänden entlangführt, an der sich keine Wohnungen befinden. Mari erreicht die Kellertreppe, nimmt sie in ein paar Sätzen, rennt durch das Atrium und dann durch die offene Betontür in den Luftschutzraum. Tür zumachen, sie kommen. Aber die Tür ist zu schwer, wahrscheinlich auch irgendwie gesichert, damit man sie nicht mir nichts, dir nichts auf- und zumachen kann, der Hauswart weiß wie, aber wozu ist die Tür gut, wenn die Bomben von oben kommen, jetzt müsste man sie zumachen können, jetzt kommen sie von vorn. Mari weint vor Wut und Anstrengung, gibt plötzlich auf, rennt durch eine weitere Tür in den hinteren Teil des Kellers, in den mit den holzvergitterten Abteilen. Kalt und muffig hier, man riecht auch das Metall der Vorhängeschlösser. Und immer noch die Sirene, es braucht eine Weile, bis Ambulanz und Verstärkungswagen über den ungepflasterten Weg das Bauernhaus erreichen. Auch ist da ein Gedränge, die beiden Polizisten in den schweißnassen hellblauen Hemden können die Leute nicht zurückhalten, nur um den Birnbaum mit dem Schwein gibt es noch Platz. Der älteste Schacherjunge hält die schreiende Mutter fest, die vier anderen Kinder haben sich im Haus verkrochen, heulen dort weiter. Jetzt kommt die Ambulanz gefahren, die Mutter schreit noch lauter. Da läuft auch Maris Vater, der von oben zugesehen hat, aus der Wohnung hinaus, die Treppe hinunter, vor das Haus auf die Straße.

Die Straße, auf die Selena Zumwald jetzt zu Anfang des einundzwanzigsten Jahrhunderts hinunterschaut, vom Küchenbalkon aus, den Kopf nach rechts gewendet. Auch so sieht sie nur den kleinen Ausschnitt mit dem Fußgängerstreifen, denn der Balkon geht auf die Zufahrt zum hinteren Grundstück. Frau Vogel überquert gerade die Straße, unterwegs zur Bushaltestelle, sie nimmt immer um diese Zeit den Bus, sie arbeitet halbtags. Es regnet nicht, Frau Vogels Schirm ist geschlossen, aber kalt ist es. Selena zieht die rote Jacke enger um sich. Sie geht wieder in die Küche hinein, macht die Balkontür zu. Er braucht gar nicht nach Hause zu kommen, denkt sie, warum isst er nicht im »Weißen Turm« wie üblich?

Die Straße, hier gepflastert, ist leer, die Hügelstraße, ebenfalls Pflaster, wird sowieso selten befahren, ein Automobil kommt da nur mit Mühe hinauf. Es ist wirklich kalt an diesem Nordwindtag in den Zwanzigerjahren, der junge Schacher unter der Linde friert in seinem Hemd. Solange der Biswind weht, wärmt auch die Sonne nicht. Saublöd, dass die Jacke zu Hause über der Stuhllehne hängt, dahin kann er ja nicht mehr zurück, der Vater würde ihn erschießen. Saublöd auch, dass er stadteinwärts gelaufen ist statt stadtauswärts, wenn er um diese Zeit auf der leeren Straße in die Stadt hinunterläuft, werden ihn wahrscheinlich links und rechts in den Häusern alle Leute sehen. Besser hier unter der Linde warten, bis um halb zwei Baumanns Fuhrwerk kommt, und hinten aufspringen, wie schon oft, Baumann hat nichts dagegen. Also warten. Der junge Schacher lehnt sich an den Stamm der Linde, blickt nach rechts, stadtauswärts, die leere Straße entlang, sieht weit weg einen einzelnen Passanten kommen. Der Vater. Der Sohn stößt sich von der Linde weg und rennt durch die leicht abfallende schattige Straße auf die Stadt zu.

Heiß wie im Hochsommer und kaum Verkehr an diesem Mittag in den Sechzigerjahren. Im Moment kommt nur das Pferdefuhrwerk der Transportfirma gefahren, eigentlich Siestazeit, wir haben doch um diese Zeit immer Siesta gemacht, aber jemand ist abhandengekommen. Wer? Mari, wer sonst. Der Mann tritt von der Haustür weg in die Sonne hinaus, hört das Klappern der Hufe, wartet, bis das Fuhrwerk vorbei ist, geht auf die andere Straßenseite, stellt sich vor das Vorgärtchen der Weider'schen Villa. Niemand zu sehen. Nur die Toten und Kranken sind nicht dort hinter dem Haus, um das Unglück zu begaffen, denkt er. Dann ist Mari auch dort, sie muss wieder kehrtgemacht haben, zuerst hat sie mir gehorcht, als ich sie rief, dann hat sie wieder kehrtgemacht. Der Mann greift in die Tasche seiner für diesen Tag viel zu warmen Kordhose, holt ein Zigarettenpäckchen hervor, zündet eine an. Vom Stadtrand her kommt ein Auto, er sieht es durch die Luftspiegelung, die wie Wasser auf der Straße liegt, ein grauer Opel Kapitän, da sitzt eine Frau am Steuer. Der Mann zieht an seiner Zigarette. Stadtauswärts die Luftspiegelung. In diesem Augenblick geht die Sirene der Ambulanz wieder los, da kommt sie langsam über den ungepflasterten Weg gefahren, biegt in die Straße ein, beschleunigt, mindestens dreißig Leute rennen hinter ihr her. Rennen stadteinwärts bis zur Kreuzung, wo die Ambulanz in Richtung Spital schon verschwunden ist. Besser zurückgehen, hineingehen, in die Wohnung hinauf. Der Mann lässt die Zigarette fallen, tritt sie aus, geht über die Straße, auf die Glastür des Neubaus zu, sieht dahinter eine Bewegung, da hat es sich jemand, der auf die Tür zugekommen ist, anders überlegt und rennt ins Treppenhaus zurück. Mari. Der Mann stößt die Tür auf und läuft durch den Vorraum an den Brief- und Milchkästen, am Lift vorbei, über den wohnungslosen Gang zur Kellertreppe und hinunter in den Luftschutzraum und in den Holzgitterkeller. Mari ist nicht da. Sie steht in der hellen Wärme des vierten Stocks und schaut vorsichtig über das Geländer. Das Atrium ist leer, ihr Vater noch hinten im Keller. Jetzt durchquert er den Luftschutzraum, jetzt wird das Licht dort gelöscht, jetzt kommt er zum Vorschein und geht durch das Atrium, hoffentlich nimmt er den

Lift, ja, das rote Licht leuchtet auf, was man hier oben in der Helligkeit kaum sehen kann. Mari ist unterwegs zur Treppe und jetzt, da unten die Lifttür zufällt, schon unterwegs in den dritten Stock. Während ihr Vater im Lift nach kurzem Zögern auf den Knopf drückt, ist sie im dritten Stock angekommen, schon über den Gang unterwegs, im Sprinttempo, sie muss vor dem Vater im zweiten Stock sein, ja, schon unterwegs in den ersten Stock, damit er ihr den Weg nicht abschneiden kann. Wer so läuft, tut das nicht lautlos, der Vater hört das Rennen im Treppenhaus, drückt im zweiten Stock angekommen auf das E für Erdgeschoss, aber während er hinunterfährt, stürzt Mari schon auf die Straße hinaus und bleibt stehen. Was sollen die vielen Leute da? Ist noch etwas passiert?

Im Juni dieses Jahres 1415 kommt hier niemand vorbei. Es heißt zwar, schade um das schöne Gras, aber der Pächter, der es mähen dürfte, sagt, er habe nur zwei Hände und auch nur zwei Beine, und die trügen ihn jetzt nicht so weit vor die Stadt hinaus. Der Pfad ist weitgehend zugewachsen, die Markierungsstange steht allein im hohen Gras. Kräftig gewachsenes Gras, in welchem auch keine Huf- oder Fußspuren zu sehen sind. Nur die gleichmäßigen, im Wind bewegten Halme und Frühsommerblumen, Kamille, wilde Nelken, Akelei und die letzten Vergissmeinnicht. Am Rand des Wäldchens blühen Heckenrosen und Holunder. Das Gras wogt im Wind hin und her, als käme er von zwei Seiten, dabei kommt er immer aus Osten, deshalb ist das Wetter so schön. Wären die Halme nicht so hoch, wären sie nicht so biegsam. Schade, wirklich, dass der Pächter das Gras nicht schneidet. Wann er denn da hinaussollte, hat er gefragt, am Morgen im Stall, am Nachmittag auf dem Feld und der Wiese bei seinem Haus, da könnte er höchstens um den Mittag herum, aber er habe doch nicht den Verstand verloren. Warum, so heiß sei es doch nicht, hat einer erwidert, und das ist wahr, an diesen Junimittagen ist es nicht mehr als vierundzwanzig Grad warm. Der Pächter hat gesagt, es sei nicht nur die Hitze, worauf der, der das hörte, laut gelacht hat. Aber auch ihm würde es nicht einfallen, hier herauszukommen. Dabei singen die Vögel so schön, nicht nur, wie schon im Frühjahr, die beiden Amseln, sondern auch Drosseln, Meisen, Goldammern, der Wiedehopf und der Kuckuck und weit oben in der vom Ostwind hellblauen Luft ein paar Lerchen. Der Pächter könnte sich zum Waldrand durchmähen, dann hätte er sogar Schatten. Wäre gemäht, kämen vielleicht auch wieder Reiter vorbei. Seit dem Ausritt im Frühling war niemand mehr da. Nur das im Ostwind umso stärker bewegte Gras, je höher es steht. Fast eine Woche weht er schon, heute hat er zugelegt, die Wipfel der Tannen schwanken ein wenig, und manchmal bewegt sich auch die Spitze der Stange. In den Momenten der Windstille kommt aus dem Gras und von den Bäumen ein Zirpen, verschiedene Arten von Zirpgeräuschen, von den Heuschrecken, dem Feuerkäfer, dem Mondhornbock. Bei Windstille hört man auch die Nattern durch das Gras gleiten, sie haben sich dank des schönen warmen Wetters vermehrt. Dann kommt wieder der Wind auf, denn es ist nicht so, dass er sich um den Mittag legt, im Gegenteil, er scheint den großen See ein wenig aufgewühlt zu haben, der Wind trägt jetzt frischen Wassergeruch mit, der sich mit dem Geruch erwärmter Tannenrinde vermischt.

Wenn's sein müsste, könnte der Pächter am Waldrand ein paar Stechpalmen und Buchssträucher schneiden, dann hätte er unter den Bäumen seinen Schattenplatz vergrößert, aber wahrscheinlich würde er sagen, fürs Roden sei er nicht bezahlt, sollen sie ihren Wald selber aufräumen, die im Winter umgekippte Tanne hätten sie auch noch nicht geholt. Wer sich durch das hohe Gras hindurchkämpfte und ins Wäldchen hineinschaute, könnte ihre Krone sehen, die auf halber Höhe zwischen den Stämmen eingekeilt ist. Aber eben, es fällt niemandem ein, hier herauszukommen, es ist nicht einmal sicher, ob man die Wiese gleich finden würde, so wie der Weg zugewachsen ist.

Kein Hit, hat Heinz Zumwald von der Aussicht gesagt, als sie vor ein paar Jahren, am Anfang des einundzwanzigsten Jahrhunderts, die Wohnung besichtigen kamen, aber in der Eile musste man froh sein, etwas zu finden. Ja, eben, der größere Betonbau, der Block, wie man ihn nennt, steht seit 1965 mitten in der Aussicht und verdeckt die älteren, an den Hang gebauten braunen Vierzigerjahremietshäuser weitgehend. Selena Zumwald sitzt wieder in der Essecke des Flurs und liest in der Zeitung, dass das Tief mit Zentrum über der französischen Atlantikküste stationär bleibt. Dann eben nicht, denkt sie, ist ja egal, vielleicht bringt die Sonnenwende eine Besserung. Warum eigentlich? Weil sie Wende heißt? Selena blättert zur Horoskopseite zurück, wo die Zwillinge aktualitätshalber hervorgehoben sind. Geburtstagskinder – Sonnenkinder, heißt es: Sie sind mit der Sonne, die auf ihren Zenith zugeht, in einer ganz besonderen Beziehung. Selena selbst hat nächste Woche Geburtstag, vielleicht hat sich das Tief bis dahin verzogen. Sie steht auf und geht durch das kleine Zimmer, um zu sehen, ob die Katze auf dem Balkon ist, nein, da ist sie nicht. Es ist kalt, Selena macht die Tür zu, blickt durch das Glas zum Block hinüber, was ist da auf der Höhe des zweiten Stocks für eine Bewegung? Ach so, zwei Kinder, die auf dem Balkon Ball spielen, über eine Distanz von drei Metern. Wo ist die Katze? Selena geht durchs Zimmer zurück und durch den Flur, an sein hinteres, dunkles Ende, das man mit einem Vorhang abtrennen und zu einer Abstellkammer machen könnte. Jetzt steht hier ein weißfurniertes Kommödchen, und darüber hängt ein weiterer antikisierender Spiegel, eine gute Idee, denn so gibt es in diesem dunklen Flurstumpf ein wenig Spiegellicht. Trotzdem muss sich Selena hinunterbeugen, um zu sehen, ob die Katze in der Ecke sitzt. Nein, da ist sie auch nicht. Na egal, dann ist sie eben im Wohnzimmer, denkt Selena, aber da gehe ich jetzt nicht hinein.

Der Wind dieses Tags im Jahr 1415 hat noch etwas zugelegt, über die Wiese fliegt eine längliche, sich spiralig windende Staubwolke. Wo kommt der Staub her? Nicht ersichtlich. Der schmale Weg ist, wie gesagt, fast zugewachsen. Sonst nur grüne Vegetation ringsum. Im Wäldchen reiben sich die Tannenäste mit einem Knarren aneinander. Manchmal scheint der Wind zu kreisen. Er drückt die Bäume auseinander, zwischen denen der Stamm der umgekippten Tanne steckt, der Stamm sackt etwas tiefer hinunter. Die in die Wiese gerammte Markierungsstange schlägt nach beiden Seiten aus. Der Wind trägt einen Schwall Himbeergeruch herbei, obwohl die Himbeeren erst am Blühen sind. Eine Kombination von Erdausdünstung und Chlorophyll, Ozon und Sonnenwärme muss diesen Geruch hervorgebracht haben.

Mari in den Sechzigerjahren riecht hingegen den blumigen Geruch des Waschpulvers, der aus dem Waschküchenfenster kommt, neben dem sie draußen vor dem Haus steht. In der Waschküche läuft die Waschmaschine, sie hört es durch das aufgeklappte Fenster. Was ist das für ein Gerenne auf dem Trottoir vorn? Es sind die Leute, die der Ambulanz nachgelaufen sind und jetzt zurückgerannt kommen. Zurück könnten sie doch im normalen Tempo gehen. Ist noch etwas passiert? Mari sieht die rennenden Leute um die andere Hausecke verschwinden, nach hinten, zum Schacherhaus. Da ist noch etwas passiert. Sie läuft aufs Trottoir hinaus und zusammen mit den rennenden Leuten um die Ecke, hinter der Gedränge ist, man kommt gar nicht mehr zu Schachers heran, da ist ein Seil gespannt, weiter darf man nicht. Was ist passiert? Auch der Großvater, heißt es, er hat sich im Estrich oben erhängt. Was? Der Großvater? Der hat doch Arthritis, der kann doch gar nicht laufen, wie ist er in den Estrich hinaufgekommen? Das ist doch jetzt gleich. Warum hat er sich erhängt? Warum hat er sich erhängt. Weil er eben gemeint hat, der Sohn habe sich erschossen, darum hat er sich erhängt. Aha, denkt Mari. Und wo ist das Schwein? Das Schwein steht innerhalb der Absperrung immer noch an den Baum gebunden und hat die Augen immer noch zu. Und wo ist Frau Schacher?, fragt Mari. Sie wird gerade gesucht. Ich weiß, wo sie ist, denkt Mari. Sie versucht sich vorzudrängen, wird aber so zusammengedrückt, dass sie vergisst, dass sie sehen wollte, ob Frau Schacher dort ist, wo sie meint. Weg hier, denkt sie, weg, bevor die Russen in die Menge hineinschießen. Sie kämpft sich hinaus, die Bluse klebt ihr am Oberkörper, es ist wirklich heiß heute.

Schon fast vier Uhr an diesem Junitag, erst jetzt wird das Schwein, das, wie sich herausstellt, nicht richtig laufen kann, vielleicht, weil es die Augen immer noch zuhat, von einem Angestellten des Schlachthauses in einem Anhänger abtransportiert.

Jetzt gegen vier Uhr, also um die zehnte Stunde, legt sich an diesem windigen Junitag im fünfzehnten Jahrhundert eine an den Rändern ausgefranste Wolke über die nördliche Umgebung der Stadt, so auch über die Wiese unterhalb des Wäldchens am Hang. Der Bauer, der sie mähen dürfte und sollte, sieht die Wolke von seinem noch besonnten Hof aus und sagt, er habe es doch gesagt. Es ist niemand da, der ihn fragen könnte, was er gesagt habe, er redet zu sich selbst. Die Wolke franst wegen des Windes immer stärker aus, lange Fetzen scheinen zwischen die Wipfel der Tannen auf der Anhöhe hineinzuhängen. Jetzt, da Schatten auf die Wiese fällt, hat das Zirpen der Insekten aufgehört, und auch der Himbeergeruch ist weggeblasen, hingegen riecht es ungefähr an der Stelle, wo in den Sechzigerjahren des zwanzigsten Jahrhunderts das Schwein steht, nach Fenchelkraut, das hier in einem Büschel wächst und in der plötzlich nicht mehr sonnengewärmten Luft seinen ölig-frischen Geruch freilässt. Der Bauer könnte das Büschel für gutes Geld verkaufen. Er macht einen Fehler, dass er nicht herauskommt. Wenn er um elf losgezogen wäre, hätte er um den Mittag bei der Wiese sein können, da gab es auch noch weniger Wind. Und dann hätte er die Wiese in weniger als zwei Stunden mähen können und vielleicht sogar gefunden, was im Gras zu finden ist. Ein Gedanke, der auch ihm durch den Kopf zuckt, worauf er sich bekreuzigt.

Um vier an diesem 11. Juni in den Zwanzigerjahren befindet sich Schacher Sohn um etliches außerhalb der Schussweite des Vaters, dafür nicht weit von der Stelle, an der sich der Bauer bekreuzigt hat. Er könnte das sogar sehen, von da, wo er steht, und sich automatisch mitbekreuzigen, obwohl er dafür auch schon um die Ohren bekommen hat. Der Vater sagt, seit dem Dienst an der Grenze glaube er an nichts mehr. Erzähl vom Dienst, Vater. Halt's Maul. Dem jungen Schacher läuft ein Schauder über den Rücken, es ist kalt, und der Biswind spritzt das Wasser vom Fluss herauf, sogar hier herauf, wo er steht. Saublöd, dass er die Jacke vergessen hat. Von der Altstadtkirche schlägt es vier, vier Uhr, da ist der Vater noch im Schuppen, eine Stunde bis fünf, wenn er zu seinem Schoppen geht. Irgendwie klingt das lustig, aber der junge Schacher kommt nicht drauf warum. Das Lustige ist nur ein Missklang im Gedanken, dass er noch eine Stunde frieren muss, bis er nach Hause kann. Vier Tage, heißt es im Hundertjährigen Kalender, soll das Biswindwetter halten. Der junge Schacher schaut sich nach einer geschützten Ecke um, aber die Häuser stehen hinter privaten Vorgärtchen, da darf man nicht hinein. Er setzt sich auf den Trottoirrand und drückt die Augen zu. Was soll ich dem Herrn Meier sagen, denkt er in das rötliche Dunkel hinein, von vier bis fünf ist Naturkunde, schon letzte Woche. Schon letzte Woche war etwas, diesmal schreibt der Vater keine Entschuldigung. Habe beim Mähen helfen müssen, nein, das glaubt er nicht, jeder weiß, dass man noch nicht mähen kann. Was hat der Vater in der Wiese gesucht? Ist es nicht im Schuppen? Wem gehörst du?, ruft eine Stimme von hinten. Der junge Schacher schreckt hoch, da steht eine Frau am Fenster im ersten Stock des Hauses hinter ihm. Über dem Fenster eine Aufschrift an der Hauswand: »Im Grund«. Das ist das Haus »Im Grund«, denkt der junge Schacher und antwortet: den Schachers im Grund. Wir haben hier keine Schachers, sagt die Frau. Äh, den Schachers in der Matte, sagt der junge Schacher. In der Matte, das ist doch eine halbe Stunde von hier, sagt die Frau, was machst du denn da? Auf den Vater warten, sagt der junge Schacher. Er setzt sich wieder auf den Trottoirrand. Und wie wäre es, wenn er in den Fluss spränge? Noch kälter wäre es. Der junge Schacher drückt wieder die Augen zu. Im Flussschlamm müsste man liegen, dort ist es wärmer. Mit dem Gesicht nach oben, damit man das Licht sieht. Der junge Schacher stellt sich die wellenverzerrte Fratze des Vaters vor, wie er sich über das Wasser beugt. Er zuckt zusammen und macht die Augen auf. Nein, lieber nicht mit dem Gesicht nach oben, lieber ganz im Flussschlamm drin. Auf der Seite, mit angezogenen Knien, Kopf nach Westen, Blick nach Osten. Schlamm überall, Schlammmassen legen sich auf die Augen, der junge Schacher macht sie wieder zu. Aber dann sieht man nicht, wie der Vater gewatet kommt. Augen auf. Kommt er? Nein, die Straße ist leer, vom Fluss kommt Sprühregen. Der Fluss macht mir das Heu kaputt, sagt bei solchem Windwetter im fünfzehnten Jahrhundert jeweils der Bauer, der die Wiese in der Matte nicht mäht. Der Schuppen da geht kaputt, denkt der junge Schacher, denn auf dem jetzt in kleine Gärtchen eingeteilten Flussufer steht ein Geräteschuppen, eine Wand schon nassgesprüht. Das Holz verfault, unser Schuppen ist trocken, denkt der junge Schacher, und es überläuft ihn heiß. Der Vater. Den Vater habe ich vergessen, nein, vorhin habe ich noch an ihn gedacht, und dann nicht mehr. Was mache ich jetzt? Es ist kalt, der Scheißbiswind, der Vater hat's vorausgesagt, er hat es im Kalender gelesen. Vier Tage soll er dauern. Aber da liege ich schon im Schlamm, im Flussschlamm, schon lange im Schlamm, wenn er aufhört. Oben hört er auf, unten nicht. Unten fließt das Wasser, und das ist wie der Biswind. Hundert und hundert Jahre dauert der. Das wird der Vater nicht mehr erleben. Der junge Schacher atmet auf. Dann muss man vielleicht gar nicht in den Fluss gehen. Vielleicht kann man sich in dem nassen Schuppen da verstecken. Nein, der Vater. In Schuppen kennt sich der Vater aus, das wäre der erste Ort, wo er suchen würde. Aber warum hat er dann in der Wiese gesucht? Der junge Schacher drückt wieder die Augen zu. Dieses Dunkel, das ist der Flussschlamm. Wenn man hundert und hundert Jahre da liegt, ist man ein Tier. Man sieht einen langen, geschuppten Schwanz im Schlamm, das sieht man. Hundert Jahre sieht man das. Am Morgen nach hundert Jahren sagt man: Das ist ja der hintere Teil meines eigenen Körpers. So sieht jetzt mein Körper aus. Wenn der Vater das sähe. Der Vater. Jetzt habe ich hundert Jahre nicht an ihn gedacht. Der junge Schacher macht die Augen auf, die Straße blendet, aber auch durch dieses helle Geflimmer sähe man eine Bewegung, und da ist nichts. Nicht einmal ein Automobil, da kommt leider kein Automobil, die Straße endet bei der Stadtmauer, Sackgasse. Das ist die falsche Straße, denkt er, und er hat recht, denn der Hundertjährige Kalender warnt vor Straßen, die nirgendshin führen. Man soll geradeaus weitergehen, wenn man es gefunden hat. Was gefunden, Vater? Wenn du noch einmal fragst, kannst du im Schuppen übernachten. Der junge Schacher drückt wieder die Augen zu, alles, was dunkel war auf der Straße, ist jetzt phosphoreszierend hell. Was ist das? Er macht erschrocken die Augen auf, sieht nichts, doch, da ist die Straße, das Dunkle ist dunkel, das Helle hell, alles normal. Also kann man ja zurückgehen. Nein. Man kann nicht. Warum nicht? Der Vater. Jetzt habe ich ihn schon wieder vergessen. Wie lange habe ich ihn vergessen? Viele Jahrhunderte lang. Das Biswetter dauert auch schon so lange. Ich springe in den Fluss, da ist es wärmer, auf den Grund, in den Schlamm. Oben fließen in Wellen die Straße, die Häuser, die Bäume vorbei, der Körper des jungen Schacher spürt den Sog, sein Bewusstsein spürt nichts. Immer noch nichts. Eine Minute, zwei, drei, vier, fünf, sechs Minuten lang nichts, obwohl er nach wie vor auf dem Trottoirrand sitzt. Er liegt im Schlamm auf dem Grund. Jetzt weckt ihn plötzlich eine Stimme: Zufriedenheit oder Geld zurück. Zufriedenheit, sagt der junge Schacher. Niemand hört es, Herr Burkhard, der Hausierer, der das von der Zufriedenheit gesagt hat, steht unter dem Fenster des ersten Stocks und redet zu der Frau hinauf. Ich bin auf den Sack gefallen, denkt der junge Schacher, deshalb ist das Straßenpflaster so nah. Nein, ich sitze hier. Ich habe mich hierhergesetzt. Warum? Wer redet da?

Er dreht sich um, da steht ein Hausierer, nicht der Herr Wagenbach, ein anderer, jüngerer. Und die Frau. Was für eine Frau? Die von vorhin. Er will ihr etwas verkaufen. Was verkauft er? Der junge Schacher versucht den Inhalt des Koffers zu sehen, der geöffnet vor dem Hausierer auf dem Boden liegt, aber er sieht nichts. Nein, sagt die Frau, die gefallen mir nicht. Mir auch nicht, denkt der junge Schacher, ich springe in den Fluss. Da stimmt etwas nicht. Springe ich in den Fluss, weil mir die nicht gefallen? Nein. Wegen dem Biswind. Deswegen springe ich in den Fluss. Weil es da warm ist. Aber im Fluss ist es noch kälter. Der Schlamm. Nein, der Vater. Der junge Schacher wirft sich herum, um die Straße zu sehen, die ist leer, er kommt nicht, sitzt er schon beim Schoppen? Wie viel Uhr ist es, ruft er, selber erstaunt über seine Frechheit, zu den beiden hinüber. Fünf vor fünf, ruft die Frau, wann kommt denn dein Vater? Der junge Schacher springt auf und rennt die Straße hinunter.

An diesem heißen Junitag der Sechzigerjahre ist, abgesehen von den tragischen Ereignissen im Schacherhaus, ein weiteres ungewohntes Phänomen zu beobachten, nämlich dass das Fernrohr im Giebelfenster so geschwenkt wird, dass es parallel zum Verlauf der Straße steht. Viele Leute, die von der verstärkten Polizei aus der Nähe des Schacherhauses vertrieben worden sind und vor dem Neubau herumstehen, sehen das und wundern sich. Will er der Ambulanz folgen, die den erhängten Großvater abtransportieren wird? Aber die kann er höchstens bis zur großen Linde sehen, weil sie ja dann Richtung Spital abbiegt, und überhaupt fällt von dort die Straße zur Stadt hin ab.

Die Linde steht gewissermaßen auf der Passhöhe zwischen dem leichten Ansteigen und dem leichten Abfallen der Straße. Will er über die Häuser hinaussehen? Aber nein, dann müsste das Fernrohr viel höher eingestellt sein. Der will die Ambulanz sehen, der sieht vielleicht damit in die Ambulanz hinein, der will sehen, ob der alte Schacher. Ob der alte Schacher was? Ja, nein, ich weiß es auch nicht. Mit einem Fernrohr sieht man sowieso nicht in ein Auto hinein. Das ist vielleicht ein Röntgenfernrohr. Was denn sonst noch. Haben sich halt den Neubau vor die Nase gebaut, verdienen sich halb zu Tode damit, aber sehen nicht mehr, was sie sehen wollen. Wo genau hat er sich erhängt? Der alte Schacher? Im Estrich oben. Ja, aber wo genau? Das weiß man doch nicht, das wissen nur die von der Polizei, und die kann man nicht fragen, die geben keine Antwort. Dürfen sie nicht, steht im Reglement. Und so weiter. Jedenfalls sind fast alle der Meinung, dass das Fernrohr der Ambulanz folgen will. Niemandem fällt auf, dass man es gar nicht benutzen könnte, weil sich sein Okular ganz nah am Fensterrahmen befindet.

Jetzt in den Zwanzigerjahren steht es an diesem Junitag hingegen in der richtigen Position, ragt schräg aus dem Fenster, sodass man damit wirklich bis zur großen Linde sieht. Auch ist völlig klar warum, nachdem Frau Schacher mit der Suche nach ihrem davongelaufenen Sohn die Gegend alarmiert hat. Seit fast fünf Stunden ist er weg. Bei der Suche helfen Frau Blank, ihr Ältester, Hans-Rudolf, der kleine Bruder Markus, der zuckerkranke Herr Schmied, Frau Kellermeister, alle aus dem Mietshaus links, Edwin Halter aus dem Mietshaus rechts, er muss aber um fünf nach Hause, dann der Sohn des Lehrers, Anton Meier, und Frau Gamper, die Frau von Wirt Gamper in der »Matte«, wo Vater Schacher heute schon seit vier Uhr beim Schoppen sitzt. Er trinkt Roten und hat die zuständigen Sprüche, von mir aus braucht er nicht zurückzukommen, achtzehn wäre ich auch lieber abgekratzt, schon losgelassen und starrt jetzt in den Hundertjährigen Kalender, der aufgeschlagen vor ihm liegt. Hinter ihm steht der Mattewirt und blickt ebenfalls hinein, aber nur kurz, dann muss er mit den Bieren weiter, die seine Frau servieren sollte, aber die rennt ja mit Frau Schacher in der Gegend herum. Der kommt schon wieder, sagt er. Hoffen wir's nicht, sagt Vater Schacher, ohne vom Kalender aufzublicken. In den Zwillingen, nicht zu lange vor der Sonnenwende, steht da, genau nach Westen ausgerichtet. Verdammt, das habe ich vergessen, der Gipskopf ist von Norden nach Süden über die Wiese gelaufen. Hat mir das Gras umsonst zertrampelt. Wieso genau nach Westen? Was ist das für ein Käse? Wo habe ich den Armeekompass? Oben im Estrich. Schacher wirft einen Franken auf den Tisch, geht hinaus, stapft am Wiesenrand nach Hause. Verschwindet im Haus, kommt wieder zum Vorschein, es ist Punkt fünf, und was sieht man, man sieht den Vater Schacher im eigenen Gras herumtrampeln. Jetzt spinnt er aber komplett. Sucht den Jungen da auf der Wiese, und dazu noch mit dem Kompass in der Hand. Jemand müsste mit ihm reden, aber das kann nur der Herr Weider, und der beobachtet ihn gerade vom Giebelfenster aus, hat das Fernrohr von der Straße weg in Richtung Wiese geschwenkt. Jetzt fällt das auch Vater Schacher auf, er bleibt stehen, blickt zum Giebelfenster hinüber und ballt die Faust. Das Fernrohr bleibt starr auf ihn gerichtet. Vater Schacher macht kehrt und stapft nach Osten, vom Fernrohr langsam gefolgt. Gut ein Drittel der Wiese ist schon zertrampelt, die Nachricht, dass Vater Schacher durchgedreht ist, beginnt sich zu verbreiten. Jetzt ist er wieder genau nach Westen unterwegs, vom Rand der Wiese schauen etwa ein Dutzend Leute zu, das Fernrohr folgt ihm, er bleibt plötzlich stehen. Gottverdammmich, sagt er, steigt doch gleich auf die Tannen im Wäldchen, damit ihr besser sehen könnt. Wieder ballt er die Faust in Richtung des Fernrohrs, steckt den Kompass in die Tasche und stapft auf der Nord-Süd-Route, die sein Sohn am Mittag genommen hat, zum Mietshaus rechts hinüber, wo sich im Erdgeschoss das Wirtshaus »Matte« befindet. Das Gras, das man zwar noch nicht hätte mähen können, ist doch schon so hoch, dass es sich, einmal zu Boden getrampelt, nicht mehr aufrichten kann. Die Wiese ist kreuz und quer von dunklen Furchen durchzogen. In der Nordecke, wo nie eine Blume wächst, steht das Gras unbeschädigt, und auch der Kotflügel am Wiesenrand ist von geraden Halmen umgeben.

Schweinerei, sagt Mari jetzt in den Sechzigerjahren in ihrem verdunkelten Zimmer, wo sie sich eingeschlossen hat und sich vorstellt, ihr Vater habe sie hier eingesperrt. Es ist heiß, wie in einer heißen Sommernacht. Niemand kann schlafen, denkt Mari. Sie zündet auf dem Schreibpult die Brockenhauslampe an. Draußen scheint die Sonne, es ist fünf Uhr und ungewöhnlich still. Das konstante Reden auf allen Stockwerken des Treppenhauses, über die Doppeltragödie bei Schachers, hört man hier nicht. Sie haben dahinten, denkt Mari, alle Häuser abgesperrt, niemand kommt heraus, niemand kann hinein, wer hineinmöchte, wird abgefangen und abgeführt. Aber nicht deshalb ist es still, sondern weil es Nacht ist. Nachts sperrt er mich immer hier ein. Aber nicht deshalb kann ich nicht hinaus, sondern weil man nicht hinausdarf, weil da Leute sind, die den Einzug der Roten Armee vorbereiten. Es sind Leute dabei, von denen man das nie gedacht hätte, Herr Arni, der Antikommunist, und Fräulein Müller, die Lehrerin. Sie gehen von Haus zu Haus und kleben Zettel an die Türen. So eine Nacht ist das. Sie haben sie gewählt, weil sie hell ist, Licht sickert durch die Löcher, wo die Schnur zum Hochziehen des Rollladens durchgeht, wenn man die Lamellen querstellte, käme noch mehr Nachtlicht herein, aber besser nicht, das könnten die Agenten der Fünften Kolonne sehen. Mari? Das ist die Stimme ihres Vaters, Mari sieht, wie sich die Türklinke bewegt. Komm heraus, Mari. Doch das fällt Mari gar nicht ein, soll er selber sehen, wenn er nicht schlafen kann in der hellen, heißen Nacht.

Soll er selber sehen, antwortet jetzt in den Zwanzigerjahren der Hausierer der Frau, die fragt, warum der Junge davongerannt ist, wenn doch sein Vater ihn da holen soll.

Seh ich selber auch, sagt in diesem Jahr 1415 der Bauer, dem einer die Wolke im Norden der Stadt zeigen will. Ich sehe auch das Gras hier und die Sense hier und meine Hände hier und die Schwielen hier und Eure Hände hier, ohne Schwielen, weil Ihr nur den Griffel halten könnt. Ihr wart auch schon froh, sagt der andere. Ihr wart froh, sagt der Bauer, um den halben Gulden für Euer Geschreibe. Wir wollen nicht streiten, sagt der andere.

Willst du Streit, Mari?, fragt ihr Vater hinter der geschlossenen Tür. Lass mich in Ruhe, ruft Mari, ich mache die Aufgaben. Es stimmt, obwohl es ihrer Meinung nach Nacht ist, eine helle, heiße Nacht in den Sechzigerjahren, sitzt sie beim Licht der Brockenhauslampe am Pult und hat ein Heft vor sich. Das Heft ist in ein blau-rot-weiß-gelb kariertes, beschichtetes Papier eingeschlagen, auf dem ein Etikett klebt: Rechtschreibung. Und darunter: Gnubierschtcher. Das ist Russisch, sagt Mari, wenn jemand fragt. Es ist zwar heiß, denkt sie am Pult, aber still, man kann gut schreiben. Draußen könnte man sogar ohne Lampe schreiben, hell, wie die Nacht ist. Mari schlägt das Heft auf, beugt sich darüber und schreibt Einzahl, Mehrzahl an die beiden Enden der obersten Zeile. Mehrzahl mit Umlaut, denkt sie. Sie schreibt die verlangten zwanzig Wörter auf, während sie mit einem Ohr auf die Schüsse horcht, die draußen fallen könnten. Die Rote Armee. Die Röten Armäen. An das, was heute bei Schachers passiert ist, denkt sie nicht mehr.

Nein, sagt der Bauer an diesem Tag im Jahr 1415, wenn der Österreicher wiederkommt, wird es Streit genug geben. Er wischt sich mit dem Ärmel den Schweiß von der Stirn, die Wolke hat sich weiter nach Norden verzogen, sein Hof, kurz einmal verdunkelt, liegt wieder in der Sonne, die Matte, die er mähen sollte, ebenfalls. Das Insektenzirpen setzt wieder ein, aber man hört es nur schwach, der Wind ist unverändert stark, biegt die hohen Halme nach links und nach rechts und lässt im Wald die Äste knarren. Man könnte gar nicht mähen bei dem Wind, lasst mich in Ruhe mit der Matte. Schade um das schöne Gras, sagt der andere. Ihr wollt nur, äh, nur Zeug finden, sagt der Bauer und bekreuzigt sich. Nein, sagt der andere, das ist mir so gleich wie die Tagundnachtgleiche. Was wollt Ihr dann? Der andere zuckt lachend mit den Schultern.

An diesem Junitag um diese Zeit, also um fünf, im einundzwanzigsten Jahrhundert liegt Selena Zumwald im Schlafzimmer im Bett und denkt: Das ist die richtige Position. Sie hat vorhin das Bett so verschoben, dass es mit dem Kopfteil die eine Ecke abschneidet und schräg ins Zimmer ragt statt wie bisher im rechten Winkel von der Wand weg. Allerdings kann man auf diese Art das Kopfkissen nicht mehr anlehnen, aber das ist gleich, dafür kann man schlafen. Selena hat jetzt ziemlich hohes Fieber, achtunddreißig eins. Es war wohl keine gute Idee, im Flur am Esstisch zu sitzen, während im kleinen Zimmer die Balkontür offen stand. Auch Mari hat sich einmal auf diese Art erkältet, als sie am selben Ort im Flur auf dem Boden saß und zwanzig Minuten lang zusah, wie ihr Vater vor dem kleinen Zimmer auf dem Balkon stand und nach ihr Ausschau hielt, oder was immer er dort tat. Selena klappert mit den Zähnen. Wenigstens ist Heinz nicht aufgetaucht. Heinz, denkt sie schaudernd, der rührende Gatte. Das kann man wohl sagen, auch wenn er in der Mittagspause doch nicht hat nach Hause kommen können, um nach seiner kranken Frau zu sehen. Macht nichts, ich brauche nichts, denkt Selena. Hauptsache, das Bett ist in der richtigen Position. Man kann schlafen. Tatsächlich schläft sie ein, da ist schon das Nachtbild, der kleine Platz mit dem plätschernden Brunnen, wo ist das, aber das braucht man ja nicht zu wissen, wenn man schläft, Hauptsache, man schläft, man sieht das Bild, das ist die Sommernacht, so kann man sie sehen, wenn das Bett so ausgerichtet ist, aber wieso habe ich es schon früher gesehen, wenn doch das Bett noch nie so ausgerichtet war? Egal, Hauptsache, das Fieber sinkt. Es stimmt, es sinkt, sie hat jetzt nur noch achtunddreißig.

Euch wird das Lachen schon noch vergehen, sagt der Bauer 1415, jetzt um die elfte Stunde, das heißt um fünf. Bald kommt die Stunde des Wüterichs. Was für ein Wüterich? Der mit dem roten Kopf und den Zähnen und dem Knüppel. Wo ist der? Im Feindesheer, von denen haben sie ganz viele. Da ist kein Feindesheer, wo habt Ihr einen Wüterich gesehen? Von denen laufen schon ganz viele draußen auf den Fluren herum. Ach so, daher weht der Wind, deshalb wollt Ihr nicht hinaus, die Matte mähen. Nein, beileibe nicht deshalb nicht, sagt der Bauer und bekreuzigt sich erneut.

Zehn nach fünf, siebenunddreißig acht, so schlimm ist es nicht, denkt Selena im Schlaf im einundzwanzigsten Jahrhundert, nur, was ist das für ein kleines Pferd, das um den Sommernachtsbrunnen herumgeht? Es ist kein Pony, sondern ein normales Pferd, bloß im Verhältnis zum Brunnen sehr klein, da stimmt etwas nicht mit der Perspektive. Selena steht ohne aufzuwachen aus dem Bett auf und verschiebt es ein wenig, sodass es nicht mehr so steil ins Zimmer ragt. Sie legt sich wieder hinein, wah, der Sommernachtsplatz ist jetzt viel näher und deutlicher zu sehen, der Brunnen plätschert lauter, das Pferd ist weg. Selena hat jetzt wieder siebenunddreißig neun, aber es hat nichts zu bedeuten, es kommt von der Anstrengung des Bettverschiebens. Wo ist das Pferd geblieben, fragt sie sich im Schlaf, aber es bleibt verschwunden. Sie wiederholt ein paar Mal die Frage, was bewirkt, dass das Fieber noch etwas steigt, oder vielleicht ist die Wiederholung eine Wirkung des steigenden Fiebers, egal, Hauptsache, man kann schlafen. Draußen hingegen fällt die Temperatur, das Thermometer am Wohnzimmerfenster zeigt nur noch neun Grad. Die ballspielenden Kinder auf dem Balkon des Blocks sind hineinbefohlen worden, auf dem Parkplatz hinter dem Haus, wo früher das Hintergärtchen war, steigt gerade Herr von Gugelau aus dem Auto und lässt seinen Schirm aufgehen. Jetzt regnet es also doch.

Es ist jetzt Nacht im fünfzehnten Jahrhundert. So viele Sterne, dass eine Art Licht auf die Wiese fällt. Wenn man die Augen anstrengte, würde man die unbewegten hohen Halme sehen. Das hat der Wind gebracht: Kühle, klaren Himmel, ruhig glänzende Sterne. Vom Waldrand her hört man den Igel. Die anderen Tiere, den Fuchs, den Iltis, das Stachelschwein, den Maulwurf, die Ratte, die Eule, den Kauz, die Fledermaus, den Marder, das Wiesel, den Dachs hört man nur hie und da am Rascheln eines trockenen Blattes oder, was die Eule und den Kauz betrifft, am Flattern von Flügeln, wobei diese Vögel die meiste Zeit reglos auf ihren Ästen sitzen. Das Laufen und Schleichen der Säugetiere wird von der Nadelschicht des Waldbodens abgefedert. Wenn man in der Nähe stünde, könnte man das Rasseln hören, mit dem das Stachelschwein seine Stacheln aufstellt. Wovon es erschrocken ist, weiß man nicht, man hat nichts gesehen, nichts gehört. Aber trotz aller Stille ist da eine Geschwätzigkeit. Was? Eine Geschwätzigkeit. Was für eine Geschwätzigkeit? Es ist doch still, man hört nichts. Ja, es ist still. Was meint Ihr dann? Was ich gesagt habe: Da ist eine Geschwätzigkeit. Wenn Ihr, verzeiht, wenigstens Schwatzen sagtet, dann könnte man annehmen, dass da doch Leute sind, weiß Gott, was sich auf den Fluren herumtreibt. Nein, da sind keine Leute, niemand schwatzt, da ist etwas anderes, eine Geschwätzigkeit. Herr Bernhard, bei aller Euch gebührenden Achtung, aber das Wachen in der Nacht tut Euch nicht gut. Es ist wahr, Herr Bernhard, der in seinem Haus in seinem Zimmer von der Sternennacht und der Geschwätzigkeit redet, sieht müde aus. Ihr solltet schlafen um diese Zeit, nicht wachen. Ihr wacht ja auch.

Um diese Zeit, es ist jetzt zwei Uhr am Morgen des 12. Juni im einundzwanzigsten Jahrhundert, sitzen Selena und Heinz Zumwald am Küchentisch, der an derselben Stelle steht wie der Küchentisch in den Sechzigerjahren, wo sonst, es ist der einzige Ort, wo er stehen kann. Über ihm, an der Wand, anstelle des mit verschiedenen Küchenkräutern bedruckten und mit ihren Namen beschrifteten Sechzigerjahretuchs, hängt das Magritte-Plakat mit dem lampenbeleuchteten Fenster unter dem hellen Himmel. Trotz Kopfweh und Fieber raucht Selena eine Zigarette nach der anderen, Heinz mag nicht mehr protestieren, nach dem stundenlangen Streit. Das Bett. Es ging um das

Bett, das schräg steht, sodass man sich nicht mehr anlehnen kann, und darum, dass sich Selena zu ihrem Nachteil verändert. Das sagst du, weil du dich hingegen nicht veränderst, genau das ist ja das Problem. Wenn du damit ein Problem hast, können wir uns scheiden lassen. Genau, mehr fällt dir dazu nicht ein, wenn von deinen Problemen die Rede ist, kommst du mit Scheidung. Aber das Problem hast du. Das ist kein Problem für mich, wenn ich das Bett verschiebe. Selena greift nach der nächsten Zigarette. Ich rede nicht vom Bett, sagt Heinz. Wovon denn? Davon, dass du dauernd seltsame Einfälle hast. Was für seltsame Einfälle, sag mir, was für seltsame Einfälle. Das war um Viertel vor zwei. Seither die Diskussion der Einfälle, die für Heinz seltsam sind, für Selena überhaupt nicht seltsam.

Wollt Ihr nicht doch zu Bett gehen? Nein, sagt Herr Bernhard in dieser Nacht von 1415, aber geht Ihr zu Bett, wenn Ihr müde seid. Nein, sagt Herr Petrus, ich kann nicht schlafen. Dann wollen wir ein wenig in den Garten gehen. Ist das Euer Ernst, wir haben nicht einmal ein Licht. Wir brauchen keins, bei den vielen Sternen. Sie gehen zur Tür und treten in den Garten hinaus. Auch Herr Bernhard zuckt vor der Stille ein bisschen zurück. Herr Bernhard, hört Ihr, was ist das? Ja, sagt Herr Bernhard, das ist die Stille. Das ist, sagt Herr Petrus, der Widerhall von den Sternen. Herr Bernhard lacht ein wenig. Herr Bernhard, erklärt mir das. Was soll ich Euch erklären? Dieses Hallen, das scheint mir keine Geschwätzigkeit zu sein. Ist es auch nicht, sagt Herr Bernhard, es ist die Stille. Und wo ist die Geschwätzigkeit? Ich höre sie auch nicht mehr, vorhin, im Haus, habe ich sie gehört. Sie gehen etwas weiter in den Garten hinaus, mit vorsichtigen kleinen Schritten, denn man sieht nicht, wohin man tritt, Sternenlicht hin oder her. Herr Bernhard, verzeiht, aber weiter möchte ich nicht gehen. Keine Antwort. Herr Bernhard, wo seid Ihr? Herr Bernhard? Nur das Sternenhallen als Antwort, sonst kein Laut, kein Geräusch, kein Ton.

Viertel vor drei jetzt, Anfang des einundzwanzigsten Jahrhunderts, Versöhnung. Heinz steht weinend am Glaskeramikherd, der keinen Deut besser ist als der in den Sechzigerjahren als hochmodern geltende Herd mit den elektrischen Platten, und auch der wird stark überschätzt, denn zum Kochen ist Gas das einzig Richtige. Heinz weint vor Erschöpfung und Erleichterung, brät sich ein Tofuschnitzel und kocht für Selena Tee. Selena sitzt schlotternd auf dem Küchenstuhl und sagt, sie wolle keinen Tee. Doch, Selena, den musst du trinken, und dann musst du ins Bett, diese Raucherei, das ist doch Wahnsinn.

Vorhin, gegen halb drei Uhr in der Frühe des 12. Juni in den Zwanzigerjahren, ist Vater Schacher endlich aus seiner Lethargie aufgewacht, nachdem er mehrere Stunden am Küchentisch gesessen und auf die Tischplatte gestarrt hat. Vor etwa fünf Minuten hat er gesagt: Den bringe ich um, worauf seine Frau mit den Fäusten auf ihn losgegangen ist, sodass er fast vom Stuhl fiel. Jetzt ist er dabei, seine dicke Jacke anzuziehen, und er sagt: Also gut, dann gehe ich den Bub halt suchen. Das fällt dir auch rechtzeitig ein, kreischt die Frau, im Dunkeln findest du ihn sicher sofort, aber geh nur, ist mir recht, wenn du dich auch gleich verläufst. Vater Schacher geht, ohne ein Wort zu sagen, hinaus und lässt die Tür zufallen. Nicht, dass es den in der nächtlichen Stille überlauten Ton gebraucht hätte, die Leute ringsum zu wecken. Sie sind sowieso wach, weil Frau Schacher, die den Verdacht hat, dass der Junge im Wäldchen oben am Hang ist, seit dem Eindunkeln um halb zehn immer wieder hinausgelaufen ist und seinen Namen gerufen hat. In fast allen Küchen der beiden Mietshäuser links und rechts von der Wiese brennt das Licht, in Familien, in denen es mehrere halb oder ganz erwachsene Frauen gibt, wird das Ereignis besprochen und, in den nach der Wiese gehenden Wohnungen, zum Schacherhaus hinübergeschaut. Es sind auch zwei Männer wach, Herr Blank, der gegen ein Uhr unbemerkt in die Wohnung schleichen wollte, und Wirt Gamper, der um diese Zeit meistens noch auf ist. Bei Blanks wird gestritten, aber nicht, weil Herr Blank ertappt worden ist, sondern weil er gegen acht den jungen Schacher gesehen hat. Und das ist dir nicht aufgefallen, dass der um die Zeit noch in der Stadt herumläuft? Doch schon, aber. Aber was? Herr Blank weiß es selber nicht recht. Was hast du dir dabei gedacht? Nichts, sagt Herr Blank, aber wenn er ehrlich wäre, müsste er sagen, er habe gedacht: Das ist ja der junge Schacher, was macht denn der da? Mehr nicht? Mehr nicht. Hast wohl gerade die Hose hinuntergelassen, sagt seine Frau. Rosa, red nicht so. Ich soll nicht so reden, aber du darfst so tun? Auf diese Art schwenkt der Streit vom verschwundenen jungen Schacher doch auf Herrn Blanks Untreue und geht jetzt in diesem Sinn weiter. Herr Gamper hingegen sitzt im leeren Wirtshaus mit einem Glas Roten am Tisch und kann nur immer wieder sagen: Und ich habe gedacht, er komme wieder. Da hast du halt falsch gedacht, sagt seine Frau. Aber das hört er nicht. Er nimmt gerade wieder einen Schluck Roten. Der dritte Mann ist unsichtbar. Man sieht ihn nicht, weil er kein Licht gemacht hat. Wenn man sich auf das dunkle Giebelfenster der Villa konzentrierte, könnte man einen glühenden Punkt ausmachen, die Zigarette, die Herr Weider raucht, während er von Zeit zu Zeit durchs Fernrohr schaut. Von den beleuchteten Küchenfenstern des Bauernhauses und der Mietshäuser liegt ein fahles, undeutliches Licht auf der Wiese, das man von bloßem Auge besser sieht, auch die Furchen im Gras sieht man besser, während im Fernrohr kaum konturierte dunkle Massen erscheinen. Aus diesem Grund reißt Herr Weider den Kopf vom Fernrohr hoch, als er die Tür des Schacherhauses zufallen hört, und er sieht, wie sich eine dunkle Gestalt zu den Birnbäumen bewegt, dort stehen bleibt, umkehrt und zum Schuppen hinübergeht, dort wieder kehrtmacht und zu den Birnbäumen zurückgeht und dann gleich in die Wiese hinein und quer darüber, wieder auf der Nord-Süd-Route. Der verfluchte Schlaumeier, sagt Herr Weider zwischen den Zähnen. Die dunkle Gestalt ist nicht mehr im Blickfeld, denn Schacher steht hinter dem rechten Mietshaus und klopft ans Hinterfenster der »Matte«: Gamper, macht auf. Es wird geöffnet, er geht hinein, Gamper schenkt auch ihm einen Roten ein. Frau Gamper ist nicht da, sie ist im zweiten Stock bei Fräulein Zinner, die sowieso auf ist, weil sie nachts lebt. Sie war gerade beim Bügeln, als Frau Gamper klopfte, Fräulein Zinner, darf ich? Frau Gamper sagte, sie habe gerade gehört, wie bei Schachers die Tür zufiel, der kommt zu uns, einen trinken, und ich mag ihn jetzt nicht sehen. Ich habe ihn das letzte Mal im Krieg gesehen, sagte Fräulein Zinner, als er auf Urlaub kam, der Wachtmeister Schacher.

Herr Bernhard, wo seid Ihr?

Es stellt sich heraus, dass sich Selena jetzt, im einundzwanzigsten Jahrhundert, kaum mehr auf den Beinen halten kann, Heinz muss ihr helfen, ins Bett zu gehen. Selena erinnert sich, dass sie weiß, dass es in der richtigen Position steht, auch wenn sie jetzt nicht mehr weiß, was für ein Gefühl es ist, das zu wissen. Wo ist der Karli?, fragt sie. Da, sagt Heinz, bei deinen Füßen. Selena spannt mit den Füßen die Bettdecke und sieht einen grauen Katzenkopf auftauchen. Sie lässt die Decke los, der Katzenkopf verschwindet. Es ist höllisch kalt, sagt Selena. Tatsächlich, draußen sind es nur noch vier Grad und in der Wohnung etwa sechzehn. Selena hat das Gefühl, sie müsse über den Satz von der höllischen Kälte lachen, was man ihr nicht ansieht, man sieht nur, dass es sie schüttelt. Sie hat jetzt achtunddreißig sieben, Heinz sagt, ich rufe einen Arzt, und geht aus dem Zimmer.

In dem Moment dieser Nacht in den Zwanzigerjahren ist Fräulein Zinner mit Bügeln fertig. Sie hängt das Eisen an sein Heizgestell zurück, das am Abkühlen ist. Auf dem Kanonenofen kocht Teewasser für sie und Frau Gamper. Nachher muss sie zwei Säume auftrennen und hinaufversetzen und die Winteräpfel schälen für eine Wähe, sonst gehen sie kaputt, aber zwischendurch darf man schon ein Päuslein machen. Sie horchen beide auf das Ziehen und

Summen im Kessel. Fräulein Zinner hat die von der großen Linde an der Kreuzung stammenden Blüten schon in die Kanne gestreut, was genügt, die Küche mit leichtem Lindenduft zu füllen. So trocken riechen sie fast besser, sagt Frau Gamper, wie Heu. Wie steht das Gras, fragt Fräulein Zinner, können sie noch nicht mähen? Die werden überhaupt nicht mähen können, so wie der Schacher die Wiese zertrampelt hat. Was hat er? Den Jungen gesucht hat er, auf der Wiese, mit dem Kompass. Er war schon siebzehn nicht richtig im Kopf, als er auf Urlaub kam, sagt Fräulein Zinner. Ich weiß, sagt Frau Gamper. Fräulein Zinner gießt den Tee auf, und es ist wahr, der aufsteigende feuchte, dichte Lindendampf ist weniger angenehm als der trockene Geruch der vorjährigen Blüten. Fräulein Zinner macht das Küchenfenster auf und schaut und horcht hinaus, aber da ihre Wohnung von der Wiese abgewandt liegt, hört sie nicht, ob es von Schachers her etwas zu hören gäbe, und sehen kann sie nur so weit, wie der Lichtschein von ihrer Küche reicht, nämlich bis zum Stamm der einzelnen hohen Tanne rechts neben dem Haus. Dahinter tiefes Dunkel, die Gaslaternen der Straßenbeleuchtung sind schon lange gelöscht.

Herr Bernhard, wo seid Ihr, ich sehe nichts mehr, habt Ihr mich herausgelockt, um mich zu versetzen, warum tut Ihr mir das an, oder ist Euch etwas zugestoßen, lungert da Gesindel herum, hat man Euch von hinten angefallen und weggezerrt, oder war es ein Tier, man sagt, es gebe ein Tier, nachts komme ein Tier hervor, das bestehe nur aus einem Rückgrat und einem langen Maul mit riesigen Zähnen, Herr Bernhard, zu Hilfe, ich sterbe vor Angst,

Heilige Muttergottes, zu Hilfe. Was redet Ihr nur für einen Unsinn zusammen? Herr Bernhard, da seid Ihr ja. Aber natürlich. Wo wart Ihr, wo wart Ihr die ganze Zeit? Wie meint Ihr das? Die ganze Zeit, da Ihr nicht da wart. Was redet Ihr bloß, Ihr habt doch soeben gesagt, Ihr wollet nicht weitergehen, da bin ich stehen geblieben.

Seit neun Uhr, als es noch nicht dunkel war, was man bei dem heruntergelassenen Rollladen nicht sehen konnte, liegt Mari an diesem Sechzigerjahreabend im Bett, seit Viertel vor zehn, als sie *Das Tal der Schätze* weglegte, schläft sie. Es ist eine der wirklich warmen Nächte dieses Sechzigerjahresommers, nicht so warm, dass man nicht schlafen könnte, aber lau, windstill, mit dem Geruch von trocknendem Gras. Der Vater von Mari sitzt im dunklen Wohnzimmer am Esstisch und blickt durch das offene Fenster auf den Umriss des Kirschbaums. Wie kann man nur, denkt er, in einer solchen Nacht schlafen. Sie haben es genomnen und abgeführt. Ich kann das nicht weiterdenken. Sie haben es genommen und abgeführt. Und wenn man das weiterdächte? Nein, das kann man nicht. Es ist zu dunkel. Nicht vollkommen dunkel, aber so dunkel, dass man stolpert, wenn man abgeführt wird. Nicht weiterdenken. Sich ablenken. Womit? Mit Ärger und Plänen. Sich über das Mädchen ärgern, dass es so nicht weitergeht. Sich noch viel mehr über ihre Mutter ärgern. Hier ist ein Plan für einen Brief: Ich glaube, es hat keinen Sinn, dass Du noch länger dort bleibst. Hier ist so weit alles geordnet, nächsten Monat trete ich die Stelle an, das habe ich Dir ja schon geschrieben. Wie soll ich das mit dem Mädchen machen, wenn Du nicht da bist? Nicht, dass ich Dich vermisste. Nein, das nicht schreiben, das ist zu sehr vom Ärger diktiert. Hingegen: Falls Du andere als die besprochenen praktischen Gründe hast, dort zu bleiben, dann lass es mich wissen. Nicht, dass wir dich vermissten. Nein, wie gesagt, das nicht schreiben. Aber da war noch etwas. Ach ja: Sie haben es genommen und abgeführt. Jetzt ist es doch wieder hochgekommen. Warum? Weil es dunkel ist. Und weil es laut schrie. Der Weg bis zum Wagen ein Gestrauchel auf dem ungepflegten, löcherigen, zum Teil mit zerbrochenen Ziegeln ausgebesserten Sträßchen. Wenigstens hätten sie ans Haus heranfahren können. Aber nein, der Wagen musste an der Straße vorn stehen, damit es ja alle sahen, alle hörten. Aufhören. An anderes denken. Sich mit Ärger ablenken. Aber das war ja schon. Wie langweilig, schal, flach und unzuträglich. Was war noch? Das Mädchen. Dass es so nicht weitergeht. Dann geht es eben nicht weiter. Sie haben es ja genommen und abgeführt. Vor den neugierigen, gleichgültigen Leuten. Es hat nicht gesehen, wohin man es führt, und ist an der Rampe des vergitterten Wagens gestolpert. Weil da auf einmal eine Steigung war und es einen Schritt gemacht hatte, der für flaches Terrain berechnet war. Deshalb ist es an der Rampe des vergitterten Wagens gestolpert. Niemand denkt mehr daran. Dabei gibt es nichts anderes, das man denken kann. Wer jetzt schläft, ist langweilig und schal. Wer ist wach genug, dass man ihn fragen könnte: Hast du gesehen, wie es an der Rampe gestolpert ist? Und: Hast du gehört, wie die Leute gelacht haben? Nein, das würde man nicht fragen können. Aber gelacht haben sie, weil es mit so unsicheren Schritten die Rampe hinaufging, dass es gezerrt und gestoßen werden musste. Aber das geht nicht. Wie viel Uhr ist es? Fast drei. Wie gut, dass die Uhr Leuchtzeiger hat. Was für ein erleichternder Gedanke. Wieso braucht es Erleichterung? Ach so, es ist mit unsicheren Schritten die Rampe hinaufgestiegen. So geht das nicht weiter. Soll ich das Mädchen wecken? Absurde Idee. Wenn ich gewusst hätte, dass ein Kind so lange als Gesprächspartner unbrauchbar ist. So irgendwo vergraben. Hin und wieder blitzt etwas Interessantes auf, aber man weiß nicht wo, wenn man es fassen will, greift man ins Leere. Woran erinnert das? Nein, nicht an etwas, das eben noch da war. Ach ja: In Juninächten haben wir den Glühwürmchen zugesehen. Die meisten gab es vor dem Jasminstrauch. Der Duft zieht sie an, sagte die Mutter. Aber nein, sagte der Bruder, Glühwürmchen besitzen kein Organ zum Wahrnehmen von Düften, dass sie gerade vor dem Jasminstrauch so zahlreich sind, hat mit der dort herrschenden Temperatur und dem Luftdruck zu tun. Der Bruder hatte zwar auch keine Ahnung, aber immerhin war das ausführlich und sauber formuliert, und da war er auch erst elf. Kaum anzunehmen, dass das Mädchen in zwei Jahren so weit ist. Und da hast du es wecken wollen, um darüber zu reden, dass gewisse Eindrücke die Seelenlandschaft verwüsten. Ein intelligenter Gesprächspartner würde gleich fragen, was für eine Seelenlandschaft, aber woher nehmen. Ihre Mutter? Schon gar nicht. Hysterische Gans. Aber wenigstens lenkt Ärger ab. Wovon? Davon, davon. Dass es beim Betreten der Rampe gestolpert ist. Dass es mit unsicheren Schritten hinaufging. Dass es beim Betreten des Wagens stockte und versuchte, die Pampe rückwärts wieder herunterzukommen, schreiend. Dass auch da wieder Leute gelacht haben und noch mehr gelacht, als man es von hinten in den Wagen stieß, mit Handschuhen an den Händen. Auf die Art wird man abgeführt. Auf die Art wird hinter einem die Rampe hochgeklappt und zugeschlagen. Durch das Dunkel hört man, wie links und rechts die Riegel vorgeschoben werden. Und gleich darauf hört man, wie die Autotür zufällt und der Motor angelassen wird. Noch bevor der Wagen anfährt, verliert man das Gleichgewicht und fällt gegen eine Metallwand. Man hört, wie draußen gelacht wird. Kann halt nichts sehen, sagt jemand. Das Auto fährt an, man bleibt an die Metallwand gelehnt. Darüber die Gitterstäbe, da kommt warme Luft herein. Es muss inzwischen Sommer geworden sein. Welcher Monat? Dort im Keller war es immer kälter als draußen. Im Dunkeln konnte man hören, wie sie das Eis im Zuber aufbrachen. Inzwischen muss es Sommer geworden sein. Da kommt warme Luft herein. Den Kopf heben. Ja, da kommt zwischen den Stäben warme Luft herein. Der Wagen hält. Man schlägt den Unterkiefer gegen den Boden. Niemand lacht, niemand hat es gesehen. Die vier Beine sind zu schwach für das Gewicht. Warum fährt der Wagen nicht? Ist es so weit? Nein, nein. Nein, es ist die Stadt, es muss die Stadt sein, da sind Stimmen und Motorengeräusch. Und warme, nach Seewasser riechende Luft kommt herein, weil es Sommer ist. Sommer in der Stadt. Eine Stimme über einem, durch die Gitterstäbe: Was hast du denn da geladen? Etwas ganz Schönes, ruft der Fahrer von vorn, gerade noch gut für ein paar Würste. Er fährt wieder an, die warme Luft streicht über die Haut des Rückens.

Herr Bernhard, warum tut Ihr mir das an? Jetzt hört einmal, wenn Ihr es nicht ertragt, hier draußen in die Sterne zu schauen, und es nicht ertragt, dass die Stille die Stille ist, dann geht doch wieder ins Haus. Ich kann das Haus nicht sehen, ich weiß nicht, wo es ist in diesem Dunkel.

Heinz, wo bist du? Heinz, in dieser Nacht des frühen einundzwanzigsten Jahrhunderts, sitzt ratlos in der Küche. Beim Dienstarzt bekommt er nur den Beantworter ans Telefon. Heinz, Idiot, merkst du nicht, dass du mich nicht allein lassen solltest? Selena weint. Heinz, ich habe vierzig Grad Fieber. Das stimmt nicht ganz, sie hat nach wie vor achtunddreißig sieben, was immerhin genügt, das maßstabungerechte Pferd wieder auftauchen zu lassen, diesmal auf dem Balkon, und leuchtend. Das ist ein Fiebertraum, sagt Selena zu sich selbst. Da leuchtet das Pferd stärker. Wo bleibt der Idiot? Heinz versucht es gerade mit einer anderen Nummer, aber da kommt nur das Faxsignal. Heinz, da draußen ist etwas nicht gut. Wenigstens das Stöhnen, das diesen Gedanken begleitet, könnte Heinz hören, denn die völlig einfallslos konzipierte Wohnung hat, abgesehen von der Verbreiterung des Flurs zu einer Essecke, keine Vorsprünge oder Ecken oder Nischen, die den Schall schlucken oder ablenken würden. Nur drückt Heinz gerade auf seinem Handy herum. Heinz, da draußen ist etwas nicht gut. Zum Glück steht das Bett so, dass man genau in die andere Richtung blickt. Heinz, wie viel Uhr ist es? Warum sagst du nichts?

Weil Ihr das Haus nicht sehen wollt, weil Ihr es vorzieht, Euch über mich zu ärgern. Dreht Euch um, schaut. Seht

Ihr es jetzt, dort, in strahlendem Sonnenlicht, mit den glänzenden Ziegeln? Nein, Herr Bernhard, ich sehe es nicht, warum lacht Ihr, Herr Bernhard?

Die Einzigen, die in dieser Nacht schlafen, sind Mari in den Sechzigerjahren und Vater Schacher in den Zwanzigerjahren. Mari sogar traumlos, obwohl sie sonst viel von einem Hexenmeister träumt, der sich und sie an andere Orte denken kann. Vater Schacher liegt mit dem Oberkörper auf dem Wirtshaustisch, schnarcht, ist zu schwer, um nach Hause transportiert zu werden, und dieses eine Mal hat er einen deutlichen Traum, nämlich wie sein Sohn, schon weit weg, auf eine rote Stadt zugeht. Herr Gamper hingegen, den nicht die Anwesenheit Schachers, sondern die Abwesenheit seiner Frau stört, schläft so wenig wie die Leute in den Küchen, sodass alle gegen fünf den Himmel hell werden sehen. Nicht alle sind darüber erleichtert. Fräulein Zinner blickt auf den deutlicheren Umriss der Tanne vor dem Küchenfenster und sagt: Oje, jetzt komme ich nicht mehr dazu, die Wähe zu machen. Frau Gamper sagt, ich habe Euch versäumt, was nicht verpasst heißt, sondern Euch aufgehalten, aber Fräulein Zinner widerspricht, es sei schön, ein bisschen Gesellschaft zu haben. Da sei sie froh, sagt Frau Gamper, denn sie wolle nicht hinunter, solange der dort unten hockt. Sie weiß nicht, dass Schacher schläft. Herr Weider weiß es auch nicht, er liegt im Giebelfenster immer noch auf der Lauer und sieht jetzt in der beginnenden Dämmerung durch das Fernrohr den Schuppen deutlicher abgezeichnet. Einmal sieht er auch Frau Schacher, wie sie aus dem Haus tritt und zum Wäldchen hinübergeht und eine Weile dort steht, ohne hineinzurufen.

Ob er anklopfen sollte, überlegt sich um diese frühe Morgenstunde im einundzwanzigsten Jahrhundert Herr von Gugelau, der immer um diese Zeit ins Büro geht und neustens zu Fuß die Treppe hinuntersteigt und jetzt vor Zumwalds Tür steht, weil er meint, ein Rufen gehört zu haben. Ist da etwas passiert? Er horcht hinein und hört, wie in der Küche mit Geschirr geklappert wird, na, wenn sie Frühstück machen, wird es nicht so schlimm sein, Herr von Gugelau geht weiter. Draußen schlägt ihm mit der kalten Luft der Betongeruch vom Block entgegen.

Auch der Vater von Mari denkt jetzt an Frühstück und lacht ein bitteres Lachen. So enden solche Nächte, denkt er. Aber er geht doch in die Küche und öffnet denselben Schrank, den Heinz Zumwald vorhin geöffnet hat, um eine Tee- beziehungsweise Kaffeetasse herauszunehmen.

Hungert Euch nicht, Herr Bernhard? Herr Bernhard? Jetzt würde ich es wagen, wieder Schritte zu machen, jetzt, da es hell wird und man das Haus in der Tat ein wenig sieht. Herr Bernhard? Aber Herr Bernhard, der tatsächlich hungrig ist und auch die Fragen seines Freundes gehört hat, horcht nach Osten und antwortet nicht.

III

Wir haben den Mai des folgenden Jahres in den Zwanzigerjahren, der junge Schacher ist noch nicht zurück. Seit dem vergangenen Oktober trägt Mutter Schacher Trauer. Er ist ganz sicher tot, sagt sie. Wenn man sagt: Frau Schacher, gebt die Hoffnung noch nicht auf, beginnt sie zu weinen. Vater Schacher trinkt erwartungsgemäß noch mehr und sagt praktisch nie ein Wort. Um Tineli und Marteli, die Schwestern des verschwundenen Jungen, kümmert sich niemand groß, vor allem nicht, seit es Frau Schacher nicht gelungen ist, Tineli von der Schule zu nehmen, damit es nicht verlorengehen kann. Dann geht es halt auch verloren, hat nicht Vater, sondern Mutter Schacher nach dem negativen Bescheid der Schulbehörde gesagt. Tatsächlich ist Tineli nicht zu sehen, aber nur, weil es mit seiner kleinen Schwester hinter dem Schuppen sitzt und mit einem rostigen Messer eine Ritze zwischen den Holzlatten zu erweitern versucht. Jetzt hören sie den Vater aus dem Haus kommen und rennen den Hang hinauf ins Wäldchen. Der Hund verkriecht sich in seiner Hütte. Vater Schacher geht quer über die Wiese, auf der Nord-Süd-Route, die zu einem ausgetretenen Pfad geworden ist. Auf dem Rest der Wiese, die er nicht mehr mäht, steht das Gras höher als letztes Jahr um diese Zeit, und abgesehen vom rein grünen Gras der Nordecke sind da Mengen von Vergissmeinnicht, Kerbel,

Margeriten, Feldnelken, Butterblumen und die weißen Bälle des verblühten Löwenzahns. Der schon lange in der Wiese liegende Kotflügel ist hauptsächlich von Butterblumen umgeben und fast unsichtbar. Seitdem im März die ersten Gänse- und Schlüsselblümchen erschienen sind, hat man nicht einmal vom Rand der Wiese eine Blume zu pflücken gewagt, und niemand außer Vater Schacher betritt je den Nord-Süd-Pfad. Im April hat Marteli die Hühner aus ihrem Verschlag hinter dem Haus herausgelassen, aber auch die sind nicht auf die Wiese gelaufen. Vater Schacher hat jetzt das Südende des Pfads erreicht und ist unterwegs zum Vordereingang des Wirtshauses, während man Frau Gamper aus dem Hintereingang treten sieht. Jetzt hat Vater Schacher die Vordertür geöffnet, jetzt fällt sie hinter ihm zu. Es ist niemand mehr zu sehen, weder Mensch noch Tier, Frau Gamper ist um die Hausecke verschwunden, die beiden Mädchen trauen sich noch nicht aus dem Wäldchen herunter, Frau Schacher sitzt wie immer brütend in der Küche, der Hund bleibt in der Hütte verkrochen. Nur wenn man ganz nahe an den Kerbel herangehen könnte, würde man glänzend grüne Käfer darauf sitzen sehen. Ein schöner, windstiller Maitag.

Zwölf Uhr achtzehn, um genau zu sein, denn das ist der Moment der geringsten Distanz zwischen Frau Schacher und ihrem Sohn. Der fährt gerade in einer Entfernung von knapp zwei Kilometern über die Straße am See, im Kasten eines Lieferwagens, der von einem offenen Sitz aus gesteuert wird. Jetzt hat sich die Distanz zwischen Mutter und Sohn schon wieder vergrößert, der Wagen biegt auf die Brücke ein und rollt in Richtung Neustadt. Nein, würde

Frau Schacher sagen, das kann nicht sein, der Röbi ist tot, ich weiß es. Halbtot ist er, das stimmt, und zwar vor Angst, der Vater könnte in diesem Moment der bedrohlichen Nähe durch die Luke des Kastens in den Wagen schauen. Er weiß selbst, dass das eine unsinnige Vorstellung ist, aber es hilft nichts. Herr Brun, fahrt schneller, schreit er, aber Herr Brun vorn hört es nicht. Jetzt sind sie sowieso schon bald in der Neustadt.

Zwei schöne Maitage später sind sie immer noch dort, Herr Brun spielt im Aufenthaltsraum der Pension Klavier, der junge Schacher betrachtet ein Fischskelett mit intaktem Kopf, im Hinterhof, aus dem er sich kaum herauswagt. Äußerst lästig, hat Herr Brun gesagt, dass du mich hier im Stich lässt. Das ist ungerecht, denn der junge Schacher hat bereits die beiden Pudel gefüttert, nur muss sie Herr Brun selber spazieren führen. Du bist ein Feigling, sagt er, es wird wieder Krieg geben, was machst du dann?

Am Abend dieses dritten Maitags, den Herr Brun fast ausschließlich zwischen den wechselnden Sonnenstreifen und -vierecken im Aufenthaltsraum der Pension zugebracht hat, steht er in einem dunkelblauen Samtanzug hinten im sogenannten Varieté-Café und schaut zu, wie vorn auf der Bühne Fräulein Emma und Fräulein Klara in kurzen Fransenkleidern einen Tanz aufführen, dessen Tollpatschigkeit, findet er, nicht zu überbieten ist. Das elende Kleinstadtpublikum ist natürlich begeistert, jedenfalls hat Herr Brun diesen Eindruck, denn er hört nicht, wie Dr. Isenegger zu Herrn Paul sagt: Im Wintergarten in Berlin geht dieser Tanz aber anders. Herr Brun ist da schon an der Außenwand des Cafés zum Bühneneingang unterwegs. Hinter der Bühne steht der junge Schacher, in die Betrachtung der silbernen, blauen, rosaroten und weißen Rauten einer Harlekinsjacke vertieft. Warum lässt der Vonkirch seine Sachen herumhängen, sagt Herr Brun und erschreckt damit den Jungen, der ihn nicht hat kommen hören. Geh, bring sie ihm, sie wird sonst gestohlen. Ich kann nicht, sagt der junge Schacher. Ich kann nicht, sagt Herr Brun, was ist das für ein Getue? Ich kann nicht auf die Straße, sagt der junge Schacher. Pah, zieh die Jacke an, dann erkennt dich keiner. Der junge Schacher schüttelt den Kopf.

Eine Viertelstunde später hängt die Jacke immer noch dort, Herr Brun und der junge Schacher haben jetzt anderes zu tun, auf der Bühne ist schon die Affennummer im Gang. Wie immer mit großem Erfolg. Aber nur in Kleinstädten, sagt Herr Brun, wo's keinen Zoo gibt. Odette, wie die Schimpansin heißt, wobei sie im deutschen und im französischen Landesteil wegen des grammatischen Geschlechts der Wörter *Affe* und *singe* unter dem Namen Otto beziehungsweise Oscar läuft, während sie im italienischen Landesteil aus demselben Grund unter ihrem richtigen Namen auftritt, Odette also wird mit Pfiffen und Applaus empfangen. Applaus, Pfiffe und Gelächter begleiten sie, während sie mit zeitlupenartigen vierbeinigen Hüpfern ihren Stuhl erreicht, auf dem sie wie ein Mensch Platz nimmt. Gelächter, Applaus, Zurufe. Bald nach dem Affen tritt ein Bauer auf, der meint, einen Menschen vor sich zu haben, und nicht nur einen Menschen, sondern einen Anwalt, dem er sein Anliegen vorträgt. Der Affe nickt und schüttelt den Kopf an den richtigen Stellen. Gelächter, Zurufe. Ein Wunder, hat Herr Brun gesagt, dass die Anwaltskammer noch nicht eingeschritten ist.

Elfeinhalb Minuten geht die Affennummer, unterdessen hat der junge Schacher die Requisiten zurechtgelegt. Mach vorwärts, sagt Herr Brun, der jetzt nervös ist. Er legt den beiden Pudeln die Leine an, während der junge Schacher an den Vogelkäfigen herumfummelt. Vor dem Raben hat er Angst. Du bist ein Langweiler und ein Feigling, sagt Herr Brun in einem Ton, dass der Pudel, den er gerade anleinen will, sich mit eingezogenem Hals duckt. Der Ring am Halsband, in den Herr Brun den Haken der Leine einklinken wollte, verschwindet im zusammengezogenen Fell. Es läuft auch sonst nicht gut heute Abend. Auf der Bühne sind wieder Fräulein Emma und Fräulein Klara tätig, mit demselben Tanz wie vorhin, weil gegen die Krüppel-Nummer, die jetzt dran wäre, vonseiten des Frauenvereins Einspruch erhoben worden ist. Die Wiederholung der Tanznummer begeistert das Publikum nicht mehr so. Diese Tötsche haben wir schon gesehen, ruft jemand, und gleich darauf ein anderer: Fräulein Emma, zahlen! Brüllendes Gelächter, Dr. Isenegger und Herr Paul verlassen das Lokal. Die ganze Zeit wird in die Musik, ein Saxofon, eine Bassgeige, ein Klavier, hineingeredet, was man auch hinter der Bühne hört. Der junge Schacher hat immer noch Probleme mit dem Raben, der nicht aus dem Käfig kommen will. Jean, sagt Herr Brun, während er sich aufrichtet. Der Rabe hüpft in die offene

Käfigtür. Und es läuft auch nicht gut, weil der junge Schacher ausfällt. Normalerweise führt er die beiden Pudel auf die Bühne, gefolgt von Herrn Brun mit dem Raben und der Taube auf den Schultern. Heute, da Herr Brun mit allen vier Tieren auftreten muss, empfängt ihn Gelächter. Es fehle ihm noch die Katze auf dem Kopf, ruft einer, und unvermeidlich ein anderer: und die Schlange um den Hals. Die Stimmung schlägt aber erst wirklich gegen ihn um, als einer ruft: Was wollt ihr, wenigstens endlich eine richtige Frau. Immerhin gelingt es mit dem abschließenden Trick, das Publikum zu erschrecken, indem nämlich die beiden Vögel dicht über den Köpfen der Zuschauer eine Runde ziehen, worauf die Taube auf dem schwarzen und der Rabe auf dem weißen Pudel landet und beide mit ihnen zusammen in einer roten Kiste verschwinden, die der junge Schacher heute, statt sie auf die Bühne zu bringen, Herrn Brun herausreicht.

Gegen halb zehn sind sie wieder in der Pension, Herr Brun, der um diese Zeit nicht Klavier spielen darf, sagt nur: Pack die Sachen für morgen, ich gehe ins Bett. Der junge Schacher ist schon dabei, die Vogelkäfige mit Tüchern zuzudecken, und diesmal denkt er nicht: Das ist nicht recht, dass ich alles machen muss, sondern er freut sich, dass es morgen weitergeht. Jetzt ist keine Gefahr mehr, denkt er. Nein, tatsächlich nicht, obwohl der Augenblick, als er Herrn Brun die Kiste auf die Bühne reichte, genügt hat dafür, dass er von Herrn Blank erkannt wurde. Das ist doch der junge Schacher, hat Herr Blank gedacht. Aber da er keine Lust hatte, zur Polizei zu laufen, und er jetzt mit seiner Geliebten in Richtung ihrer Altstadtwohnung spaziert, wird er sich noch längere Zeit hüten zu sagen, dass er den jungen Schacher gesehen hat.

Um Viertel vor elf ist der junge Schacher mit Packen fertig, um elf liegt er weinend neben Herrn Brun im Bett. Hast Heimweh, was?, sagt Herr Brun auf einmal ins Dunkel hinein. Der junge Schacher weint stärker. Mach Licht, sagt Herr Brun.

Wieder ein strahlend schöner Maimorgen, zwar noch kühl um diese Zeit, um acht, aber man ahnt schon die Wärme und hat den Eindruck, dass die Knospen des violetten Flieders im Hinterhof der Pension heute aufgehen werden. Dorthin, in den Hinterhof hinter den Fliederstrauch, scheucht Herr Brun den jungen Schacher, als jetzt ein Polizist in der Pension erscheint. Nein, Herr Blank hat noch nicht geplaudert, es ist wegen der Harlekinsjacke, die gestohlen worden ist. Herr Vonkirch, dem sie gehört und der privat wohnt, hat Herrn Brun angezeigt. Durchsuchungsbefehl, Herr Brun muss alles wieder auspacken, und dazu noch allein.

Um zehn können sie endlich losfahren, es riecht schon nach der Gerstensuppe, die Frau Pflanzer zum Mittagessen kocht, der junge Schacher sitzt wieder hinten im Wagenkasten, Herr Brun kurbelt den Motor an. Er hat sich vom jungen Schacher eine Fliederblüte bringen lassen, die jetzt in seinem Knopfloch steckt, aber er ist trotzdem schlechter Laune. Er setzt sich auf den Führersitz, legt sich eine Decke über die Knie und fährt an. Der junge Schacher atmet auf. Doch auch die vier Meter zwischen dem Eingang der Pension und dem Wagen haben genügt, um der Ladentochter von nebenan, Fräulein Schneiter, den Eindruck zu vermitteln, das sei doch der verschwundene Junge von der Matte. Frau Kramer, sagt sie, da ist der Bub vom Bild in der Zeitung. Zum Glück braucht es eine Weile, bis Frau Kramer diese bruchstückhafte Information versteht, sodass sie nur noch den wegfahrenden Wagen sehen, als sie hinausstürzen.

»Any day now« heißt ein in diesem Jahr beliebter Schlager, den auch Herr Brun auf dem Klavier kann und vielleicht gestern nicht gespielt hätte, wenn er gewusst hätte, wie passend er ist. An jedem dieser ungewöhnlich schönen Maitage kann der junge Schacher auffliegen, auch wenn er jetzt schon draußen vor der Stadt ist, nach Westen unterwegs. In dem Moment, da Herr Brun am Rand einer Wiese hält, um den Jungen aus dem Kasten herauszulassen, treten Fräulein Schneiter und Frau Kramer aus der Tür der Polizeiwache, wo sie Meldung erstattet haben.

Am heißen Mittag dieses Tags will der junge Schacher nicht in einem Landgasthof einkehren, weil er immer noch Angst hat. Das ist doch absurd, sagt Herr Brun, wir sind vierzig Kilometer von der Stadt entfernt. Der junge Schacher schüttelt nur den Kopf, und so ist Herr Brun gezwungen, von der Landstraße auf einen Seitenweg abzubiegen, wo er vergeblich einen Schattenplatz sucht. Das Beste, das er findet, ist ein von vereinzelten hohen Tannen gefiltertes Licht, und es gelingt ihm, seinen Platz am Steuer in den gesprenkelten Schatten zu manövrieren, während der junge Schacher neben ihm in der Sonne sitzt. Mein Gott, sind wir im Kakao draußen, sagt Herr Brun, als er den Motor abstellt und keinen Laut mehr hört, nicht einmal Vogelgezwitscher oder das Zirpen von Insekten. Hol die Tiere, sagt er. Der junge Schacher muss den Raben- und den Taubenkäfig in den schmalen Schattenstreifen neben den Wagen stellen und die beiden Pudel, Jin und Jan, wie er meint, dass sie heißen, auf Herrn Bruns Seite im gesprenkelten Schatten an den Speichen des linken Vorderrads festbinden. Sehr lästig, sagt Herr Brun, dass wir mit Frau Pflanzers langweiligen belegten Broten vorliebnehmen müssen. Der junge Schacher sitzt in der Sonne und hört das gar nicht recht, es kommt ihm vor, als befinde er sich in einem anderen Raum als der gesprenkelte Herr Brun, in einem Raum, wo man selber entscheiden kann, ob man sichtbar ist oder nicht. Gerade jetzt ist er unsichtbar, deshalb hört er schlecht, er hört vor allem das Blut in seinen Ohren. Was machst du?, fragt Herr Brun auf einmal überdeutlich. Da findet sich der junge Schacher neben dem Wagen stehend wieder. Er steigt auf den Sitz zurück, jetzt ist er sichtbar und hört sogar die Kaugeräusche von Herrn Brun, aber plötzlich, denkt er, wird mich Herr Brun wieder nicht sehen. Schon jetzt hört er die Kaugeräusche nicht mehr, und jetzt verliert seine blaue Hose die Farbe und besteht nur noch aus heißem Licht. Jetzt sieht man den jungen Schacher nicht mehr, nur einen leeren, blendend sonnenbeschienenen Autositz, er ist weg, er weiß es, weil er wieder nur das Blut in seinen Ohren hört. Und dann hört er doch wieder überdeutlich, dass Herr Brun sagt: Was soll das eigentlich? Wieder steht der junge Schacher neben dem Wagen, wieder klettert er auf den Sitz. Ihr seht mich jetzt ja, sagt er. Herr Brun schüttelt nur den Kopf.

Fünf Minuten später. Der junge Schacher fühlt sich in dem Lichtraum völlig aufgelöst, Herr Brun hat sein belegtes Brot gegessen und schraubt eine russische Zigarette in die Spitze. Hör mal, sagt er, aber das ist jetzt in dem von einem lautlosen Pulsieren durchwehten Raum nicht zu hören und auch nicht an den jungen Schacher gerichtet, sondern an den weißen Pudel, der seine Leine durchzukauen versucht. Der junge Schacher hört das Hör mal zwar nicht, aber er sieht es, wie es von den pulsierenden Wellen an ihm vorbeigetragen wird. Dann nichts mehr. Nur das lautlose Pulsieren. Doch dann folgt ein Auftakt, auch wenn der junge Schacher nicht sagen könnte, woraus er besteht, vielleicht aus dem Aussetzen eines Atemzugs oder Herzschlags, jedenfalls kommen ihm plötzlich Nummern in den Sinn, die er im Lauf der vergangenen elf Monate gesehen hat.

Die erste Nummer vom ersten Abend, nachdem er am südlichen Stadtrand Herrn Brun getroffen und ihm gesagt hatte, er müsse so rasch wie möglich zu seinen Verwandten im südlichen Landesteil. Kurz darauf saß er neben Herrn Brun auf dem Autositz und sah, dass die Füße, die auf die Pedale traten, in goldenen Damenschuhen steckten. Aha, die gefallen dir, sagte Herr Brun, ich habe sie Fräulein Meier-Lauber abgekauft.

Die zweite Nummer wurde drei Tage später gespielt, im Landesteil im Süden, wo Herr Vonkirch, der mit der

Harlekinsjacke, in einem Gioia&Pace genannten Lokal halb auf Italienisch, halb in Mundart einen angeblich unschuldigen Zuschauer in der ersten Reihe verspottete und beschimpfte. Man kletterte auf die Stühle, um das Opfer zu sehen, auch der junge Schacher stand auf einem Stuhl, während sich Herr Vonkirch über das fehlende Haar, die fehlenden Zähne und das zu lang geratene Kinn des Mannes lustig machte. Der zweite Teil dieser Nummer, jedenfalls meinte der junge Schacher, es sei ihr zweiter Teil, bestand darin, dass ihn Herr Brun vom Stuhl hinunterriss und etwas sagte, das der junge Schacher nicht verstehen konnte: Vonkirch ist ein gefährlicher Idiot.

Die dritte Nummer war ein Flohzirkus an einem späten Vormittag auf einem Platz, während sich Herr Brun beim Barbier rasieren ließ. Als Herr Brun nach Rasierwasser duftend von hinten herankam und den jungen Schacher wegziehen wollte, riss der seinen Arm los und blickte von den Flöhen in Wämsen und Stiefeln und den Flöhen, die vor Kutschen gespannt waren, nicht auf, sondern hielt nur seinen Arm fest, an dem ihn Herr Brun gezogen hatte. Mein Lieber, sagte Herr Brun, nachdem sich die Geschichte von deinen Verwandten als Lüge entpuppt hat, solltest du mir dankbar sein, dass ich dich nicht an deinen Vater zurückspediere. Entpuppt, das war der zweite Teil dieser dritten Nummer, denn das Wort konnte sich nur darauf beziehen, dass in einem solchen von einer gelben Hauswand zurückgeworfenen Licht etwas farbig und lebendig wurde, das man sonst nicht sah, Damen und Herren in Wämsen und Pferde im Pferdegeschirr, dank entpuppt sichtbar geworden. Die anderen Zuschauer stießen den jungen Schacher gegen den Kasten mit den Flöhen, worauf ihn der Zirkusdirektor auf Hochdeutsch anschrie.

Das war die vierte Nummer, dieses hochdeutsche Geschrei, denn erst da, und nicht als der junge Schacher gegen den Kasten gestoßen wurde, kippten zwei der Flohkutschen um.

Die sechste Nummer, um von der fünften noch nicht zu reden, an die sich der junge Schacher nur hie und da zu erinnern wagt, kam kurz darauf am Tisch einer Osteria auf demselben Platz, wo Herr Brun mit einer langen Klinge die hochgehaltene Papierserviette durchschnitt, um zu demonstrieren, was für ein fabelhaftes Messer er dem Barbier abgekauft hatte. Nur den Griff müsse man richten lassen, aber das werde er gleich am Nachmittag tun. Das sah und hörte der junge Schacher nur mit halbem Auge, mit halbem Ohr, weil er über den Platz hinweg auf die Stelle starrte, wo vor einer Stunde der Flohzirkus gewesen war. Das Einzige, das er durch das Pulsieren in seinen Ohren hindurch einmal oder mehrmals, er wusste es nicht, deutlich vernahm, war Herrn Bruns Stimme, die sagte: Wenn der Krieg wiederkommt. Dann sagte er noch etwas, das der junge Schacher bei keinem Mal hörte.

Kurz zuvor, bevor die Gemüsesuppe serviert wurde, hatte der junge Schacher auf das grellweiße Tischtuch gestarrt und versucht, entpuppt zu sagen, damit sich die kostümierten Flöhe manifestierten, aber er wusste nicht mehr genau, wie das Wort ging. Herr Brun, was habt Ihr vorhin gesagt? Rück deinen Stuhl in den Schatten, sonst bekommst du einen Sonnenstich. Nein, vorhin, bei den Flöhen. Bei was für Flöhen? Dort drüben. Ach so, der Flohzirkus, was habe ich dort gesagt? Daraufhin hatte der junge Schacher wieder auf das Tischtuch gestarrt und nach einer Weile am raschen Pulsieren in seinen Ohren gemerkt, dass da Töne waren, ein Reden. Das war die fünfte Nummer, und sie war so, dass der junge Schacher für einen Augenblick das Bewusstsein verlor. Als er nämlich vom Tischtuch aufgeblickt hatte, hatten seine geblendeten Augen wie damals auf der Straße am Fluss das Helle als Dunkel wahrgenommen, und da stand jetzt am Tisch ein schwarzer Mann, der nur der Vater sein konnte, denn so wäre er auch damals in der Straße am Fluss erschienen. Als der junge Schacher zu sich kam, hatte man seinen Stuhl in den Schatten geschoben, der schwarze Vater war weg. Hast noch nie einen Neger gesehen?, fragte Herr Brun. Der junge Schacher schüttelte den Kopf. Dann fass dich, er kommt gleich wieder. Nein. Der junge Schacher wollte weglaufen, aber Herr Brun hatte ihn am Arm gepackt. So geht es, sagte er, wenn man sich mit Bauerntölpeln zusammentut. Sind Neger schwarz?, fragte der junge Schacher. Heiliger Himmel, sagte Herr Brun. Aber der junge Schacher wiederholte die Frage so oft, bis Herr Brun sie bejahte, worauf er sich beruhigte, gerade noch rechtzeitig, bevor Fritsch oder Ritsch wieder an den Tisch trat. Im Nachspiel zu der Nummer sagte Herr Brun, der dem sich entfernenden schwarzen Neger nachblickte: Man ist nur einmal jung, und du hast das Pech, zu spät geboren zu sein, es wird Krieg geben, bevor du jung bist.

Das war die fünfte Nummer, die der junge Schacher auch jetzt, an diesem Maitag, in der Erinnerung gern überspringt. Aber da sich das menschliche Gemüt mit Vorliebe an Schreckensvorstellungen klammert, kommt ihm anstelle der fünften Nummer die Nummer siebzehn in den Sinn, die mit der Mumie des Königs. In einem nach frisch geröstetem Kaffee riechenden, von Backsteinwänden aufgewärmten und eingeschlossenen Hinterhof hatte der junge Schacher mit ansehen müssen, wie ein in Tuchstreifen gewickelter Leichnam langsam aus seinem Sarg aufstand, und auch wenn diese Produktion vom Gelächter der anderen Darsteller der Mumien-Nummer begleitet war, überzeugten der zu starke Geruch und die seltsame Wärme den jungen Schacher auf einmal davon, dass Herr Brun doch nicht gelogen hatte, als er die Geschichte vom gefundenen und geschändeten Grab des Königs erzählt und behauptet hatte, der König sei auferstanden und gehe seither durch die Welt, man merke es an allem, was einem seltsam vorkommt. Ist etwas seltsam? ist eine Frage, die sich der junge Schacher seither täglich mehrmals stellt. Ist etwas seltsam? Nein. Es ist zwar heiß heute an diesem Maitag, und man riecht Herrn Bruns Zigarette, aber seltsam ist das wohl nicht. Der junge Schacher atmet tief. Setz dich neben die Vögel in den Schatten, sagt Herr Brun.

Eine Viertelstunde später sitzt er immer noch dort, obwohl der Schatten weg ist, und man muss schon sagen, dass Herr Brun nicht Unrecht hat, wenn er von der heillosen Stupidität des jungen Schachers redet. Der merkt nicht, dass er die Vögel wegstellen sollte, beide haben vor Hitze den Schnabel offen, was der junge Schacher zwar sieht und woraus er sogar den richtigen Schluss zieht, dass es den Vögeln schlecht geht, aber, wie er erschreckt fühlt, aus einem im unfassbaren Vogelbereich liegenden undurchsichtigen Grund. Ihm selbst läuft der Schweiß hinunter. Herr Brun, schreit er und springt auf, die Vögel sind am Sterben. Herr Brun, jetzt ebenfalls in der vollen Sonne und rot im Gesicht, fährt aus einem kurzen Schlaf hoch. Was ist? Sie sind am Sterben. Wer? Die Vögel. Herr Brun schwingt sich vom Wagen, rennt um ihn herum, packt die Käfige, rennt mit ihnen auf die andere Seite des Wagens, stellt sie dort in den Schattenstreifen, richtet sich laut atmend auf, holt aus der Hosentasche ein sauberes, gefaltetes Taschentuch, dessen Parfüm man auf drei Meter Distanz riecht, und tupft sich damit den Schweiß ab. Dann hält er das Taschentuch einen Moment lang in der Hand, blickt kopfschüttelnd darauf und sagt: Dummheit lässt sich viel schwerer nachvollziehen als Intelligenz.

Derselbe Maitag in denselben Zwanzigerjahren, vier Uhr nachmittags, unterwegs nach Westen. Blühende Obstbäume beidseits der Landstraße, die der junge Schacher nicht zu sehen versucht, weil sie an die Birnbäume zu Hause erinnern. Ich hätte dich dortlassen sollen, sagt Herr Brun, der ebenfalls an die Stadt denkt, aus der sie kommen. Dann summt er »Any day now«, weil er an den gestrigen Vormittag in jener Stadt denkt, aber vielleicht tut er es auch im Vorgefühl des nahen Endes ihrer gemeinsamen Fahrt. Ein paar Kilometer vor ihnen fährt die Polizei, die nicht mit dem Abstecher der beiden auf die Seitenstraße gerechnet hat. So hat der junge Schacher Gelegenheit, sich in seine Angst vor dem toten König hineinzusteigern, denn je mehr der Nachmittag fortschreitet, umso wärmere Luft streicht über den langsam fahrenden Wagen, und das kann nur heißen, dass da etwas seltsam ist.

Um halb fünf haben sie die Kantonsgrenze erreicht und fahren an dem Gasthof vorbei, wo die Vertreter der einen Kantonspolizei den Auftrag an die Vertreter der anderen Kantonspolizei weitergeben. Herr Brun, fahren wir zu dem Wäldchen dort, sagt der junge Schacher. Wenn du pissen musst, sagt Herr Brun, kannst du das auch am Straßenrand tun. Nein, ich muss zu dem Wäldchen. Hast Größeres vor? Nein, sagt der junge Schacher, ich muss zu dem Wäldchen. Aber wieso denn? Der junge Schacher kann es nicht sagen, er schüttelt den Kopf. Na schön, sagt Herr Brun, den Tieren wird eine Abkühlung guttun. Genau darum geht es, um die Kühle unter den Bäumen, eine normale klare Kühle, nicht so seltsam wie die vom Körper des toten Königs erwärmte Luft. Nur geht die Sache nicht auf, denn der Wald besteht hauptsächlich aus Buchen, deren neue Blätter die Wärme nicht nur nicht abhalten, sondern mit ihrem weichen Hellgrün noch zu verbreiten und zu verstärken scheinen. Na ja, sagt Herr Brun, immerhin ist es hier nett, hol die Tiere. Und immerhin fährt auf der Straße vorn gerade die Abordnung der hiesigen Kantonspolizei vorüber.

Um Viertel vor fünf geht's weiter, Herr Brun und die beiden Hunde und vielleicht auch die beiden Vögel sind erfrischt, während dem jungen Schacher der Schweiß herunterläuft. Was ist los, fragt Herr Brun, ist dir schlecht? Ich weiß nicht, sagt der junge Schacher. Der tote König wird mich holen, denkt er. Die Polizei hingegen ist im Moment schon weit im Westen voraus, in diesem Kanton sind sie mit besseren Wagen ausgerüstet. Der junge Schacher könnte also die letzten schönen Stunden mit Herrn Brun genießen, sich, wenn's sein muss, an alte Nummern erinnern, aber nur an solche, die kaum oder gar nicht seltsam waren.

Die Libellennummer. An einem Teich, an dessen Ufer Herr Brun ein Rad wechselte und der junge Schacher zum ersten Mal im Leben ein bläulich glänzendes durchsichtiges Insekt auf sich zufliegen sah, was ihn nur so lange erschreckte, bis auch er merkte, dass die Libelle zwischen unsichtbaren Glaswänden flog, von denen sie abprallte, bevor sie mit ihm oder mit sonst etwas auf ihrem Weg zusammenstieß. Ein wenig seltsam, aber nur ein wenig.

Die Hundenummer. Der Hund mit dem großen Kopf, der den beiden Pudeln an den Kragen wollte. Sehr lustig, weil der Hund an einem langen Strick festgebunden war, an dessen Ende er eine halbe Drehung in der Luft machte. Viel gelacht. Zu Herrn Brun gesagt: Der Hund von uns ist auch immer so an einem Strick. Zu lustig, sagte Herr Brun, und wie heißt der Hund von euch? Der Hund halt. Angenehmes Gefühl der Überlegenheit über Herrn Brun. Die beste Nummer vielleicht. Gar nicht seltsam.

Die Nummer mit dem anderen Herrn. Seltsam zwar, weil Herr Brun aus solcher Nähe zu ihm redete wie einmal Herr Blank unter einer Kastanie am Fluss zu Fräulein Hammerschmied. Aber doch eine gute Nummer, weil Herr Brun in seine Tasche griff, während er noch einen Schritt näher zu dem Herrn trat und ihm, dem jungen Schacher, einen ganzen Franken gab. Geh dir etwas kaufen.

Doch der junge Schacher will jetzt das nicht mehr wissen. Es ist schon fünf Uhr vorbei, immer noch die gleiche Wärme, und er kommt nicht davon los, dass der tote König, auferstanden im warmen, nach gerösteten Kaffeebohnen riechenden Hinterhof, ihn in seinen entfalteten Körper aufnehmen will.

Das waren noch Zeiten, sagt Herr Brun um halb zehn in einem Gasthof am Rand eines Dorfs, wo sie übernachten wollen. Der junge Schacher sitzt in der Ecke der Wirtsstube auf der Holzbank an der Wand und schaut durch das offene Fenster in die mondbeschienene Mainacht hinaus. Hin und wieder hört man einen Kauz, aber keine Schritte auf dem Kies vor der Wirtschaft. Ist er mondsüchtig, fragt der Wirt, Zuber junior, oder was hat er? Er ist ein Langweiler, sagt Herr Brun und zuckt mit den Schultern. Wenn Ihr wollt, mache ich das Fenster zu, sagt Zuber junior. Nein, lassen Sie nur, sagt Herr Brun, endlich etwas gute Luft nach dem Staub der Straße. Also, ja, sagt Zuber junior, der Wally ist alt geworden. Das glaube ich, sagt Herr Brun, seine Zeit war vor dem Krieg, aber das waren ja eben die Zeiten. Das hat der Vater auch immer gesagt, sagt Zuber junior. Der junge Schacher reißt den Kopf aus dem Fenster zurück und starrt ihn an. Was ist?, fragt Zuber junior. Der junge Schacher wendet sich wieder ab und blickt aus dem Fenster. Das ist ein seltsamer Bub, den Ihr jetzt da habt, sagt Zuber junior, auch ein Neffe? Ja, sagt Herr Brun. Entschuldigt, da will jemand zahlen, sagt Zuber junior und geht zur Kasse. Herr Brun dreht sich auf der Holzbank um und schaut auch aus dem Fenster. Sagst du jetzt endlich, warum du den ganzen Abend hinausstarrst?, fragt er. Ich habe Angst, sagt der junge Schacher, aber Herr Brun hört es nicht, denn er ist auf einmal gefesselt von dem Mondlichteffekt, der darin besteht, dass man vor dem Waldrand, der jenseits der leeren Landstraße liegt, gleitende Gestalten wahrzunehmen meint, einen ganzen Tanz nicht unbedingt nach Menschen aussehender, aber sich auf Menschenart bewegender Schattensilhouetten. Hübsch, sagt Herr Brun, die stillere Welt webt im Monde. Der junge Schacher versteht das schon deshalb nicht, weil er das Gleiten am Waldrand zu seinem Glück nicht bemerkt hat, da er immer nur auf die Straße starrt. Zuber junior tritt wieder an den Tisch und sagt: Herr Tschudi, der gerade gegangen ist, kennt den alten Wally auch. Den kennen alle, sagt Herr Brun, oder haben alle gekannt, zu seiner Zeit, in Friedenszeiten.

Um zehn flattert ein Falter um die Gaslampe über dem Wirtshaustisch, beobachtet vom jungen Schacher, auch wenn man das weiß Gott keine Nummer nennen kann, bei ihnen zu Hause flattert noch ganz anderes Zeug in der Küche herum, aber wohin soll er sonst schauen, nachdem Zuber junior und Herr Brun gemeinsam das Fenster zugemacht haben, bevor er sich einen Hexenschuss hole, hat Herr Brun gesagt. Jetzt sind sie immer noch bei den Zeiten, die vorbei sind, weil niemand mehr so lustig und elegant ist wie der Vorkriegswally mit den Diamanten an den Fingern und Fräulein Paula, die schönste Frau, die er je gesehen habe, sagt Herr Brun. Ach ja, Fräulein Paula, von der hat der Vater auch immer erzählt. Was hat er erzählt?, fragt der junge Schacher. Nichts für kleine Jungen, sagt Zuber junior, und zu Herrn Brun: Wenn von schönen Frauen die Rede ist, wird er plötzlich wach. Die schönste und die fröhlichste Frau, sagt Herr Brun, die Frauen heute sind so missmutig. Der Falter ist auch so missmutig, denkt der junge Schacher. Nicht alle, sagt Zuber junior, im Welschen haben sie jetzt Mademoiselle Françoise, kurze Haare, kurze Röcke, direkt aus Paris. Ich kenne sie, sagt Herr Brun, die ist vulgär. Aber das stimmt nicht, er kennt sie nicht, er sagt es nur, weil er sich an Fräulein Paulas Handbewegung erinnert, als Wally sich ihr knielanges schwarzes Haar wie einen Schal um seinen Frackkragen legte und sie es lachend und sorgsam zurechtrückte, ihm gegenüberstehend, so lang war das Haar, dass sie ihm bei diesem Manöver ins Gesicht sehen konnte. Auf den darauf folgenden Kuss gibt Herr Brun nicht viel, wohl aber auf Wallys schmale diamantenblitzende Hände auf Fräulein Paulas weitgehend nacktem Rücken. Aber Mademoiselle Françoise kann singen, sagt Zuber junior, nicht viele, die so gut tanzen, singen auch so gut, und sie ist erst zwanzig. Pah, sagt Herr Brun. Der ist dumm, denkt der junge Schacher und meint den Falter, der immer wieder gegen das Milchglas der Lampe fliegt. Trinkt Ihr noch etwas?, fragt Zuber junior. Nein, um Himmels willen, sagt Herr Brun. Es sind keine anderen Gäste mehr in der Stube, Dienstag, da läuft nicht viel, schade, dass Herr Brun den alten Wally verpasst hat, der heute hier zu Mittag aß, auch wieder einmal unterwegs ins Welsche. Was will denn der noch dort?, sagt Herr Brun. Wenn Ihr mich fragt, ist er hinter Mademoiselle Françoise her, sagt Zuber junior. Das glaube ich nicht, sagt Herr Brun. Eine echte Pariser Schönheit, sagt Zuber junior, wartet einmal, ich habe ihre Fotografie ausgeschnitten. Lassen Sie nur, sagt Herr Brun, aber Zuber junior ist schon unterwegs zum Schanktisch und zieht dort eine Schublade auf. Jetzt legt er die Fotografie unter die Lampe, an deren Rand sich der Falter schon seit einigen Sekunden festhält, sodass der junge Schacher das weiß-dunkelbraun-hellbraune, aus vier Tupfen und aus Wellen-, Zickzack- und Strichellinien bestehende Muster seiner Flügel sehen kann. Jetzt könnte man ihn totschlagen, denkt er, aber er getraut sich nicht, gegen die Lampe zu schlagen. Was sagt Ihr?, fragt Zuber junior. Der junge Schacher blickt vom Falter weg auf die Fotografie, die eine kurz- und eine Spur x-beinige junge Frau zeigt, in einem kniefreien, ärmellosen Kleid, mit einem Reif um den einen ziemlich festen Oberarm. Die großen Augen unter der Fransenfrisur sind halb geschlossen, Schmollmund. Ich sag's ja, sagt Herr Brun, humorlos und dumm. Das weiß ich nicht, sagt Zuber junior, aber, und er küsst die Luft, ein süßes Kätzchen. Wo?, denkt der junge Schacher, ach so, der meint die Schickse da, der ist schön blöd. Trotzdem sollte der junge Schacher nicht einfach wieder dem Falter nachstarren, der jetzt um den oberen Teil der Lampe herumflattert, gefährlich nahe zur Öffnung mit der Flamme, sondern achtgeben, denn es wird die letzte vollständige Nummer gespielt, die an ihren Wendepunkt gelangt, als Herr Brun mit verärgerter Miene von der Fotografie wegblickt und sagt: Dann gefällt mir die aber viel besser. Welche?, fragt Zuber junior. Die da, sagt Herr Brun und weist mit dem Kopf in Richtung der Schmalseite der holzgetäfelten Wand, wo auf der Bank im Halbschatten eine braun-weiß-gelb gescheckte Katze sitzt. Die Zilli, sagt Zuber junior, ha, ha, ha. Warum lachen Sie?, fragt Herr Brun. Ha, ha, ha, sagt Zuber junior, Ihr seid ein Spaßvogel, Herr Brun. Nein, ich bin kein Spaßvogel, sagt Herr Brun, aber Sie sind ein Idiot. Selbstverständlich kann sich Zuber junior das nicht bieten lassen, die Nummer wird laut, der junge Schacher drückt sich ganz in die Ecke und vergisst den Falter, der die Männerstimme offenbar nicht wahrnimmt, sondern weiter um die Lampenöffnung flattert, während die Katze über die Bank läuft, hinunterspringt und verschwindet. Schade, sagt Herr Brun in Zuber juniors lauten Monolog hinein, der von den bisherigen guten Beziehungen handelt und davon, dass Zuber junior, wenn's sein muss, auch andere Saiten aufziehen kann, nämlich die Gendarmen rufen und ihnen Herrn Brun und seinen sogenannten Neffen übergeben. Nein, schreit der junge Schacher. Aha, sagt Zuber junior, habt ihr einander so gern? Nein, schreit der junge Schacher, der Herr Brun hat nur die Tiere gern. Mit Recht, schreit Herr Brun und schlägt mit den Handflächen auf den Tisch, dass der Falter schräg von der Lampe weg in die Höhe flattert, wahrscheinlich weggetragen vom Luftdruck.

Um elf ist auch diese letzte Nummer vorbei, Herr Brun und der junge Schacher sind auf ihrem Zimmer, auch das zum letzten Mal, nachdem Zuber junior noch einmal ein Auge zugedrückt hat, wegen der alten Zeiten, von denen der Vater erzählte, aber, hat er gesagt, dann lasst euch nie mehr blicken, ich führe kein Bordell. Die nach Gras, Erde und einer Mischung verschiedener blühender Sträucher, Bäume und Blumen riechende kühle Luft der Mainacht strömt durch das offene Fenster, durch das der junge Schacher wieder hinausstarrt. Morgen ist Schluss, will Herr Brun sagen, der vom jungen Schacher genug hat, aber die Luft macht ihn sprachlos. Er blickt zum Waldrand hinüber, den man von diesem Zimmer besser sieht, weil es im ersten Stock liegt und weil sie kein Licht gemacht haben. Auch der junge Schacher blickt zum Waldrand. Jetzt ist alles aus, denkt er, er ist da. Wer ist da?, fragt Herr Brun. Ohne es zu merken, hat der junge Schacher laut gedacht. Er schüttelt den Kopf. Bordell ist da, denkt er, diesmal lautlos. Dort, am Waldrand. Er schwebt auf und ab und hin und her, und gleichzeitig wächst ihm ein Gesicht aus dem Rücken. Ein Gesicht aus dem Rücken?, fragt Herr Brun, denn diesen letzten Teil des Gedankens hat der junge Schacher wieder laut gedacht. Du erstaunst mich, sagt Herr Brun und tritt näher zum Fenster, um den Waldrand besser zu sehen. Ja, sagt er, jetzt sehe ich es auch. Was?, fragt der junge Schacher. Wie einer da hin und her geht, sagt Herr Brun, und ein großes Gesicht auf dem Rücken trägt, so etwas wie eine Maske. Das ist Bordell, will der junge Schacher sagen, aber er bringt es nicht heraus. Er starrt noch einen Moment auf die Gestalt, die auf einmal ihr normales Gesicht in Richtung des Gasthauses wendet, dann wird ihm schwarz vor den Augen. Schade. Denn wenn er hätte sagen können: Das ist Bordell, hätte Herr Brun nur ganz kurz gelacht und ihn dann korrigiert: Gor-dell, nicht Bor-dell. Und es hätte eine Zugabe gegeben, eine alte Nummer, in der von Gordell erzählt wird, von dem mit den zwei Gesichtern, und warum er zwei Gesichter hat, ein normales und eine ihm hinten angewachsene, hin und wieder lebendig werdende Maske, und was es bedeutet, wenn er sich in Mondnächten zeigt, speziell im Frühling, die ganze Geschichte, bis die Zuhörer vor Angst fast zusammenklappen. Da der junge Schacher schon im Voraus zusammengeklappt ist, kann ihn Herr Brun nur kopfschüttelnd aufs Bett legen und ihn zu Bewusstsein rütteln und ihn fragen: Kennst du mich? Nein, sagt der junge Schacher. Dann schlaf jetzt, sagt Herr Brun, der gemerkt hat, dass es aus Trotz gesagt war. Der arme Junge, denkt er, jetzt besteht kein Zweifel mehr, dass diese Generation verloren ist.

Um fünf Uhr in der Morgenfrühe beginnt Schorschli, der Dorftrottel, zu heulen. Seine Schwester, zufällig am gleichen Tag wie der junge Schacher geboren, nämlich am 24. Februar, allerdings neun Jahre vor ihm, zerrt Schorschli aus dem gemeinsamen Bett und bugsiert ihn in die Kammer neben der Küche, wo er weiterheult. Der junge Schacher, der gestern bei der Einfahrt ins Dorf Schorschli gesehen und über seinen runden Kopf und schiefen Gang gelacht hat, wird von dem Heulen geweckt, vielleicht gerade weil es entfernt und undefinierbar ist. Auf diese Distanz klingt es, obwohl Schorschli naturgemäß immer wieder Luft holt, wie ein durchgehaltener Ton, dünn, hoch, unmoduliert. Was ist das?, fragt der junge Schacher, aber Herr Brun hört nichts, er hat gestern dem vor der Katzennummer noch großzügig spendierten Kirsch zugesprochen. Die beiden Pudel hingegen, die schon die ganze Zeit reglos in der Ecke sitzen und auf das Heulen horchen, stürzen bei dieser Frage gleichzeitig ans Fenster, stellen sich auf die Hinterläufe und schauen, die Vorderpfoten auf dem Fensterbrett, hinaus, beide zitternd vor Spannung.

Wieder ein schöner Tag, elf Uhr, Herr Brun und der junge Schacher haben die Grenze zum französischen Landesteil überschritten. Eine Gegend, wie sie der junge Schacher noch nie gesehen hat, nirgends Seen, nur ein Fluss und ein offenes Hügelland mit einem bis weit in den Westen unverstellten Himmel. Nur links in großer Entfernung ist eine Bergerscheinung, ein weißer Berg, kaum sichtbar in der hellen Vormittagssonne, vor allem dann nicht, wenn man lange draufschaut. Was ist das?, würde der junge Schacher normalerweise fragen, aber er kann nicht, weil er immer nur ein Wort denken kann, und das ist: heute. Es riecht fast schon nach Sommer, irgendwo müssen sie schon gemäht haben, aber auch diese Andeutung des Geruchs von trocknendem Gras heißt für den jungen Schacher nur: heute. Heute kommt er. Wer?, würde Herr Brun fragen, aber heute fragt er nichts, weil der junge Schacher nicht mehr laut denkt.

Um diese späte Vormittagsstunde fällt direktes Sonnenlicht auf den Tisch, an dem sie gestern Abend gesessen haben, und auf dem Holzboden der Wirtsstube liegt ein großes Sonnenviereck. Setzen wir uns da hinüber, sagt Zuber junior, und er und die beiden Gendarmen setzen sich an einen Tisch im Schatten.

Schorschli befindet sich um diese Zeit auf seiner Vormittagsrunde durch das Dorf, gefolgt von fünf Jungen, unter ihnen der kleinwüchsige Jürg, die unablässig leiern: Der Schorschli hat geheult, der Schorschli hat das Elend.

Am Mittag, als die beiden Gendarmen in der Wirtschaft die im schrägen Licht ölig schimmernde Fleischbrühe löffeln, während Schorschlis Schwester durch die leeren Straßen läuft, um den Bruder zum Essen zu holen, fahren Herr Brun und der junge Schacher über eine schwindelerregende Brücke in einer hohen Stadt ein. Heute, sagt Herr Brun, werden wir essen, wo ich will. Der junge Schacher schaut ihn schweigend von der Seite an, was Herr Brun nicht sieht, weil er immer wieder Pferdefuhrwerken ausweichen muss, einmal auch einem Pferd, das vor ein kaputtes Auto gespannt ist. In einer steilen Straße muss der junge Schacher aussteigen und Herrn Bruns Wagen schieben, weil es der Motor allein nicht schafft. Einmal fahren sie durch den Schlagschatten eines einzelnen hohen Turms. Einmal müssen sie in einer steil abwärts führenden Gasse halten, weil da ein Pferd ausgerutscht ist. Leute stehen um es herum und versuchen, es hochzuziehen, aber es rutscht mit den Vorderhufen immer wieder aus, bis zwei Leute mit einer Schneeschaufel kommen und sie, von vier anderen gestützt, dem Pferd vor die Hufe halten. Beim vierten Versuch gelingt es dem Pferd, aufzustehen. Es blutet an beiden Kniegelenken. Man drückt es an die Hauswand, damit Herrn Bruns Wagen vorbeikann. Dann sind sie in einer Schlucht, aber es ist keine Schlucht, sondern auch die Stadt, sogar ist da ein großer, besonnter, schräg ansteigender Platz, wo der Motor von Herrn Bruns Wagen stillsteht und Herr Brun sagt: Natürlich, zwanzig Meter vor dem Ziel. Sie müssen den Wagen in den Schatten schieben, wobei sie plötzlich zu dritt schieben, da ist jemand hinzugekommen, der schieben hilft, der junge Schacher weiß nicht wie, er sieht nur die Pflastersteine, die seinen langsam tretenden Füßen langsam entgegenkommen, und das hat wie alles, was er seit fünf Uhr in der Frühe gesehen und gehört hat, nur eine einzige Bedeutung: heute.

Abend. Viele Leute spazieren außerhalb der Mauern dieser Stadt, die nicht mehr die hohe Stadt ist, sondern auf ebenem Schwemmland in der Nähe eines Sees liegt. Da ist jetzt doch ein See, aber anders als der zu Hause, weiter weg und flach und schimmernd in grünliches Land übergehend. Es ist noch nicht dunkel, Herr Brun schaut schweigend den Leuten zu, die zum Stadttor gehen. Warte hier, sagt er zum jungen Schacher, der neben ihm auf der Straße vor dem Gasthof steht, in dem sie abgestiegen sind. Herr Brun verschwindet im Gasthof. Der junge Schacher steht da und sieht die Leute vorübergehen. Und zwei Fuhrwerke und ein Automobil. Einen Hund. Der junge Schacher ist einen Moment lang überwältigt vor Freude. So ist das also. Sie gehen vorüber, weil sie vorübergehen. Jetzt sind sie vorübergegangen. Aber der Moment geht nicht vorüber. Er wird immer so sein. Immer wird es diese Straße mit diesen Leuten geben. Jetzt kommen andere.

Eine Frau. Ein Verkäufer mit einem Bauchladen. Was ist da drauf? Er kann es nicht sehen. Wieder eine Frau, mit Spitzenbluse und Schneckenfrisur. Ein einbeiniger Mann. Ein Junge, der einen Apfel isst und den Gang des Einbeinigen nachahmt. Ein Mann, der einen Esel an der Hand führt. Ein Mann und eine Frau mit einem Veilchenstrauß am Ausschnitt. Ein Fuhrwerk. Niemand. Niemand. Zwei Männer, die Stumpen rauchen. Ein Kind, das Mottenkugeln feilhält. Ein Lumpensammler. Niemand. Fünf Leute, die einen Leiterwagen ziehen und schieben, auf dem ein vergoldeter Sarkophag liegt. Sie halten. Sie haben den jungen Schacher am Straßenrand erkannt. Sie lachen. Einer ruft: Bist du deinem Liebsten immer noch treu? Ein anderer: Du liegst falsch: Niemand liebt niemand. Sie gehen weiter. Zwei Jungen rennen hinterher. Ein Hund. Zwei Frauen und ein Mädchen mit einem Holzreif. Herrn Bruns Stimme: Komm jetzt.

Eine halbe Stunde später im Hinterraum eines Lokals, wo es nach moderigem Plüsch riecht und wo Herr Brun die letzten zehn Minuten damit zugebracht hat, mit dem Lokalbesitzer zu streiten, der keine Kinder auftreten lassen will. Das Programm sei für Herren gedacht, sagt er, der Junge könne unterdessen bei seiner Frau in der Garderobe warten. Dann trete er auch nicht auf, sagt Herr Brun. Das würde er ihm nicht raten, sagt der Lokalbesitzer, es seien drei Abende abgemacht. Plötzlich lenkt Herr Brun ein: Na schön, sagt er.

Anderthalb Stunden später ist Herrn Bruns Nummer schon seit einer Weile vorbei, der junge Schacher sitzt noch bei der Frau in der Garderobe. Auch hier riecht es nach moderigem Plüsch. Die Uhr an der Wand zeigt halb eins. Sie ist stehengeblieben, denkt der junge Schacher etwa zum fünfzigsten Mal. Das ist das Einzige, das er denkt. Es fällt ihm nicht auf, dass die Frau, nachdem sie einmal hinausgegangen ist, immer wieder auf ihre Armbanduhr schaut. Er sieht es, aber es fällt ihm nicht auf. Ein Herr kommt und beklagt sich offenbar, er redet französisch. Der Lokalbesitzer kommt und geht mit ihm hinaus. Die Frau schaut auf die Armbanduhr. Der Lokalbesitzer kommt zurück und geht, ohne in die Garderobe zu blicken, wieder ins Lokal. Man hört Frauenstimmen singen. Applaus. Es wird wieder still, stiller als vorhin. Jetzt fällt dem jungen Schacher etwas auf. Wo ist Herr Brun?, will er fragen, aber er kann kein Französisch. Die Uhr ist stehengeblieben, denkt er. Von drinnen kommt ein Geräusch, als würden Leute hintereinander mit einem Satz auf die Bühne springen. Jetzt ist es wieder still. Die Frau blickt auf die Uhr, steht von ihrem Stuhl auf, klappt die Tresenklappe hoch, tritt aus der Garderobe hinaus, klappt die Klappe wieder hinunter, geht zum Ausgang, geht hinaus. Der junge Schacher denkt: Ich muss warten, bis sie zurückkommt.

Kurz vor der Morgendämmerung des folgenden Tags steht Fräulein Zinner in der Geburtsstadt des jungen Schachers in ihrer Stube und versucht, das Grammophon in Gang zu bringen. Die Schallplatte auf dem filzbelegten Teller beginnt sich zu drehen, Fräulein Zinner setzt die Nadel auf, hört die ersten Töne einer Tenor-Arie, die aber bald langsam wird und in Bassbariton übergeht, dann hört der Teller auf, sich zu drehen. Fräulein Zinner versucht es noch einmal, mit dem gleichen Ergebnis, je nu, denkt sie, wäre halt zum Nähen schön gewesen. Sie hat zwei Sommerkleider ausgelegt, von denen das eine an der Ärmelnaht geflickt, das andere aufgetrennt und neu geschnitten werden muss, denn es stammt noch von vor dem Krieg und ist nicht mehr Mode. Jetzt gerade trägt Fräulein Zinner ein modisches Kostüm mit überlangem Oberteil, das Frau Gamper ihr abkaufen wollte, weil sie meint, sie könne sich da hineinzwängen. Fräulein Zinner muss jedes Mal lachen, wenn sie daran denkt. Sie geht auf den Küchenbalkon hinaus, um zu sehen, wie heute das Wetter wird, hoffentlich auch wieder so schön. Es riecht nach der tagsüber sonnenbeschienenen Tanne, wahrscheinlich riecht es auch vom Wäldchen her so, und am noch unverdünnt schwarzen Himmel glänzen die Sterne. Dieser Mai, denkt Fräulein Zinner, ist eine Freude. Sie geht wieder hinein, um mit dem Nähen zu beginnen.

Es ist eine ruhige Nacht, außer Fräulein Zinner schlafen alle, einige sogar besonders tief, so Herr Weider, der gestern wenig und schlecht schlief, weil er das Gefühl hatte, der Schacher schleiche auf der Wiese und um den Schuppen herum, während er in dieser Nacht seit elf Uhr in seinem Bett schnarcht, Weider weiß das, weil er ihn um Viertel vor elf hat nach Hause torkeln sehen. Frau Schacher ist wegen der Alkoholfahne, die im Zimmer hängt, in eine Art Betäubung versunken. Auch Tineli schläft tief, wie immer, seit sie das Bett von Röbi haben kann. Marteli ist die Einzige, die durch einen dünnen Traum hindurch das Schnarchen des Vaters hört. Auch der Hund in der Hütte hört im Schlaf das Schnarchgeräusch, obwohl Schachers das Schlafzimmerfenster geschlossen haben. Ein menschliches Ohr würde den unregelmäßig ein- und aussetzenden Ton auf diese Distanz nicht wahrnehmen. Blanks, im Mietshaus links, schlafen beide sehr gut, Gampers im Mietshaus rechts ebenso, Herr Gamper wie immer leicht angesäuselt, neben ihm traumlos seine Frau.

Jetzt ist es Viertel vor zehn am nächsten Vormittag. Marteli sitzt bei den Hühnern hinten, Tineli wird von der weinenden Mutter bis zur Straße begleitet, wo es dann allein zur Schule geht, Vater Schacher schläft immer noch. Im Wirtshaus »Matte« liest Gamper mit verschränkten Armen auf den Tresen gestützt die Zeitung, ein einziger Gast sitzt beim Frühschoppen. Frau Gamper ist in der Wohnung oben beim Abstauben, Fräulein Zinner, einen Stock weiter oben, ist dabei, ins Bett zu gehen. Sie hat schon das Nachthemd an, das leichte weiße für den Sommer, wobei sie zur Sicherheit doch noch die hellgrüne Bettjacke trägt. Sie beugt sich aus dem Schlafzimmerfenster und spürt, während sie mit ausgebreiteten Armen nach den Fensterläden greift, die Morgensonne auf dem Hinterkopf. Ein Maientag, denkt sie, wie man ihn sich wünscht. Sie zieht die Läden zu, durch deren Ritzen Sonnenlicht kommt, und zögert einen Augenblick, ob sie das so lassen soll, ohne Vorhänge, aber die Querstreifen aus Licht blenden doch zu stark, sie zieht die dunkelgrünen Brokatgardinen zu.

Gleichzeitig treten zwei Leute, ebenfalls geblendet, in das moderig riechende Lokal in der Stadt am See im Westen, nämlich der Lokalbesitzer und ein Mann, dem ein Schneidezahn fehlt. Um mit Ihnen ganz ehrlich zu sein, sagt der Lokalbesitzer auf Französisch, kann ich Sie nur brauchen, weil eine Nummer ausfällt, weil gestern ist mir jemand abgesprungen. Der zahnlückige Mann lacht den Lokalbesitzer an, ohne etwas zu sagen. Was genau machen Sie, fragt der Lokalbesitzer, was für Zauberkunststücke? Der andere schaut ihn fragend an. Ich frage, was Sie machen, wiederholt der Lokalbesitzer diesmal im Dialekt. Ich verstehe nicht, sagt der andere lachend auf Französisch. Was Sie machen, wiederholt der Lokalbesitzer laut auf Französisch. Singen, sagt der andere. Singen?, sagt der Lokalbesitzer, meine Frau hat gesagt, Sie zaubern. Wie?, fragt der andere. Zaubern, sagt der Lokalbesitzer laut, können Sie nicht zaubern? Ja, sagt der andere, ich kann auch zaubern. Was?, fragt der Lokalbesitzer. Zaubern, sagt der andere. Ja, das habe ich verstanden, schreit der Lokalbesitzer, aber was, was zaubern Sie? Der Zahnlückige lacht nur. Ich glaube, das müssen wir vergessen, sagt der Lokalbesitzer und greift sich in die Hosentasche. Hier, sagt er, zwanzig Centimes für Ihre Mühe, gehen Sie etwas trinken. Der andere nimmt die Münze und reibt sie zwischen den Handflächen, öffnet die Hände, die Münze ist weg. Na ja, sagt der Lokalbesitzer. Der andere greift ihm lachend in die Jackentasche und zieht die Münze heraus. Der Lokalbesitzer nickt. Der Zahnlückige holt ein Päckchen Karten aus der eigenen Jackentasche, fächert es auf und hält es dem Lokalbesitzer hin. Kartentricks sowieso nicht, sagt der Lokalbesitzer, das hatten wir schon letzte Woche. Der andere nickt ihm lachend und ermunternd zu und hält den Kartenfächer höher, damit er eine Karte ziehe. Nein, sagt der Lokalbesitzer, für Privatamüsements habe ich keine Zeit, wenn Sie vor allem Kartentricks machen, dann hat es sowieso, er unterbricht sich, weil ihm der andere immer noch lachend die Karten hinhält, und sagt dann sehr laut: Karten nein, andere Tricks eventuell ja. Andere Tricks, aha, sagt der Zahnlückige, macht den Kartenfächer zu, hält sich mit einer Hand die Jackentasche auf und lässt die Karten von oben einzeln hineinfallen. Für andere Tricks brauche ich zwei Stühle und ein rotes Band, sagt er, aber ich kann auch singen. Nein, sagt der Lokalbesitzer laut, zeigen Sie mir den Trick mit den Stühlen, haben Sie das Band? Nein, sagt der andere lachend.

Zwölf Uhr, Fräulein Zinner schläft tief, obwohl draußen gerade Baumanns Fuhrwerk vorüberrumpelt und die Kinder schreiend von der Schule kommen. Vor dem Haus bleiben sie stehen, um Edwin Halter zu verabschieden, den sie erst um drei Uhr nachmittags wiedersehen werden, bei Herrn Meier im Schönschreiben. Der Abschied besteht aus einer Liste von Grüßen, die sie dem Edwin unter lautem Gelächter auftragen, an den Vater, an die Mutter, an die Schwester, aber auch an sämtliche Bewohner des Hauses, so auch am Schluss unter Gebrüll an Fräulein Zinner mit guten Wünschen für eine gute Nacht. Fräulein Zinner hört nichts. Als Nächstes wird Tineli verabschiedet, aber nicht bei ihrem Haus, sondern gleich dort, wo die Wiese beginnt, und mit Seitenblicken zum anderen Ende der Wiese, um zu sehen, ob der Vater Schacher mit dem Gewehr auftaucht. Die Kinder können nicht wissen, dass er immer noch schläft.

Zwölf Uhr fünfzehn. Tineli und Marteli sitzen beim Grießpudding, Mutter Schacher sitzt mit hängendem Kopf daneben und isst wie gewöhnlich nichts, der Vater schläft immer noch, geräuschlos. Auch sonst ist nichts zu hören. Trotzdem ist der Hund aus seiner Hütte herausgekommen und sitzt mit gespitzten Ohren davor.

IV

Die gleichen Tage im Mai, aber dort, wo in den Zwanzigerjahren Schachers Hundehütte steht, befindet sich der Fahrrad-Abstellraum des Blocks. Wir haben den Anfang des einundzwanzigsten Jahrhunderts, ein knappes Jahr nach dem Juni, in dem Selena Zumwald hohes Fieber hatte, eine schwere Bronchitis, wie sich dann herausgestellt hat. Jetzt geht es ihr ordentlich, nicht ganz so gut, wie man es nach elf Monaten erwarten könnte, sie hustet und ist müde, aber vielleicht ist das psychisch bedingt. Auch der Mai ist dieses Jahr ganz ordentlich, wenn auch wechselhaft, heute schön und warm, aber morgen soll es schon wieder regnen. Heinz ist mit dem Mountainbike zur Arbeit gefahren, er hat es im Abstellraum des Blocks drüben geholt, denn der Sechzigerjahrebau, wo er und Selena wohnen, besitzt keine solchen Räume.

Zwei Maitage später. Schlimmer Mittagsstau, weil es regnet, mehr Autos auf der Straße. Heinz ist mit dem Bus zur Arbeit gefahren. Auf der Höhe, wo in den Zwanzigerjahren ein paar der vom Kerbel auf der Schacher-Wiese aufgeflogenen Käfer im hellen Licht kreisen, befindet sich seit den Sechzigerjahren ein Einbauschrank, den Selena Zumwald gerade öffnet. Sie wirft einen Blick hinein und schließt ihn rasch wieder. Dann nimmt sie das Telefon vom Esstisch, wählt die Handynummer von Heinz, und als er gleich antwortet, sagt sie: Heinz, entschuldige, dass ich dich störe, aber wir müssen unbedingt umziehen. Dem jetzt folgenden Gespräch ist zu entnehmen, dass Heinz im Prinzip einverstanden ist, aber von Kündigungsfrist und Situation auf dem Wohnungsmarkt redet. Selena gerät plötzlich aus der Fassung. Sie schreit: Wenn du am Durchdrehen bist, müssen wir aus dem Stand umziehen, wenn ich umziehen will, lässt du den Korrektheitsfimmel auf mich los. Sie schweigt einen Augenblick, dann schreit sie: Doch, das ist ein Korrektheitsfimmel. Wieder Schweigen. Jetzt schreit sie: Nein, ich bin nicht am Durchdrehen. Heinz redet etwas, man hört es, aber Selena sagt: Also ciao, und drückt auf die Abstelltaste.

Am Abend dieses Maitags sitzen Heinz und Selena in der Küche, Heinz blickt auf den Dampf, der von seinem Grüntee aufsteigt, und sagt dann: Was ist das für ein New-Age-Mist? Warum qualifizierst du gleich alles?, fragt Selena, nicht zu Unrecht, denn sie hat vorhin nur gesagt, der Block da drüben habe eine schlechte Ausstrahlung, besonders im Wohnzimmer spüre sie es, und es mache sie krank. Weil ich es als Retourkutsche empfinde, sagt Heinz, darum. Retourkutsche, aha. Heinz hat offensichtlich das Gefühl, mit dem plötzlichen Umzug vor vier Jahren Selena etwas zugemutet zu haben. Selena schaut auf das Magritte-Plakat über dem Tisch und sagt nichts. Retourkutsche, denkt sie, wie idiotisch. Sie schreit: Retourkutsche, das ist doch idiotisch. O.k., sagt Heinz, tut mir leid. Seltsam, dass er sich das Geschrei bieten lässt, das ist doch keine Art, Dinge zu besprechen. Er hat offenbar wirklich ein schlechtes Gewissen, und ausgerechnet wegen etwas, für das er nichts kann. Es ist so, dass sich Heinz in dem hübscheren, viel besser gelegenen Haus, wo sie vorher gewohnt haben, plötzlich verfolgt fühlte. Zuerst war ein Brief in die Anwaltskanzlei gekommen, wo Heinz als Partner arbeitet: Herr Aurel Zumwald, dir schieße ich eine Kugel durch den Kopf. Computerschrift, anonym. Nicht der erste Drohbrief, den Heinz bekommen hat, und im Zusammenhang mit dem illegalen, von Heinz' Büro angefochtenen Grundstückverkauf am See auch nicht besonders überraschend. Heinz macht sich also keine Sorgen. Zwei Tage später kommt der Brief noch einmal, gleicher Wortlaut, aber alles in Großschrift. Doch etwas unangenehm. Heinz, im Einverständnis mit seinen beiden Partnern, übergibt die Briefe der Polizei. Damit ist die Sache für ihn erledigt, Polizeischutz will er nicht. Kurz darauf fragt ihn Selena eines Abends, warum er am Mittag bis vors Haus gekommen und gleich wieder weggegangen sei. Heinz hat am Mittag wie immer im »Weißen Turm« gegessen, es kann sich also nur um eine Täuschung handeln, da muss jemand gewesen sein, der ihm gleicht. Heinz erinnert sich noch heute, an diesem Maiabend nach vier Jahren, dass er genau da Angst bekam. Er nimmt einen Schluck Grüntee. Selena schaut immer noch auf das Magritte-Plakat und denkt: Ich muss weg hier. Sie sagt: Ich muss weg hier, Heinz. Darüber reden wir doch gerade, Selena. Ich bin nicht sicher, sagt Selena, ich hatte nicht das Gefühl, dass es bei dir ankommt. Heinz sagt nichts. Vielleicht gibt er ihr recht, vielleicht kommt es tatsächlich nicht bei ihm an, weil er hier nicht wegmöchte. Die Wohnung und die Lage findet auch er öd, außer dass er mit dem Bus direkt zur Arbeit fahren kann, aber mit dem Umzug hierher war die Verfolgung oder das Verfolgtheitsgefühl wie abgeschnitten. Der banale Groove der Wohnung und der Umgebung, wie er sagt, lässt für Unvorhergesehenes keinen Raum. Ein wenig hilft auch, dass er beim Umzug seinen Vornamen geändert hat, nicht, weil das in der Kleinstadt ein Inkognito bedeuten würde, sondern weil es ihm mit dem Namen Aurel sowieso nie wohl war. Mit Heinz, seinem zweiten Vornamen, nach seinem Paten, Onkel Heinrich, fährt er besser, sagt er jeweils. Ich fahre hier besser, denkt er, sie kann ja gehen. Heinz nimmt wieder einen Schluck Grüntee. Selena holt ein Zigarettenpäckchen aus der Jackentasche. Selena, sagt Heinz, das darf doch nicht wahr sein, dass du wieder rauchst.

Eine Viertelstunde später stehen sie beide im Wohnzimmer am Fenster. Es regnet nicht mehr, sie schauen zum Block hinüber, wo etwa die Hälfte der Fenster beleuchtet ist. Gleich gegenüber, im zweiten Stock, ist die Wohnung dunkel, der Balkonbambus ist weg, die Leute sind im März ausgezogen, seither steht die Wohnung leer. Siehst du jetzt?, fragt Selena. Heinz sieht nichts, er sieht einen großen Betonklotz und fragt sich, wo die Bewohner der nicht beleuchteten Wohnungen sind, aber von einer angeblichen schlechten Ausstrahlung sieht und spürt er nichts. Nein, sagt er. Weil du es nicht sehen willst, sagt Selena, der Karli kommt auch nicht mehr ins Wohnzimmer. Als ich heimgekommen bin, sagt Heinz, lag er aber hier auf dem Sofa. Karli liegt auch jetzt auf dem Sofa. Was ist das Problem?, fragt Heinz. Aber das sage ich dir doch die ganze Zeit, der Block macht mich krank, er hängt richtig in die Wohnung herein. Dabei steht er durchaus in der gesetzlich vorgeschriebenen Distanz, so klein ist das Matte-Grundstück ja nicht. Zugegeben, seit der Kirschbaum vor dem Fenster weg ist, fehlt eine optische Barriere. Aber die hat Selena gar nicht gekannt, der Kirschbaum ist in den Achtzigerjahren gefällt worden, etwa zwanzig Jahre nach dem Nussbaum. Heinz macht das Fenster ganz auf und versucht sich auf den Block zu konzentrieren. Einen Augenblick lang hat er ein unangenehmes Gefühl, aber er merkt gleich, dass es von der Geruchsmischung aus Regenluft, feuchtem Beton und dem Auspuff eines vorhin unter dem Fenster geparkten Autos kommt. Schön ist es nicht, sagt er, wir können dann schon wegziehen. Dann schon, unterbricht ihn Selena, wann schon, wenn es für dich stimmt? Karli springt vom Sofa und geht ins Schlafzimmer. Heinz macht das Fenster wieder zu, es ist nicht kalt, aber feucht. Bleib jetzt bitte am Fenster, sagt Selena, als er sich aufs Sofa setzen will. Ich sehe nichts, sagt Heinz, du kannst mich nicht zwingen, etwas zu sehen, das ich nicht sehe. Das siehst du nicht?, fragt Selena und schlägt sich die Hand an der Scheibe an, weil sie heftig auf den Block zeigt. Heinz sieht nichts Besonderes, aber er mag es nicht mehr sagen, sondern schaut schweigend zu dem Betonbau und den weitgehend verdeckten Vierzigerjahremietshäusern hinüber.

Um elf sitzen sie nebeneinander auf dem Sofa, im Halbdunkeln, nur die kleinen Spotlampen brennen, die von der Decke her das graublaue Sideboard beleuchten, das, von zwei Billys eingefasst, an der Stelle des Sechzigerjahrebücherregals aus Esche steht. An der Wand über dem Sideboard das gleiche Magritte-Plakat wie in der Küche, einer von Selenas seltsamen Einfällen und Gegenstand eines alten Streits. Heinz zuckt mit den Schultern, aber nicht wegen des Plakats, das sieht er gar nicht mehr, sondern weil Selena gesagt hat, sie habe den Eindruck, er wolle hier gar nicht weg. Heinz mag es nicht zugeben. Er ist ja nicht verpflichtet zu sagen, dass ihn schon beim Gedanken an eine neue Wohnung das Verfolgtheitsgefühl wieder überkommt. Verständlicherweise, denn der ihm gleichende Mann tauchte nicht nur immer wieder bei ihrer damaligen Wohnung auf, sondern auch an anderen Stellen der Stadt, wo er jedes Mal mit ihm, Heinz beziehungsweise damals noch Aurel, verwechselt wurde. Ich bin froh, Aurel, sagte zum Beispiel ein Bekannter bei einem zufälligen Treffen, dass du mir diesmal nicht davonläufst. Der Bekannte hatte den vermeintlichen Aurel in einer Bar angesprochen, worauf der, ohne etwas bestellt zu haben, hinausgelaufen sei. Weiterer peinlicher Zwischenfall mit einem anderen Bekannten, der sich telefonisch verbat, von Aurel belästigt zu werden. Jedes Mal, wenn er zur Arbeit gehe, stehe Aurel auf dem Parkplatz vor dem Haus und verschwinde dann grußlos. Aurel selbst hat den Mann gesehen, dreimal, einmal aus dem Bus, einmal aus dem Fenster der Kanzlei und einmal im Supermarkt. Er war nicht gleich angezogen wie Aurel und trug auch bei jedem Mal etwas anderes, hatte aber die gleiche Körpersprache und den gleichen Gesichtsausdruck. Heinz, wie er sich beim Einzug in diese Wohnung schon nannte, hat nie herausgefunden, wer das war und warum die Sache so plötzlich aufhörte. Das Aufhören hat mit dieser Wohnung zu tun, daran hält Heinz fest, auch wenn er im Zusammenhang mit dem Seegrundstück-Streitfall, der heute noch nicht abgeschlossen ist, vor einiger Zeit Unterlagen und Zeitungsartikel zum Matte-Grundstück in die Hände bekommen hat, die nicht nur beruhigend waren. Selena, sagt er jetzt, ist es wegen dieser Schreiber-Geschichte? Was für eine Schreiber-Geschichte?, fragt Selena. Oder nicht Schreiber, sagt Heinz, ich erinnere mich nicht mehr an den Namen, aber wegen dieser Leute, die sich da umgebracht haben? Was?, sagt Selena. Na ja, sagt Heinz, ist ja egal. Wer hat sich umgebracht?, fragt, Selena. Nicht jetzt, sagt Heinz, in den Sechzigerjahren. Wo?, fragt Selena, im Block drüben? Vor dem Block, sagt Heinz, ich meine, bevor es den Block gab, in dem kleinen Haus, das vorher da stand. Wer hat sich da umgebracht? Ein Vater und ein Sohn. Oder, sagt Selena, der Vater hat zuerst das Kind umgebracht und dann sich selbst, das kennt man ja. Es war kein Kind, sondern ein erwachsener Mann, der Vater über achtzig. Wieso haben sie sich umgebracht? Weiß ich doch nicht, sagt Heinz. Wieso weißt du dann, dass sie sich umgebracht haben? Heinz erzählt das von den Unterlagen und Zeitungsausschnitten, von denen er aber nur die Titel und ein paar Sätze gelesen habe, Doppelselbstmord in der Matte und Ähnliches, die Artikel ganz zu lesen hatte er keine Zeit. Da sollte man etwas machen, sagt Selena. Nach vierzig Jahren?, fragt Heinz. Geschichten aus den Stadtvierteln, sagt Selena, habe ich der Redaktion auch schon vorgeschlagen, aber sie können sich nicht entschließen, vielleicht, sagt sie, wenn ich mit der Selbstmordstory komme. Wäre das nicht geschmacklos?, fragt Heinz. Eigentlich schon, sagt Selena. Sie schweigen, Heinz blickt auf den Kerzenhalter aus Zinn auf dem Sideboard. Was war da vor dem Block?, fragt Selena. Woher soll ich das wissen, denkt Heinz, ach so, vorher. Ein kleines Haus, sagt er, so eine Art Bauernhaus. Hast du das aus den Zeitungsartikeln?, fragt Selena. Nein, sagt Heinz, aus den Unterlagen des Katasteramts. Vielleicht sollte man doch etwas machen, sagt Selena, nicht über den Selbstmord, aber über das Haus. Vergiss es, sagt Heinz. Wieso, wieso soll ich es vergessen, wenn es dich nicht interessiert, heißt das noch lange nicht, dass es kein Thema ist. Dann mach halt etwas, mir ist es gleich, aber verlang nicht von mir die Unterlagen, die haben wir nicht, die waren nie bei uns. Wo denn? Bei Krähenbühl und Partner. So, bei Krähenbühl und Partner, der schärfsten Konkurrenz. Selena fühlt sich abgebremst. Sie sagt: Immerhin erklärt das einiges. Natürlich, denkt Heinz, die Familientragödie bei diesen Schreibers, oder wie die hießen, und die schlechte Ausstrahlung des Blocks, dumm, dass ich das herausgelassen habe. Aber Selena ist wieder bei der Geschichte, die man vielleicht doch machen könnte. Wer könnte denn noch etwas über das Haus wissen?, fragt sie. Emmy Weider, sagt Heinz zu ihrem Erstaunen sofort. Emmy Weider, wie kommst du auf die? Denen hat das Grundstück gehört, sagt Heinz. Echt, den Weiders? Ja, sagt Heinz. Oje, sagt Selena, die kann man jetzt nicht schon wieder anhauen, der Röthlin hat doch kürzlich das Interview mit ihr gemacht. Leider stimmt das. Die letzte Altstadtbewohnerin, lautete der Titel, und dann kamen die Fragen, wie sich Emmy Weider (86) dabei fühle, ob die Verwandlung der Altstadt in ein Shoppingcenter sie störe und so. Jedenfalls kann man sie jetzt nicht schon wieder behelligen. Schade. In welcher

Zeitung stand denn die Geschichte?, fragt Selena. In allen dreien, wenn ich mich recht erinnere, sagt Heinz. Ich schau mal im Archiv, sagt Selena, steht auf und geht ins kleine Zimmer hinüber, wo sie den Computer einschaltet. Heinz bleibt auf dem Sofa sitzen. Vielleicht ist das Zimmer falsch eingerichtet, denkt er. Warum muss alles so an der Wand kleben? Dort, wo in den Sechzigerjahren der Couchtisch aus Esche steht, befinden sich zwar zwei Sessel mitten im Raum, aber sonst ist tatsächlich alles den Wänden nach aufgereiht, das Sofa, links davon das schmale schwarze Kommödchen, rechts davon der Glastisch mit der jetzt leeren Blumenvase, und an der anderen Wand das von den beiden Billys eingerahmte Sideboard. Das stimmt irgendwie nicht. Heinz nimmt sich vor, Selena eine Umstellung der Möbel vorzuschlagen.

Wieder Morgen, acht Uhr, Selena sitzt schon mit der Zeitung in der Küche beim Kaffee, als sich Heinz seinen Tee machen will. Er fragt, ob sie fündig geworden sei. Ja, sagt sie, da ist etwas, vier Zimmer mit Terrasse und schöner Aussicht, allerdings auf der falschen Seeseite, da hat man die Nachmittagssonne nur in der Küche. Heinz hat zwar nicht das gemeint, sondern ob sie gestern Abend die alten Zeitungsartikel gefunden habe, denn als er ins Bett ging, saß sie noch am Computer, aber jetzt ist er froh, dass sie ihn missverstanden hat, wozu das alles aufrollen, und so sagt er nur: Aha. Selena blickt von der Zeitung auf. Ach so, sagt sie, du meinst die alten Zeitungsartikel. Nein, das elektronische Archiv geht ja nur zehn Jahre zurück. Hast du das nicht gewusst?, fragt Heinz. Doch, aber ich dachte, vielleicht habe in dieser Zeit schon jemand darüber geschrieben, scheint aber nicht der Fall zu sein. Heinz nimmt das mit einem halben Nicken zur Kenntnis und wendet sich ab, um die gestrigen Grünteeblätter aus der Teekanne ins Grünabfallfach des Mülleimers zu schütten, der sich natürlich am selben Ort befindet wie der mit Zeitungen ausgeschlagene Metallkübel in den Sechzigerjahren, nämlich unter dem Spülbecken, an der Tür festgemacht, sodass einem wie damals beim Öffnen der Eimer entgegenkommt. Was kostet die Wohnung, fragt Heinz, während er frische Teeblätter in die Kanne streut. Zweitausenddreihundert inklusive Nebenkosten. Wow, sagt Heinz. Es ist ja auch noch nicht das Wahre, sagt Selena.

Um zehn ist niemand in der Wohnung, weicher, nicht ganz reiner Kaffeegeruch hängt in der Luft, obwohl Selena ihrer Gewohnheit gemäß das Wohnzimmerfenster einen Spaltbreit offen gelassen hat. Manchmal kommt die Sonne zwischen den Wolken hervor, dann macht Karli, der zusammengerollt in der Sofaecke schläft, die Augen auf. Draußen ist es still, im Block und in den älteren Mietshäusern scheint sich niemand zu rühren, die reservierten Parkplätze unten vor dem Haus sind leer, Herr von Gugelau wird auch erst um elf zurückkommen, zu seiner dreistündigen Mittagspause, auf die er Anrecht hat, da er ja um sechs zu arbeiten beginnt. Um Viertel nach zehn, als gerade wieder die Sonne schräg auf das Sideboard scheint, steht Karli auf, streckt sich gähnend, legt sich andersherum wieder hin. Bevor ihm die Augen ganz zugehen, reißt er sie wieder auf und spitzt die Ohren. Dann macht er die Augen langsam zu und lässt die Ohren in ihre Grundstellung sinken.

Jetzt um Viertel nach zehn steht Selena im Archiv der Zeitung und streitet mit Herrn Ruest, dem Archivar, der auch noch anderes zu tun hat als vierzig Jahre alte Artikel zu suchen. Herr Ruest, sagt Selena, dann lassen Sie doch mich suchen. Das kennen wir, sagt Herr Ruest, letzthin hat der Fürer etwas gesucht, und nachher habe ich eine Woche lang aufräumen dürfen. Selena schwört, dass sie keine Unordnung macht, Herr Ruest lenkt ein, Selena beginnt bei der Kartei von 1960, muss sie wohl, denn auch an das Jahr, in welchem die Artikel über die Tragödie auf der Matte erschienen sind, hat sich Heinz nicht genau erinnert. Januar, Februar, durch das hoch gelegene Klappfenster fällt Sonne auf den Tisch, an dem sie arbeitet, sie blickt auf. Blickt auf die Uhr, fast elf, Zeit für eine Zigarettenpause, man kann sie sogar draußen an der Sonne abhalten. Sie steht auf, geht hinaus, Herr Ruest ruft ihr nach: Und hier lässt man alles stehen und liegen? Ich komme ja wieder, Herrgott noch mal, schreit Selena zurück.

Mittag, Selena ist nach Hause unterwegs, zu Fuß, es ist ja nicht weit. Der Himmel ist jetzt gleichmäßig bedeckt, kalt ist es nicht. Selena friert trotzdem, sie greift sich an die Stirn, ziemlich heiß, wahrscheinlich hat sie wieder Fieber. Sie sollte am Nachmittag zu Hause bleiben. Blöd ist nur, dass sie die Karteikästen von 1960 und 1961 auf dem Tisch hat stehenlassen. Sie will dann Herrn Ruest anrufen und ihm die Sache erklären. Selena schaudert es. Ich muss ins Bett, denkt sie. Sie ist schon bei ihrem Haus, an der Nordecke der einstigen Wiese. Im hier befindlichen Lokal ist jetzt ein Videoladen, aber wahrscheinlich wird auch er bald eingehen wie alle Unternehmen, die sich da einmieten. Noch ein paar Meter, dann ist Selena vor der Haustür angelangt, an der eine Klinke angebracht ist, die in den Sechzigerjahren als altmodisch gelten würde. In den Sechzigerjahren ist eine schwarze Bakelitscheibe dran, die Heinz als jenseitig bezeichnen würde. Heinz. Warum hat er die Artikel nicht wenigstens von Carla, der Bürohilfe, kopieren lassen? Weil er solche Dinge lieber verdrängt, denkt Selena, während sie gegen die Tür drückt und wartet, bis ihr Code eingelesen ist und die Tür aufspringt.

Ein paar Minuten später, sie sitzt im kleinen Zimmer wieder vor dem Computer, die hellgrauen Baumwollvorhänge sind zugezogen, das Fensterkreuz zeichnet sich schwach auf ihnen ab, sonst kommt Helligkeit nur vom Bildschirm. Selena starrt auf Suchen und weiß einen Moment lang nicht, was sie wollte. Karli, der auf ihrem Schoß sitzt und bisher ebenfalls auf den Bildschirm gestarrt hat, legt sich zusammengerollt hin. Was machst du, Karli, sagt Selena automatisch, aber jetzt weiß sie wieder, was sie wollte, sie schreibt das Suchwort »Matte«. Starrt auf die erscheinenden Einträge, einiges davon ist auf Schwedisch, anderes hat irgendwie mit Business zu tun, Selena klickt auf den Eintrag, der Special Effects verspricht, und liest dann, dass Matte eine Computertechnik ist, mit der man das New York der frühen Sechzigerjahre wiederaufleben lassen kann. Aha, denkt Selena, da haben wir's, die frühen Sechzigerjahre, das ist ein Hinweis. Worauf schon wieder? Sie betrachtet die Bilder des wiederaufgelebten New York, das, wie alles am Computer, belanglos erscheint. Dabei war's doch in Amerika schön, denkt Selena, schade, dass sie jetzt dort diese Regierung haben, jetzt kann man da nicht hin. Sie beginnt die Beine übereinanderzulegen, Karli springt von ihrem Schoß. Das plötzliche Fehlen des Gewichts und der Wärme lässt Selena wieder schaudern, sie drückt auf die Tasten zum Verlassen des Internets und schaltet den Computer aus. Ich muss ins Bett, denkt sie. Herrn Ruest hat sie vergessen.

Im Bett. Selena hat tatsächlich wieder Fieber, nicht gewaltig, aber immerhin siebenunddreißig vier. Soll sie Heinz anrufen? Aber dann kommt wieder die Leier wegen des Rauchens. Aber jemand muss doch einkaufen gehen. Sie hätte einkaufen sollen. Aber sie kann jetzt nicht. Aber er kann auch nicht, er arbeitet ja bis um sieben. Doch, am Bahnhof kann er einkaufen. Später. Später rufe ich ihn an. Selena lässt sich zurücksinken. Karli, wo bist du? Sie sieht nicht über ihre eigenen Füße hinweg, die den untersten Teil der Tür verdecken, vor der Karli sitzt. Zum Glück bin ich ins Bett gegangen, denkt Selena und hat plötzlich das Gefühl, die Situation genau so schon einmal erlebt zu haben. Sie denkt: Das ist ein Déjà-vu, aber es nützt nichts, auch dieser Gedanke war genau so schon einmal gedacht. Sie versucht, tief zu atmen und nichts zu denken, dann kommt man am schnellsten daraus heraus, aber sie kommt nicht daraus heraus, der Daraus-heraus-Gedanke ist auch nur eine Wiederholung. Déjà-vus hat man sonst doch nur ein paar Sekunden lang, denkt sie einen mit einem alten Gedanken identischen Gedanken. Sie denkt: So geht das nicht weiter, was man sowieso bei jedem Déjà-vu denkt, aber auch der Gedanke, den sie jetzt denkt, nämlich dass sie doch gleich Heinz anrufen will, war genau so schon einmal gedacht, während die Hand, die nach dem Handy auf dem Boden greift, nicht mehr ganz ihre Hand ist, weil sie von früher stammt, als diese Geste noch neu war. Selena läuft der Schweiß herunter, und sie atmet so abgehackt, dass sie kaum reden kann, als Heinz abnimmt. Was ist, was ist?, fragt er gleich. Auch Heinz, auch seine Stimme sind in das alte Bild hineingezogen, so hat er schon einmal geredet, als etwas nicht gut war. Ich weiß nicht mehr was, aber etwas war damals nicht gut. Trotzdem, Selena, du musst ihm jetzt sagen, was du ihm da schon gesagt hast. Heinz, sagt sie, ich habe ein Kind wegmachen lassen.

Wann? Wo? Und vor allem warum? Die sich aufdrängenden Fragen kann Heinz nicht stellen, er ist in einer Besprechung, er sagt, ich rufe dich in einer Stunde wieder an.

Selena lässt das Handy auf den Boden fallen und sinkt weinend zurück. Vollidiot, denkt sie. Sie meint weitgehend sich selbst, weil sie jetzt, da sie aus der Déjà-vu-Schleife heraus ist, sich schämt, auf diese Art in Heinz' Arbeitszeit hineingeplatzt zu sein. Das Weinen bekommt ihr schlecht, der Kopf fängt an weh zu tun, das Fieber steigt. Heinz, da draußen ist etwas nicht gut. Sie weiß, dass sie das schon einmal so gedacht hat, aber es ist kein Déjà-vu, sie wiederholt den Satz absichtlich, um sich von dem Schamgefühl abzulenken.

Das mit der Besprechung ist nicht wahr, Heinz sitzt allein über der Akte Müller-Tobel. Es hat ihm vorhin einfach die Sprache verschlagen, dass sie auf diese Art bei ihm hereinplatzt, und dazu noch mit einer solchen Nachricht. Die spinnt ja, denkt er.

Selena liegt jetzt so still, dass sich Karli entschlossen hat, aufs Bett zu springen. Er liegt neben ihrem rechtem Fuß. Ich muss weg, denkt Selena. Ja, in letzter Zeit hat auch die Schrägstellung des Betts nichts mehr genützt, Selena schläft schlecht, und wenn sie Fieber hat, gerät da draußen alles in Bewegung, der Block schrumpft zu Schachtelgröße, was ihn aber nicht angenehmer macht, im Gegenteil, seine schlechte Ausstrahlung ist dann verdichtet, neben ihm sind monströs große Autos geparkt, kleine Leute mühen sich damit ab, ihre Türen zu öffnen, bis sich alles verkehrt, riesiger Block, winzige Autos, monströse Leute, alle redend, alle fuchtelnd, alle auf etwas hinweisend, das Selena nicht versteht. Und kein Sommernachtsbild mehr, kein plätschernder Brunnen, kein Pferd.

Was ist mit dieser Kindergeschichte, ist sie deswegen so durchgedreht? Ach, sagt Heinz ungeduldig, legt die Akte Müller-Tobel auf den Schreibtisch, geht in die kleine Küche des Büros, um sich Tee zu kochen. Gehst du nicht essen, Aurel?, fragt Carla, als er an ihrer Tür vorbeikommt. Nein, heute nicht, sagt Heinz. Carla nennt ihn nicht so, weil sie den Namen scheußlich findet. Nichts zu machen. Heinz setzt Wasser auf und nimmt den Tee aus dem Schrank. Also deswegen ist sie die ganze Zeit so komisch, denkt er. Wie viel Uhr ist es? Halb zwei. Ich hätte sie schon anrufen sollen.

Um zwei Telefongespräch zwischen Selena und Heinz. Die Verbindung ist schlecht, es hat dem Handy nicht gutgetan, auf den Boden zu fallen. Geh doch ans normale Telefon, sagt Heinz, ich rufe dich in zwei Minuten wieder an. Ich kann nicht, sagt Selena weinend, hast du nicht gehört, dass ich krank bin? Doch, sagt Heinz, du bist wieder einmal krank. Wirft er ihr eigentlich vor, dass es ihr schlecht geht? Selena muss die Frage dreimal wiederholen, weil es im Handy rauscht. Das geht so nicht, sagt Heinz, wenn du nicht aufstehen kannst, dann hören wir jetzt auf, ich versuche, früher nach Hause zu kommen. Mach, was du willst, sagt Selena weinend und drückt auf die Abstelltaste.

Auftritt von Heinz schon jetzt, um vier. Er muss dann noch einmal ins Büro zurück, aber das ist wichtig. Was ist wichtig?, fragt Selena. Es stellt sich heraus, dass ihr Heinz schon seit längerem sagen wollte, dass er findet, sie beide seien auf keinem guten Trip, jetzt zum Beispiel könne er nicht begreifen, warum Selena heimlich doch an einem Kind herumprobiert, obwohl sie doch weiß Gott durchbesprochen haben, dass sie keine Kinder wollen, vielleicht hast du Torschlusspanik, oder was, aber ich finde es unakzeptabel, dass du mir nichts sagst. Ich habe keine Torschlusspanik, schreit Selena und verstummt gleich, weil ihr ein scharfer Schmerz durch den Kopf fährt. Sie hat noch sagen wollen, das sei ja klar, dass ein Mann das denkt, sonst aber nicht logisch denken kann, warum hätte sie es denn wegmachen lassen, wenn sie Torschlusspanik hätte? Ja, warum? Weil, denkt Selena, eben, deswegen, wir haben es ja besprochen. Warum machst du dann die

Szene am Telefon?, fragt Heinz. Hat es einen Sinn, ihm die Déjà-vu-Sache zu erklären? Nein. Um dich aufzurütteln, sagt Selena. Und wieder schreiend: Weil bei dir nie etwas ankommt. Was kommt nicht an?, fragt Heinz. Dass ich hier wegmuss, schreit Selena, was ihr im Kopf so wehtut, dass sie wieder zu weinen beginnt. Selena, beruhige dich, ich mache dir jetzt einen Tee, und dann können wir noch eine halbe Stunde reden, dann muss ich ins Büro zurück. Heinz geht in die Küche.

Ich will keinen Tee, denkt Selena weinend, ich hasse Tee. Es ist ihr schwindlig, draußen schrumpft alles und bläht sich wieder, und wenn das so weitergeht, wird das auch auf dieses Haus übergreifen, es wird uns erdrücken, oder wir werden uns in ihm verlieren, verdammt noch mal, Heinz, merkst du das nicht? Heinz sitzt in der Küche, wartet, bis das Wasser siedet, hat die Ellenbogen auf den Tisch gestützt und das Gesicht in den Händen vergraben. Wieso ist sie überhaupt schwanger geworden, denkt er, was spielt sie für ein Spiel? Nicht fragen, denkt er, Hauptsache, das Kind ist weg, nichts fragen.

Aus diesem Grund ist das halbstündige Gespräch, währenddessen Heinz den Tee selber trinkt, über weite Strecken unergiebig. Selena weint viel und redet etwas von Schrumpfen und Aufblähen, was Heinz zuerst nicht versteht, dann so versteht, dass es mit dem Kind zu tun hat, nein, schreit Selena, hör mir doch richtig zu, es hat nichts mit dem Kind zu tun, da wird ihr so schlecht, dass sie ins Badezimmer muss. Meine Frau ist durchgedreht, denkt Heinz, selbst fast weinend, wie die Frau vom Krähenbühl.

Selena kommt schlotternd aus dem Badezimmer zurück, ist ruhiger, lässt sich von Heinz zudecken. Was machen wir jetzt?, fragt Heinz. So rasch wie möglich wegziehen, sagt Selena. Du ziehst weg, denkt Heinz. Dieser Heinz. Letztes Jahr hätte er niemals so etwas gedacht, jeder Streit mit Selena war ihm entsetzlich, aber seither hat er eine andere Frau kennengelernt. Ja. Sie heißt Renate beziehungsweise Renat, wie man hier sagt, ist Apothekerin, ein Jahr älter als Selena und Heinz, und es ist tatsächlich so, dass Heinz auf sie fliegt, weil sie so normal ist. Davon natürlich kein Wort, denkt Heinz und fängt an, sich zu überlegen, ob Renat ihn hier besuchen würde. Zu ihm ziehen würde sie nicht, erstens weil sie ihre Selbstständigkeit nicht aufgeben will, zweitens weil sie das Viertel und erst recht den Sechzigerjahrebau grässlich findet. Den Karli hingegen, sagt Heinz gedankenverloren, kann ich behalten. Jetzt ist es heraus. Denn trotz Fieber stürzt sich Selena sofort auf den Versprecher, was heißt das?, was soll das?, und die ganze Geschichte kommt raus. Jetzt kniet Heinz schon weinend vor dem Bett, das Gesicht in der Decke vergraben.

Am Abend dieses Maitags, dem letzten Abend, den Herr Brun und der junge Schacher in den Zwanzigerjahren zusammen verbringen, ist Heinz schon weg. Selena hat ihn gebeten, ruhig gebeten, für ein paar Tage wegzugehen, zu seiner Freundin oder ins Hotel, das sei ihr gleich, jedenfalls solle er jetzt weg. Aber du bist doch krank, Selena. Das ist egal, ich schaffe es schon. Heinz ist also weg, mit der Sporttasche, wahrscheinlich lässt sich die am besten auf dem Rad befestigen. Selena hört, wie drüben im Block die Tür zum Fahrradraum aufgeht und dann mit einem hohlen Geräusch wieder zu. Das klingt nach Herbst, denkt Selena, auch dieser Mai ist wie Herbst. Auf dem Rad weht Heinz feuchtkalte Luft entgegen, und als er auf die Seestraße kommt, fünf Minuten mit dem Rad, liegt über dem Wasser so etwas wie Nebel. Das sieht ja aus wie im Herbst, denkt er. Jetzt spinne ich auch schon, denkt er, weil er es nicht mag, wenn Selena sagt, das ganze Jahr sei Herbst. Warum sagt sie solche Dinge, warum ist sie so? Heinz merkt, dass ihm die Tränen hinunterlaufen, er bleibt auf der Seestraße stehen, tritt mit dem Rad zwischen den Beinen auf das Trottoir, holt das Taschentuch aus der Windjackentasche, schnäuzt sich. So kann ich nicht zu Renat, denkt er. Nein, wirklich nicht. Ruf sie noch einmal an, Heinz, und sag ihr, dass du doch nicht kommst. Heinz greift nach dem Handy in der anderen Tasche, lässt aber die Hand unschlüssig drin. Aurel, ruft eine Stimme von hinten. Heinz zuckt zusammen und reißt die Hand aus der Tasche. Carla. Was machst denn du hier, Carla? Sie war mit Freundinnen beim Abendessen. War's schön? Heinz, das solltest du fragen. Aber er hat nicht die Kraft dazu. Er wendet sich ab, schaut auf die Nebelluft über dem See, in der die Lichter der anderen Seeseite verzerrt erscheinen, weint und macht den Fehler, mit Carla zu gehen, in ihre Wohnung, wo er ihr fast alles erzählt. Der Bürohilfe, Heinz, das ist keine gute Idee. Aber jetzt ist es zu spät, jetzt ist nicht nur die Geschichte mit Renat heraus, sondern auch die mit dem weggemachten Kind. Das, denkt auch Carla, hätte er sich verklemmen müssen, er, der im Büro doch so schweigsam ist. Jetzt schwatzt er wie ein Wasserfall. Das Einzige, von dem Heinz nicht redet, ist die Sache mit Aurel: Seine Angst, ihm wiederzubegegnen, wenn er aus der zugegebenermaßen faden und nicht zu einem recht erfolgreichen jungen Anwalt passenden Wohnung auszieht.

Nächster Vormittag, er ist unterwegs in den Süden, allerdings noch auf der Alpen-Nordseite, das Wetter ist grauenhaft, der Regen, der ihm auf dem Rad ins Gesicht schlägt, ist so kalt, dass es auch Schnee sein könnte. Das stinkt mir, denkt er. Da vorn glänzt etwas im Gras, eine zerdrückte Getränkedose, hier steigt er ab und versucht sich mit dem Taschentuch das Gesicht zu trocknen. Der Ort, wo er steht, wäre ganz hübsch, schmale Straße zwischen Wiesen, nur liegt der Regen wie Reif auf dem hohen, etwas gebogenen Gras, und in die noch nicht blühenden Obstbäume oben am Hang hängt eine Wolke hinein. Scheiße, sagt Heinz. Er beschließt, mit dem Zug in den Süden zu fahren, samt Rad, denn mit dem Rad über den Pass zu fahren hat keinen Sinn. Ob das Ganze, sein Absprung, einen Sinn hat, ist eine Frage, die er sich nicht stellt. Vielleicht wäre es besser gewesen, dazubleiben und die Sache gleich auszusortieren, statt Carla zu beauftragen, sie solle ihn im Büro irgendwie herausreden. Aber vielleicht hat er recht. Vielleicht braucht es die Distanz, die paar Tage zum Überlegen und Nachdenken, wie er sagt.

Um diese Zeit liegt Selena nicht mehr im Bett, sondern sitzt im kleinen Zimmer auf dem Boden, mit dem Rücken gegen die Heizung, die neben der Balkontür bis über die halbe Höhe geht, sodass man sie beim Betreten des

Zimmers gleich im Blick hat, was heute noch schlechter wirkt als in den Sechzigerjahren, denn während sich in den anderen Teilen der Wohnung die Originalheizkörper befinden, ist hier der Radiator ausgetauscht worden gegen einen, der vorn aus einer einzigen Platte besteht. Zum Rückenanlehnen eignet sich die Platte allerdings besser. Selena fühlt sich angenehm durchwärmt, auch vom Kaffee, den sie trinkt, und davon, dass sie den Becher mit beiden Händen umfasst hält. Die Füße in den roten Socken hat sie gegen eine der Kartonschachteln gestemmt, die immer noch hier an der Wand entlangstehen, seit fünf Jahren unausgepackt. Wie gut, denkt Selena, dann kann man alles gleich so wegwerfen. Und was ist in diesen Schachteln? Nichts, das man während fünf Jahren gebraucht hat, also nichts Erwähnenswertes, auch wenn man anhand von Aurel Zumwalds Schulheften, die von Selena aus gesehen in der dritten Schachtel liegen, das gerührt spöttische Ritual durchführen könnte, mit dem man in alten Schulsachen blättert. Warum packst du nicht aus, Selena?, hat Heinz vor ein paar Jahren gefragt. Pack doch selber aus. Aber du hast doch die Schachteln in deinem Arbeitszimmer haben wollen. Ja und? Einer von Selenas seltsamen Einfällen. Wenn sie mithilfe der unausgepackten Schachteln vermeiden wollte, dass das Zimmer nach irgendetwas aussieht, so ist das misslungen, denn die Schachteln sind mehr oder weniger dorthin gestapelt, wo in den Sechzigerjahren Maris Bett steht, und beim Eintreten hat man den gleichen optischen Eindruck von einem horizontalen Rechteck links. Wahrscheinlich haben die Schachteln schon den Spannteppich zerdrückt, während in den Sechzigerjahren bei jedem Verrücken des Betts auf dem dunkelblauen Linolbelag weiße Striemen erscheinen. Jedenfalls fühlt sich heute der Karton durch die Socken hindurch trocken und warm an, wie Selena feststellt. Sie ist nicht mehr krank. Noch schwach, das schon, sie hat die Sekretärin angerufen, um zu sagen, dass sie nicht zur Arbeit kommt. Und was jetzt, Selena? Bevor sie sich die Frage beantworten kann, beginnt in der nahen Kirche das Mittagsläuten. Es ist der Moment, in dem Heinz am Eisenbahnknotenpunkt den Zug in den Süden besteigt, und auch der Moment, in dem der junge Schacher und Herr Brun in der Stadt mit den steilen Straßen einfahren. Das wären zum Beispiel Leute, Selena, die mit dem kleinen Haus in einem Zusammenhang stehen, darüber wolltest du doch schreiben, Geschichten aus den Stadtvierteln, erinnerst du dich? Nein, Selena erinnert sich im Moment nicht, sie weiß nur, dass sie nichts mehr wissen will, weder von den Dingen, die in und außerhalb dieser Wohnung sind, noch von Heinz. Interessiert sie nicht mehr. Wir sind eigentlich schon weg, denkt sie und meint sich und Karli. Wo ist er eigentlich, warum kommt er nicht an die Wärme, sitzt er im Wohnzimmer, wo es hereinzieht? Karli, ruft sie in die Mittagsglocken hinein, man hört es kaum, Karli kommt nicht. Wir müssen an einen Ort ziehen, wo es keine Kirche gibt, das war ja auch einer der Nachteile dieses Orts, wobei Selena die Nachteile nicht mehr aufzählen mag, Hauptsache, man verschwindet hier so schnell wie möglich.

Zwei Stunden später im südlichen Teil des Landes, hundertvierzig Kilometer vom Ausgangspunkt, Wetter nicht besser als auf der Alpen-Nordseite. Kaum ist Heinz mit dem Rad unter dem Arm aus dem Zug gestiegen, ruft jemand: Aurel.

Jetzt, am Abend dieses Maitags, gibt es beidseits der Alpen eine plötzliche Aufhellung, auf einmal ist da ein gespannter blauer Himmel, sogar die noch nicht untergegangene Sonne scheint, von den Blättern des kleinen Fliederstrauchs im Vorgarten der ehemaligen Weider'schen Villa hängen glänzende Tropfen. Auch der Asphalt um das Haus herum glänzt und dampft, der Block riecht nach warmem nassem Beton. Selena ist im Badezimmer dabei, sich anzuziehen, ein blauer Maiabend, da muss man hinaus. Auch auf der Alpen-Südseite hat man den Eindruck von Blau, immer stärker, je mehr sich das Licht nach oben zurückzieht. Heinz steht am Ufer eines Sees und beglückwünscht sich, in den Süden gekommen zu sein. Er weiß nicht, dass es auf der Alpen-Nordseite auch so aussieht. Es sieht im Moment vom Balkan bis zum Elsass so aus, während Südwesteuropa unter einem Sturmtief liegt. Wäre dieser See nicht ebenfalls von Bergen umstellt, könnte Heinz sehen, wie gegen Süden das Blau des Himmels in ein seltsames Lila übergeht. Heinz, pass auf, sagt er zu sich selbst, denn er sieht unter den spazierenden Leuten jemanden kommen, der immer wieder herschaut. Wieder einer, der Aurel sucht? Heinz wartet es nicht ab, er steigt aufs Rad und fährt die Uferpromenade entlang.

In diesem Augenblick tritt auf der Alpen-Nordseite Selena aus dem Haus, zusammen mit Herrn von Gugelau, der zufällig zur selben Zeit unten an der Treppe angekommen ist wie sie mit dem Lift. Er müsse in Richtung Stadt, sagt er, ob er sie mitnehmen solle. So fahren sie nicht nur bis zur Seestraße hinunter, sondern auch südöstlich am See entlang, denn es stellt sich heraus, dass Herr von Gugelau eine kurze Ausfahrt machen wollte, an diesem schönen Maiabend.

Jetzt stehen sie schon auf einer zur Wohnlage im Grünen umgestalteten Seitenmoräne eines Gletschers, zwischen eben verblühten, schon beblätterten Kirschbäumen, und blicken auf den See und in die Berge, und sie haben beide wegen des erstarrten Blaus von Himmel und See und der trotz Helligkeit nicht mehr unterscheidbaren Struktur der Berge tatsächlich einen Eindruck von Eiszeit. Da stimmt etwas nicht, sagt Herr von Gugelau.

Zehn Minuten später, jetzt flattern im Wohnzimmer die Baumwollvorhänge herein, das Fenster ist sperrangelweit offen, es hat den vollen türkisblauen Indianeraschenbecher, mit dem es auf Spaltbreite blockiert war, zu Boden gewischt. Karli hat sich ins Schlafzimmer verzogen. Der Himmel ist aber noch blau, auch im Südteil des Landes, obwohl hier der Wind noch stärker weht. Heinz kann das Rad nur noch mit Mühe schieben. Wenigstens hat es die Spaziergänger weggeblasen, nein, da steht einer, ganz am Uferrand, der spinnt ja, da klatschen doch die Wellen herauf. Ich bin von Freaks umgeben, denkt Heinz. Zur Sicherheit verlässt er die Uferpromenade und überquert die Uferstraße, wobei er hofft, dass ihm die stark schaukelnde hängende Ampel nicht auf den Kopf fällt.

Selena und Herr von Gugelau sitzen unterdessen schon im Auto, das nicht anspringt. Das gibt's doch nicht, sagt Herr von Gugelau. Es ist zu befürchten, dass ein Ast von einer Tanne auf den Wagen fällt, sie haben in der Grünzone der Moräne auf dem Parkplatz am Waldrand geparkt. Man hört, wie sich die Bäume knirschend und splitternd gegeneinanderreiben. Das gibt's doch nicht, wiederholt Herr von Gugelau, das ist ein neuer Wagen. Sogar mit Navigationssystem. Im Wohnzimmer hat sich der linke Vorhang im schmalen Spalt zwischen dem Billy und der Wand verkeilt und flattert wie ein Segel. Karli rennt durch den Flur in die Küche und wieder ins Schlafzimmer zurück, unters Bett, weil ihm das Knattern Angst macht.

Fünf Minuten später, es beginnt zu schneien, trotz Mai und bei immer noch blauem Himmel und einem Rest von Sonnenlicht. Auf der Alpen-Nordseite, heißt das. Im Süden haben die Sturmwolken in kürzester Zeit den Himmel bedeckt, Niederschlag fällt zwar noch nicht, aber es ist auf einmal so dunkel, dass in der Lobby des Hotels, das Heinz zum Glück erreicht hat, alle Lampen brennen. Auf der Alpen-Nordseite sagt Herr von Gugelau noch einmal: Das gibt es doch nicht, was Selena nicht hört, weil sie ausgestiegen ist, um das funkelnde Schneegestöber besser zu sehen. Sie denkt, es sei das Zeichen einer großen Veränderung.

V

In den Sechzigerjahren sind diese Maitage, ein knappes Jahr nach den schrecklichen Ereignissen bei Schachers, vom Beginn der Abbrucharbeiten geprägt. Warum so lange Zeit nichts geschah, warum das Haus und der Garten, zwar abgesteckt, elf Monate lang leer und unberührt dastanden, das hat man sich in den umliegenden Mietshäusern und im Neubau vorn an der Straße öfter gefragt, auch wenn man froh war, dass der Baulärm noch nicht losging. Jetzt sind die Birnbäume umgelegt, ihre Kronen ausgedünnt, da man sich von allen Seiten mit blühenden Zweigen bedient hat, trotz der Betreten-verboten-Schilder, die bei allen Zugängen zum Garten stehen. Vom Schacherhaus fehlt schon der obere Teil, den haben sie, heißt es, wegen des Estrichs separat abgetragen. Wieso wegen des Estrichs? Weil sich der Großvater Schacher da oben erhängt hat. Ach so, stimmt ja. Was da stimmt, warum man den Estrich separat abtragen muss, wenn sich da jemand erhängt hat, könnte niemand von den Leuten sagen, die vor dem Neubau auf dem Gehsteig stehen. Es sind die Frau des Antikommunisten, nämlich Frau Arni, und die junge Frau Steiger, beide vom Neubau, dann Pius Lieber, der Sohn des jetzigen Mattewirts, Margrit Wyss aus dem Mietshaus links und ihre Mitschülerin Mari. Die Gruppe löst sich jetzt auf, weil Frau Lieber vom Wirtshaus her nach Pius schreit, er solle helfen kommen. Jetzt fällt den anderen auch ein, dass sie eigentlich zu tun haben. Mari ist, nach Absolvieren des Türtricks, mit dem Lift in den zweiten Stock unterwegs, wie immer angespannt, damit der Trick auch beim Ankommen gelingt. Sie hält den Fuß bereit, die Schuhspitze schwebt über der Schwelle, die den Lift zum Halten bringt. Jetzt. Es klappt, der Lift hält genau die richtigen zehn Zentimeter zu früh, Mari kann aussteigen. Die Wohnungstür öffnet sie mit dem Schlüssel, der an einem roten Wollfaden um ihren Hals hängt, indem sie sich zum Schlüsselloch hinunterbeugt. Was ist da los?, sagt eine Stimme hinter ihr laut. Mari fährt zurück, der Wollfaden reißt, der Schlüssel hängt nur noch mit dem äußersten Ende im Schloss. Ach so, du bist das, sagt Frau Bach in der Tür vis-à-vis, entschuldige, ich dachte, da mache jemand an eurer Tür herum. Mari sagt nichts, schiebt den Schlüssel wieder ins Schloss, öffnet, tritt ein, knallt die Tür zu, schließt von innen ab. Der Architekt des Neubaus hätte bedenken müssen, dass das Oberlicht über dem vierten Stock nicht genügt, zwei Stockwerke weiter unten die Ecken auszuleuchten. Also so etwas, sagt Frau Bach und tritt auf den Treppenboden hinaus, um auf den Leuchtknopf zu drücken, mit dem die Treppenhausbeleuchtung anspringt.

Zehn Minuten später, zwölf Uhr achtzehn, die Beleuchtung ist längst wieder erloschen. Der Nächste, der auf einen der Leuchtknöpfe drückt, wird Maris Vater sein, der jetzt gerade aus der Straßenbahn steigt. Er hat sich verändert seit dem letzten Jahr. Äußerlich so, dass er einen dunkelblauen Anzug mit dunkelblauer Krawatte trägt, dazu die dunkelbraunen Schuhe, die er sich vor zehn

Jahren von Pista Szentgyörgyi hat machen lassen und erst wenig getragen hat. Sie sehen noch aus wie neu. Die Haare, die ihm letztes Jahr über der Stirn wuchsen, sind ausgefallen, und auch das sieht besser aus, eine saubere, von einem dunklen Haarkranz umgebene Glatze. Den dunkelbraunen Hut hat er in der Hand. Den Regenmantel, den er über dem Arm trägt, weil es nach einem bewölkten Morgen sonnig geworden ist, hat er letztes Jahr geschenkt bekommen, ein praktisch neues Stück, das vom Schnitt her nicht schlecht ist, bloß viel zu kurz, eine Art Dreiviertelmantel, nach dieser Mode, in der die Männer entstellt aussehen. Ohne Regenmantel wirkt Maris Vater, er heißt übrigens Ferenc, c wie z auszusprechen, in dem dunkelblauen Anzug schlank und etwas größer als seine eins zweiundsiebzig. Er hat sich auch sonst verändert. Feri, wie die in seinem Land übliche Abkürzung von Ferenc lautet, will von uns und besonders von Dir nichts mehr wissen, hat ein alter Freund, der im Januar hier zu Besuch war, an Ferenc' Frau, also an Maris Mutter, nach Hause geschrieben. Frau Bach ihrerseits hat schon im letzten Herbst zu mehreren Hausbewohnern gesagt, seit Herr Schalach, wie sie Ferenc' Familiennamen ausspricht, arbeiten gehe, habe er es hoch im Grind, das heißt, er sei überheblich geworden. Wie steht's damit, Feri, möchte man ihn fragen, aber jetzt hat er die gläserne Eingangstür erreicht und drückt sie auf, an der schwarzen, von der Mittagssonne erwärmten Bakelitscheibe.

Ein paar Minuten später die üblichen Probleme an der Wohnungstür. Mari hat den Schlüssel innen stecken lassen, Ferenc kann nicht öffnen. Er klingelt. Sie hört es nicht. Die Treppenhausbeleuchtung, die Ferenc unten beim Eingang eingeschaltet hat, geht aus. Ferenc macht drei Schritte rückwärts, um wieder auf den Knopf zu drücken. Auf den Knopf, der sich neben dem Lift befindet. Die anderen beiden Knöpfe sind je in der Wandmitte zwischen den Wohnungstüren angebracht, also am unsinnigsten Ort. Vielleicht war der Architekt so betört von der Neuerung, dass die Lichtknöpfe leuchten, dass er sie möglichst dramatisch platzieren wollte, mitten an den leeren, splitterig verputzten Wänden. Das Licht ist also wieder eingeschaltet, Frau Bach, die das Klingeln von drüben gehört hat, kann durch den Spion an ihrer Tür Ferenc deutlich sehen. Er klingelt noch einmal, dann dreht er sich um, steigt wieder in den Lift, fährt hinunter. Frau Bach kommt aus ihrer Wohnung, steigt ein Stockwerk höher, klingelt bei Steigers.

Also, Feri, wie viel ist an der Behauptung dran, dass du von der Familie und den Freunden im alten Land nichts mehr wissen willst? Aber Ferenc ist jetzt unterwegs hinter das Haus, geht am Betreten-verboten-Schild vorbei über die vom Dachboden stammenden Balken, den Mörtel, den Ziegelschutt zu den umgelegten Birnbäumen, von wo man den Balkon im zweiten Stock am besten im Blick hat. Niemand zu sehen. Doch hinter einer noch winterlich mit braun gewordenen Tannenzweigen besteckten Styropor-Blumenkiste kommt langsam ein dunkelbrauner Kopf in Sicht. Ein zehnjähriges Kind scheint noch nicht viel Ahnung zu haben, wie man sich unsichtbar macht. Mari, ruft der Vater, ich sehe dich, lass mich in die Wohnung. Maris Kopf und Oberkörper kommen hinter den

Tannenzweigen ganz zum Vorschein, sie schaut zu ihrem Vater hinunter und schüttelt den Kopf. Ferenc steigt über den Bauschutt und kommt näher ans Haus. Mari, sagt er, warum machst du das? Mari schaut schweigend auf ihn hinunter. Mari, sagt der Vater, ich habe mir vorgenommen, dieses Theater nicht mehr mitzumachen, ich gehe ins Wirtshaus und esse dort. Mari schaut schweigend hinunter, und dann schaut sie zu, wie der Vater über die Balken und den Mörtel und den Ziegelschutt steigt und am Betreten-verboten-Schild vorbei wieder auf die Straße hinausgeht. In diesem Moment steht Frau Bach in Steigers Flur, Frau Steiger, ein angebissenes Stück Knäckebrot in der Hand, mehr isst sie aus Schlankheitsgründen nicht zu Mittag, hat Frau Bach nicht weiter hereingebeten, obwohl sie das Thema, die unmögliche Situation bei Schalachs und ob man das Kind nicht in die Fürsorge geben müsste, schon interessiert. Dieselbe Frage wird in den auf das Matte-Grundstück gehenden Wohnungen, wo man Herrn Schalach auf der Baustelle hat umherkraxeln sehen, ebenfalls erörtert. Die Übereinstimmung in der Fragestellung rührt daher, dass die Frage nicht neu ist, man hat sie sich schon öfter gestellt, an den dafür geeigneten Orten, Treppenhaus, Waschküche, Trottoir vor dem Haus.

Eine Viertelstunde ist vergangen, Mari klebt schon seit zehn Minuten am Spion der Wohnungstür, siehe da, der Vater kommt wirklich nicht. Jetzt springt die Treppenhausbeleuchtung an, es ist Frau Bach, die von Steigers herunterkommt. Sie zögert auf dem Treppenabsatz, blickt zu Schalachs Tür hinüber, aber als sie sieht, dass der Spion verdunkelt ist, geht sie in ihre Wohnung. Diese Spione sind viel zu groß, lassen zu viel Licht von innen durch, man sieht es sofort, wenn jemand hindurchschaut. 1979 werden sie gegen kleinere, mit einer Klappe versehene Gucklöcher ausgetauscht, aber wir stehen ja erst am Anfang der Sechzigerjahre. In diesem Moment, fast ein Uhr, sitzt Ferenc also tatsächlich in der »Matte«, isst das Tagesmenü zu vier Franken fünfzig, Gemüsesuppe, Hacksteaks, Pommes frites, grüner Salat, Vanillepudding. Hier reden über ihn: das Wirtepaar Herr und Frau Lieber, die ihn während des Servierens beide gefragt haben, wo denn das Töchterchen sei, was Ferenc mit einem abwesenden Lächeln beantwortet hat. Er versteht kein Deutsch, sagt Herr Lieber, obwohl sich beide bemüht haben, mit Ferenc Hochdeutsch zu reden. Doch, er versteht Deutsch, sagt seine Frau, er arbeitet ja auf dem Büro. Aha, sagt Herr Lieber, deshalb sieht er jetzt so hochgestochen aus, seit wann denn? Aber das habe ich dir doch schon gesagt, der geht schon fast seit einem Jahr ins Büro. So, sagt Herr Lieber, aber hier isst er zum ersten Mal. Er kann doch nicht, wegen dem Mädchen. Warum kann er dann heute? Während das Ehepaar Lieber hierüber Vermutungen anstellt, reden die fünf Bauarbeiter am runden, auch als Stammtisch verwendbaren Ecktisch ebenfalls über Ferenc. Den zeige ich das nächste Mal an, sagt der Vorarbeiter. Hast recht, sagt Giulio. Der kann vielleicht das Schild nicht lesen, sagt Hans-Rudolf, Betreten verboten. Der kann schon lesen, sagt der Vorarbeiter, aber er meint, es gehe ihn nichts an, weil er Ausländer ist. Weitere Äußerungen solcher Art von vieren der fünf, nur Erich sagt nichts, aber der sagt nie etwas. He, Erich? Der Vorarbeiter schlägt Erich auf den Rücken, aber Erich schaut nicht auf, sondern auf seine Uhr und sagt: Ich gehe schon einmal den Lastwagen holen. Er steht auf und geht hinaus. Erich, ruft ihm einer nach, du hast dein Bier nicht ausgetrunken. Aber Erich stapft ohne sich umzublicken hinaus.

Halb zwei, auch Ferenc verlässt, wieder abwesend lächelnd, das schon fast leere Lokal und bleibt draußen an der warmen Sonne ein bisschen benommen stehen. Feri, die Fragen häufen sich. Warum bist du so verschlossen? Auf Klatsch und Tratsch braucht man nicht einzugehen, das ist klar, aber letztes Jahr hast du auf alles viel unmittelbarer reagiert. Was ist das für ein Lächeln? Ferenc weiß es nicht, es ist ihm nicht bewusst, dass er lächelt, er steht an der Sonne und zündet sich eine Zigarette an. Die Straße ist leer, nur der elektrische Milchwagen kommt vom Stadtrand her gefahren, viel zu spät, die Vormittagsrunde ist sonst schon vor dem Mittag vorbei, aber auch das fällt Maris Vater nicht auf, genauso wenig wie dass der Milchmann, Herr Laurentz, der vorn auf dem offenen Wagen sitzt und mit einer Hand die Lenk- und Antriebsstange hinunterdrückt, ihm mit der anderen Hand, in der ebenfalls eine Zigarette steckt, grüßend zuwinkt. Der hat es, mein ich, hoch im Grind, sagt sich auch Herr Laurentz.

Zwei Maitage später. Mari und ihr Vater sitzen beim Mittagessen am Küchentisch. Mari ist seit vorgestern kleinlaut, Ferenc ertappt sich beim Gedanken, dass es in der »Matte« entspannender war. Dort triumphiert gerade der Vorarbeiter, allerdings mit einem leisen Gefühl der Enttäuschung: Der hat's gespürt, dass ich ihn anzeigen wollte, der lässt sich nicht mehr blicken. Lässt sich nicht mehr blicken, sagt Giulio. Wer sich auch nicht blicken lässt, ist Frau Bach, die sonst jedes Mal bei Maris Heimkehr von der Schule die Tür aufmacht, jetzt aber beleidigt ist, weil Frau Steiger sie vorgestern im Flur hat stehen lassen, worauf sie sich sagt, es sei ihr ja eigentlich gleich, was bei diesen Schalachs läuft. Die Luft, Feri, ist also relativ rein, lass dich nicht von Maris absichtlicher Ungeschicklichkeit beim Spaghettiaufdrehen stören, sondern sag, warum du so unkommunikativ geworden bist, du, den man zu Hause den beredten Ferenc nannte. Ferenc schaut auf das mit Küchenkräutern bedruckte Tuch an der Wand. Sie sitzen über Eck, Mari an der Schmalseite, er an der Längsseite des Tischs. Also? Aber Ferenc denkt nur: Dieser Abrieb, er meint den rauen Wandverputz, ist zwar bis zu einem gewissen Grad abwaschbar, aber ästhetisch ein Rückschritt, der glatte Weißputz unserer Wohnung zu Hause war viel eleganter. Heimweh, Feri? Nein, würde Ferenc sagen, gar nicht, er ärgere sich bloß, dass man denen im Büro mit so etwas nicht kommen kann, es heißt dann gleich, er müsse eben umlernen, was er in seinem Land an Architektur studiert habe, sei veraltet, hier baue man fortschrittlich. Mari ist jetzt mit den Spaghetti fertig und schaut ihn mit tomatenverschmiertem Mund an. Auch auf dem Latz ihrer Schürze sind Tomatenflecken. Leg das in Milch ein, sagt der Vater. Wir haben keine Milch, sagt Mari. Hast du das Geld nicht in den Milchkasten gelegt? Doch, sagt Mari, aber er ist nicht gekommen. Das stimmt, Herr Laurentz ist heute noch später dran. Zieh wenigstens eine andere Schürze an und wasch dir das Gesicht, sagt der Vater. Mari geht aus der Küche,

Ferenc atmet auf. Momente, denkt er, brauchen gar nicht sie selbst zu sein. Wie meinst du das, Feri? Das hättest du im rauchdurchzogenen, wunderbarerweise immer noch mit reinem Biedermeier eingerichteten, wenn auch mit einem da und dort aufgeworfenen Parkett ausgelegten Wohnzimmer eines deiner Freunde im alten Land doch viel ausführlicher formuliert. Na ja, denkt Ferenc, ich würde sagen, dass man sich von uninspirierenden Momenten auch wegdenken kann, wie zum Beispiel von diesem eintönig beleuchteten, weil bedeckten kühlen Maimittag, der nicht an den Schwung des späten Frühlings erinnert. Schwung, Feri? Vorgestern war das Wetter doch schön, wo war da der Schwung? Ach, Schwung, denkt er.

Abend dieses Maitags, die Frauen in den umliegenden Mietshäusern haben noch das Krachen, Klirren und Splittern im Ohr, die den vollständigen Abbruch des Schacherhauses begleitet haben. Und, ist etwas herausgekommen dabei?, fragen die von der Arbeit heimgekehrten Männer. Beide Brüder Weider hätten vom Rand der Baustelle her zugeschaut. Ja und, was heißt das? Das heißt, dass man nicht wissen kann, ob etwas herausgekommen ist, die haben aufgepasst wie Wachhunde. Wenn etwas herausgekommen wäre, hättest du es von hier oben viel besser gesehen, sagen die Männer in den oberen Stockwerken. Nicht unbedingt, es kommt ja drauf an, wie groß das Gesuchte ist. Was heißt schon das Gesuchte, sagt Herr Arni im Neubau, meinst du, die hätten das Haus ein Jahr lang unbewacht stehenlassen, wenn da noch etwas wäre? Jedenfalls ist jetzt Feierabend, niemand mehr auf der Baustelle, die gefällten Birnbäume sind vom Bauschutt weitgehend zugedeckt, auch der Schuppen ist umgelegt. Was, auch der Schuppen? Natürlich, was hast du denn gedacht? Komisch. Jetzt ist es völlig still, kein Verkehr auf der Straße, und in den vom Baulärm noch nicht abgestumpften, sondern empfindlich gemachten Ohren klingt das abendliche Pfeifen einer Amsel besonders laut. Vielleicht ist durch das Fehlen von Bäumen und Schuppen und Haus der Schallraum größer geworden. Ferenc hört es ebenfalls. Er sitzt im Wohnzimmer auf dem schottisch bezogenen Sofa und hat von dort die Krone des blühenden Kirschbaums im Blick. Nussbaum und Kirschbaum stehen noch, da sie ja vom ehemaligen Matte-Hof abgetrennt ins Hintergärtchen des Neubaus gehören. Was meinst du, Feri, kann man damit leben? Ich weiß nicht, denkt Ferenc. Er will gerade an einen kalten, strahlend schönen Frühlingsmorgen und den im Schnee stehenden rosarot blühenden Pfirsichbaum im Garten der Villa seiner Eltern denken, als Mari hereinkommt, mit einer Tafel Schokolade in der Hand. Schau. Wo hast du das her? Von Frau Bach. Was für eine Frau Bach? Aber, Papa, das ist doch die Frau von gegenüber. Ach ja, richtig, und nicht die Frau von Johann Sebastian. Das ist nicht lustig, Papa. Mari geht wieder aus dem Zimmer. Schokolade von Frau Bach also, die, beunruhigt durch die seit zwei Tagen in der Nachbarwohnung herrschende Ruhe, vorhin geklopft hat, um zu fragen, ob alles in Ordnung sei, und Mari die Schokolade zuzustecken. Ferenc hat nicht darauf geachtet, obwohl ihm hätte auffallen müssen, dass die pfeifende Amsel auf einmal ein Echo hatte, weil Frau Bachs Wohnungstür offen stand und man durch ihr offenes straßenseitiges Schlafzimmerfenster eine zweite, auf dem Dach der Weider'schen Villa sitzende Amsel hörte. Jetzt hat Frau Bach ihre Tür wieder zugemacht, im leeren Treppenhaus geht gerade das Licht aus, man hört nur noch aus verschiedenen Wohnungen Geschirrgeklapper und andere, nicht definierbare, trockenere Geräusche, und aus Arnis Wohnung, neben der von Mari und ihrem Vater, einen lauten Wortwechsel. Man versteht sogar einmal, wie Herr Arni, offenbar gleich hinter der Tür, seiner Frau, wahrscheinlich in der Küche, zuruft: Dann hättest du halt hingehen sollen. Plötzlich wird es in den nach hinten, also auf das Matte-Grundstück, gehenden Wohnungen still. Auch draußen ist es immer noch still, noch stiller als vorhin, weil die Amsel verstummt, als fast sämtliche Bewohner dieser rückwärtigen Wohnungen auf ihren Balkonen erscheinen. Was ist los? Da läuft einer herum. Wo? Man sieht nichts, es ist schon beinahe dunkel, aber man hört den Ziegelschutt unter Schritten klirren. Auch in den hinteren Mietshäusern stehen Leute auf den altmodisch nach innen versetzten Balkonen. Ich hab's doch gesagt, da sucht einer etwas. Jetzt, wo der ganze Abbruchdreck daraufliegt, das dünkt mich nicht logisch. Auch Mari steht auf dem Balkon, während ihr Vater immer noch im Wohnzimmer auf dem Sofa sitzt und sich gerade eine Zigarette anzündet. Jetzt, mit einem Mal, steht Frau Bach in der Balkontür des kleinen Zimmers. Sie klopft ans Glas des einen Türflügels. Mari ist mit einem Satz beim wackligen, ebenfalls aus dem Brockenhaus stammenden Balkon-Korbstuhl, springt darauf und will durch das offene Fenster ins Schlafzimmer steigen. Frau Bach sagt: Ich bin's, entschuldige, ich habe an eure Wohnungstür geklopft, aber du hast mich nicht gehört. Mari, noch mit einem Fuß auf dem Fenstersims, sagt: Was machen Sie da, Frau Bach? Ich habe geklopft, sagt Frau Bach, aber du hast mich nicht gehört, da bin ich halt hereingekommen. Es sind die Jahre, in denen man die Wohnungstüren noch nicht abschließt, auch Maris Vater hat sich angewöhnt, den Schlüssel an seinem Ring an die Klinke zu hängen. Jetzt hätte er allerdings hören können, wie der Schlüssel, als Frau Bach von draußen die Klinke langsam hinunterdrückte, ins Rutschen geriet und auf den Boden fiel und von der aufgehenden Tür über das Linoleum des Flurbodens geschoben wurde. Aber er sitzt im Wohnzimmer, raucht und fragt sich, das ist ihm jetzt aufgefallen, warum die Amsel nicht mehr pfeift.

Zehn Minuten später, Mari und Frau Bach stehen immer noch auf dem Balkon. Das Ziegelklirren ist nicht mehr zu hören, der Vogel auch nicht, vorn fährt gerade die Straßenbahn vorbei. Frau Bach sagt zum vierten Mal: Wenn du etwas brauchst, kommst du zu mir, gelt? Sie hat es mit folgenden Fragen probiert: Wo ist eigentlich deine Mutter? Schulterzucken. Ist sie gestorben? Schulterzucken. Gehst du gern in die Schule? Ja. Aber dir fehlt die Mutter, gelt? Nein. So darf man aber nicht reden, wo ist sie eigentlich? Schulterzucken. Ist sie gestorben? Keine Reaktion. Ja, wahrscheinlich ist sie gestorben, du Armes. Frau Bach steht im Himmel des mit Kreide auf den Balkonboden gezeichneten Himmel-und-Hölle-Spiels, was Mari in der Dunkelheit nicht sehen, aber anhand von Frau Bachs Position erraten kann. Mari sagt: Frau Bach, bitte gehen Sie aus meinem Hüpfspiel hinaus. Bevor Frau Bach verstehen kann, was Mari meint, geht im kleinen Zimmer das Licht an, man sieht, dass sie tatsächlich im Himmel steht, Maris Vater erscheint in der Tür. Frau Bach schreit auf. Der Vater fragt Mari: Was macht diese Frau da? Frau Bach sagt: Entschuldigen Sie, Herr Schalach, ich habe nicht gewusst, dass Sie zu Hause sind. Mari sagt in ihrer Sprache: Sie fragt nach meiner Mutter. Frau Bach fragt: Was sagst du? Ferenc sagt in dem Hochdeutsch, das er als Kind in der Villa seiner Eltern vom deutschen Fräulein gelernt hat: Meine Dame, ich bitte Sie, diese Wohnung augenblicklich zu verlassen. Aber ich habe doch nichts Unrechtes gewollt, sagt Frau Bach. Doch Ferenc hält mit seinem abwesenden Lächeln und der Andeutung einer Verbeugung die Balkontür auf, so wie es Frau Bach noch nie gesehen hat, aber trotzdem gleich versteht. Sie tritt an Ferenc vorbei ins kleine Zimmer, durchquert es, geht auf den Flur hinaus, zur Tür. Erst hier sagt sie noch einmal, sie habe nichts Unrechtes gewollt.

Halb zehn, Mari sitzt im Badezimmer auf dem Klo. Ihr Vater klopft an die Tür und sagt: Was machst du so lange, Mari, du solltest ins Bett. Lass mich in Ruhe, sagt Mari. Gut, sagt ihr Vater. Mit einem Gefühl der Entspannung liest Mari weiter in der Micky-Maus-Geschichte, bis zum »Fortsetzung im nächsten Heft«, wo sie nicht nur frustriert, sondern zusätzlich irritiert aufschaut, etwas an der Antwort ihres Vaters hat seltsam geklungen, jetzt merkt sie es. Der ist weg, denkt sie. Sie reißt Klopapier ab und zerknüllt es gewohnheitsmäßig, was hierzulande, wo es aus Krepp besteht, nicht nötig ist wie zu Hause, wo das Papier hart und glatt war. Während sie sich abwischt, macht sie mit der anderen Hand die Tür auf, zieht dann die Pyjamahose hoch, vergisst zu spülen, ist mit einem Satz im Flur. Er ist weg. Sein Hut ist weg. Auf dem schmiedeeisernen Huthalter an der Wand gegenüber der Tür liegt nur sein anderer Hut, der dunkelbraune, und Maris weiß-rot geringelte Wollmütze mit dem roten Pompon, darauf die roten gestrickten Fäustlinge. Auch der Regenmantel hängt nicht an seinem schmiedeeisernen Haken. Der ist weg und lässt mich in der Nacht allein, und draußen schleichen schon die von der Geheimpolizei. Oder haben sie ihn geholt? Nein, so wie er geantwortet hat, hatte er im Sinn zu gehen, seit drei Tagen, seit er in der »Matte« gegessen hat, denkt er daran. Mari, fass dich, oder besser: Geh ins Bett, wahrscheinlich kommt er wieder, er hatte vielleicht nur für den Augenblick ein wenig genug. Wieso? Wieso, aber das dürfte doch klar sein, was fragst du, schon die Sache mit der fremden Frau in der Wohnung. Das ist keine fremde Frau, denkt Mari wütend, das ist Frau Bach, die blöde Kuh. Mit ihrem sicheren Gefühl für den falschen Moment ist Frau Bach tatsächlich wieder unterwegs über den Treppenboden, um an der Tür zu klopfen und nicht nur zu klopfen, sondern sie gleich aufzumachen und den Kopf hineinzustrecken, denn diesmal hat sie deutlich gesehen, wie Herr Schalach in Hut und Mantel den Lift nahm. Jetzt sieht sie das Kind barfuß im Flur im Pyjama und will sagen, es sei nicht recht, dass man es um diese Zeit allein lasse, als das Kind herbeistürzt, ihr die Tür gegen den Kopf schlägt und schreit: Gehen Sie weg, er kommt gleich wieder.

So ist es aber nicht, Viertel vor elf, er ist noch nicht zurück. Wo ist er? Mari steht auf dem Küchenbalkon, von dem man das Wirtshaus und rechts die Straße sieht, nicht ungefährlich, falls die von der Geheimpolizei noch da sind, deshalb hat sie in der Küche kein Licht gemacht. Dass ihr hellblauer Pyjama die Beleuchtung von der »Matte« reflektiert, daran denkt sie nicht. Aus Tarnungs-, aber auch aus Gesundheitsgründen hätte sie besser ihren dunkelblauen, von Nachkriegsemigranten ins alte Land geschickten, jetzt wieder in den Westen gekommenen eleganten, nur leider schon zu kurz werdenden Wintermantel angezogen, bloß hängt er im durch einen Vorhang zum Kleiderschrank umfunktionierten Flurende zu hoch oben, und außerdem weiß man nicht, wer oder was hinter dem Vorhang lauert, Mari geht da nicht hin. Dann hättest du aber die Tür abschließen sollen, Mari, denn Frau Bach zum Beispiel überlegt sich gerade, ob sie nicht doch noch einmal herüberkommen soll oder vielleicht den jungen Herrn Steiger rufen, oder vielleicht gleich die Polizei. Aber Mari steht auf dem Küchenbalkon, so eng an die Brüstung gedrückt, dass ihr die Kante in den Magen schneidet, und denkt nicht an die Tür. Sie sieht jemanden aus dem Wirtshaus kommen, einen Herrn in Hut und Mantel, klein, dicklich, mit einem schwerfälligen Gang. Das hat keinen Sinn, Mari. Du kannst in dieser kühlen Mainacht nicht hier herumstehen, bis alle Beizenhocker herausgekommen sind, bis zur Polizeistunde, um dann festzustellen, dass dein Vater nicht im Wirtshaus war. Wo ist er? Alle paar Minuten stellt sich Mari die Frage, obwohl sie gleichzeitig denkt, dass er in der »Matte« sitzt, und um aus dieser Schlaufe auszusteigen, antwortet sie jeweils: im Pommerland. Das hat etwas, wie sie undeutlich fühlt, mit Mai und Krieg zu tun, damit, dass im Mai der Krieg besonders wütet, Städte stehen in Brand, Tag und Nacht ziehen Scharen von Flüchtlingen über das brachliegende Land in die falsche Richtung, nach Osten, dort steht schon die feindliche Armee. Mari, das ist doch einfach das alte Maikäferlied, das dich dein Vater gelehrt hat, der es von seinem deutschen Fräulein hat. Aber Mari hat das jetzt nicht so im Kopf, sie weiß nur, dass sie sofort Pommerland denken muss, wenn ihr die Frage nach dem Verbleib ihres Vaters kommt, damit sie dann die Tür der »Matte« ungestört weiter beobachten kann. Doch der falsch gespeicherte Text, das Lied geht ja so, dass der Vater im Krieg ist, im Pommerland hingegen ist die Mutter, also der falsch gespeicherte Text bleibt als Unruheherd zurück, der plötzlich zu einem Einfall wird: Die Mutter, denkt Mari, die rufe ich jetzt an und sage ihr, wie er mich behandelt. Mari hat noch nie ins Ausland telefoniert, und die Frage, ob sie das schaffen würde, und die interessantere Frage, wie die Mutter, die noch gestern, an einem staubig heißen Mainachmittag, in einem Straßencafé gelacht hat, als ihr eine Freundin sagte: So wird man geschickt Mann und Kind los, wie also diese Frau auf Maris nächtlichen Anruf reagieren würde, das alles muss unbeantwortet bleiben, denn von der Straße hört man das Quietschen von Bremsen, einen Knall und das Klirren von Glassplittern. Nichts Schlimmes, ein stadteinwärts fahrender Autolenker hat die Kontrolle über seinen Wagen verloren, ist auf das Trottoir gefahren und in einen Hydranten hinein, nicht wegen zu hoher Geschwindigkeit, sondern weil er betrunken ist. Er liegt, zwar an der Stirn blutend, aber nicht weiter verletzt, schlafend über dem Lenkrad. Während vorn auf den Balkonen das Publikum schon versammelt ist, kann Mari vom Küchenbalkon auf der Schmalseite des Hauses nichts sehen und fühlt sich in ihren Kriegsphantasien bestärkt. Sie rennt weinend in ihr Zimmer, setzt sich aufs Bett, zieht sich schlotternd die Decke über. Bald sind Sirenen zu hören, auf der Unfallstelle läuft alles ordnungsgemäß ab, Ambulanz, Polizei, Protokoll, viele Zeugen, obwohl niemand den Hergang gesehen hat, nicht einmal der Fernrohrweider, der trotz sichtversperrenden Neubaus doch immer wieder auf Posten steht, aber diesmal von dem Knallen und Splittern im Bett überrascht worden ist und die Geschehnisse erst jetzt durch das Glas beobachtet. Er hat nicht viel davon, unzusammenhängende Einzelheiten kommen in den Blick, einzelne Körperteile, ein redender Mund, die Textur des Asphalts, auffällig rau verglichen mit einem daraufliegenden lackierten Blechstück, die riesig vergrößerte zweistellige Nummer des Wagens. Da man gewohnheitsmäßig zum Giebelfenster der Weider'schen Villa hinaufblickt, sieht man das Fernrohr und den Umriss vom Weider sofort. Der hat jetzt nichts anderes mehr zum Schauen, heißt es, der weiß auch nicht mehr, was er sehen will. Hat er nie gewusst, sagt jemand, der Vater hat es noch gewusst, aber die Brüder Weider wissen es nicht mehr. Aber dann sind die Brüder Weider nicht bei Trost, ich würde das nie tun, durch ein Fernglas gaffen und nicht wissen wozu. Wo also ist Ferenc? Zu Hause jedenfalls nicht, obwohl schon fast Mitternacht ist. Nein, nicht fast, ganz, jetzt schlägt es von der nahen Kirche zwölfmal. Ferenc hört es, er sitzt im Hintergarten des Neubaus. Wo? Dort, beim Feuerbusch in der vom Haus entferntesten Ecke. Auf dem Boden? Ja, auf seinem zusammengefalteten Regenmantel. Aha, deshalb sieht man ihn nicht, weil er seinen dunkelblauen Anzug trägt. Nein, er trägt nicht mehr seinen Anzug, den hat er beim Nachhausekommen von der Arbeit mit der Kordhose und einem Pullover vertauscht, aber auch die sind dunkel. Wie alt ist Ferenc eigentlich? Neunundvierzig. Dann hat er das Kind aber spät gehabt. Wenn man bedenkt, wie schlecht die Ehe war, ist es erstaunlich, dass es überhaupt ein Kind gegeben hat. Ach ja, wie schlecht? Lassen wir das, denkt Ferenc, je weniger man an diese Frau denkt, umso besser. Trotzdem formuliert er weiter an dem Brief, dem letzten, den er ihr schreiben will: Liebe Maria, wenn Du etwas brauchst, lass es mich wissen, Nylonstrümpfe, Cold Cream jederzeit, hingegen findet man hier Tweed mit Hahnentrittmuster nicht leicht, den hat aber die Hilda Kisvásárhelyi bestimmt noch auf Lager, dafür kann ich dir einen Schirm schicken, den man so verkleinern kann, dass er in die Handtasche passt, und einen Satz blauer und grüner Schüsseln, aus unzerbrechlichem Plastik, sodass Du auf das Zollamt zitiert wirst, wo Du nicht nur einen ungeheuerlichen Zoll zahlen musst, sondern auch Schmiergeld an die Genossen Inspektoren, was Du angesichts der ausgepackt herumliegenden Herrlichkeiten vielleicht tatsächlich tun wirst, auch wenn ich nicht weiß, woher Du das Geld nehmen willst, von mir jedenfalls nicht, die Unterstützung über das Hilfswerk ziehe ich zurück, nein, das geht nicht, denkt Ferenc, das ist zu primitiv. Oder renne ich offene Türen ein, denkt er, hat sie da gar kein Problem, weil sie sich jemanden aus der Partei angelacht hat, Béla, den Helden von sechsundfünfzig, der wahrscheinlich schon damals Mitglied war, denn wieso wäre er jetzt so obenauf, oder ist er schon wieder nicht mehr obenauf? Feri, es ist fünf nach zwölf, wäre es nicht gescheiter, du gingest in die Wohnung zurück? Man sieht im zweiten Stock zwischen den Lamellen des Rollladens Licht durchsickern, aber damit ist noch nicht gesagt, dass Mari in ihrem Zimmer ist, warum nimmst du das so selbstverständlich an? Wo soll sie sonst sein? Zum Beispiel auf der Straße vorn, auf der Unfallstelle. Der betrunkene Fahrer ist zwar schon abtransportiert, aber am Wagen macht sich immer noch der Abschleppdienst zu schaffen, und es stehen auch noch Zuschauer herum. Doch Ferenc hat schon festgestellt, dass Mari nicht da ist, er ist kurz nach den Knall- und Splittertönen nach vorn gegangen, auf die Straße hinaus, und hat vorsichtig zur Unfallstelle geblickt, mit dem eigentlich richtigen Gedanken, dass man ihn nicht beachten würde, was in diesem Fall nicht stimmte, da der Weider, von dem zerhackten Bild auf der Unfallstelle unbefriedigt, das Fernrohr schon seit einigen Minuten auf den Eingang des Wirtshauses gerichtet hatte, sodass ihm Ferenc direkt ins Bild lief. Was macht denn der da, hat Weider gedacht, wo kommt der her, von hinten, läuft der jetzt auch schon dahinten herum, das darf doch nicht wahr sein. So kommt es, dass kurz darauf Weider persönlich über den Ziegelschutt klirrt, was sowohl Mari in ihrem Zimmer als auch ihr wieder im Hintergarten sitzender Vater hören. Die anderen sind zu stark vom Unfall abgelenkt. Mari denkt diesmal nicht Geheimpolizei, sondern Fünfte Kolonne, ihr Vater denkt, dass sich die Ratten aus dem zerstörten Keller einen Weg nach oben bahnen. Der Fernrohrweider läuft da übrigens nicht lange herum. Nachdem sich seine

Augen an die relative, von der Straßenbeleuchtung indirekt, von den vereinzelten beleuchteten Fenstern der Mietshäuser direkt aufgehellte Dunkelheit gewöhnt haben, kann er sich überzeugen, dass niemand auf der Baustelle ist. So groß ist das Matte-Grundstück ja auch wieder nicht, und seit heute Nachmittag steht hier nichts sichtversperrend Vertikales mehr.

Morgen nach dieser Mainacht, datumsgemäß der Morgen, an dem der junge Schacher in den Zwanzigerjahren ebenfalls in dieser Stadt aufwacht, aber nicht hier auf der Matte, sondern etwa drei Kilometer entfernt, in der Neustadt drüben, mit Herrn Brun. Das Wetter ist nicht so schön wie in den Zwanzigerjahren, als der junge Schacher neben dem Fliederstrauch im Hinterhof von Frau Pflanzers Pension steht. Die Kirschbaumblüten vor dem Wohnzimmer heben sich heute von dem grauen Himmel kaum ab und erinnern wieder einmal an Schnee, denkt Ferenc. Er steht am Fenster, in Kordhose und Pullover, raucht, schnippt die Asche direkt in den kleinen auf dem Sims stehenden schmiedeeisernen Deckeleimer, in den man die vollen Aschenbecher leeren kann, ohne durch den ungeheizten Flur in das gewächshausartige Eisblumenlicht der ungeheizten Küche gehen zu müssen. Im alten Land natürlich. Hier hingegen läuft sogar an diesem nicht besonders kalten Maitag die Zentralheizung auf Mittelstufe, wie Ferenc durch die Kordhose hindurch fühlt. Es ist halb zehn, ein Mittwoch, Feri, warum bist du nicht im Büro? Weil meine Tochter krank ist, wäre die Antwort. Mari liegt mit Fieber im Bett. Aber Ferenc denkt: Ich muss sehen, was die da machen. Der Lärm von der Abbruchstelle, der Punkt acht angefangen hatte, hat um halb neun wieder aufgehört, und jetzt steigt, von einem der Weiders und vom Vorarbeiter begleitet, ein Mann in Hut, Regenmantel und mit Aktenmappe auf dem Schutt herum. Außer Ferenc und Mari wissen es alle schon: der Kantonsarchäologe. Ich habe es ja gewusst, sagt Frau Arni, sie haben es gefunden. Was, was? Das Skelett vom toten Kind. Wie bitte? Das haben immer alle gesagt, dass der alte Schacher noch einen Sohn hatte, dass der Robert Schacher einen Bruder hatte, den der Vater erschlagen und im Schuppen begraben hat. Das ist doch nicht möglich, sagt die junge Frau Steiger. Frau Steiger, Sie waren letztes Jahr noch nicht da, Sie wissen nicht, was bei denen alles lief. Doch, das habe ich gehört, dass sich der alte Schacher erhängt und der Sohn sich erschossen hat, als er gestorben ist, waren wir schon da. Ja, Robert Schacher, der junge Schacher, ist erst acht Wochen nach dem Tag, an dem er sich mit der Pistole in die Schläfe geschossen hatte, gestorben. Aber Sie wissen nicht, was der alte Schacher für einer war. Nein, das weiß Frau Steiger wirklich nicht, vor ihrer Heirat mit Fredi Steiger hat sie nicht in dieser Stadt gewohnt, mit den Bewohnern der alten Mietshäuser links und rechts vom Neubau hat sie keinen Kontakt, die Leute in den Vierzigerjahrehäusern am hinteren Rand des Grundstücks reden mit denen an der Straße vorn sowieso nicht, und so hört die junge Frau Steiger von den Matte-Geschichten kaum etwas. Dabei lebt im zweiten Stock über dem Wirtshaus noch das alte Fräulein Zinner, gehbehindert, aber trotz ihrer fast neunzig Jahre klar im Kopf. Die junge Frau Steiger hat sie noch nie gesehen und erfährt auch nie, dass man Fräulein Zinner nachts besuchen kann, dass sie dann Tee oder Kaffee kocht und von der alten Matte erzählt. Also, Frau Steiger, Sie reden besser nicht mit. Aber ich habe ja gar nichts gesagt. Schon recht, sagt Frau Arni, ich kann Ihnen nur sagen, dass bei diesen Schachers alles möglich war und mich das mit dem Kinderskelett überhaupt nicht erstaunt. Die junge Frau Steiger zupft sich das hochtoupierte schwarze Haar zurecht und sagt nichts. Kann mir ja gleich sein, denkt sie. Mari hingegen wird in diesem Moment auf die draußen herrschende Stille aufmerksam, und sie beginnt zu weinen. Ferenc am Wohnzimmerfenster hört das gleich, erstaunlicherweise. Geh hin, Feri, und frag das Kind, was es hat. Aber das ist doch klar, denkt Ferenc, plötzliche Stille weist schmerzhaft auf den Vorgang der Zerstörung hin, gerade in einem solchen Augenblick wird sie bewusst, so war es auch während der Belagerung. Er geht trotzdem zur Tür des kleinen Zimmers, schaut Mari einen Moment beim Weinen zu und sagt dann: Es ist nicht Krieg. Mari blickt auf: Nicht?, fragt sie. Nein, sagt Ferenc.

Zehn Uhr, der Kantonsarchäologe ist weg, aber es ist immer noch still, die Arbeiter, jetzt acht an der Zahl, sitzen bei der Vormittagspause in der »Matte«. Der Vorarbeiter darf nicht sagen, was der Kantonsarchäologe gesucht hat. Sicher nicht das Kinderskelett, das wäre ja nicht seine Aufgabe. Warum darf der Vorarbeiter nichts sagen?, fragt Wirt Lieber seine Frau. Der Weider hat es ihm verboten, sagt sie. Wen sie alle nicht sehen können, ist Ferenc, der jetzt am Rand der Baustelle steht, raucht, auf das Trümmerfeld blickt. Was machst du da, Feri? Nichts, schauen, mir die Baustelle ansehen. Aber die sieht man doch von deinem Balkon aus viel besser. Aber Ferenc meint, er könne da nicht hinaus, wegen Mari, die im Bett liegt, er könne die Balkontür nicht offen lassen. Und durch das Schlafzimmerfenster? Nein, auf keinen Fall, seit man im Krieg, im alten Land, durch die unmöglichsten Öffnungen aus Häusern hinaus- oder in sie hineinklettern musste, steigt Ferenc durch kein Fenster mehr. Dann stell dich doch wieder ans Wohnzimmerfenster. Aber da hängen die blühenden Kirschbaumzweige ins Bild und ergeben mit den Trümmern einen allzu bekannten Kontrast. Ja dann, aber warum lässt du das Kind wieder allein? Sie schläft, denkt Ferenc, worin er sich zwar täuscht, aber seit er gesagt hat, er gehe da auf die Baustelle hinunter, sich die Situation ein bisschen ansehen, und seit er hinaus ist und auf Maris Bitten die Wohnungstür von außen abgeschlossen hat, fühlt sie sich besser. Sie liest die gestrige Micky-Maus-Geschichte noch einmal, beziehungsweise sie schaut, da das Lesen wegen des Fiebers nicht so gut geht, die Bilder an und stellt fest, dass sie einen großen Teil der Sprechblasen auswendig kann: »Wenn er das je rauskriegt, könnt ihr euch auf was gefasst machen! Wie sollte er? Ohne diese Pillen kann er sich doch an nichts erinnern!«, und so weiter, was nicht bedeutet, dass Mari eine Gedächtniskünstlerin ist, sondern dass der Moment, da sie gestern auf dem Klo die Geschichte las, schon ein Teil der besonderen Nacht war, in der vor einem plötzlich unvertrauten Hintergrund jede Einzelheit überdeutlich herausstand und sich ins Gedächtnis krallte.

Die besondere Nacht. Anders als alle anderen Nächte, weil der Vater weg war, der Krieg ausbrach, der Feind

Teile der Fünften Kolonne in die Wohnungen vorschickte, das Fieber kam und mit ihm die Gewissheit, dass der Vater aus diesem Krieg nicht zurückkehren würde, nicht, weil er fiel, sondern weil er es nicht aushielt, dass wieder Krieg war, auch hier Krieg war, das hielt er nicht aus. Darauf war Mari gefasst. Dieses Gefasstsein verwandelte die Szenerie des Alltags in etwas Unvertrautes. Sie wurde zu einem leeren Hintergrund, davor, kulissendünn, Handlungen und Gegenstände, die nur so lange Bestand hatten, wie Mari an sie dachte. Da man aber nicht alles gleichzeitig denken kann, bröckelte es an allen Ecken und Enden. Bald würde eine Leere sein, wo vorher das Haus stand, eine Leere die Wohnung, das Zimmer, das Bett. Mari saß zwar noch darauf, aber bald würde es unter ihr verschwinden. Die Welt würde verschwinden, kein Wunder also, dass auch ihr Vater verschwunden war. Kein einzelner Tod war das, nicht der Tod von Ferenc Szalagh, wie er richtig hieß, sondern das Verschwinden der Welt. Jetzt zeigte die Welt ihr wahres Gesicht: Leere. Hat der Krieg die Welt geleert? Ja, der Krieg hat die Welt geleert. Mari begann sich auf diesen Refrain einzupendeln. Begann zu vergessen, dass Ferenc Szalagh tot war. Hat der Krieg die Welt geleert? Ja, der Krieg hat die Welt geleert.

Erst um halb eins, als Ferenc die Tür öffnete und hereinkam, durch den Flur kam und in der Zimmertür erschien, fiel Mari wieder ein, dass er tot war. Aber sie starrte ihn nicht an wie einen Geist, obwohl er bleich aussah, sondern sie sagte: Ferenc, das kannst du nicht machen, ein erwachsener Mann läuft nicht einfach weg. Ferenc war selber geistesabwesend genug, nicht als Erstes festzustellen, dass das Kind, mit nackten Füßen auf dem Linoleum, vor Fieber schlotterte und im Fieber redete, sondern einfach zu sagen: Erklär mir das. Mari sagte: Ein Vater benimmt sich nicht so. Ferenc fiel immer noch nichts auf. Er stieß sich am Pathos der Formulierung. Er sagte mit einem ironischen Lächeln: Wie benimmt sich ein Vater? Mari blickte vor sich hin. Sagte nichts. Aber auch diese Stille weckte Ferenc nicht aus seiner Abwesenheit. Er stand in der Tür und wartete auf die Antwort. Mari zog die Decke enger um sich und blickte auf die mit pastellfarbenen Mollusken bedruckte Tapete und das Regal mit dem Puppengeschirr. Da war nichts, was Bestand hatte. Was hatte der tote Vater gefragt? Wie benimmt sich ein Vater? Mari wandte ihm den Kopf zu. Die Pupillen nicht, die blieben auf die Tapete gerichtet. Sie sagte: Er läuft nicht weg. Jetzt schwieg Ferenc und blickte vor sich auf das mit farbigen Punkten gesprenkelte dunkelblaue Linoleum. Er dachte: Solche Vorgaben sind idiotisch, wieso muss dieses Zimmer als Kinderzimmer dekoriert sein, vielleicht hat man kein Kind, oder hat ein Kind, dem das nicht gefällt. Er blickte Mari an und sah, wie sich ihre Augen von der Tapete weg ihm zuwandten. Du hast recht, sagte er. Mari sah ihn an und sagte nichts. Ferenc sagte: Mein Verhalten mit dem Krieg zu rechtfertigen und mit dem, was nachher kam, wäre billig, und deshalb unterlasse ich es. Er dachte: Jetzt rede ich auch schon so gestelzt, sie steckt mich an. Er wartete, dass sie etwas sagte. Sag etwas, Mari, sagte er. Sie schwieg. Er griff in die Tasche seiner Kordhose und zog das Zigarettenpäckchen heraus, tastete weiter nach den Streichhölzern, erwischte das Taschenmesser. Er nahm es heraus. Streckte es Mari hin. Du kannst es haben, sagte er. Mari reagierte nicht. Ferenc sagte: Es spielt im Übrigen keine Rolle, wer es hat, so klug du redest, so kindisch ist die Annahme, ich würde mich mit einem Taschenmesser umbringen. Maris Pupillen rutschten in ihre normale Position, sie sah ihn an. Du sagst, der Krieg ist vorbei, sagte sie, aber er ist nicht vorbei. Nicht?, wollte Ferenc fragen. Doch plötzlich wachte er aus seiner Geistesabwesenheit auf, wahrscheinlich, weil er unterdessen seine Zigarette mit dem Taschenmesser anzuzünden versuchte, worüber Mari lachen musste. Gott sei Dank, dachte Ferenc plötzlich, dass man sie mit so läppischen Tricks ablenken kann, sie macht mir keine Szene, weil ich sie allein gelassen habe, aber dafür ist sie krank. Du bist krank, Mari, sagte er, leg dich sofort ins Bett. Mari begann zu weinen. Sie legte sich ins Bett. Ihr Vater ging hinter dem Flurvorhang eine zusätzliche Decke holen. Er erinnerte sich nur noch undeutlich an das eben geführte Gespräch.

Danach saß Ferenc auf dem Rand von Maris Bett und sagte: Schwitze. Mari musste lachen. Dann lag sie still und schaute zur Zimmerdecke. Ferenc fragte: Was ist? Mari fragte: Wie kann ich in den Luftschutzkeller, wenn ich krank bin? Was willst du im Luftschutzkeller?, fragte Ferenc. Mari sagte: Es ist Krieg. Ferenc erschrak für einen Sekundenbruchteil und sagte erst dann: Krieg, nein, wie kommst du darauf? Mari sagte: Chruschtschow hat Kennedy den Krieg erklärt. Wieder erschrak Ferenc einen Augenblick, bevor er sagte: Woher nimmst du das? Von der Schule. Was? Haben sie in der Schule gesagt. Wer hat das gesagt? Die anderen. Kindergeschwätz, dachte Ferenc, aber er war doch einen Moment lang versucht, ins Wohnzimmer zu gehen und das Radio einzuschalten. Chruschtschow, sagte er, wird sich hüten, so etwas zu tun. Aber er hat es doch schon versucht, sagte Mari. Und, sagte Ferenc, hat es Krieg gegeben? Nein, sagte Mari, aber fast. Das stimmt allerdings, dachte Ferenc. Frau Arni hat zwanzig Kilo Zucker gekauft, sagte Mari. Ja, so viel braucht sie, um ihr saures Wesen zu versüßen, sagte Ferenc. Ganz der alte Ferenc, der witzige, beredte. Aber Mari fand es nicht lustig, sie begann wieder zu weinen. Ferenc schwieg einen Augenblick und sagte dann: Kennedy hält schon stand. Er sieht ja auch viel besser aus, wollte er noch hinzufügen, unterdrückte es aber. Schau, sagte er, das Verhältnis zwischen Russland und Amerika ist viel stabiler, als man meint, das wird noch hundert Jahre so gehen. Dann bin ich hundertzehn, dachte Mari. Und dann?, fragte sie. Dann weiß ich nicht, sagte Ferenc, aber das kann uns ja gleich sein. Mari weinte. Warum glaubst du mir nicht?, fragte Ferenc. Es war eine echte Frage. Er wollte hören, was man gegen diese Einschätzung der internationalen Lage einwenden konnte. Aber Mari sagte: Meine Mutter ist auch nie gekommen, und du hast gesagt, sie kommt. Da, bitte, jetzt haben wir es, dachte Ferenc. Du vermisst sie also doch, sagte er. Nein, sagte Mari. Na also, wo ist das Problem?, fragte Ferenc. Das Problem ist, dass du lügst, sagte Mari weinend. Mein Gott, dachte Ferenc, wenn der Bruder und ich so zum alten Gyula geredet hätten, wie gut, dass sie es wagt, mir das ins Gesicht zu sagen. Er musste lachen. Lach nicht, sagte Mari weinend, lügen ist nicht lustig. Na ja, dachte Ferenc, das wäre noch zu untersuchen. Aber er sagte: Ich kann dir nichts anderes sagen, das ist meine ehrliche Meinung zur Weltlage, die Russen gehen nur auf wehrlose Länder los, siehe sechsundfünfzig, und dazu noch mit dem Segen der Amerikaner. Wirklich?, fragte Mari. Ja, leider, sagte Ferenc. Mari hörte zu weinen auf. Sie schwiegen eine Weile, Mari schlief einen Augenblick ein, wurde aber von einem Fieberschauer wieder geweckt. Ihr Vater saß immer noch da. Habe ich geschlafen?, fragte Mari. Ja, sagte Ferenc. Wie lange?, fragte sie. Zwei Minuten, sagte er, frierst du immer noch? Ja, sagte Mari. Ferenc ging noch eine Decke holen, die letzte, und überlegte, ob er Mari einen Schnaps einflößen sollte, Pálinka, den im Januar der Besucher aus dem alten Land mitgebracht hatte. Doch dann ging er einfach ins Zimmer zurück, wo Mari wieder eingeschlafen war. Sie wachte auf, als er die Decke über sie legte. Wo ist meine Mutter?, fragte sie. Oje, dachte Ferenc. Wieso fragst du, sagte er, du weißt doch, wo sie ist. Wer?, fragte Mari. Deine Mutter, du hast nach deiner Mutter gefragt. Wirklich?, fragte Mari. Weißt du nicht mehr?, fragte Ferenc. Nein, sagte Mari, ich habe geschlafen. Dann schlaf weiter. Nein, sagte Mari, wenn ich schlafe, höre ich den Fliegeralarm nicht. Mari, sagte der Vater, hör auf damit, es ist nicht Krieg. Weiß ich doch, dachte Mari. Sie sagte: Aber du tust so, als sei Krieg. Ich, wieso? Wenn Krieg ist, lassen einen die Männer im Stich. Woher hast du das, wer hat das gesagt, müsste ich jetzt fragen, dachte Ferenc. Aber er schwieg. Stimmt's nicht, stimmt's nicht?, fragte Mari. Doch, sagte Ferenc. Also ist Krieg, sagte Mari. Ferenc war versucht, sich wieder eine Zigarette anzuzünden, aber dann ließ er es bleiben. Er überlegte, ob er im Flur eine rauchen könnte, vielleicht in der Tür stehend, aber das ging auch nicht gut, der Rauch würde hereinkommen, verflucht noch mal. Er sagte: Verflucht noch mal, fangen wir wieder von vorn an, wollen wir die ganze Nacht die weltpolitische Situation erörtern, die Frage, ob Chruschtschow das Politbüro noch im Griff hat oder ob er mit dieser relativ weichen Linie nicht durchkommen wird, wobei die Scharfmacher nicht nur dort stecken, sondern auch im Umkreis von Kennedy, und auch wenn das aus dem Mund eines osteuropäischen Emigranten seltsam klingt, würde ich dir raten, dich nicht nur auf die Russen einzuschießen. Immerhin, das war nach alter Ferenc-Manier geredet. Mari sagte: Dann gibt es erst recht Krieg. Sie fügte hinzu: Und red nicht so geschliffen. Ferenc dachte: Ja, richtig, ein Kind verträgt das nicht. Er schwieg und lächelte abwesend. Mari schlief wieder eine Weile, wachte dann auf und sagte: Mir ist heiß. Ihr Vater saß nicht mehr auf dem Bett. Papa, wo bist du? Hier, sagte Ferenc, der in der Tür stand, in der rechten Hand eine Zigarette, in Richtung des Wohnzimmers gestreckt. Das Fenster dort stand offen, der Rauch zog hinaus. Brauchst du etwas, fragte er, Lutschbonbons, einen Pálinka, zwei Pálinka? Mari rollte den Kopf auf dem Kissen hin und her. Ich nehme an, dass das nein bedeutet, sagte Ferenc, dann schlaf weiter. Nein, sagte Mari, wenn ich ... Ferenc unterbrach sie: Komm jetzt nicht mit dem Luftschutzkeller, nimm meinetwegen an, es sei Krieg, aber hör auf mit dieser stereotypen Wiederholerei. Mari riss weinend die oberste Decke herunter und warf sie auf den Boden. Du machst mich rasend, sagte sie. Genau, sagte Ferenc, so redet ... Deine Mutter, wollte er sagen, aber er verschluckte es und hustete. Also, sagte Mari, du hast gesagt, es ist Krieg. Nimm es meinetwegen an, sagte ihr Vater, und schlaf. Mari blickte schweigend zur Zimmerdecke, dann fielen ihr die Augen zu. Ferenc, die Zigarette im Mund, löschte das Deckenlicht, dessen Schirm aus roten und naturfarbenen, um das Metallgestell gewickelten Bastbändern bestand. Scheußlich, dachte er.

Jetzt haben wir also den folgenden Morgen, zwanzig nach zehn, der Kantonsarchäologe ist weg, die Vormittagspause der Arbeiter vorbei, der Lärm beginnt wieder, weil Erich mit dem Lastwagen rückwärts auf den Schutt auffährt und die anderen den ringsum liegenden Schutt auf die Ladefläche zu schaufeln beginnen. Einer zersägt mit einer elektrischen Baumsäge die zu langen Balken. Kudi, schreit Giulio dem Vorarbeiter zu, der gerade ein Stück Wand zerhackt. He? Da ist er wieder, schreit Giulio. He? Der Vorarbeiter richtet sich auf. Der Russe, schreit Giulio. Wo?, ruft der Vorarbeiter. Da, schreit Giulio und zeigt in Richtung des Neubaus. Der Vorarbeiter lässt die Hacke fallen und geht zu Giulio. Schaut zum Neubau hinüber und sieht Ferenc am Rand der Baustelle stehen. Na und, sagt der Vorarbeiter, lass ihn doch, da stört er nicht. Aber Betreten verboten, sagt Giulio. Betreten verboten, Betreten verboten, sagt der Vorarbeiter, du würdest auch besser das Maul halten. Die Arbeiten gehen weiter, der Vorarbeiter hackt wieder an der Wand, Giulio schaufelt Ziegelschutt auf die Ladefläche, was jetzt, da schon einiges daraufliegt, nicht mehr so scharf und splitterig klingt. Jemand, der Fieber hat, hört es so, als habe sich der Lärm wie eine Welle zurückgezogen. Mari, in ihrem Zimmer im Bett, lässt das Micky-Maus-Heft sinken und schläft ein. Unten zündet Ferenc seine dritte Zigarette an. Es ist ein heller Tag, bedeckt, aber von einer dünnen Wolkendecke, man spürt, wie die Sonne wärmt. Rechts, über dem blühenden Kirschbaum, sieht man, dass die Sonnenscheibe durch die Wolken drückt. Aber Ferenc schaut nicht hin, sondern auf das Trümmerfeld. Was machen die?, denkt er. Erich steigt in den Führersitz des Lastwagens und fährt ein paar Meter vor. Steigt wieder aus, geht hinter den Lastwagen, wo sie schon zu dritt stehen, ein Fünfter kommt von der anderen Seite herbei, während die drei anderen, die weiter weg arbeiten, hinüberblicken. Ferenc sieht, wie die hinter dem Lastwagen Stehenden mit den Schuhen den Schutt hin und her schieben. Einer kniet sich hin und wirft die Brocken beiseite. Die suchen etwas, denkt Ferenc, da hat einer etwas verloren. Jetzt geht die Gruppe plötzlich auseinander, Erich steigt wieder in den Führersitz und fährt ein paar Meter rückwärts. Giulio und der Vorarbeiter sagen etwas zueinander und blicken zu Ferenc herüber. Ferenc denkt: Das war eine kurze Lärmpause, man sollte da Geld ausstreuen, dann hören sie automatisch immer wieder auf, nein, lohnt sich nicht, dann dauert die ganze Sache noch länger. Er zuckt mit den Schultern, lässt die Zigarette fallen, tritt sie aus, wendet sich um und geht am Haus entlang. Jetzt hat er's gemerkt, denkt Giulio, aber er sagt nichts. Nicht einmal dann, als er sieht, wie Ferenc stehenbleibt und mit dem Schuh ebenfalls das Zeug auf dem Boden hin und her zu schieben beginnt.

Tag danach, es ist der letzte gemeinsame Tag von Herrn Brun und dem jungen Schacher, in den Sechzigerjahren hingegen geschieht nicht viel. Mari ist immer noch krank, Ferenc hat den Kinderarzt kommen lassen, der sich über den Baulärm beklagt und Baldriantropfen verschrieben hat. Ferenc hat sie in der Apotheke bei der großen Linde besorgt, unter der vor vierzig Jahren der junge Schacher stand, nachdem er vor dem Vater davongelaufen war, und die jetzt, in den Sechzigerjahren, noch ein paar Jahre vor sich hat. Ferenc sitzt mit einer Zigarette im Wohnzimmer, wo das Fenster wegen des Rauchs wieder offen steht, heute ist es sowieso ein bisschen wärmer als gestern, wie das Thermometer zeigt, auch wenn der Himmel immer noch bedeckt ist. Mari schläft, dank der Baldriantropfen. Feri, das wäre doch die Gelegenheit, ein wenig zu lesen, Stendhal, du hast doch gesagt, du würdest als Erstes Stendhal wiederlesen, wenn du im Westen bist. Jetzt seid ihr schon drei Jahre da, und die vom Westen in den Osten und wieder in den Westen gelangte, in grünes Leder gebundene Stendhal-Ausgabe steht unberührt im Bücherregal. Über den unschönen Kontrast zwischen den dunkelgrünen, mit feinen Goldlinien verzierten Buchrücken und der hellen Esche des Regals hat sich Ferenc hingegen schon oft geärgert. Greif nach Rot und Schwarz, Feri. Ferenc schaut aus leicht zusammengekniffenen Augen zu den Büchern hinüber und schüttelt den Kopf. Zu viel Lärm, denkt er. Es ist wahr, heute sind sie mit einem Bulldozer gekommen, der viel größere Brocken auf die Ladefläche werfen kann. Die gefällten Birnbäume sind schon wieder freigelegt und werden gerade mit der elektrischen Säge zerkleinert. Ferenc drückt die Zigarette aus, steht auf, macht das Fenster zu und geht in die Küche. In dem Augenblick wird es im Wohnzimmer hell, die Sonne ist herausgekommen, in der Luft hängt, wie man jetzt sieht, trotz des vorhin offenen Fensters der Rauch, der Butterblumenstrauß in der

Vase auf dem Couchtisch leuchtet gelb. Auch das sähe, man muss es zugeben, obwohl Ferenc nicht mehr im Zimmer ist, auf einer anderen Unterlage, Glas, Kirschbaum, Lack, besser aus. In der Küche, wo sich Ferenc Kaffee kocht, ist es schattig, und der Lärm klingt abgedämpft. Die Kaffeepause, Feri, könntest du benutzen, um über die Frage nachzudenken, ob deine Verschlossenheit wirklich nur am Fehlen eines Gesprächpartners liegt. Was hast du denn zu sagen? Was würdest du beim Schwarzen, wie ein solcher Kaffee in deiner Sprache heißt, in dem mit echten, wenn auch ausgetretenen Perserteppichen ausgelegten Salon deines Architektenkollegen und Freundes János, s wie sch, erzählen, während du den Schwarzen aus einem ebenfalls übrig gebliebenen Herendtässchen trinkst? Ach, denkt Ferenc, das würde der gute János übernehmen, er redet ja ganze Stadtviertel herbei, eine Häuserzeile am Fluss, die aussehen müsste wie Delft, jedenfalls wie Vermeers Ansicht von Delft, mit vorhanglosen Fenstern, damit die richtige Spiegelung entsteht, die man vom anderen Flussufer sehen soll, während, aber das interessiert János nicht, wenn er sich auf diese Art warmredet, in der ganzen Stadt noch Ruinen stehen, Außenwände ohne Inhalt, von Balken gestützt, voller Einschüsse. Und du, Feri, was sagst du zu János' Delft-Phantasie? Die, denkt Ferenc mit einem kleinen Lachen, unterbricht man nicht so leicht, aber irgendwann kann man dann sagen: Jánoskám, mein Jánoslein, was nicht liebevoll, sondern mahnend klingt, ich fürchte, wir müssen weitermachen, um elf kommt die Ica. Die Ica? Na ja, die Ica, ebenfalls Architektin, kommt die Pläne holen, die Ferenc und János auf dem Zeichentisch am Salonfenster fertig zeichnen sollten. Ist das alles?

Natürlich nicht, denkt Ferenc mit ironischem Lächeln. Es ist also so, dass du das über der Stuhllehne am Zeichentisch hängende alte, aber von Ica immer wieder kennerisch zwischen zwei Fingern geriebene echte englische Wolljackett anziehen und mit ihr weggehen würdest, in ihre Wohnung, die um diese Zeit leer ist, ihr Mann bei der Arbeit im Ministerium, die beiden größeren Kinder in der Schule, das Kleinste bei ihrer Mutter in der Innenstadt? Ja, denkt Ferenc. So ist das also. Ja, denkt Ferenc und lächelt wieder ironisch. Der Kaffee ist fertig, Filterkaffee, kein Schwarzer. Ach Gott, denkt Ferenc, der Schwarze mit seinem Kaffeesatzgeschmack. Er gießt den Kaffee in eine außen erbsengrüne, innen weiße Tasse. Nimmt einen Schluck, ohne Milch und Zucker. Und? Man sollte italienischen Kaffee und eine italienische Kaffeemaschine haben, denkt Ferenc, wo man das wohl bekommt? Jetzt hat der Kaffeegeruch Maris Zimmer erreicht, Mari wacht auf, weil sie ihn als unangenehm empfindet. Sie ruft: Papa, mach die Tür auf. Ferenc kommt herbei, mit der Tasse in der Hand. Was ist? Tu den Kaffee weg, mach die Tür auf, sagt Mari. Die Balkontür?, fragt Ferenc. Mari nickt. Dann deck dich gut zu, sagt Ferenc. Er geht durch das Zimmer, Mari hält sich die Nase zu, Ferenc macht die Balkontür auf. Der Lärm kommt mit voller Schärfe herein, Erich hat gerade wieder den geleerten Lastwagen gebracht, der Bulldozer lässt eine Mischung aus Wandstücken und Küchenklinker auf die Ladefläche fallen. Ferenc macht die Tür wieder zu. Lass sie offen, sagt Mari. In dem Augenblick hört draußen der Lärm auf, gleichzeitig klingelt es an der Wohnungstür. Ferenc stellt die Kaffeetasse auf das Nachttischchen und geht öffnen. Herr Huber steht da, mit Seife, Shampoo, Zahnpulver, Bürsten, Schnürsenkeln, Kugelschreibern. Ferenc greift in die Tasche der hinter ihm am Garderobehaken hängenden Jacke, erwischt einen Franken und will ihn Herrn Huber geben. Herr Huber will wissen, was er haben möchte. Nichts, sagt Ferenc, danke. In diesem Fall versteht Herr Huber nicht, was der Franken soll. Nehmen Sie, sagt Ferenc. Sie müssen mir sagen, was Sie kaufen wollen, sagt Herr Huber langsam und deutlich. Na, geben Sie mir ein Paar Schnürsenkel, sagt Ferenc. Fünfzehn Rappen, sagt Herr Huber, während er Ferenc die Schnürsenkel reicht. Ferenc reicht ihm den Franken. Herr Huber sucht das Restgeld. Lassen Sie nur, sagt Ferenc. Herr Huber meint, er könne für ein Paar Schnürsenkel keinen Franken annehmen. Ferenc legt die Schnürsenkel in Herrn Hubers geöffneten Koffer zurück. Herr Huber drückt ihm den Franken in die Hand. Ferenc legt den Franken auf die Borsten einer Bürste, lächelt abwesend, tritt zurück, macht die Tür zu. Herr Huber klingelt, um ihm den Franken zurückzugeben. Ferenc greift in seine Hosentasche, holt eine Zigarette heraus, zündet sie an. Herr Huber legt den Franken auf die Fußmatte vor der Tür. Ferenc geht in Maris Zimmer zurück, das Bett ist leer, Mari steht barfuß auf dem Balkon. Ferenc beginnt durch das Zimmer zu gehen, als es wieder klingelt. Hier sind sogar die Bettler pedantisch, denkt Ferenc, ich werde gezwungen sein, ihm mit fünf Franken den Mund zu stopfen. Vor der Tür steht aber Frau Bach. Sie will Ferenc darüber informieren, dass in diesem Haus Hausieren verboten ist, was nicht stimmt, aber sie spekuliert darauf, dass Herr Schalach das nicht weiß. Aber Ferenc ist gerade dabei, Mari am Arm zu packen, ins Zimmer zu zerren, aufs Bett zu schleudern. Mari ist so verblüfft, dass sie keinen Laut von sich gibt. Deck dich zu, sagt Ferenc. Mari deckt sich zu, Ferenc schließt die Balkontür, lässt den Rollladen herunter. Es klingelt wieder. Ferenc geht hinaus, macht die Tür auf, sieht Frau Bach, schaut ihr ins Gesicht, ohne zu lächeln, ausdruckslos. Frau Bach geht rückwärts zu ihrer Tür. Entschuldigen Sie, Herr Schalach, ich wollte nur sagen, da liegt ein Franken. Ferenc macht die Tür zu, schließt ab. Mari, sagt er, als er wieder in ihrem Zimmer steht, ich habe genug. Ich auch, sagt Mari.

Am Mittag dieses Tags, als die Arbeiter nach einer anderthalbstündigen, auf der Baustelle verbrachten Pause ins Wirtshaus gehen, ist es sonnig und warm. Die Männer ziehen die Jacken aus, die Sonne wärmt auch durch das Hemd hindurch. Erich hat ein rotes Flanellhemd an. Bist ein Kommunist, Erich?, fragt man ihn. Erich sagt nichts. He, Erich? Erich schweigt. Sie treten in den Hintergarten des Neubaus, gehen an der Stelle vorbei, wo Ferenc vorgestern Nacht auf seinem Regenmantel gesessen hat. Der Feuerbusch ist schon verblüht, aber neben ihm stehen die letzten roten und gelben Tulpen. Der Erich, sagt einer, ist kein Kommunist, sondern der Sankt Nikolaus. Da ist er aber spät dran, sagt ein anderer, he, Erich, was bringst du mir? Erich knurrt etwas. He? Aber Erich sagt nichts mehr. Sie steigen über die fünf Stufen aus dem Garten hinaus, gehen im Gänsemarsch, der Vorarbeiter voran, zum Wirtshauseingang, wischen sich die Schuhe ab, verschwinden drin. Im Hintergarten richten sich die niedergetrampelten Gänseblümchen auf, und jetzt, in der

Mittagsstille, hört man im Kirschbaum das Summen der Bienen.

Eine Viertelstunde später sitzen die acht immer noch ohne Essen vor ihren Bieren. Liebers sind überlastet, das Lokal ist voll, Frau Lieber ist gerade unterwegs in den ersten Stock, um Pius zu holen, der beim Servieren helfen soll. Kommt der Fraß?, fragt der Vorarbeiter den Wirt, als er an ihrem Tisch vorbeigeht. Ihr habt euch heute Vormittag auch nicht zu Tode gearbeitet, sagt Lieber, jetzt könnt ihr schon noch ein wenig warten. Das hätte ich vom von Arx auch nicht hören müssen, sagt der Vorarbeiter wütend. Von Arx ist lange Jahre der Mattenwirt gewesen, Nachfolger von dem Gamper, bei dem sich der alte Schacher in den Zwanzigerjahren jeden Abend betrinkt. Von Arx hat vorletztes Jahr mit achtundsechzig den Betrieb wegen Herzproblemen abgeben müssen. Liebers haben keinen leichten Stand, alle weinen von Arx nach, der die »Matte« fast dreißig Jahre lang mit Geschick geführt hat. Jetzt erscheint Pius im Lokal, mit saurer Miene. Wo ist die Mutter?, fragt ihn der Wirt. Oben, sagt Pius. Heilandsack noch mal, sagt Lieber. Acht Suppen, ruft Hildegard durch die Durchreiche. Pius wird geschickt, die Arbeiter zu bedienen. Der macht auch einen Grind wie sieben Tage Regenwetter, sagt einer der Arbeiter, he, Pius? Pius sagt nichts, weil er sich auf die vollen Teller konzentrieren muss. Wenigstens kommt er einem nicht frech, sagt der Vorarbeiter. Das ist dann noch andere Arbeit, sagt Giulio. Er meint: Ihre Arbeit auf dem Bau ist schwerer als die im Wirtshaus, und Lieber sollte ihnen nicht unter die Nase reiben, dass sie heute Vormittag anderthalb

Stunden herumgesessen haben. Warum eigentlich? Gute Frage. Gegen halb elf sind, eine Seltenheit, beide Brüder Weider auf der Baustelle aufgetaucht und haben dem Vorarbeiter gesagt, sie sollten aufhören, es komme gleich der Kantonsarchäologe. Schon wieder, hat der Vorarbeiter gesagt, der war doch gestern schon da. Dann haben sie herumgesessen und zugeschaut, wie die Gebrüder Weider auf dem Bauschutt umherstolperten. Die laufen umher wie zwei Hähne, denen die Hühner davongeflattert sind, hat einer gesagt. Mit Hühnern können die aber nichts anfangen, hat ein anderer geantwortet. Dann sind die Weiders abgezogen, die Arbeiter haben weiter herumgesessen, Erich in seinem Führersitz. Der Kantonsarchäologe ist nicht gekommen. Wie gesagt, es ist ein Tag, an dem nicht viel geschieht. Umso weniger, als jetzt zum Erstaunen aller Essenden einer der Weiders, der Fernrohrweider, ins Lokal tritt, kurz Lieber grüßt und auf den Arbeitertisch zusteuert. Er sagt zum Vorarbeiter: Herr Schütz, Sie können nach dem Essen heimgehen, der Tag wird trotzdem voll bezahlt. Merci, sagt der Vorarbeiter, soll mir recht sein. Mir auch, sagt Giulio. Von morgen an wieder normal, sagt Weider. Er dreht sich um und geht hinaus. Auf Wiedersehen, Herr Weider, ruft ihm der Vorarbeiter nach. Adieu, sagt Weider, ohne sich umzublicken.

Ein stiller Nachmittag also. Das einzige laute Geräusch gibt es jetzt, um Viertel nach eins, weil Erich, immer noch in Hemdsärmeln, den Lastwagen anlässt und rückwärts über den Schutt auf die Straße hinausfährt. Jetzt wieder Stille. Herr Laurentz' elektrischer Milchwagen macht ja keinen Lärm, eher noch hört man das Klappern der

Milchkannen, er ist wieder viel zu spät dran. Feri, das Gleichgewicht zwischen Wissen und Nichtwissen ist heikel, zum Teil hast du recht, wenn du nicht hören willst, was geredet wird, zum Beispiel, dass der Laurentz an den Vormittagen an der Stadtgrenze bei Frau Beer steckt, oder wie Ica, die vulgär sein kann, sagen würde: in Frau Beer steckt, was vielleicht gar nicht stimmt und auch nichts zur Sache tut, nicht zu deiner Sache, auch wenn du deinerseits an den Vormittagen bei und in Ica stecktest, aber das ist etwas anderes, nicht wahr, unsereins ist ja kein Milchmann. Solltest du nicht trotzdem hinuntergehen und die Milch aus dem Kasten holen, sonst riskierst du, dass Frau Bach sie holt und wieder hier klingelt, bevor die Milch schlecht wird, wie sie sagt, weil sie nicht weiß, dass ihr sie sowieso nicht trinkt und nur aus Opportunismus bestellt. Ferenc, im Wohnzimmer auf dem Sofa liegend, muss lachen. Opportunismus, genau, denkt er. Genau davon habe ich genug, denkt er, nicht mehr lachend. Wieso denn, Feri? Bist du nicht in dieses Land gekommen, weil du gesagt hast, dass du viel besser hierherpasst? In den Westen, wie du gesagt hast. Ist der Westen doch nicht das Richtige? Ist er zu wenig westlich? Ferenc bläst den Rauch in Richtung des offenen Fensters, die Sonne scheint nicht mehr herein, sie ist jetzt auf der Küchenseite. Ja, denkt Ferenc, zu wenig westlich. Aha, nämlich? Ein Wohnzimmer sollte Westlage haben, denkt Ferenc. Mach jetzt keine Wortspiele, Feri, warum ist der Westen zu wenig westlich? Weil er, denkt Ferenc, zu wenig geschichtsbewusst ist. Wie meinst du das? Das ist doch das Land der Freiheitskämpfe, der erfolgreich verteidigten Unabhängigkeit, denkt Ferenc. Ja und? Das sollte, denkt Ferenc, gegen die

Kleinkariertheit einen gewissen Schutz darstellen. Feri, du bist trotz allem so naiv, wie ein osteuropäischer Emigrant nur sein kann. Wieso?, denkt Ferenc und drückt die Zigarette aus, man darf doch noch gewisse Erwartungen haben. Was hast du denn erwartet? Besseres Wetter, denkt Ferenc und muss wieder lachen. Feri, ein Alpenlandklima ist wechselhaft, auch sommers viel Regen, dafür im Winter weniger kalt als bei euch, aber das hast du ja gewusst und meinst den Einwand nicht ernst, dir fehlt etwas anderes. Doch, ich meine es ernst, denkt Ferenc, außerdem fehlt mir die Artikuliertheit von Leuten wie János und Ica, meinetwegen auch Maria. So, die fehlen dir, warum hast du dann den Kontakt mit ihnen abgebrochen? Weil sie mir fehlen, denkt Ferenc. Im Nebenzimmer wacht Mari auf und weiß nicht, was für eine Jahres- und Tageszeit es ist, der Rollladen ist heruntergelassen, durch die Ritzen und Löcher kommt Licht, ist es ein Sommerabend, ist sie gerade ins Bett gegangen und aus irgendeinem Grund wieder aufgewacht, aber das kann nicht sein, das Bett fühlt sich zerlegen an, und sie selbst spürt eine Schwäche in allen Gliedern. Papa, ruft sie. Das ist es vielleicht, denkt Ferenc, dass ein Kind einen auf das Kleinteilige festnagelt. Was wäre das Großteilige, möchte man ihn fragen, aber er ist schon ins kleine Zimmer unterwegs. Mari liegt reglos auf dem Rücken und fragt, ohne den Blick von der Zimmerdecke abzuwenden: Ist es Nacht? Sie weiß schon, dass es nicht Nacht ist, es ist ihr wieder bewusst geworden, dass sie an einem Mainachmittag krank im Bett liegt, aber sie will ihren Vater erschrecken. Ferenc sagt: Ich kenne das, man ist krank, und die Zeit scheint in Sprüngen zu vergehen, einmal ist es Morgen, einmal ist es Nacht, selten ist es die Zeit, die es ist, weil man die am wenigsten verträgt. Mari wendet ihm den Kopf zu und fragt: Wirklich? Du sagst es ja selbst, sagt er, du fragst mich, ob es Nacht ist, weil dich dieser Nachmittag bedrückt, still, wie er ist, nach dem Lärm, der da draußen war, sodass man auch ohne hinauszusehen sich vorstellen kann, wie die Trümmer daliegen, nach dem Lärm, mit dem sie kaputtgingen, in plötzlicher, schauderhafter Stille. Mari beginnt zu weinen. Sie sagt: Ich weiß, dass es Nachmittag ist, du brauchst keine Angst zu haben, ich weiß, dass sie das Haus der Schachers abgebrochen haben und dass der Lärm von da gekommen ist. Haben die Leute in dem Haus so geheißen, fragt Ferenc, Schacher?

Mari, fragt Ferenc jetzt gegen Abend, wovon genau hast du genug? Ich habe nichts gesagt, antwortet Mari. Sie hat den ganzen Nachmittag geschlafen und fühlt sich besser. Heute Vormittag, sagt Ferenc, heute Vormittag hast du gesagt, dass du genug hast. Mari denkt nach. Habe ich das gesagt?, fragt sie. Ja. Wann? Als es fortwährend klingelte, sagt Ferenc. Wer hat geklingelt?, fragt Mari. Ein Bettler mit Schnürsenkeln und die Frau von gegenüber, Frau Brahms. Frau Bach, sagt Mari, du weißt genau, dass sie Frau Bach heißt. Fang nicht zu weinen an, sagt Ferenc, denn Mari sieht ganz danach aus. Frau Bach, sagt Mari. Gut, sagt Ferenc, Frau Bach, und jetzt sag mir, wovon du genug hast. Von Frau Bach, sagt Mari. Ich dachte, ihr seid dicke Freundinnen, sagt Ferenc. Sag das nicht, sagt Mari laut und beginnt zu weinen. Ferenc steht von Maris Schreibtischstuhl auf, wo er bisher gesessen hat, und sagt: Ich mache etwas zu essen, was willst du? Zwieback und

Bananen, sagt Mari immer noch weinend, hast du vergessen, dass Herr Wechsel das verschrieben hat? Wechsel ist der Kinderarzt, und er hat das tatsächlich verschrieben. Wahrscheinlich haben wir keine Bananen und keinen Zwieback, sagt Mari weinend. Du wirst lachen, sagt Ferenc, wir haben beides. Mari hört zu weinen auf und sagt nichts. Unsere Mutter, sagt Ferenc, hat uns in solchen Fällen Kümmelsuppe gekocht. Mari läuft das Wasser im Mund zusammen. Sie schiebt die Unterlippe vor, starrt auf die Bettdecke und sagt: Das ist ein Land, in dem sich alle hassen. Sie haben für ihre Freiheit gekämpft, sagt Ferenc, und haben gesiegt und sind jetzt auf der Hut. Sie haben nicht gesiegt, sagt Mari, die Russen sind im Land. Ferenc erschrickt wieder für einen Sekundenbruchteil und sagt dann: Ach so, du meinst zu Hause. Ich habe kein Zuhause, sagt Mari. Was für ein großes Wort, sagt Ferenc. Ich habe kein Zuhause, wiederholt Mari. Ferenc wird auf einmal wütend: Na und, sagt er laut, ich habe auch keins, niemand hat eins. Aber deine Mutter hat Kümmelsuppe gekocht, sagt Mari. Da haben wir's wieder, denkt Ferenc. Willst du eine Kümmelsuppe, Mari?, fragt er. Herr Wechsel, sagt Mari, vergiss Herrn Wechsel, unterbricht sie Ferenc, willst du eine Kümmelsuppe, ja oder nein? In dem Land hassen sich alle, sagt Mari. Was zum Teufel hat das mit Kümmelsuppe zu tun?, denkt Ferenc. Er geht aus dem Zimmer. In der Küche angelangt, weiß er schon, was das mit Kümmelsuppe zu tun hat. Ist ja auch ziemlich evident. Mari ist unterdessen aus dem Bett gestiegen und steht vor dem Regal, in dem die Micky-Maus-Hefte chronologisch gestapelt sind. Sie zieht das Heft von vorletzter Woche heraus, Onkel Dagobert und die Wunderblume.

Ferenc in der Küche bückt sich nach dem mittelgroßen Topf. Natürlich, gegen die Sehnsucht nach bestimmten Dingen im alten Land, Kümmelsuppe, braucht es grobes Geschütz: Dafür hassen sich da alle. Oder hat sie nicht das gemeint? Woher nimmt sie das, dass sich alle hassen? Er stellt den Topf neben den Herd und geht in Maris Zimmer. Woher nimmst du das, dass sich alle hassen? Mari, wieder im Bett, blickt vom Micky-Maus-Heft auf. Von dir, sagt sie und liest weiter. Das habe ich nicht gesagt. Doch, sagt Mari, ohne aufzublicken. Wann soll ich das gesagt haben?, fragt Ferenc. Mari schaut auf das Bild von Onkel Dagobert, der über Haufen von Gold hinweg mit seinem Vorderlader die Panzerknacker verfolgt, und sagt: Du hast gesagt, so wird der allgemeine Hass instalisiert. Institutionalisiert, sagt Ferenc, wann habe ich das gesagt? Als ich nicht zu den jungen Pionieren durfte, sagt Mari, ohne aufzublicken. Was, daran erinnert sie sich?, denkt Ferenc. Er sagt: Mari, leg bitte das Heft einen Augenblick beiseite. Nein, sagt Mari. Ferenc sagt einen Fluch, der übersetzt so etwas heißt wie: Der Stall, aus dem sie stammt. Mari muss lachen. Sie blickt auf. Hättest du zu den jungen Pionieren gewollt, fragt Ferenc, zwecks Absingen russenfreundlicher Lieder und anderer volksbeglückender Übungen, bis zu dem Tag, da sie dich als gleichgeschalteten Idioten entlassen? Nein, sagt Mari und wagt nicht hinzuzufügen, was sie gehört hat, als sie an einer Brüstung stehend auf den großen Platz hinunterblickte, auf dem die jungen Pioniere, weißes Hemd, rotes Halstuch, in regelmäßigen Rechtecken aufgestellt waren: Der Szalagh Feri, sagte jemand hinter ihrem Rücken in der dort üblichen Reihenfolge, zuerst den Nachnamen, dann den Vornamen, der Szalagh Feri wird mit seiner elitären Linie nicht weit kommen.

Ferenc hat die Kümmelsuppe fertig gekocht. Man könnte sich zwar fragen, ob die mit Butter hergestellte Mehlschwitze, die der Suppe als Basis dient, in diesem Moment für Mari das Richtige ist, aber Ferenc denkt: Uns hat sie auch immer gutgetan. Außerdem hat er die Suppe zuletzt nicht durchgesiebt, die Kümmelstücke schwimmen darin, aber macht nichts, Mari kann sie zerkauen. In der ganzen Wohnung riecht es nach Kümmel, Mari kann die Suppe kaum abwarten, sie hat das Heft beiseitegelegt und sagt vor sich hin: Mach schon, mach schon. Ferenc kommt, mit dem dampfenden Suppenteller auf dem Tablett, links daneben eine zusammengerollte Serviette, rechts der etwas verbogene kleine Silberlöffel, mit dem auch er als Kind die Suppe gegessen hat. Wart einmal, sagt er. Er stellt das Tablett auf Maris Schreibpult und tritt ans Bett, um den Kopfteil hochzuziehen, damit Mari gerader sitzen kann. Er nimmt die Serviette und steckt sie in den Ausschnitt von Maris Pyjama. Er stellt ihr das Tablett auf den Schoß und sagt, was seine Mutter gesagt hat: Langsam, sie ist heiß. Mari beugt sich über den Teller, der Kümmeldampf steigt ihr in die Nase. Sie denkt: Was nützt das alles? Ferenc sagt: Kümmel ergibt im Körper eine angenehme, trockene, gleichmäßige Wärme. Mari nimmt einen vorsichtigen Schluck. Kümmelsuppe. So wie sie sein muss. Sie fragt: Wieso weißt du, was ich gedacht habe? Ich weiß nicht, was du gedacht hast, sagt Ferenc, was hast du gedacht? Doch, du hast geantwortet, sagt Mari. Worauf habe ich geantwortet?, fragt Ferenc. Mari nimmt einen zweiten Schluck Suppe. Heiß, sagt sie. Schmeckt sie?, fragt Ferenc. Ja, sagt Mari, aber sie ist heiß. Was hast du gedacht?, fragt Ferenc. Mari löffelt in die Suppe hinein und lässt die bräunliche Flüssigkeit von oben in den Teller zurückfließen. Dampf steigt auf. Die Mutter hat die Mehlschwitze jeweils zu früh abgelöscht, denkt Ferenc, die Suppen waren immer zu weiß, die hier ist viel hübscher mit ihrer bräunlichen Farbe. Stimmt, Feri, nur muss man aufpassen, dass das Mehl keinen angebrannten Geschmack bekommt. Aber die Suppe ist wirklich gut gelungen. Iss sie trotzdem, solange sie warm ist, sagt Ferenc, denn Mari rührt und schaufelt immer noch darin herum. Sie füllt den Löffel, bläst darauf, schluckt vorsichtig, etwas weniger heiß, immer noch gut, aber, wie sie merkt, anstrengend für den Körper. Iss nur, so viel du kannst, sagt Ferenc. Wieso errät er alles? Mari nimmt noch einen Schluck. Der kam zu rasch nach dem vorherigen, sie spürt seinen Geschmack nicht. Lass dir Zeit, sagt Ferenc. Mari schaut zu ihm auf und sagt: Wieso weißt du, dass ich zu schnell gegessen habe? Du hast eine Grimasse gemacht, sagt Ferenc. Mari lehnt sich auf das Kissen zurück. Soll ich das Tablett wegnehmen?, fragt Ferenc. Noch nicht, sagt Mari. Sie schaut auf die Suppe, die kaum mehr dampft, sie rührt darin, der Dampf wird wieder dichter. Du hast zuerst gesagt, du hast genug, sagt sie. Ich habe sie gar nicht gekostet, sagt Ferenc. Nicht die Suppe, sagt Mari, sondern heute Morgen, als es immer geklingelt hat. Ach ja, sagt Ferenc, das war ja auch langweilig. Aber du hast nicht das gemeint, sagt Mari. Was denn sonst? Alles, sagt Mari. Sie kaut an einem Kümmelstück und spürt im Rücken eine angenehme Wärme, löffelt in die Suppe hinein, führt den Löffel, ohne sich aufzurichten, vorsichtig zum Mund. Es tropft trotzdem auf die Bettdecke. Ferenc sieht es, aber er sagt nur: Nein, alles nicht. Obwohl die Suppe bloß noch warm ist, war auch dieser Schluck anstrengend. Mari legt den Löffel hin. Was nicht?, fragt sie. Du meinst, wovon ich nicht genug habe?, fragt Ferenc. Mari nickt. Ach, von vielem, sagt Ferenc. Zum Beispiel?, fragt Mari. Ferenc schweigt einen Augenblick, dann sagt er: Schau, ich wäre doch nicht hier, wenn ich von allem genug hätte. Wo hier?, fragt Mari. Hier, in diesem Land. Weil du genug hattest, dass sich zu Hause alle hassen, sagt Mari. Wer hat denn dich gehasst?, fragt Ferenc. Meine Mutter, sagt Mari. Verflucht noch mal, denkt Ferenc. Diese Frau, sagt er, ist als Mutter ungeeignet, aber hassen tut sie dich nicht. Warum ist sie dann nicht da?, fragt Mari. Ferenc nimmt Mari das Tablett weg und stellt es wieder aufs Pult. Er setzt sich auf die Bettkante. Soll ich alle Hebel in Bewegung setzen, damit sie kommt?, fragt er. Nein, sagt Mari. Was willst du dann?, fragt Ferenc. Ich will nichts, sagt Mari, aber sie hasst mich, in dem Land hassen sich alle, sie schlagen einander die Köpfe bloß deshalb nicht ein, weil es verboten ist, hast du gesagt. Dann sei froh, sagt Ferenc laut, dass du in einem Land bist, wo man sich die Köpfe aus Einsicht nicht einschlägt. Doch, schreit Mari, man schlägt sich die Köpfe auch hier ein, sie hassen einander auch hier. Sie beginnt zu weinen. Ferenc steht auf, nimmt das Tablett vom Pult und geht damit hinaus. Auf der Suppe entsteht schon eine dünne Haut.

Vor einer Stunde hat Ferenc in der Küche die Haut wieder verrührt und die Suppe aufgegessen. Besser als die von der

Mutter, nicht nur wegen der richtig behandelten Mehlschwitze, sondern auch wegen des Maggiwürfels, gibt mehr Geschmack als das langweilige Salz. Jetzt hat er wieder Hunger. Mari schläft. Sie hat ihm gesagt, er solle ihr schwören, dass er sie im Fall eines Fliegeralarms weckt. Er hat gesagt: Mari, das geht mir auf die Nerven, wenn du Angst hast, dass ich weggehe, dann sag es direkt. Mari hat nichts mehr gesagt, er hat den Kopfteil ihres Betts wieder hinuntergelassen und gesagt: Ich bin in der Küche. So hat er die Öffnungszeit des Lebensmittelgeschäfts, das unten im Haus integriert ist, verpasst, obwohl man nicht einmal auf die Straße hinausmuss, sondern durch eine Hintertür, der einzigen Tür im sonst kahlen Erdgeschoss, in den Laden gelangt. Ferenc hat nichts Frisches im Haus, außer den Bananen. Im Kühlschrank steht Joghurt mit Mandarinengeschmack, eine Segnung der westlichen Zivilisation, grauenhaft, denkt Ferenc. Er ärgert sich, dass er nicht doch rasch in den Laden hinuntergegangen ist. Was bin ich für ein Feigling, denkt er, weil man sich vor einem Kind immer rechtfertigen muss, ein Kind ist ein lebendiger Vorwurf. Er nimmt wütend den Zwieback aus dem Schrank, reißt die Packung auf, greift hinein, zerbricht dabei eine Scheibe, steckt sich das Bruchstück in den Mund. Langweilig. Er reißt eine Banane ab, im alten Land eine nach geheimnisvollem Gras riechende Rarität, schält sie, beißt hinein, sie schmeckt nach DDT. Er isst sie trotzdem, reißt die Mülleimertür auf, wirft die Schale weg, macht die Tür laut zu, auch der Deckel klappt laut auf den Eimer zurück. Er stellt den Zwieback wieder in den Schrank, wirft die Schranktür zu. So. Jetzt wollen wir einmal sehen. Er geht in Maris Zimmer, zündet die

Deckenlampe an, sie schläft, das ganze Gerumpel hat sie nicht gestört. Aha. Dann wollen wir uns ein anständiges Abendessen gönnen. Feri, was hast du vor? Was wohl?, denkt Ferenc. Feri, du hast doch versprochen, dass du dableibst. Nichts habe ich versprochen, denkt Ferenc, sie hat den Unsinn vom Fliegeralarm gesagt, dann nichts mehr und ich auch nichts mehr. Das ist sophistisch, Feri, du weißt doch genau, dass sie will, dass du dableibst. Sophistisch oder nicht, denkt Ferenc, ich habe Hunger.

So sitzt Ferenc jetzt in der »Matte«. Er hat, um sein Gewissen zu beruhigen, den hinteren Kartondeckel von seinem Schreibblock gerissen, ihn in der Mitte geknickt und ihn vor Maris Bett auf den Boden gestellt. Auf der Mari zugewandten Deckelhälfte steht: Ich esse schnell etwas im Gasthaus. Ich komme gleich. Nicht ganz idiomatisch, weil von der anderen Dachhälfte übersetzt, auf der steht: Gyorsan bekapok valamit a vendéglőben. Mindjárt jövök. Diesen Text hat Ferenc zuerst verfasst, aber dann verworfen, weil er dachte, das Mari vertrautere Deutsch würde für sie beruhigender sein. Wirklich einfühlsam, Feri. Trotzdem geht es jetzt in der »Matte« nicht so schnell. Das Lokal ist zwar nicht voll, aber abends steht Frau Lieber in der Küche, Pius darf um diese Zeit nicht mehr helfen, Lieber bedient allein. Um den Stammtisch sitzen vier Herren beim Jass. Ferenc kennt weder das Kartenspiel noch die Männer, sie sehen nach Honoratioren aus. Lieber, mit dem Serviertablett in der Hand, bleibt immer wieder stehen, um ihnen in die Karten zu blicken. Sie beachten ihn nicht. Lieber bringt Ferenc sein Glas Bier. Die Bestellung hat er schon aufgenommen: Tagessuppe

(Gemüsesuppe), Bratwurst mit Zwiebelsauce, Rösti. Nicht wahr, Sie sputen sich ein wenig, sagt Ferenc zum Wirt. Der versteht das nicht, sputen, was heißt das, aber er sagt trotzdem: Jaja. Ferenc nimmt einen Schluck Bier und hat das Gefühl, er und der Stuhl, auf dem er sitzt, würden breiter, weicher, wärmer. Na, denkt er. Hans, ruft Frau Lieber durch die Durchreiche, zweimal Fleischkäse. Lieber kommt den Fleischkäse holen und sieht, dass die Frau zwei Bratwürste in die Pfanne legt. Wie viel Bratwurst hast du?, fragt er. Er meint: wie viele Bestellungen. Zwei, sagt die Frau. Es sind aber drei, sagt Lieber. Es dauert eine Weile, bis Frau Lieber den Bestellzettel für die dritte Bratwurst auf dem Boden gefunden hat und eine weitere Wurst in die Pfanne legt. Ferenc hat jetzt die Hälfte seines Biers getrunken. Er denkt: Warum haben wir eigentlich immer das Gefühl, weniger wert zu sein? Er meint sein Volk im alten Land. Hier ist doch der gleiche Schlendrian, denkt er, ich warte schon länger auf das Essen als damals im »Fortuna« auf die Fischsuppe, allerdings hat man über Umwege in Erfahrung bringen müssen, wann es im »Fortuna« wieder einmal Fischsuppe gab, aber deshalb sind wir nicht weniger wert. Lieber kommt mit der Gemüsesuppe: So, Herr Schalk, einmal Tagessuppe. Ferenc lächelt abwesend. Rührt in der Suppe, nimmt einen Löffel, das ist ja die gleiche Suppe wie letzthin, jetzt fällt's ihm wieder ein. Gemüsesuppe aus dem Beutel. Immerhin führt die warme Flüssigkeit die vom Bier auf den leeren Magen verursachte, schon etwas schwankend werdende Gemütsverfassung zu dem angenehmen Selbstwertgefühl zurück. Unser ewiges Problem ist, denkt Ferenc, dass wir meinen, uns als Europäer legitimieren zu müssen, kein Mensch sieht uns als asiatische Horde an, nur wir uns selbst. Lieber streckt gerade den Kopf durch die Durchreiche und sagt zu seiner Frau, die mit einer Kelle die am Morgen vorgekochte Zwiebelsauce auf die fertigen Bratwürste schöpft: Und wenn man doch etwas machen würde? Das geht uns nichts an, sagt die Frau, vielleicht hat er jemanden gefunden, der nach dem Mädchen schaut, unser Pius ist ja auch allein oben. Das ist etwas anderes, sagt der Wirt und nimmt zwei der Bratwurst-Rösti-Teller entgegen. Geht mit ihnen zum Tisch der jassenden Herren. So, zweimal Bratwurst, sagt er. Bock, ruft einer der Herren so laut, dass alle im Lokal aufschauen. Er spielt den Bock aus, also die unbedingte Gewinnerkarte, und holt den Stich herein, spielt eine neue Karte aus, ruft wieder Bock. Lieber steht mit den Tellern in den Händen da und schaut zu. Das läuft ja wie geschmiert, sagt der bockspielende Herr zu seinem Partner. Hans, ruft Frau Lieber durch die Durchreiche. Auf der Zwiebelsauce beginnt sich ebenfalls eine Haut zu bilden, sie ist auch um einiges fettiger und mehliger als die Kümmelsuppe. Lieber stellt die Teller seitlich auf den Stammtisch und sagt: So, ich lasse die Bratwürste da, für wenn ihr fertig seid, guten Appetit. Die Jasser beachten ihn nicht. Auch bei Ferenc will Lieber die Bratwurst seitlich auf den Tisch stellen, Ferenc ist mit der Suppe noch nicht fertig. Lieber beginnt, um Platz zu schaffen, den Gewürzbehälter beiseitezurücken, als Ferenc den Löffel hinlegt uns sagt: Sie können abtragen. Er schiebt den Teller weg, was Lieber gleich versteht. Er fragt: Ist sie nicht recht? Ferenc lächelt abwesend. Feri, er fragt wegen der Suppe. Ferenc schaut auf und sagt: Doch, doch, aber ich bin etwas in Eile. Lieber nimmt den Suppenteller, schiebt die Bratwurst vor ihn hin, geht weg. Noch ein Bier, bitte, ruft ihm Ferenc nach. Hu, wie das aussieht, denkt er von der dunkelbraunen zwiebelmassigen Sauce auf der Wurst, das sind auch Barbaren, und was heißt eigentlich Bock? Er schneidet das Wurstende ab, häuft Zwiebelsauce darauf, nimmt es in den Mund. Schmeckt ausgezeichnet. Er trinkt den Rest Bier darauf, Lieber kommt gerade mit dem frischen Glas. So, noch einmal ein Bierlein, ist es recht? Sehr gut, sagt Ferenc, danke. Die Rösti hingegen ist nicht auf der Höhe, sie sollte besser durchgebraten sein, aber das fällt Ferenc nicht auf, weil in seinem Land die Kartoffeln auch nie richtig knusprig sind. Er nimmt einen Schluck, wirklich gut, dieses örtliche Bier. Schneidet ein weiteres Stück von der Wurst ab, die, wenn man ehrlich sein will, vom Grill auch besser wäre, häuft Sauce und Rösti darauf, nimmt es in den Mund, heiß, die zu wässerigen Kartoffeln halten die Wärme, Ferenc kühlt das Ganze mit einem Schluck Bier. Was soll's, denkt er, dass wir uns immer als übereifrige Schüler gebärden, glücklich, wenn uns der Westen gute Noten gibt, und das, obwohl wir sehen könnten und müssten, was hier gespielt wird. Was wird hier gespielt, Feri? Ach, denkt Ferenc, lassen wir das, gerade von einem Emigranten ist es zu viel verlangt. Was ist zu viel verlangt? Dass er sich die unattraktiven Mechanismen fortwährend vor Augen hält. Ja? Ja, denkt Ferenc. Er nimmt einen Schluck. Auch Lieber nimmt gerade einen Schluck von dem Glas, das neben dem Bierhahn für ihn bereitsteht, im Moment ist gerade eine Pause entstanden. Der säuft sich wieder eine Kappe an, denkt er von dem Herrn, der vorhin Bock gespielt hat, jetzt Bratwurst isst und dazu sein fünftes Bier trinkt. Frau Lieber streckt den Kopf durch die Durchreiche und schaut ins Lokal. Lieber nimmt wieder einen Schluck. Sie betrachten beide das Lokal. Dem pressiert's ja gar nicht so, denkt Lieber von Ferenc, der ein Stück Wurst abschneidet, das Wurstrad wieder von der Gabel streift, das Besteck gekreuzt auf den Teller legt, nach dem Bier greift und sich zurücklehnt, um einen Schluck zu nehmen. Frau Lieber denkt: Immer ist Tisch vier der Verliebtentisch. Die jungen Steigers vom Neubau turteln dort. Tisch vier steht etwas abseits in einer Art Nische. Zahnstocher, ruft der Herr, den Ferenc bereits den Bock nennt, vom Stammtisch zu Lieber hinüber. Lieber stellt sein Glas ab und geht zu dem Tisch. Lieber, sagt der Bock laut, sagt Eurer Frau, sie solle besser tischdecken, da sind keine Zahnstocher mehr. Er zeigt auf das leere Zahnstocherfach im Gewürzbehälter. Kommt sofort, sagt der Wirt und geht mit dem Behälter zum Schanktisch. Seine Frau schaut nicht mehr durch die Durchreiche. Lieber streckt den Kopf in die Küche, Annemarie, sagt er, wo sind die Zahnstocher? In der Schublade, sagt die Frau. Lieber zieht die Schanktischschublade auf. Da sind keine, ruft er. Dann hol halt welche von einem anderen Tisch, ruft die Frau. Peinlich, aber was bleibt Lieber anderes übrig, als zu Tisch fünf zu gehen, entschuldigen Sie, Herr Schalk, und die Zahnstocher aus dem Behälter zu nehmen, worauf er drei Stück wieder zurücksteckt, unnötigerweise, was seiner Frau, die das Manöver sowieso anders, nämlich mit einem schlichten Behältertausch, ausgeführt hätte, gleich klar gewesen wäre, so einer benutzt ja keine Zahnstocher. Lieber ist wieder unterwegs zum Schanktisch, die Zahnstocher diskret in der geschlossenen Faust, während Ferenc sein letztes Stück Wurst isst, in sich hineinlachend. Schade, denkt er, dass er die Zahnstocher nicht auch noch ausprobiert hat, bevor er sie zurücksteckte, dann wäre die Sache perfekt. Gerade rechtzeitig, ruft der Bock, wieder so laut, dass alle aufschauen. Er greift nach den Zahnstochern, die Lieber im Behälter vor ihn hinstellt. Nehmen Sie das gleich mit, sagt der Bock und reicht ihm den leeren Bratwurstteller, während er mit der anderen Hand in seinen Zähnen stochert. Los, Seppi, sagt er zu seinem Partner, der noch nicht fertig gegessen hat, wir wollen weitermachen. So, Kari, sagt der Dritte der vier Jasser zu ihm, nur nicht so gehetzt. Wenn ich zum Jassen komme, will ich jassen, sagt der Bock und greift nach den Karten. Was ist das für einer?, fragt die junge Frau Steiger an Tisch vier. Kari Meier vom Bauunternehmen, sagt ihr Mann. Ist er da auch mit drin?, fragt die junge Frau Steiger und weist mit dem Kinn ungefähr in die Richtung, in der das Matte-Grundstück mit der Abbruchstelle liegt. Klar, sagt ihr Mann, der ist überall drin. Die junge Frau Steiger stützt den Ellenbogen auf den Tisch und das Kinn auf den Handrücken und lächelt ihm verführerisch zu, mit halb zugekniffenen, bis zu den Schläfen kajalgeschminkten Augen. Was meint sie jetzt, denkt ihr Mann, was hat das mit Kari Meier zu tun? Nichts, müsste man ihm sagen, sie hat gerade gemerkt, dass das Thema Kari Meier sie eigentlich nicht interessiert. Fredi Steiger lächelt unsicher zurück: Willst du noch etwas, Schatz? Ihr Lächeln wird intensiver, jetzt meint sie etwas ganz Bestimmtes, und ihr Blick wird noch mehr, wie sie meint, katzenartig. Fredi Steiger wird rot, und er schielt ins Lokal, ob jemand herschaut, nein, am nächsten Tisch sitzt nur der Herr Sowieso aus dem Haus, der Ungar oder was, dem ist das egal. Fredi Steiger lächelt wieder seiner Frau zu und sagt: Aber ich nehme doch noch einen Zweier Roten. Aber Schatz, sagt die junge Frau Steiger und versucht einen Schmollmund, der nicht ganz gelingt, da sie schmallippig ist und auch den rosaroten Lippenstift, mit dem sie ihre Oberlippe jeweils vergrößert, weitgehend abgegessen hat. Sie spürt selbst, dass der Schmollmund nicht so ist, wie er sein sollte, und holt Puderdose und Lippenstift aus der Handtasche. Fredi benutzt den Moment, bei Lieber noch einen Zweier Beaujolais zu bestellen. Seine Frau hält den Puderdosenspiegel hoch und schielt aufwärts, um die Position des weißen Nylonhaarbands zu kontrollieren, hinter dem sich das toupierte Haar türmt. Sie zupft an den flachliegenden schwarzen Stirnfransen vor dem Nylonband und sagt, ohne den Blick vom Spiegel abzuwenden: Das ist ein warmer Bruder, wenn du mich fragst. Wer?, fragt Fredi. Der Herr Schalach da, sagt Frau Steiger und blickt kurz zu Ferenc hinüber. Fredi widerspricht, er hat doch ein Kind, aber keine Frau, sagt Frau Steiger, Kind, was heißt das schon, vielleicht ist es gar nicht seins. Sie klappt die Puderdose zu, steckt sie in die Tasche, holt die Mary Longs heraus, steckt sich eine zwischen die wieder verführerisch rosaroten Lippen, gibst du mir Feuer, Schatz. Herrjesus, denkt Ferenc, die Frauen hier. Heimweh nach den Frauen im alten Land, Feri? Im Moment nur nach Ica, denkt er, nach Ica am Mittag im Bett, ich hätte nur ein Bier trinken sollen, oder noch eins, zwei Biere haben eine verheerende Wirkung. Er muss wieder lachen. Was basteln wir eigentlich immer an uns herum, denkt er, wir sind doch völlig in

Ordnung. Nein. Ferenc ist plötzlich in jeder Hinsicht ernüchtert. Das sind wir nicht. Wir sind nicht in Ordnung. Alkoholselige Selbstbeweihräucherung, es fehlt nur noch der Zigeuner, der dazu seine schluchzenden Weisen spielt. Hier schreit bloß der Bock gerade: Gottverdammt, Seppi, was spielst du für einen Seich. Aber auch das lenkt Ferenc nicht ab von seinem Abtaucher in die Missstimmung, der für seinesgleichen nicht weniger typisch ist als alkoholselige Selbstbeweihräucherung, höchstens, dass beides nach zwei Bieren etwas rasch kommt, vielleicht gerade, weil der Zigeuner fehlt, Feri? Sarkasmus ist im Moment nicht angebracht, denkt Ferenc verärgert, dass wir nicht in Ordnung sind, hat mit unserer Geschichte und nicht mit Zigeunern und Bieren zu tun. Mit eurer Geschichte. Ja, mit unserer Geschichte, die bis vor kurzem so war, dass ein Teil des Volks aus Sklaven bestand, zum Glück weiß das niemand hier. Lieber, schreit in diesem Moment der Bock, den von Arx hat man nicht immer bitten müssen. Er meint, dass von Arx an solchen Jassabenden automatisch das frische Glas Bier brachte, wenn das vorherige leer war. Lieber zapft ein Bier und geht damit zum Stammtisch. Und, denkt Ferenc, ich will auch nie mehr sagen, dass auch wir gegen die Österreicher gekämpft haben, das ist etwas anderes, heißt es dann, und zu Recht, denn es ist eine Anbiederung. Eure Freiheitskämpfe eine Anbiederung? Ja, denkt Ferenc grimmig, eine Anbiederung an die europäische Geschichte, auch wir haben, nicht wahr, gegen die Fremdherrschaft gekämpft, dabei passt uns nichts so sehr wie ein totalitäres System. Jetzt gehst du aber sehr weit, Feri. Na und, denkt Ferenc, die Zustände geben mir recht, wir sitzen ja wieder in einem totalitären System, während diese Trottel doch so etwas wie eine funktionierende Demokratie haben. Feri, du weißt selbst, dass du jetzt an den Fakten herumbiegst. Es gibt keine Fakten, denkt Ferenc, es gibt nur das Herumbiegen. Na schön, Feri, es hat wohl nicht viel Sinn, mit dir zu diskutieren, wenn du in einer solchen Stimmung bist, wie viel Uhr ist es eigentlich? Ferenc schaut auf die Uhr, um Himmels willen, schon halb zehn. Er richtet sich auf und sucht mit den Augen den Wirt. Der steht beim Eingang, wo er gerade die Gäste von Tisch sieben, Herrn Hool, Herrn Kranz und einen unbekannten Herrn, hinausbegleitet hat. Während er noch die Tür aufhält, kommt ein anderer Herr herein, in dunkelblauem, zu kurzem Regenmantel und mit nassem Schirm. Was, es regnet?, fragt der Wirt und streckt den Kopf hinaus, tatsächlich. Er hilft dem Herrn aus dem Mantel, hängt ihn auf den Bügel und begleitet den Gast zu Tisch drei, der bisher leerstand. So, das Bierlein kommt gleich, sagt er, während sich der Herr setzt. Dass ihm Ferenc Zeichen macht, sieht er nicht, seine Frau hingegen durch die Durchreiche schon. Hans, der Herr Schalk will zahlen, sagt sie, als der Wirt zum Zapfen kommt. Das Zahlen gelingt aber immer noch nicht, weil der Bock seine Karten auf den Tisch wirft und schreit: Seppi, mit dir jasse ich nicht mehr. Der Streit, der jetzt folgt, weicht zwar nicht vom Ich-spiele-Schellen-und-da-kommst-du-mit-Eicheln-Schema ab, aber Wirt Lieber, mit dem Rechnungsblock in der Hand, muss trotzdem fasziniert zuschauen. Sitzt Ferenc unterdessen auf Nadeln? Nein. Warum nicht? Weil er beim Ausschauhalten nach dem Wirt das Pärchen an Tisch vier richtig in den Blick bekommen hat und sich seither fragt, woher er diese Leute kenne, vor allem der junge Mann kommt ihm bekannt vor. Den hat er schon gesehen, aber nicht hier, nicht in diesem Viertel. Wenn der Bock bloß nicht so grölte. Und der andere, der dauernd wiederholt: Kari, jetzt geben wir halt neu aus, und Schwamm drüber. Ferenc blickt sich über die linke Schulter nach Fredi Steiger um. Siehst du, sagt die junge Frau. Das ist doch, denkt Fredi Steiger, eine dumme Gans, verscheucht aber den Gedanken sofort und sagt: Schatz, man braucht nicht gleich so etwas zu denken. Das ist doch komisch, denkt Ferenc, der gehört doch gar nicht hierher, den habe ich an einem ganz anderen Ort gesehen. Wo denn, Feri? Im Sommer, bei großer Wärme. Aber wo? Ja, wo war das, denkt Ferenc, es waren noch mehr Leute da, was ruft die immer? Er meint Frau Lieber, die von der Durchreiche her immer wieder ihren Mann ruft. Feri, es wäre eigentlich an dir, den Wirt herbeizurufen, das Kind ist seit anderthalb Stunden allein, über Fredi Steiger kannst du auch in der Wohnung nachdenken. Nein, denkt Ferenc, nicht fassbare Erinnerungen haben es an sich, dass sie an einen Moment gebunden sind, jetzt, hier schwebt verdichtete, sonnengewärmte Luft über den Tischen, das müsste man jetzt und hier in den Fokus bekommen, damit das Bild scharf wird. Dann machen wir halt Partnertausch, sagt jetzt der Jasser, der den Bock schon die ganze Zeit zu beruhigen versucht. Partnertausch, Partnertausch, schreit Kari, das mache ich nur auf Geschäftsreisen. So, Kari, jetzt hörst du aber auf, sagt der vierte Jasser, der bisher geschwiegen hat. Das hätte er nicht sagen sollen. Erstens, weil sich Kari nichts befehlen lässt, er redet, wie's ihm passt, und jetzt hat er genug, er geht nach Hause, Lieber, zahlen, sie können ihn alle am Arsch lecken. Zweitens, weil in dem Geschrei das Stichwort Geschäftsreise gleich wieder untergeht, obwohl es Ferenc auf der Suche nach Fredi Steigers Identität geholfen hätte. Immerhin holt der Lärm Frau Lieber aus der Küche, sie zapft die Stange für den Gast an Tisch drei selber und sagt im Vorbeigehen zu Lieber: Tisch fünf will zahlen. Und auch wenn Kari sagt: Nein, zuerst zahle ich, kann der Wirt vorzeitig abspringen, denn Kari macht seinerseits den Fehler zu sagen, vier seiner neun Biere zahle zur Strafe der Seppi, und da hört bei Seppi der Spaß auf, so war es nicht abgemacht, der Wirt kann also in der Deckung des Streits bei Herrn Schalk einkassieren. Ihr müsst entschuldigen, sagt er zu ihm, es geht heute Abend ein bisschen strub zu. Ferenc hält mit dem abwesenden Lächeln eine Zehnfrankennote hin. Der Wirt rechnet zusammen: Tagessuppe, ein Franken, Bratwurst mit Rösti, drei Franken zehn, zwei Biere, siebzig Rappen. Vier Franken achtzig, sagt er. Geben Sie mir auf sieben heraus, sagt Ferenc. Wie?, sagt der Wirt. Geben Sie mir drei Franken heraus, sagt Ferenc. Sie müssen nicht so viel Trinkgeld geben, sagt der Wirt. Schon gut, sagt Ferenc. Merci vielmals, sagt der Wirt, hoffentlich war es recht. Ferenc lächelt nur wieder abwesend. So, los jetzt, Feri, geh nach Hause, allein schon, weil hier der Streit auf den Gast an Tisch drei übergreift, offenbar ein Bekannter, man ruft ihn, obwohl er erst gekommen ist, über zwei Tische hinweg als Zeugen an, und zu allem Überfluss heißt auch er Seppi, das wird jetzt doch zu viel. Ferenc steht auf. Steigers wollen ebenfalls zahlen, denen ist es auch zu laut, doch der Wirt muss zuerst zu Kari Meier zurück: Lieber, gottverdammtnochmal, läuft einfach davon, wenn ich zahlen will, das hätte mir der von Arx auch nicht geboten. So verpassen sich Steigers und Ferenc, obwohl Ferenc vor der Tür unter dem Vordach stehenbleibt, das gießt ja in Strömen, es war doch ein netter Frühlingsabend, verflucht noch mal, warten wir einen Moment, das hört bestimmt gleich auf. Nein, Feri, geh jetzt, so rasch hört das nicht auf, die dreißig Meter schaffst du auch so, du kannst ja oben gleich etwas Trockenes anziehen. Na schön, denkt Ferenc. Er geht aufs Haus zu, nicht schneller als sonst, die alte englische Jacke, die er nur noch nach Feierabend trägt, beginnt nach nasser Wolle zu riechen. Er macht die Haustür auf.

Morgen danach. Um acht beginnen die Arbeiten wieder, es regnet gerade nicht, aber alles ist nass, der Schutt hat sich mit dem Schlamm verklebt, und es wird bestimmt wieder regnen, dunkelgrau, wie der Himmel ist. Wir machen heute Vormittag keine Pause, sagt der Vorarbeiter, hätten wir gestern weitermachen dürfen, wären wir jetzt durch, aber die wissen ja nicht, was sie wollen. Erich hat den Lastwagen an die Stelle gefahren, wo die Hundehütte und der Schuppen standen, sie laden Bretter und die zersägten Birnbäume auf, Erich muss zwischendurch vor- und rückwärts manövrieren und stellt den Motor die ganze Zeit nicht ab, über dem Grundstück liegt Dieselgestank. Auch im Laden des Neubaus, da kommt der Gestank durchs offene Fenster des Warenlagers herein. Herr Ming, der Geschäftsführer, hat die automatische Glastür blockiert, damit sie offen bleibt, um den Laden von der Straße her zu durchlüften, aber Frau Bach, die vom Treppenhaus durch die Seitentür kommt, beklagt sich über die Kälte. Herr Ming gibt die Tür frei, sie geht zu und gleich wieder auf, Fräulein Tusch, Weiders Haushälterin, kommt herein und sagt, hier drin werde es einem ja schlecht. Herr Ming sagt nichts, das Warenlagerfenster hat er vorhin schon zugemacht, er braucht auch nichts zu sagen, denn jetzt wird der Lärm draußen so laut, dass man sein eigenes Wort nicht mehr versteht, Presslufbohrer, sie haben einen Presslufbohrer geholt, um die größeren Mauerstücke rascher zu zerkleinern, außerdem fährt gerade Erich mit dem vollen Lastwagen am Haus vorbei auf die Straße. Es sind nicht nur Bretter und die Reste der drei Birnbäume darauf, sondern auch Haus- und Schranktüren, ein Waschbecken, ein halbverbrannter Balken und ein angesengter Stuhl. Erich muss ziemlich lange warten, bis er stadteinwärts auf die Straße einbiegen kann, es herrscht starker Verkehr. Am Fußgängerstreifen muss er schon wieder halten, drei Kinder, ein Junge, zwei Mädchen, wollen über die Straße, die beiden Mädchen mit zwei völlig gleichen geschlossenen Schirmen in der Hand. Erich steht nicht auf der Bremse, sondern lässt die Kupplung schleifen und gibt gleichzeitig Gas.

VI

An diesem Maitag des Jahres 1416 liegt die Mattenwiese in wechselndem Licht, große weiße Wolken ziehen über den Himmel. Seit dem Ausritt vor einem Jahr war niemand mehr da. Das Gras wächst heuer nicht so recht, es wird von Kerbel und Butterblumen verdrängt. Der Bauer, der die Wiese hätte mähen dürfen und sollen, ist im Winter am hitzigen Fieber gestorben. Der Pächter, der den Hof des Bauern übernommen hat, weiß nichts von dem Recht, das auf mündlicher Abmachung beruhte. Die vier Kinder des Bauern sind seit längerem tot, wo seine Frau hingeraten ist, weiß man nicht. So wird die Mattenwiese vernachlässigt, und auch die im vorletzten Winter umgekippte Tanne steckt noch zwischen den Stämmen des Wäldchens. Schade um das schöne Holz, einen ganzen Winter lang hätte man damit heizen können. Jetzt müsste man durch die hüfthohen Blumen waten, um zum Wäldchen zu gelangen, und dann kommt man doch nicht hinein, so dicht ist das Unterholz geworden, Himbeer, Brombeer, Efeu, Stechpalmen, Buchssträucher. Es will ja auch niemand hinein, der Weg zur Wiese ist zugewachsen, die Markierungsstange, die letztes Jahr noch stand, ist im Februar umgekippt. Wegen der Butterblumen leuchtet die Wiese gelb, auch jetzt, da gerade eine Wolke vor der Sonne liegt. Weiter westlich leuchten andere Wiesen ebenfalls gelb, um die kümmert sich auch niemand, während die zum kleinen See abfallenden Hänge vom Schilfschneider, der am Südende des Sees wohnt, hin und wieder gemäht werden. Jetzt hat sich die Wolke vor der Sonne verzogen, die Wiese leuchtet so, dass man kaum draufschauen kann. Da ist der Schatten eines Bussards, der über dem Grundstück kreist. Immer gegen den Uhrzeigersinn. Vor einer Stunde haben ihn vom Wäldchen her zwei krächzende Krähen angegriffen. Der Bussard hat sich unbeeindruckt in die Höhe geschraubt.

Zwei Maitage später, der Himmel ist bedeckt, kalt ist es nicht. In der Luft ein Pfeifen und Zwitschern, der Bussard ist heute nicht da. Die Butterblumen und der Kerbel bewegen sich sachte im kaum spürbaren Wind. Auch heute kommt hier niemand vorbei, weder am Morgen noch am Vormittag noch am Mittag noch am Nachmittag noch am Abend.

Am späteren Abend dieses Maitags, jetzt nieselt es, kriecht ein Igel am nördlichen Ende des Wäldchens aus dem Unterholz, läuft mit Grunzlauten am Waldrand entlang und verschwindet in der Südecke. Jetzt ist es wieder still.

Wieder Morgen. Erstaunlich schönes Wetter nach der Nieselregennacht, aber der Westwind ist aufgekommen, halten wird das Wetter nicht, doch im Moment ist es strahlend. Das Pfeifen und Zwitschern hört auf. Nur der Wind in den langen schweren Zweigen der Rottannen. Auch zwischen den hohen Stielen des Kerbels und der Butterblumen ist ein leises Windgeräusch. Sonst Stille.

Eine Viertelstunde später, noch dieselbe Stille. Nur das Windgeräusch. Was ist geschehen? Er ist da. Wer? Er. Wer ist er? Der Mächtige. Was für ein Mächtiger? Man sieht ihn nicht, er ist von oben über den Hang gekommen, aber weil die Vögel schweigen und sich die anderen Tiere verkrochen haben, weiß man, dass er da ist. Aber wer ist da? Besser, man nennt ihn nicht, besser warten, bis er sich wieder verzieht, es war ein harter Winter, deshalb kommt er so nah bis vor die Stadt. Ein Wolf, ist es ein Wolf? Wer ihn nennen will, mag das tun, aber er täte es besser nicht. Wo ist er? Er ist von oben über den Hang gekommen, wie gesagt. Dann sitzt er jetzt wahrscheinlich in der Nordostecke des Walds. Es ist nicht nötig, ihn genau zu orten, er ist da, das zu wissen genügt. Ja, er ist da, jetzt, da man das weiß, wird die Stille zu einem lauten Schweigen, das sich auf die ganze Gegend überträgt. Auch über den anderen Wiesen pfeifen die Vögel nicht mehr. Wie lange wird er bleiben? Woher soll man das wissen? Kommt er oft? Nicht oft, wie gesagt, es war ein harter Winter. Wollte der Bauer die Wiese deshalb nicht mähen? Nein, beileibe nicht deshalb nicht.

Spätnachmittag. Von Westen her ist Bewölkung aufgekommen, kaum mehr Wind, die Vögel pfeifen wieder, der Wolf, wenn es ein Wolf war, ist schon vor einigen Stunden abgezogen.

Tag des Heiligen Ubald, Regentag. Die Nässe hat den Kerbel und die Butterblumen zur Seite gebogen, von den schweren Zweigen der Rottannen tropft es. Ein Feuer sollte man haben, aber da ist kein Holz mehr, der Winter war hart. Man sattle mir ein Pferd. Ketsuron? Nein, nicht Ketsuron, den Falken. Der Falke hat keine Eisen. Macht nichts, ich reite nicht in die Stadt. Herr Bernhard, wohin wollt Ihr bei dem Wetter? Herr Bernhard sagt nichts. Herr Bernhard, wohin wollt Ihr?

Eine halbe Stunde ist vergangen. Herr Bernhard ist weg, allein. Nein, keine Begleitung, hat er gesagt, sperrt auch Herrn Manfred in die Küche. Herr Manfred war schon in der Küche, vor dem Herd, der einzigen Feuerstelle, für die es noch Holz gibt. Jetzt sitzt er vor der geschlossenen Tür, bellt manchmal mit einem hohen, scharfen Laut, steht auf, läuft ein paar Mal vor der Tür hin und her, setzt sich wieder hin, starrt reglos darauf. Herr Manfred, wenn Ihr nicht Ruhe gebt, steche ich Euch mit dem großen Messer ab, sagt die Köchin. Nicht bloß im Scherz gesagt, aber auch nicht ernst gemeint, die Köchin ist ja nicht wahnsinnig geworden. Herrn Bernhards große Peitsche mit der geflochtenen Schnur. Es klopft an der Tür. Kann man hereinkommen?, fragt eine Stimme draußen. Wartet, sagt die Köchin und packt Herrn Manfred am rotledernen Halsband. Jetzt, sagt sie. Herr Petrus kommt herein, sich die Hände reibend. Hoffentlich sieht er die Reste des Fenchelkuchens nicht, denkt die Köchin.

In diesem Moment ist Herr Bernhard schon auf der Anhöhe im Norden der Stadt. Der Falke ist unruhig, jung und unerfahren, scheut er vor jedem regendunklen Ast, vor jedem gebogenen Grasbüschel, vor jedem großen Tropfen, der von einem Zweig fällt. Ist das ein Hasenfuß, denkt Herr Bernhard. Jetzt sind sie auf dem höchsten

Punkt der Anhöhe, dort, wo um 1840 herum jemand eine Linde pflanzt, die bis in die Sechzigerjahre des zwanzigsten Jahrhunderts an der Kreuzung vor der Apotheke steht. Der Pfad, bis hierher unter dem hohen Gras zu erraten, hört auf. Nur noch Gestrüpp, ein paar vereinzelte Tannen und weiter vorn, wo das abfallende Gelände wieder eben wird, die gelb leuchtende Mattenwiese. Der Falke will nicht weiter. Herr Bernhard, den Blick auf das Gelände geheftet, während der Falke links und rechts ausweicht, sucht nach dem günstigsten Weg durch das Gestrüpp. Er wendet den Falken und lässt ihn einen Kreis gehen, dann treibt er ihn geradewegs auf die Stelle zu, wo ihm das Gelände am zugänglichsten erscheint. Der Falke will nicht. Er beginnt sich aufzubäumen. Das fangen wir nicht an, sagt Herr Bernhard. Er treibt dem Falken die langen Rädersporen in die Flanken und schlägt ihn gleichzeitig mit der Gerte auf die Hinterhand. Der Falke ist so überrascht, dass er einen Satz macht, ins Gelände hinein. Dort bleibt er zitternd stehen. Ho-aa, sagt Herr Bernhard und treibt ihn weiter. Der Falke, den Hals gereckt, die Ohren gespitzt, beginnt vorsichtig über das Gelände zu staksen.

Jetzt weiß ich, wo er hin ist, denkt Herr Petrus in diesem Augenblick in der Küche, wo er auf dem Holzstapel neben dem Herd sitzt. Herr Manfred, immer noch auf seinem Posten, schaut sich kurz zu Herrn Petrus um, starrt wieder auf die Tür. Auf die Matte, auf die Matte ist er geritten, denkt Herr Petrus, und es wird ihm einen Augenblick schwindlig. O Gott, o Gott. Herr Petrus bekreuzigt sich. Dem sein Kopf ist nicht richtig, denkt die Köchin, die im Mörser Wein-, Wacholder- und Lorbeeren zu einem Brei stampft. Gebt mir zu trinken, sagt Herr Petrus. Die Köchin lässt den Stößel los und macht mit der Hand eine wegwerfende Bewegung. Geht aber doch zum Wasserkrug, schöpft Wasser, hält Herrn Petrus die Schöpfkelle hin. Er trinkt ein paar Schlucke, wischt sich mit dem Ärmel den Mund und auch die feuchten Augen ab. O Gott, o Gott, sagt er.

Seine Besorgnis ist aber unnötig. Der Falke hat vor der gelben Wiese eine solche Angst, dass Herr Bernhard nicht näher an sie herankommt als bis dort, wo später die Straßenbahn- und noch später die Trolleybushaltestelle ist. Der Falke stolpert fast bei jedem Schritt, er dampft vor Schweiß und lässt Pferdeäpfel fallen. Das hat keinen Sinn, denkt Herr Bernhard. Er lässt den Falken um eine Hagenbuchenstaude herumgehen und ist darauf gefasst, dass das Pferd, sobald es nach Süden ausgerichtet ist, losgaloppieren will, heimwärts. Er hält es zurück, im Schritt, obwohl Trab besser wäre, aber so wie der Falke den Kopf verloren hat, würde er wahrscheinlich über den nächsten Strauch stolpern und stürzen. Dann, ja, dann gute Nacht. Hätte ich doch Ketsuron nehmen sollen?, denkt Herr Bernhard.

Das war am frühen Nachmittag. Gegen die neunte Stunde ist Herr Manfred in der Küche mit den Vorderpfoten gegen die Tür gesprungen und hat gejault und gebellt. Gott sei Dank, Gott sei Dank, hat Herr Petrus, immer noch auf dem Holzstapel neben dem Herd, gesagt und sich bekreuzigt. Wenn sich Herr Manfred so aufführt, kann man sicher sein, dass Herr Bernhard auf dem Heimweg ist, vielleicht unterwegs über den Südhang der Anhöhe, vielleicht schon eingeritten durch das Nordtor. Kurz darauf kam Herr Bernhard auf den Hof geritten, Herr Manfred war nicht mehr zu bremsen. Als die dunkle Gestalt eines Reiters über die Glasrauten des Fensters holperte, mussten sie ihn aus der Küche lassen, es ging nicht anders, er hätte die ganze Tür zerkratzt. Herr Bernhard fiel fast vom Pferd, als der Hund gerast kam und der Falke mit einem Satz seitwärts auswich.

Jetzt sitzt auch Herr Bernhard in der Küche, vor dem Herd, im Untergewand. Sein Obergewand und sein Mantel sind zum Trocknen aufgehängt. Herr Manfred schläft zu seinen Füßen. Herr Petrus sitzt auf dem Holzstapel und weint, die Köchin haben sie hinausgeschickt. Soll man sich von Träumen beeinflussen lassen, ist die Frage. Nein, sagt Herr Bernhard. Aber, sagt Herr Petrus weinend, deshalb seid Ihr doch hinausgeritten, weil Ihr geträumt habt, der Mörder laufe über die Matte. Ach woher denn, sagt Herr Bernhard. Ich verstehe Euch nicht, sagt Herr Petrus kopfschüttelnd. Die Sache ist wirklich nicht verständlich, denn am Morgen hat Herr Bernhard Herrn Petrus genau diesen Traum erzählt: Wie der Mörder, der vorletzten Winter Herrn Meier umgebracht hat, über die Matte gelaufen sei. Weshalb seid Ihr dann hinausgeritten? Um den Falken auszuprobieren, sagt Herr Bernhard. Ausgerechnet bei diesem Wetter? Herr Petrus hat recht, da stimmt etwas nicht. Der Falke steht schon seit dem Berchtoldstag im Stall, schon im März gab es schöne Tage, schon da hätte Herr Bernhard das Pferd im Gelände ausprobieren können, statt es dem Stallburschen zu überlassen, der es täglich im unteren Garten ein wenig bewegt. Warum wollt Ihr mir nicht sagen, fragt Herr Petrus weinend, was Ihr da gemacht habt, und nicht einmal Herr Manfred hat mitgehen dürfen. Herr Manfred öffnet ein Auge und macht es gleich wieder zu. Herr Bernhard sieht das und muss lachen. Herr Petrus sieht, dass er wegen des Hundes lacht, aber er sagt trotzdem: Es ist nicht recht, dass Ihr über meinen Schmerz lacht. Herr Bernhard schaut ihn lachend an. Jetzt lacht er nicht mehr, sie schweigen. Herr Petrus trocknet sich mit dem Ärmel die Augen. Herr Bernhard sagt: Ich weiß nicht, ob ich den Falken behalte. Auf das Pferd würde ich mich niemals setzen, sagt Herr Petrus. Kunststück, es gibt kaum ein Pferd, auf das er sich setzen würde, wenn es nicht gerade eins ist wie der Enzo von Frau Dorothea, auf dem er letztes Jahr den Frühlingsausflug mitgemacht hat, und auch das nicht ohne Mühe. Der Frühlingsausflug mit dem Halt auf der Matte, Herr Petrus bekreuzigt sich. So schlimm ist der Falke auch wieder nicht, sagt Herr Bernhard lachend. Nicht der Falke, sagt Herr Petrus, die Matte, was habt Ihr auf der Matte gemacht? Herr Bernhard schweigt. Herr Petrus sagt: Heuer mache ich das nicht mit. Was macht Ihr nicht mit? Einen Frühlingsausritt auf die Matte. Es gibt heuer keinen Frühlingsausritt, sagt Herr Bernhard. Warum nicht?, denkt Herr Petrus, aber er wagt nicht zu fragen, das wäre lächerlich, nachdem er schon gesagt hat, er wolle nicht mit. Wovor habt Ihr solche Angst?, fragt Herr Bernhard. Aber Ihr selbst habt doch gesagt: Der Mörder, der vorletzten Winter Herrn Meier umgebracht hat, ist über die Matte gelaufen. Das war ein Traum, sagt Herr Bernhard. Herr Petrus beginnt wieder zu weinen. Was ist mit Euch, fragt Herr Bernhard, wenn ich mich recht erinnere, habt Ihr voriges Jahr auf der Matte zusammen mit den anderen gespottet und gelacht. Ja, aber jetzt habt Ihr den Mörder geträumt, sagt Herr Petrus.

Um die elfte Stunde ärgert sich die Köchin, wie soll sie das Abendessen zubereiten, wenn sie nicht in die Küche hineindarf? Die beiden sind immer noch dort, haben Holz nachgelegt, vom Stall aus, wo die Köchin sitzt, sieht man den rötlichen Widerschein des Feuers über die Rauten des Küchenfensters zucken. Wenn das so weitergeht, will sie es der Frau berichten. Der Stallbursche, zu dem die Köchin das sagt, muss wiehernd lachen, weil er daran denkt, was der Köchin dann blühen würde. Geht nur, sagt er. Aber die Köchin steht nicht von ihrem Strohhaufen auf, sie weiß selbst, was ihr dann blühen würde. Erzählt mir die Geschichte, sagt sie. Der Stallbursche weiß eine Geschichte, von der schönen Rosmarie. Vor vielen Jahren, zurzeit der ersten Schlachten gegen den Österreicher, lebte hier in der Stadt die schöne Rosmarie. Hej. Der Stallbursche unterbricht sich, der Falke hat sich geschüttelt, und das Stroh, das ihm der Bursche unter die Decke gestopft hat, damit das nasse Fell trocknet, ist hinuntergerutscht. Der Bursche geht zum Falken, greift ihm unter die Decke, das Fell ist immer noch feucht, der Bursche stopft das Stroh wieder nach. Also?, sagt die Köchin. An einem schönen Maientag geht Rosmarie mit zwei Freundinnen vor das Stadttor hinaus. Das würde man auch nicht meinen, sagt die Köchin, so wie es heute aussieht. Tatsächlich, da und dort sind Schneeflocken im Regen, von einem schönen Maientag kann nicht die Rede sein. Damals war es anders, sagt der Bursche, alle Blumen blühten, alle Bäume blühten, Rosmarie hatte einen Kranz von Rosen im Haar. Was ist?, fragt die Köchin, weil der Bursche verstummt und zum Haus hinüberblickt. Nichts, sagt der Bursche, und er erzählt die Geschichte ohne weitere Unterbrechung: Wie Rosmarie von einem österreichischen Spitzel, der hinter einer Schlehdornhecke kauert, gesehen wird und wie der dann seinem Hauptmann von ihr erzählt, dem Lutz von Falken, genannt der Falke, der am nächsten Tag auf seinem gescheckten Pferd, einem Pferd wie dem Falken hier, der deswegen der Falke heißt, er ist vom Burschen so genannt worden, auch wenn in der Geschichte ja nicht das Pferd, sondern Herr Lutz der Falke hieß, aber meinetwegen, hat Herr Bernhard gesagt, also: Der Hauptmann Lutz reitet am nächsten Tag so weit wie möglich, will sagen, so lange man ihn und sein geschecktes Pferd vom Luginsland nicht sieht, an die Stadt heran, lässt das Pferd mit seinem Burschen an einem Waldrand zurück und schleicht zusammen mit dem Spitzel bis hinter die Schlehdornhecke, von wo er tatsächlich Rosmarie und ihre Freundinnen erblickt, die wieder da sind, mit frischen Rosen im Haar, sodass sich der Falke vergisst und hinter der Hecke hervorkommt, worauf er gefangen genommen und in den Turm verbracht wird, unter dem die schöne Rosmarie weint und singt, hier sollte der Bursche, das würde zur Geschichte gehören, Rosmaries Lied singen, aber er kann das nicht, jedenfalls weint und singt Rosmarie, weil sie sich in dem Moment, als der Falke in seinem roten Gewand über dem Harnisch hinter der Hecke hervortrat, in ihn verliebt hat, und so geht das Tag für Tag und Jahr für Jahr, Rosmarie verbringt ihre

Jugend unter dem Turm und stirbt dann, früh ergraut, an Kummer. Ende. Die Köchin schluchzt. Der Bursche hat feuchte Augen. Nur Herr Bernhard pflegt an diesem Punkt lachend zu sagen: Fünf von sieben haben Glück gehabt. Man weiß, was er meint, nämlich, dass Rosmaries beide Freundinnen, der Spitzel, der Bursche und das Pferd offenbar ungeschoren davongekommen sind. Besonders der Bursche hat mit dem Schecken ein gutes Geschäft gemacht, sagt jeweils Herr Petrus.

Bald wird die zwölfte Stunde schlagen, Herr Bernhard und Herr Petrus sitzen immer noch in der Küche. Schattenpunkte rutschen über die Glasscheiben des Fensters. Es schneit, sagt Herr Petrus. Herr Bernhard, der ins Feuer geschaut hat, blickt sich um. Ja, sagt er. Habt ihr wegen des schlechten Wetters gesagt, dass es heuer keinen Frühlingsausflug gibt?, fragt Herr Petrus. Nein, sagt Herr Bernhard. Weswegen denn?, denkt Herr Petrus, aber er getraut sich wieder nicht zu fragen. Es ist ihm nicht wohl bei diesem Gespräch. Etwas, das Herr Bernhard gesagt hat, hat ihn aufgewühlt. Was war es schon wieder? Was hat Herr Bernhard von dem Mord an Herrn Meier schon wieder gesagt? Seinen Traum hat er erzählt. Der ging doch so, dass der Mörder über die Mattenwiese läuft. O Gott, denkt Herr Petrus, aber das war es nicht. Als Herr Bernhard zurückkam, hat er gesagt, er habe es mit dem Falken nicht auf die Wiese geschafft, aber das glaube ich ihm nicht. Und nach seiner Rückkehr hat er von Pferden geredet, dass es eins wie Ketsuron kein zweites Mal gibt. Auf den würde ich mich noch weniger setzen, denkt Herr Petrus. Dann hat Herr Bernhard längere Zeit nichts gesagt und ins Feuer geschaut. Dann habe ich etwas gesagt, denkt Herr Petrus, und er hat etwas darauf geantwortet. Was habe ich gesagt? Etwas wegen Ketsuron. Habe ich gesagt, dass ich mich auf den noch weniger setzen würde? Nein, das habe ich bloß gedacht. Was also? Etwas, worüber er gelacht hat. Herr Petrus sieht in einem weiten leeren Raum Ketsuron daherkommen, die Luft ist graugrün. Ah, es hatte etwas mit der Herkunft von Ketsuron zu tun. Wo kommt Ketsuron her? Weiß ich nicht mehr. Doch. Jetzt. Seine Frau. Er hat ihn damals für seine Frau gekauft. Jetzt weiß ich, was ich gesagt habe: Man hat es Eurer Frau bereits zugetragen. Seinen Ritt auf die Matte. Da hat er gelacht und gesagt: Was kümmert mich das, ihr Spinnennetz ist nur gefährlich, solange man es fürchtet. Das war es, was mich aufgewühlt hat, denkt Herr Petrus, dass er weiß, dass sie an Fäden zieht, dass sie gefährlich ist, obwohl ich doch immer gemeint habe, er nehme ihr Tun gar nicht zur Kenntnis, seit Jahren meine ich das, wie beunruhigend, dass auch er weiß, dass sie an einem Spinnennetz arbeitet. Herr Bernhard, verzeiht, sagt Herr Petrus, aber ich bin in großer Unruhe. Ich auch, sagt Herr Bernhard. Das ist ja noch viel schlimmer. Herr Petrus schlägt sich die Hände vors Gesicht und beginnt zu weinen. Herr Bernhard schweigt. Jetzt sagt er: Hört wieder auf. Herr Petrus sagt in seine Hände hinein: Wo man geht und steht, verfängt man sich in ihrem Netz. Ach was, sagt Herr Bernhard verärgert. Warum seid Ihr dann in Unruhe?, fragt Herr Petrus. Herr Bernhard sagt nichts. Herr Petrus nimmt die Hände vom Gesicht, schaut ihn an und sagt: Das ist nicht recht, verzeiht, dass Ihr sagt, Ihr seid in Unruhe, und dann nicht sagt, warum. Das ist wahr, sagt Herr Bernhard. Dann sagt er: Bitte. Frau Dorothea ist in Gefahr, sagt Herr Bernhard. Frau Dorothea. Das ist es also. Wegen Eurer Frau?, fragt Herr Petrus. Vergesst meine Frau, sagt Herr Bernhard ärgerlich. Sie schweigen. Dann fragt Herr Petrus: Seid Ihr deswegen auf die Matte geritten? Ja, sagt Herr Bernhard.

Die Butterblumen sind vom Schnee zu Boden gedrückt, auch auf den Tannen des Wäldchens liegt Schnee, obwohl es jetzt zum Abend hin aufgeklart hat. Wärmer ist es nicht geworden, die Amseln singen in die Schneeluft hinein. Vieles läuft nicht so, wie es laufen sollte. Die Köchin hat nur den Hirsebrei aufwärmen und den Fenchelkuchen hervorholen können, statt den Kapaun zu braten. Die beiden sind immer noch in der Küche, man hat den Tisch hier decken müssen. Der Kapaun läuft auf dem Hühnerhof herum. Dafür hat er ein Haus mit Zimmern und Kammern, dass er den ganzen Tag in der Küche sitzt, hat die Köchin gesagt. Die Magd, die jetzt auch wieder da ist, hat hinter der vorgehaltenen Hand gelacht. Was heißt: auch wieder da? Ja, genau, das ist es, dass die Magd zwischendurch zu der Frau läuft. Wo ist die Frau? Sie wohnt im Haus am Südende des unteren Gartens. Warum? Weil sie und Herr Bernhard geschworen haben, einander nie mehr zu sehen. Warum? Warum, warum, darum. Herr Bernhard sagt, er könne langes blondes Haar und blaue Augen nicht mehr sehen, es werde ihm übel davon. Wehe, wenn man sagt, sie sehe doch aus wie ein Engel. Nur einmal hat das jemand gesagt. Jetzt klatscht Herr Bernhard in die Hände, sein Diener kommt gelaufen. Wo war der die ganze Zeit? Nicht bei der Frau, sondern hinter dem

Holzschuppen, wo er verbotenerweise ein kleines Feuer gemacht hat. Wie soll er denn sonst an seinem Werk weiterschnitzen, feilen und bohren, wenn seine Hände vor Kälte steif sind? Niemand weiß, was aus dem Werk werden soll, er schnitzt seit Monaten daran. Jetzt steht er neben dem Tisch und wartet auf Herrn Bernhards Befehle. Also, wollt Ihr?, fragt Herr Bernhard Herrn Petrus. Wenn Ihr Wert darauf legt, sagt Herr Petrus ohne Begeisterung. Hol das Schachbrett, sagt Herr Bernhard zum Diener. Heilige Maria Muttergottes, denkt die Köchin, die in der Küche schläft, jetzt werden wir sie die ganze Nacht hierhaben. Die Magd lacht nicht mehr. Legt Holz nach, sagt Herr Petrus zur Köchin. Die Köchin schickt die Magd zum Holzschuppen hinaus.

Auch das Schachspiel läuft nicht so, wie es sollte. Herr Petrus hat schon die zweite Partie verloren, obwohl er sonst fast immer gewinnt. Wenn Ihr nicht spielen mögt, hören wir auf, sagt Herr Bernhard. Nein, nein, sagt Herr Petrus. Dann gebt aber Acht, sagt Herr Bernhard, nicht zum ersten Mal. Verzeiht, sagt Herr Petrus, Eure Unruhe überträgt sich auf mich. Ich bin nicht unruhig, sagt Herr Bernhard. Aber das habt Ihr doch gesagt. Ich habe nicht das Schachspiel gemeint, sagt Herr Bernhard. Ich weiß, sagt Herr Petrus. Er wagt nicht, nach Frau Dorothea zu fragen. Was ist mit Frau Dorothea? Ist sie die Geliebte von Herrn Bernhard? Ja. Schwarzhaarig, braunäugig? Nein, auch blauäugig und blond. Reiche Witwe, viel Gold und Land. Gehört ihr etwa auch die Mattenwiese? Ja. Die Hand von Herrn Petrus, die nach dem Bauern greifen wollte, erstarrt in der Luft. Das ist es doch. Die Mattenwiese, von daher droht Frau Dorothea die Gefahr. Herr Bernhard beißt die Zähne zusammen und atmet tief ein, um sich zu beherrschen, denn nichts irritiert ihn so wie diese, wie er es nennt, gauklerhafte Art zu spielen, mit der dramatisch über der Figur schwebenden Hand. Herr Petrus bemerkt seinen Ärger, greift rasch nach dem Bauern und macht einen durchaus richtigen Zug. Gut, sagt Herr Bernhard. Jetzt sagt er: Ich will Euch sagen, wie es ist: Frau Dorothea ist von Ängsten gequält, sie hat mich gebeten, auf die Matte zu reiten und nachzusehen, ob da jemand sein Unwesen treibt, und das habe ich getan oder hätte es getan, wenn der Falke nicht so ein Dummkopf wäre. Ich verstehe, sagt Herr Petrus und denkt: Kein Wort ist wahr, er will mir nicht sagen, was er auf der Matte gemacht hat.

Nacht. Herr Bernhard ist endlich in seinem Zimmer. Er steht auf den Tisch gestützt und schaut in den kalten, rußgeschwärzten Kamin. Das ist keine Maiennacht, denkt er. Draußen liegt Schnee, im Kamin sollte ein Feuer brennen. Er klatscht in die Hände, Herr Manfred, der eng zusammengerollt unter dem Tisch geschlafen hat, springt hoch. Der Diener, der in seinen Umhang gewickelt draußen im Flur vor der Tür schläft, kommt herein und verneigt sich. Es ist kalt, sagt Herr Bernhard, mach mir ein Feuer. Es ist kein Holz mehr da, sagt der Diener. Nicht, fragt Herr Bernhard, ich dachte doch, zumindest für jene, die sich ein Feuer machen, wenn sie hinter dem Holzschuppen werken. Der Diener fällt auf die Knie. Lass das, sagt Herr Bernhard. Der Diener steht auf. Geh, sagt Herr Bernhard, hol welches in der Küche, oder wo immer du es jeweils stiehlst. Der Diener verneigt sich und geht rasch hinaus. Hierbleiben, sagt Herr Bernhard zu Herrn Manfred. Herr Bernhard geht die Tür zumachen und denkt dabei: Es ist Zeit, sich dem Herrn des Todes vorzustellen. Er geht händereibend zum Fenster, macht den in Blei gefassten kleinen Flügel auf. Feuchtkalte Luft kommt herein, das Licht auf dem Tisch beginnt zu flackern. Herr Manfred rennt herbei, stellt sich auf die Hinterläufe, schnüffelt hinaus, schlägt die Ohren zurück, wendet den Kopf ab, lässt sich auf die Vorderläufe fallen und läuft wieder unter den Tisch. Was ist, Herr Manfred? Herr Bernhard bückt sich ein wenig, um unter den Tisch zu sehen. Herr Manfred erwidert den Blick, ohne mit dem Schwanz zu wedeln, wie er es sonst tut, wenn ihn Herr Bernhard anschaut. Was ist?, fragt Herr Bernhard noch einmal und wendet sich wieder zum Fenster. Am Himmel sind ein paar Sterne sichtbar, zwischen großen weißen Wolkenfetzen. Was mag die Uhr geschlagen haben? Etwa die dritte Stunde nach Matutin, der zweite Frühlingshalbmond ist am Untergehen, deshalb sind die Wolken gerade noch beleuchtet. Auch vom Schnee kommt Helligkeit. Herr Bernhard schaut hinauf, sieht, wie sich die Fetzen an den Wolkenrändern verziehen. Jetzt, denkt er. Jetzt schiebt sich ein Wolkenschleier vor die Sterne. Jetzt wird er ganz dünn. Jetzt sieht man die Sterne wieder. So ist der Herr des Todes, denkt Herr Bernhard. Er verneigt sich ein wenig, richtet sich wieder auf, steht gerader als vorher. Er denkt: Wo bleibt er mit dem Holz? Es ist kalt. Herr Bernhard blickt wieder zu den Wolken hinauf. Herr des Todes, denkt er, dein Augenblick ist gekommen, aber nicht, weil die Welt wieder unter Schnee und Eis liegt, und auch nicht, weil sie von

Osten kommen werden, wie es der lahme Wahrsager der Frau vorausgesagt hat, die es glaubt, wie sie alles glaubt in ihren gegen den bösen Blick immer wieder frisch gekalkten, von Weihrauch und noch von einem anderen, wie Dreck und Honig riechenden Rauch durchzogenen, weitgehend leeren Räumen, nein, nicht deswegen ist der Augenblick des Herrn des Todes gekommen, trotzdem es Herrn Bernhard kurz schaudert, aber auch nicht, weil der Propst in der Stadt Leute anwirbt, um gegen die Gottlosigkeit vorzugehen, gegen gottferne Lebensführung und unrechtes Tun in einer Osternacht, als Herr Bernhard und zwei andere Reiter den Wächter des Nordtors zwangen, das Tor aufzumachen und sie hinauszulassen, ins Land hinaus, wo sich ihre Umrisse in der Dunkelheit verloren, während die Christenheit halb ohnmächtig vor Ehrfurcht auf die Verkündigung der Auferstehung wartete und in der gespannten Stille hörte, wie in der Entfernung das Nordtor auf- und zuging. Verrat, da hat der Wächter, der Abegglen Toni, den Feind hereingelassen. Dolche einstecken, hinaus aus der Kirche, Lanzen holen, auf zum Nordtor. Dort wurde dem Abegglen die Schulter durchbohrt, bevor er herausbringen konnte, wer ihn gezwungen hatte, das Tor zu öffnen. Aber das ist es nicht, obwohl man auch jetzt um die Propstei herum im Schnee Schritte hören könnte, wie fast jede Nacht nach Matutin, wenn der Propst wieder einmal die Aufgaben verteilt, die ein jeder bei der Beschlagnahmung der Güter der drei Osternachtsreiter übernehmen soll. Herr Bernhard muss kurz lachen. Nein, das ist es wirklich nicht. Warum ist dann der Augenblick des Herrn des Todes gekommen? Weil er immer gekommen ist, denkt Herr Bernhard und lehnt sich hinaus. Sind auch da Schritte im Schnee? Der Diener mit dem Holz? Herr Manfred kommt wieder zum Fenster, stellt sich auf die Hinterläufe, knurrt hinaus. Ruhig, Herr Manfred. Herr Bernhard geht zum Tisch, bläst das Licht aus, kommt wieder zum Fenster, lehnt sich wieder hinaus. Ja, Schritte. Aber es kann nicht der Diener sein, der wäre schon beim Haus. Herr Bernhard blickt zum Himmel auf, es hat die Wolken weiter auseinandergezogen, mehr Sterne sind sichtbar. Trotzdem sieht man nicht, wer da geht. Jetzt blickt Herr Manfred nach links, nach Osten. Also doch, von dort kommen sie, und der da geht, ist eine Vorhut? Herr Bernhard lehnt sich hinaus. Ja, da kommt noch einer. Herr Manfred knurrt, verstummt, wedelt mit dem Schwanz. Die sich von Osten her mühsam vorwärtsbewegende unförmige Gestalt ist der Diener mit einem Arm voll Holz. Wo hat er das geholt? Herr Bernhard will ihn anrufen, aber jetzt löst sich rechts die andere Gestalt aus dem Dunkeln. Herr Manfred wedelt stärker mit dem Schwanz. Kann das sein?, denkt Herr Bernhard.

Ja, es kann sein. Ich weiß es, denkt Herr Bernhard. Der, der einen am meisten zu lieben meint, verrät einen am schnellsten. Er verrät einen am Tag, wenn er in der Stadt um eine aufklappbare Nuss aus Silber oder um ein Säckchen echter Haselnüsse feilscht, während er davon redet, dass sich sein Herr und Freund und Gönner damit die langen Nächte vertreiben mag, und er verrät einen in der Nacht, weil er für die Tage, die kommen werden, etwas vorhat. Was hat er vor? Herr Bernhard sieht, wie der Diener das Holz vorsichtig zu Boden lässt, er kniet sich sogar in den Schnee, damit die Scheite keinen Laut geben, trotzdem hört man sie trocken aufeinandersacken. Herr Manfred, immer noch auf den Hinterläufen am Fenster, schlägt die Ohren zurück. Jetzt steht der Diener auf, die andere Gestalt tritt nah an ihn heran.

Unter jedem Schritt im Schnee, unter jedem Knacken, wenn man dabei einen Zweig entzweitritt, hinter jedem Rascheln der Falten eines Gewands, dem Knirschen eines Gurts aus Leder, jenseits des Wieherns eines Pferdes in der Entfernung, was immer das für ein Pferd sein mag, das um diese Zeit da in der Richtung des Sees wiehert, ist Schweigen, aber, denkt Herr Bernhard, zuweilen ist es gnädiger und großzügiger, wenn man etwas sagt. Er räuspert sich. Herr Manfred blickt kurz zu ihm auf, die beiden dort unten hingegen hören es nicht. Herr Petrus, sagt Herr Bernhard. Sie hören es nicht. Herr Petrus, sagt Herr Bernhard lauter. Sie hören es nicht, aber sie hören zu reden auf. Herr Petrus, sagt Herr Bernhard noch einmal. Die Gestalt, die von rechts gekommen ist, schaut herüber. Scheint nichts zu sehen. Herr Petrus, sagt Herr Bernhard. Die Gestalt beginnt unsicher heranzukommen, man hört wieder ihre Schritte im Schnee. Sie kommt nicht geradewegs in Richtung des Fensters, sondern steuert einen Punkt weiter links an, sieht wahrscheinlich das Haus kaum. Jetzt ist sie etwa zehn Schritte von der Hauswand entfernt, Herr Manfred beginnt zu winseln. Die Gestalt bleibt stehen, wendet den Kopf nach dem Laut, korrigiert ihre Richtung. Streckt den Arm aus, um nicht gegen die Wand zu laufen, blickt zum Fenster auf. Herr Bernhard, seid Ihr das, habt Ihr mich gerufen? Herr Bernhard sagt nichts. Die Zeit, die einer im Dunkeln für seine zögernden Schritte braucht, stellt das Schweigen wieder her. Herr Bernhard? Da will einer eine Antwort, sagt Herr Bernhard zu sich selbst, du hast ihn gerufen, rede zu ihm. Der andere schaut zu ihm auf, aber es ist nicht sicher, dass er ihn sieht. Herr Bernhard blickt zum Himmel. Noch mehr Sterne zwischen ausgefransten Wolkenstreifen. Wie schwer ist es, aus dem Schweigen aufzutauchen? Schwer. Herr Bernhard räuspert sich noch einmal. Herr Manfred wedelt erwartungsvoll mit dem Schwanz. Herr Bernhard, Ihr habt keine Wahl, sagt sich Herr Bernhard. Herr Petrus, sagt er, wie kommt es, dass Ihr Euch nachts allein in den Garten traut?

Die erste Stunde vor der Frühmesse. Herr Bernhard und Herr Petrus sitzen am Feuer, das der Diener im Kamin gemacht hat. Der Diener schläft in seinen Umhang gewickelt vor der Tür im Flur. Herr Manfred schläft zu Herrn Bernhards Füßen. Sie schweigen, aber von der zweiten bis zur ersten Stunde vor der Frühmesse haben sie geredet. Was? Herr Petrus hat, selbstverständlich weinend, erzählt, es habe ihm geträumt, er müsse in den Garten hinaus, um aus Schnee eine Figur zu formen, Maienschnee, habe ihm eine Stimme gesagt, schützt den, der aus Maienschnee besteht. Schlecht erfunden, hat Herr Bernhard gedacht, warum fällt ihm nichts Besseres ein? Gefragt hat er: Und wessen Figur habt Ihr geformt? Eure, hat Herr Petrus weinend gesagt. Meine, hat Herr Bernhard gesagt, um mit dem Reden in Übung zu bleiben. Ja, hat Herr Petrus weinend gesagt. So geht das nicht, hat Herr Bernhard gedacht, er muss in vollständigen Sätzen antworten, sonst verlieren sich die Wörter. Und warum habt

Ihr das getan?, hat er gefragt und gedacht: keine schlaue Frage. Wie könnt Ihr so etwas fragen, hat Herr Petrus schluchzend gesagt. Eben. Herr Bernhard hat ins Feuer geblickt, das da noch hell loderte, während jetzt nur noch kleine Flammen an den verkohlten Scheiten entlangflackern. Ach, hat Herr Bernhard gedacht und auf die noch von den Flammen wegspringenden Feuerzungen und Funken geblickt, genügt das nicht schon? Auch Herr Petrus blickte auf die Funken. Wenn er, hat Herr Bernhard gedacht, aus Angst dabei war, mich zu hintergehen, so wäre das hiermit verhindert, und die Sache ist getan. Er hat auf Herrn Petrus' vor Tränen und Schweiß glänzendes, aber auch so noch schönes Profil mit der geraden Nase und den geschwungenen Lippen geschaut und gedacht: Auch er sollte sich dem Herrn des Todes vorstellen. Worauf er gesagt hat: Ihr braucht mir nicht zu sagen, was Ihr im Garten gemacht habt, meine Liebe zu euch wird dadurch nicht vermindert. Herr Petrus hat nichts gesagt, sondern weitergeweint und ist näher zum Feuer gerückt. Passt auf, hat Herr Bernhard gesagt. Mir ist kalt, hat Herr Petrus gesagt, die Welt ist kalt, wenn Ihr mir nicht glaubt.

Das Gesindel, die hauslosen Krüppel und die Huren sind in diesen Stunden vor der Morgendämmerung außer Rand und Band. Das Feuer in Soders Kneipe ist abgebrannt. Zwar dringt ein schwacher Schein von den beiden Talglichtern durch die einzige Fensteröffnung auf die Gasse, aber der bestochene Nachtwächter, Flüher Hansheinrich, macht einen Bogen um den Ort. Was heißt außer Rand und Band? Es kommt kein Lärm aus der Kneipe, drinnen ist das Schnarchen der unter den Tisch Gefallenen das lauteste Geräusch, man hört es sogar, wenn der grüne Vogel aus dem Orient aus dem Schlaf hochschreckt und sein Gefieder schüttelt. Erst mit der Zeit gewöhnt sich das Ohr an das Gemurmel, das von dem monotonen Singsang des beinlosen Walter unterlegt ist. Was reden die da? Verschwörung? Nein, aber um einen Plan geht es, das ja. Den Schatz will man sich holen. Den Schatz? Ja, die vom Feind versteckte oder fallen gelassene Beute, da draußen im Land. Wo? He, halt da draußen auf den Fluren. Jesses, da ist doch das Tier. Dann nehmen wir das mit, sagt Paul der Kneter und steht halb auf, um sich den dreibeinigen Schemel unter dem Hintern wegzuziehen und in der Luft zu schwingen, bevor er, der Kneter, auf den Boden fällt und liegen bleibt. Knüppel und Lanzen und Spieße und Speere braucht es, sagt einer, der gestern Gott weiß wie durch das Westtor gekommen ist. Der Grüsch, der Tagelöhner, lacht zahn- und lautlos: Knüppel und Lanzen, woher nehmen? Der Beinlose rutscht singend näher. Hört zu singen auf, sagt: Von meinem Anteil kaufe ich die Matte. Das Gemurmel bricht ab. Man hört nur noch das Schnarchen. Man starrt den Beinlosen an. Stille. Wenn man die Ohren anstrengt, kann man weit weg, beim nordwestlichen Teil der Stadtmauer, den Nachtwächter rufen hören. Jetzt ist es wieder still. Kneipenwirt Soder bekreuzigt sich. Die, die im Halbdunkeln die Bewegung gesehen haben, bekreuzigen sich auch. Der Beinlose beginnt wieder seinen Singsang. Geh, sagt Soder zu ihm, geh weg aus meiner Kneipe. Der Beinlose blickt ihn kurz an und rutscht singend etwas weiter weg. Der Habersucher greift der Mariakäthi an die Brüste, sie reißt die Männerhand weg, bekreuzigt sich, berührt mit zwei

V-förmig ausgestreckten Fingern den Boden. Andere tun das auch. Das Gemurmel setzt wieder ein.

Ja, die Stunde vor der Morgendämmerung. Wieder Schritte im Schnee. Man hat die Küchentür auf- und zugehen hören, die Köchin und die Magd stapfen mit einer Laterne zur Frühmesse. Herr Petrus macht eine verächtliche Handbewegung. Herr Bernhard lächelt kurz. Das Feuer ist abgebrannt, es ist wieder kalt. Ich habe von der vierten Stunde der Nacht bis jetzt geschwiegen, denkt Herr Petrus, bald bricht der Tag an, jetzt frage ich. Er fragt: Warum gibt es heuer keinen Frühlingsausritt? Herr Bernhard schweigt. Herr Manfred, auf der Seite liegend, zuckt mit den Läufen und winselt und kläfft mit hoher Stimme. Was träumt er?, denkt Herr Petrus erschrocken. Jetzt liegt Herr Manfred wieder still. Habt Ihr etwas gesagt?, fragt Herr Bernhard. Nein, ist Herr Petrus versucht zu sagen, aber er sagt doch: Ich habe, verzeiht, gefragt, warum es heuer keinen Frühlingsausritt gibt. Herr Bernhard lacht. Geht das in Eurem Kopf herum?, fragt er. Ja, sagt Herr Petrus, verzeiht. Ich dachte, Ihr wüsstet es, sagt Herr Bernhard. Der Mörder?, fragt Herr Petrus und zieht die Arme unter den Umhang zurück. Herr Bernhard schweigt, man kann nicht sehen, was er für ein Gesicht macht. Herr Petrus seufzt. Habt keine Angst, sagt Herr Bernhard. Herr Bernhard, verzeiht, sagt Herr Petrus, wie kann ich wissen, warum es heuer keinen Frühlingsausritt gibt? Wisst Ihr es nicht?, fragt Herr Bernhard. Nein. Umso besser, will Herr Bernhard sagen, aber dann fragt er doch: Habt Ihr denn vergessen, wie es letztes Jahr dort war? Wie war es dort?, denkt Herr Petrus. Er sagt: Wenn ich mich recht erinnere, war es schön, Herr Rufus hat zur Laute gesungen. Hm, sagt Herr Bernhard. Was weiß ich nicht, Herr Bernhard, verzeiht. Herr Bernhard zieht den Umhang enger um sich. Alles, denkt er, ist in eine alte Zeit hinausgeredet, aber noch sitzen wir da. Er schaut kurz zu Herrn Petrus hinüber und sieht hinter den Scheiben des Fensters ein fahles Licht. Der Morgen kommt, denkt Herr Bernhard, was will er wissen? Was wollt Ihr wissen?, fragt er. Was ich nicht weiß, will Herr Petrus sagen, aber er denkt daran, dass Herr Bernhard Wortspiele hasst. Herr Petrus sagt: Verzeiht, ich erinnere mich nicht mehr, was letztes Jahr auf der Matte geschah. Geht, sagt Herr Bernhard, holt den Diener, er wird es Euch sagen.

Der Tag ist angebrochen, wolkenlos, im Zimmer ist niemand, das kleine Fenster im großen Fenster steht offen, schallender Vogelgesang kommt herein. Was hat der Diener gesagt? Nichts. Er war nicht da, als Herr Petrus ihn holen wollte. Herr Petrus hat sich schweigend wieder neben Herrn Bernhard gesetzt. In dem Augenblick begann die erste Amsel zu singen. Herr Petrus hob den Kopf. Ihr solltet den Diener auspeitschen, sagte er. Vielleicht, sagte Herr Bernhard. Vielleicht ist er nicht einmal dort, wo wir denken, sagte Herr Petrus. Doch, der Diener war dort. Wo? Bei seinem Werk halt, hinter dem Holzschuppen. Immer mehr Vögel begannen zu singen, die Scheiben des Fensters waren jetzt bläulich getönt. Herr Petrus blickte hin, ein strahlend schöner Maientag, sagte er. Da fiel ihm der Frühlingsausritt wieder ein. Schade, dass es heuer keinen Frühlingsausritt gibt. Warum nicht, warum nicht? Er blickte Herrn Bernhard an. Herr Bernhard lachte. Warum es heuer keinen Frühlingsausritt gibt, wollt Ihr wissen, nicht wahr? Ja, Herr Bernhard, verzeiht. Was meint Ihr, wo hat der Diener die Feilen und Hämmer und Ahlen und das schöne Holz für sein Werk her? Ja, das habe ich mich auch schon gefragt, sagte Herr Petrus erschrocken. Und, wie habt Ihr Euch geantwortet? Ich dachte, Ihr hättet ihm etwas zugesteckt, Herr Bernhard, verzeiht. Nein, sagte Herr Bernhard lachend, er hat sich selber etwas zugesteckt. Herrn Petrus stockte das Herz. Auf der Matte?, hat er tonlos gefragt. Auf der Matte, hat Herr Bernhard gesagt.

Jetzt steht, wie gesagt, das kleine Fenster offen, man sieht die Sonne auf dem nassen, aber vom Schnee schon befreiten Pflaster des Hofs und auf dem hellgrünen Laub der Buche, die da steht. Herr Bernhard, Herr Petrus und Herr Manfred sitzen in der Küche beim Kaminfeuer und essen Linsenbrei mit Fladen. Das Gebetbuch der Köchin und der Magd liegt auf dem Gestell neben dem Kümmel. Die beiden haben auswendig daraus gebetet, lesen können sie nicht, das Buch war einmal, als noch alles so war, wie es sein sollte, ein Geschenk der Frau. Die Köchin geht mit einem Topf zur Küchentür, macht sie auf, der Vogelgesang kommt schallend herein, die Köchin schüttet das siebenmal verwendete Kochwasser in den kalten, aber schon frühlingshaft riechenden Morgen hinaus. Will die Tür wieder zumachen. Lasst sie offen, sagt Herr Bernhard. Von dort, wo er mit dem Feuer im Rücken sitzt, sieht er auf die sonnenbeschienene Buche. Aber wenn Ihr wollt, sagt er zu Herrn Petrus, reiten wir zwei hinaus. Herrn Petrus überläuft es kalt. Auf die Matte?, fragt er erschrocken.

Nein, ins Land hinaus, sagt Herr Bernhard, fügt aber, weil er Herrn Petrus' Gesicht sieht, hinzu: Es muss nicht sein. Nein, Herr Bernhard, verzeiht, Ihr wisst ja, wie ungeschickt ich zu Pferd bin. Herr Bernhard sagt nichts. Geht zu Frau Dorothea, denkt Herr Petrus, wenn Ihr unbedingt irgendwohin reiten müsst. Ja, sagt Herr Bernhard.

Es geht auf die vierte Stunde des Morgens, vorhin hat man auf dem jetzt trockenen Pflaster des Hofs eisenbeschlagene Hufe gehört, der Bursche hat Ketsuron, rot gezäumt, vorgeführt. Herr Bernhard, ebenfalls rot gekleidet, abgesehen von einem nachtblauen Samtbarett, ist aufgesessen und abgeritten, begleitet von Herrn Manfred. Es ist schon so warm, dass in der Luft der leimig süßliche Geruch der heute aufgeblühten Apfelbäume hängt, obwohl gerade unter ihnen noch Schneeflecken liegen. Sonst ist nicht nur im Hof, sondern auch auf dem Gras des Gartens der Schnee verschwunden. Nur an einer Stelle des Übergangs zwischen Pflaster und Gras steht ein kleiner schmelzender Kegel aus Schnee.

mit Spießen und Lanzen bewaffnet zur Erkundung hinausgeritten sind, überzeugt, dass da nichts ist, weder eine verstümmelte Leiche noch ein Pferdekadaver. Dafür ist die Matte von den Hufen der dreißig Pferde aufgewühlt, es wächst kaum noch ein Halm. Drei Stangen stehen jetzt in den Boden gerammt, je eine für den Burschen und den Falken, eine für den im vorvorigen Winter hier umgebrachten Herrn Meier. Vielleicht ebenfalls vom Wüterich umgebracht oder von einem dem Wüterich gleichenden Mörder, denn auch Herr Meier ist nie gefunden worden, nur seine linke Hand, in der Nordecke der Wiese. Dann war es aber eher das Tier, heißt es, jenes, das nur aus einem Rückgrat und einem Riesenmaul besteht, das hat Herrn Meier und vielleicht doch auch den Burschen und das Pferd verschlungen. Und was ist dann mit der linken Hand?, fragt Herr Bernhard. Ja eben, an der steckten Ringe, einer mit der eingravierten Muttergottes, das hat das Tier abgeschreckt. Schämt Euch, sagt Herr Bernhard, was ist bloß in Euch gefahren? Herr Petrus, der die Gerüchte weitererzählt, blickt beschämt zu Boden. Er hat recht, denkt er. Aber es ist eben doch so, dass der Bauer, der Pächter von Frau Dorothea, mit dem Herr Petrus letztes Jahr hin und wieder sprach, schon wusste, warum er die Matte nicht mähen wollte. Alle sagen das. Und alle sagen auch, dass man die Matte, das, was noch auf ihr wächst, und das Wäldchen und das umliegende Gestrüppland abbrennen sollte, dann wäre die Flur gereinigt von Mördern, Wüterichen, Wölfen, wenn es ein Wolf war, und dem Tier. Bloß schmilzt dann das Gold. Hört auf mit diesem Gold, sagt Herr Bernhard, da ist kein Gold, das hätten die dreißig Mann gesehen. Aber Ihr seid ja auch dagegen, dass die Matte abgebrannt wird, sagt Herr Petrus. Warum sollte ich nicht dagegen sein, jetzt nehmt doch Euren Verstand zusammen, sagt Herr Bernhard. Ihr habt recht, sagt Herr Petrus, verzeiht, ich bin verwirrt von all dem Geschwätz. Dann hört nicht hin, sagt Herr Bernhard. Herr Petrus ringt die Hände. Was ist mit Euch?, fragt Herr Bernhard. Ich fürchte mich, sagt Herr Petrus. Hört, sagt Herr Bernhard, da ist nichts, weder Mörder noch Gold noch Wüterich noch Tier. Wie könnt Ihr das sagen?, fragt Herr Petrus. Ich weiß, was ich weiß, sagt Herr Bernhard. Was wisst Ihr?, fragt Herr Petrus. Herr Bernhard schweigt. Herr Petrus sagt: Herr Bernhard, tut mir das nicht an, verzeiht, sagt mir, was Ihr wisst. Immer redet man zu viel, denkt Herr Bernhard, auch mein Mundwerk ist zu lose. Was wollt Ihr hören?, fragt er. Die Wahrheit, sagt Herr Petrus weinend. Herr Bernhard lacht. Lacht nicht, Herr Bernhard. Und Ihr, weint nicht, es ermüdet mich. Herr Petrus hört zu weinen auf, Herr Manfred, der zu ihren Füßen sitzt und ihn beobachtet hat, entspannt sich, legt sich hin. Manchmal genügt so viel, einem die Zunge zu lösen. Also, sagt Herr Bernhard, Herr Meier hängt seit vorvorigem Winter im Wäldchen von einem Ast. Jesus Maria Muttergottes. Herr Petrus zieht mit einem lauten Geräusch die Luft ein, Herr Manfred springt auf. Herr Petrus bekreuzigt sich. Verflucht noch mal, denkt Herr Bernhard, Platz, sagt er zu Herrn Manfred. Herr Petrus drückt sich die Hände an die Brust. Habt Ihr ihn gesehen?, fragt er. Ja, sagt Herr Bernhard. Als Ihr im Frühjahr auf die Matte rittet? Nein, sagt Herr Bernhard, ich habe Euch doch erzählt, dass man mit dem Falken da nicht hinkam. Der Falke, der ist ja auch weg, o Gott, Herr Petrus ist versucht, sich wieder zu bekreuzigen, unterlässt es aber. Wann habt Ihr ihn gesehen?, fragt er. Das ist gleichgültig, sagt Herr Bernhard, nehmt mein Wort, dass ich ihn gesehen habe. Tot? Wer von einem Ast hängt, ist das meistens. Wann, wann hat er ihn gesehen?, fragt sich Herr Petrus, doch nicht etwa bei dem Frühlingsausritt im vorigen Jahr, aber da ist niemand ins Wäldchen hineingegangen, man darf ihn nicht fragen. Herr Meier hat sich wohl selber erhängt, also war es wenigstens kein Mord, eine Sekunde lang scheint alles in Ordnung, nein, der Falke und der Bursche, die sind ja auch weg. Und der Falke und der Bursche?, fragt Herr Petrus. Was hat das damit zu tun?, fragt Herr Bernhard. Die Matte, sagt Herr Petrus, die sind auch auf der Matte verschwunden. Wenn man ihm den kleinen Finger reicht, denkt Herr Bernhard, hätte ich bloß den Mund gehalten. Die sind verschwunden, sagt er verärgert, und wem ist das zu verdanken? Wem?, fragt Herr Petrus. Euch, sagt Herr Bernhard, habt nicht Ihr am Ende seiner Geschichte, dieser Geschichte von Rosmarie, immer gesagt, der Bursche habe mit dem Schecken ein gutes Geschäft gemacht, Ihr habt ihm nahegelegt, mit dem Falken zu verschwinden. O Gott, verzeiht, sagt Herr Petrus, ich rede zu viel. Er versucht, Herrn Bernhards Hand zu küssen. Herr Bernhard reißt sie zurück. Das kann man wohl sagen, sagt er. Ich aber auch, denkt er. Auch wegen Herrn Meier werdet Ihr den Mund nicht halten, sagt er. Doch, ich schwöre es Euch. Schwört nicht, sagt Herr Bernhard gereizt, lasst mich jetzt in Ruhe. Das ist, wie man weiß, das augenblickliche Ende eines jeden Gesprächs.

Es ist der Nachmittag dieses Novembertags, ein junger Mann rennt atemlos durchs Nordtor herein. Es brennt, es brennt, schreit er. Es brennt. Wo? Wo? Auf der Matte, wo sonst, sagt jemand. Die Matte brennt.

Jetzt, eine Viertelstunde später, weiß es die ganze Stadt. Die Matte brennt. Man klettert auf den Luginsland, man steigt auf die Stadtmauer, man geht vors Nordtor hinaus, aber man sieht nichts, weder Rauch noch Flammenschein, dafür ist es auch noch zu hell. Wo ist der junge Mann, der die Nachricht gebracht hat? Kari Soder heißt er. Ja, aber wo ist er? Verschwunden. Herrgottsakrament. Da ist sein Freund, der Jürg. Wo ist der Kari? Weiß ich nicht, sagt Jürg. Er lügt, er weiß, wo Kari ist. Bei Katrin Anna Kestal, die zum ersten Mal im Leben nackt vor einem Mann liegt. Was muss ich jetzt machen, denkt sie, die Schenkel spreizen?

Eine Stunde ist vergangen. Es beginnt zu dämmern, aber man sieht immer noch nichts, im Norden ist der Himmel so dunkelgrau wie im Süden und Osten, während im Westen die untergehende Sonne den Wolkenrand rötlich färbt. Einige meinen jedoch, Rauch zu riechen. Man kann die Unvernunft auch zu weit treiben, denkt Herr Bernhard, der sich einen Augenblick überlegt hat, ob er zur Matte hinausreiten soll. In einer halben Stunde ist es dunkel. Wenigstens hat sich Herr Petrus zurückgezogen, schluchzt nicht da herum. Herr Manfred ist bei der Köchin in der Küche. Herr Bernhard klatscht in die Hände. Herr Manfred kommt gerannt, hinter ihm der Diener. Geh, sag dem Burschen, dass er morgen vor Sonnenaufgang Ketsuron satteln soll. Der Diener verbeugt sich. Und sorg dafür, dass Herr Manfred nicht mitkommt. Herr Manfred legt sich flach auf den Bauch, den Kopf zwischen den Vorderläufen, und schielt zu Herrn Bernhard hinauf. Schon wieder, denkt der Diener, während er hinausgeht, um dem Burschen, dem anderen, der noch da ist, den Auftrag auszurichten.

Herrn Bernhards Morgenritt. Abschied von Herrn Manfred, aus einem Blick und einem kurzen Nicken bestehend, während sich Herr Petrus immer noch nicht zu zeigen wagte. Herr Bernhard ist bei fahler werdendem Dunkel zum Nordtor geritten, von dem der Wächter den Riegel wegzuziehen begann, nachdem er gedacht hatte: der Braune von Herrn Bernhard. Nur einen Augenblick hatte er, als er eisenbeschlagene Hufe auf dem Pflaster hörte, sich gefragt, wer das wohl sei, und gleich darauf den seltsamen Fünftakt von Ketsurons Schritt erkannt. Jetzt hat Herr Bernhard die Stadtmauer hinter sich gelassen und reitet die Anhöhe hinauf. Es ist feuchtkalt, aus dem Pferdemaul steigt Dampf, die Luft riecht moderig und hin und wieder nach Rauch. Nanu, denkt Herr Bernhard. Er lässt Ketsuron antraben, die leichte Steigung ist kein Problem für ein so starkes Pferd. Die Luft riecht nur noch nach Moder, vielleicht bläst der Gegenwind den Rauchgeruch weg. Es ist schon so hell, dass man den hier noch vorhandenen Weg erkennen kann. Drum herum das Gestrüpp mit vertrocknenden Blättern, einige mit Beeren, die bei Tageslicht wahrscheinlich rot sind. An einer Stelle ein paar letzte Butterblumen, dicht nebeneinander wie in einem Strauß. Vertrocknetes Gras, da und dort ein wenig Moos. Ketsuron bleibt stehen. Herr Bernhard fällt dem Pferd auf den Hals. Bist du verrückt geworden?, sagt er. Er stützt sich auf und stemmt sich wieder in den Sattel. Treibt das Pferd an. Ketsuron rührt sich nicht, steht mit starr gespitzten Ohren. So, los jetzt, sagt Herr Bernhard. Er treibt das Pferd wieder an. Es rührt sich nicht. Ketsuron, ich bitte dich. Das Pferd dreht das linke Ohr kurz seitwärts, dann wieder nach vorn. Dass der jetzt auch eine solche Komödie beginnt. Aber das ist Ketsuron, er wird seine Gründe haben. Herr Bernhard blickt sich um. Da ist nichts. Kein Laut, kein Geruch, kein Feuer. Ketsuron beginnt langsam rückwärts zu treten. Das geht nun doch zu weit. Herr Bernhard gibt ihm die Sporen. Das Pferd bleibt stehen. Aus dem Gebüsch links fliegt eine Schar Meisen auf, Ketsuron macht vor Schreck einen Satz seitwärts, Herr Bernhard fällt vom Pferd. Ketsuron trabt rechts ins Gestrüpp hinein, bleibt in einiger Entfernung stehen. Ketsuron, komm zurück, sagt Herr Bernhard, während er aufsteht und sich die rechte Hand reibt. Ketsuron macht einen Schritt in seine Richtung, bleibt wieder stehen. So ist das also, denkt Herr Bernhard. So einfach. An einem frühen Novembermorgen wird man vom Wolf geholt, denn er ist es, und wenn er schon so früh so nahe bei der Stadt ist, schreckt er vor nichts zurück. Herr Bernhard zieht mit der schmerzenden Hand den Dolch aus dem Gurt. Aber richtig umfassen kann er ihn nicht.

In der Küche benimmt sich Herr Manfred wie verrückt, bellt, jault, springt mit allen vier Pfoten gleichzeitig gegen die Tür.

Herr Bernhard hat den Dolch wieder zurückgesteckt und wartet. Ketsuron, weiter rechts, wartet auch. Herr Bernhard sieht ihn nicht, spürt aber, dass er noch da ist. Er behält das Gebüsch im Auge, von dem die Meisen aufgeflogen sind. Herr Bernhard. Wer redet da?, Herr Bernhard blickt sich kurz nach beiden Seiten um. Da ist niemand. Auch im Gebüsch rührt sich nichts. Herr Bernhard macht einen vorsichtigen Rückwärtsschritt, in die Richtung, wo Ketsuron steht, und spürt mehr, als dass er hört, wie auch das Pferd einmal rückwärts tritt. Herr Bernhard bleibt stehen. Ketsuron auch. Es ist völlig still. Herr Bernhard. Was ist?, denkt Herr Bernhard. Schaut doch. Ich schaue ja, denkt Herr Bernhard, aber er weiß schon, dass nicht das Gebüsch gemeint ist. Er richtet sich vorsichtig mit dem ganzen Körper nach Westen aus. Da ist es. Glitzerndes Wasser, ein Meer muss das sein, in starkem Mittagssonnenschein. Ach, denkt Herr Bernhard, das ist es jetzt.

Herr Bernhard steht noch an derselben Stelle. Wie viel Zeit wohl vergangen ist? Zehn, zwanzig Minuten? Auch Ketsuron steht noch an derselben Stelle. Im Meisengebüsch knackt etwas. Macht nichts, denkt Herr Bernhard, ich jedenfalls bleibe.

In den Zwanzigerjahren des zwanzigsten Jahrhunderts muss man dem jungen Schacher, der um diese Stunde auch schon auf ist, weil er seit dem Tod der Mutter vor der Schule die Hühner und Kaninchen versorgen muss, zugutehalten, dass auch er das Meer im Westen kennt. Als die Mutter quer über dem Nord-Süd-Pfad in der Wiese lag, mit dem Kopf genau nach Westen, hat der neben ihr kniende Sohn aufgeblickt und es gesehen, wie es mit dunkel schimmernden Wellen gegen den Strand schwappte, nur beleuchtet vom untergehenden Mond, obwohl es kurz nach Mittag war, die Mutter ist während des Mittagessens gestorben. Weggelaufen vom Tisch, auf die Wiese hinaus, dort umgefallen, tot. Niemand außer dem jungen Schacher lief ihr dorthin nach, Vater Schacher tobte am Rand der Wiese, Tineli und Marteli wagten sich nicht aus dem Haus, der Hund sich nicht aus der Hütte. Es war warm, ein schöner Mittag Ende Mai, und der junge Schacher hat gedacht: Am Meer ist es auch in der Nacht warm, und er hat auf die dunkel schimmernde Wassermasse geblickt, bis der Vater vom Rand der Wiese brüllte: Mach etwas!

An diesem Novembermorgen steht der junge Schacher im Hühnerstall und schaut auf die Hühner. Die Hühner schauen zurück, mit schräggelegtem Kopf. Das ist alles. Der junge Schacher steht da, sieht im Licht der Petroleumlampe die Hühner. Sonst nichts. Vorn auf der Straße fährt ein Automobil, sicher der Herr Villiger. Dann wieder nichts mehr. Der junge Schacher schaut die Hühner an, die Hühner schauen mit schräggelegtem Kopf zurück. Blick auf die Hühner, Blick der Hühner zurück. Jetzt ein Gedanke: Ich bin nicht da. Noch einmal: Bin nicht da. Die Hühner auch nicht, die Hühner auch nicht. Nichts ist da. Trotzdem gleichzeitig der Blick auf die Hühner und der Blick der Hühner zurück. Nichts. Das ist nichts. Das ist Trixli, Martelis Lieblingshuhn, aber es ist gleichzeitig nichts. Deshalb ist Trixli so schön. Das denkt der junge Schacher. Dann denkt er wieder nichts mehr. Dieser Novembermorgen. Blick auf die Hühner, Blick der Hühner zurück.

Eine halbe Stunde später. Die Sonne ist aufgegangen, man kann sie sehen, es ist ein leicht bewölkter Tag. Herr Bernhard ist nicht mehr beim Meisengebüsch. Er sitzt auf Ketsuron, der den Weg durchs Gestrüpp mit den jetzt sichtbaren roten Beeren von selber findet, Herr Bernhard hält das Zügelende locker in der linken Hand. Der Wolf, wenn es ein Wolf war, hat ihn nicht geholt. Jetzt, beim Nachhausereiten, spürt er die Wärme der Sonne auf der linken Wange.

Der junge Schacher ist in die Schule unterwegs, ebenfalls südwärts, aber ohne von der Sonne beschienen zu werden, es liegt Nebel über der Stadt. Der Nebel riecht nach Kohlerauch. Was ist das? Da vorn bewegt sich eine Gestalt, nicht vorwärts, sondern sie scheint sich zu blähen und einzuziehen und das Fell zu sträuben. Der junge Schacher bekreuzigt sich. Der Böse, der jetzt hier auf ihn wartet, die Strafe hat er ja verdient. Soll er mich holen, wenn er will, denkt er. Tatsächlich, der Böse kommt näher, indem er sich in seine Richtung bläht. Ich habe es verdient, denkt der junge Schacher. Röbi, ruft der Böse. Es ist der Halter Edwin. Er wartet fast jeden Morgen hier auf den jungen Schacher. Ich weiß etwas, was du nicht weißt, ruft Edwin, als der junge Schacher näher kommt. Der junge Schacher tritt zu Edwin heran, sagt nichts. Sie gehen zusammen weiter, in Richtung der Schule, halten sich, um im Nebel den Weg nicht zu verlieren, an den Trottoirrand. Willst du wissen, was ich weiß?, fragt der

Edwin. Der junge Schacher zuckt mit den Schultern. Edwin sagt: Der Kinderschänder ist verhaftet worden. Was für ein Kinderschänder?, fragt der junge Schacher. Der, der dich geschändet hat, sagt Edwin. Der junge Schacher haut dem Edwin mit der Faust ins Gesicht, dass dem sofort die Nase blutet. Edwin, jähzornig wie alle Halters, springt dem jungen Schacher an die Gurgel und würgt mit beiden Händen mit aller Kraft. Der junge Schacher beginnt zu röcheln und schlägt mit den Fäusten dem Edwin an den Kopf, der den Griff noch verstärkt, ganz nah an den jungen Schacher herantritt, das rechte Bein in seine Beine hakt, ihn zu Fall bringt und auf ihn hinauffällt, was dem jungen Schacher nur deshalb nicht den Schädel bricht, weil er auf seinen pferdefellbespannten Schulranzen fällt. Dem Edwin hat es die Hände weggerissen, dafür drückt er dem jungen Schacher jetzt den blutigen Mund auf die Lippen und hält ihm von oben mit einer Hand die Nase zu. Dem jungen Schacher wird schwarz vor den Augen.

Was für ein schöner Morgen, die leichte Bewölkung hat sich aufgelöst, der ganze Himmel ist von einem hellen Blau. Ketsuron geht nicht auf geradem Weg nach Hause, sondern sucht sich in einem losen Zickzack den besten Weg durchs Gestrüpp. Das ist ein Pferd, das man auch auf unebenem Gelände am langen Zügel reiten kann, es passt selber auf, wohin es tritt. Vielleicht mahnt es sich, hat Herr Bernhard auch schon vermutet, mit dem Fünftakt seines Schritts, mit dem zusätzlichen Aufsetzen des einen Hinterhufs, zur Aufmerksamkeit. Wieso ist Herr Bernhard eigentlich so ungeschoren davongekommen? Weil sich Ketsuron, als Herr Bernhard da beim Gebüsch stand, langsam auf ihn zubewegt hat und weil ein herankommendes Pferd nicht nur eine Reihe von Geräuschen verursacht, das Klicken des Zaumzeugs, das Knirschen des Sattels, das Schlagen eines Hufeisens gegen einen Stein, sondern auch, vor allem wenn es so langsam herankommt, den Eindruck einer stetig wachsenden, immer unerschütterlicheren Masse, und wenn der im Gebüsch Lauernde, wer immer er ist, das wahrnimmt, so macht er sich möglichst leise davon, während ein Herr Bernhard die aneinandergelegten Hände vors Gesicht hebt, sich zum Dank gegen Westen verneigt und sich langsam umdreht. Da steht das Pferd vor ihm.

An diesem Morgen in den Zwanzigerjahren, an dem sich der Nebel nicht auflösen will und der Kohlerauch jetzt mit Holzrauch vermischt ist, kommt Herr Blank des Wegs. Er geht zu Fuß zur Arbeit, bei solchem Nebel fahren die Omnibusse nicht. Da sieht er etwas auf dem Boden, eine fast reglose Masse, sieht dann den Halter Edwin auf dem jungen Schacher liegen. Er denkt: So bis ins Mark verdorben, wie der junge Schacher ist, macht er es hier jetzt mit dem Edwin auf dem Trottoir, im Schutz des Nebels. Ich darf ja nichts sagen, denkt Herr Blank. Er ist letzte Nacht erst um halb zwei nach Hause gekommen. Er geht auf die andere Straßenseite, wird dort vom Nebel verschluckt.

Dieser Herr Blank. Eine halbe Stunde später liegt er in der Altstadt auf Fräulein Frieda Hammerschmied, der er im Takt seiner Stöße ins Ohr redet, was er im Nebel auf der Straße gesehen hat. Und waren sie nackt?, fragt Fräulein Frieda. Noch nicht, keucht Herr Blank, sie waren erst beim Küssen, so. Er streckt Fräulein Frieda die Zunge in den Mund. Fräulein Frieda macht nur kurz mit und wendet dann das Gesicht ab. Möchtest du das auch, fragt sie, kleine Jungen vögeln? Bin doch kein Kinderschänder, keucht Herr Blank, aber dir will ich's einmal in den Arsch besorgen. Das ist für Fräulein Frieda zu viel, es kommt ihr großes Gekreische, von dem es Herrn Blank anders wird wie selten.

In diesem Moment liegt der junge Schacher zu Hause in der Küche auf der Holzbank, bläulich im Gesicht und nicht recht bei Bewusstsein. Der Vater ist draußen mit dem Gewehr unterwegs, um den Halter Edwin zu erschießen. Edwin, der von Frau Gamper mithilfe des zuckerkranken Herrn Schmied vom jungen Schacher weggerissen worden ist und jetzt mit blutverschmiertem Gesicht zu Hause in der Besenkammer sitzt, wäre im Nebel mitten auf der Wiese in größerer Sicherheit, denn seit dem Tod seiner Frau betritt auch Vater Schacher die Wiese nicht mehr. Er ist auf der Straße vorn unterwegs ins »Matte«-Haus, wo Halters wohnen. Man hat den Herrn Weider geholt. Schacher, schreit er von der anderen Straßenseite, was Vater Schacher, in knapp fünfzehn Metern Entfernung, durchaus hört. Er nimmt das Gewehr von der Schulter und zielt in Richtung der Stimme in den Nebel hinein. Schacher, könnt Ihr mich hören? Vater Schacher legt noch genauer an. Schacher, wenn Ihr mich hören könnt, dann hört zu: Ihr könnt das Gold behalten. Vater Schacher hebt den Kopf vom Visier. Er wartet. Auch der Weider wartet. Es ist still, kein Verkehr, außer einem Pferdefuhrwerk weit weg, Vater Schacher legt wieder an. Schacher, habt

Ihr gehört? Vater Schacher schwenkt den Gewehrlauf ein wenig nach links, der Stimme nach, Weider dort drüben bewegt sich offenbar stadtwärts. Ihr könnt das Gold behalten, hört Ihr, ich werde keine Anzeige erstatten. Vater Schacher schaut wieder auf. Das Fuhrwerk kommt näher, jetzt hört man, dass zwei Pferde davorgespannt sind. Es scheint zu halten. Es ist still. Schacher, brüllt Weider aus voller Kehle, ich mache hier nicht lange den Bajass. Schacher tritt einen Schritt zurück, auf den Wiesenrand, und gleich wieder vor aufs Trottoir. Gebt mir das schriftlich, schreit er. Aha, denkt Weider, so ist das also. Was soll ich Euch schriftlich geben?, schreit er. Vater Schacher merkt, dass er einen Fehler gemacht hat. Seich, denkt er. Dass Ihr mich nicht anzeigt, wenn ich den von den Halters erschieße, schreit er, es ist Notwehr. Wir reden vom Gold, Schacher, schreit Weider, vom Gold, das Ihr im Schrank im Schuppen habt. Was für Gold?, schreit Schacher. Unser Gold, schreit Weider, das wisst Ihr genau, deshalb habt Ihr meiner Tante den Schrank abgeluchst. Aha, denken die Bewohnerinnen der beiden Mietshäuser links und rechts der Wiese, die fast alle auf den Balkonen stehen, im Nebel unsichtbar. Vater Schacher schreit: Das ist nicht wahr. Das stimmt, es ist nicht wahr, er hat ihn ihr nicht abgeluchst, sie hat ihn ihm von sich aus gegeben. Warum? Weil sie in den viel jüngeren Schacher verliebt war, noch vor dem Krieg, aber das ist eine andere Geschichte. Jetzt geht es darum, dass Vater Schacher nicht den Weider erschießt, auf den er wieder angelegt hat, auf die Stimme ausgerichtet, und das nicht einmal ungenau. Weider steht still. Das Pferdefuhrwerk in der Distanz setzt sich wieder in Bewegung. Schacher schaut auf. Gebt mir schriftlich, schreit er, dass Ihr das Fernrohr hereinnehmt. Es geht nicht ums Fernrohr, schreit Weider, sondern ums Gold. Schacher wartet. Es geht ums Gold meiner Tante, Ihr könnt es behalten, geht nach Hause. Erst wenn Ihr mir schriftlich gebt, schreit Schacher, dass Ihr aufhört, mir nachzuspionieren. Das hat er sich so gedacht, denkt Weider. Beide warten. Das Fuhrwerk kommt näher, da ist doch nur ein Pferd vorgespannt, hat vorhin nach zwei geklungen, ist aber nur eins, das ist nicht der Baumann. Dem schieße ich eine Kugel durch den Grind, denkt Schacher und meint nach wie vor den Weider. Wo ist er jetzt, denkt Schacher, Scheißnebel. Er schwenkt den Gewehrlauf hin und her. Rechts würde er, wenn er abdrückte, das Pferd treffen, das Fuhrwerk ist schon in Schussweite. Wer ist das?, denken Weider und Schacher gleichzeitig. Weider denkt: Vielleicht der Sonnenhalder mit dem Kuhmist für die Wiese, aber nein, Schacher düngt sie ja nicht mehr. Schacher denkt: Der soll nur schön Laut geben, dann schieße ich ihm eine Kugel durch den Grind. Das Fuhrwerk interessiert ihn nicht mehr. Es kommt aber näher, sodass der Weider noch lauter brüllen muss: Schacher, wenn Ihr nicht sofort nach Hause geht, zeige ich euch nicht wegen dem Gold, sondern wegen etwas anderem an. Da müsst Ihr euch selber aber auch anzeigen, brüllt Schacher. Was? Was ist das?, denkt man auf den Balkonen. Vater Schacher legt wieder an. Doch da ist das Fuhrwerk so nahe, dass er fürchtet, das Pferd gerate ihm ins Schussfeld. Er lässt das Gewehr sinken. Weider läuft, so rasch er im Nebel kann, in seine Villa zurück. Das Fuhrwerk, eine undeutliche Masse in der Straßenmitte, fährt stadteinwärts weiter. Schacher steht und wartet. Nichts.

Er wartet. Nichts. Der Weider ist weg, er spürt es plötzlich. Er schultert das Gewehr und stapft in Richtung des »Matte«-Hauses weiter.

Unterdessen versucht Frau Gamper, den jungen Schacher mit einem nassen Lumpen wiederzubeleben, aber das nützt nicht viel, außer, dass sein Gesicht sauber wird. Sie würde gescheiter das Fenster öffnen, in der Küche liegt kalter Holzrauch. Sag etwas, Röbi, sagt sie. Der junge Schacher sagt etwas, das sie nicht versteht. Was?, fragt Frau Gamper. Der junge Schacher ist aber wieder in seiner Halbohnmacht versunken. Oben blau, unten blau, überall nur blaue Luft. Und doch ist das nicht schön, denn der junge Schacher macht sich Sorgen. Um Herrn Brun. Herr Brun geht da vorn durchs Blau, und sie sind hinter ihm her, sie werden ihn erwischen. Wer ist hinter ihm her? Sie alle. Man sieht sie nicht, aber sie sind da. Herr Brun, passt auf. Er hört es nicht. Röbi, sagt Frau Gamper. Stört mich nicht, Frau Gamper, murmelt der junge Schacher, Herr Brun ist in Gefahr. Was sagst du?, fragt Frau Gamper. Herr Brun wird verfolgt, von rechts kommen sie her, da ist schon einer, einer geht durch das Blau mit angelegtem Gewehr. Der Vater. Der junge Schacher beginnt zu röcheln. Jetzt endlich fällt es Frau Gamper ein, das Fenster aufzumachen. Von draußen kommt der feuchte Nebelgeruch herein. Der junge Schacher atmet etwas leichter. Er riecht nicht den Nebel, er riecht Blumengeruch, wie von den Blumen, die Herr Brun einmal gekauft hat. Herr Brun, passt auf, der Vater hat auf euch angelegt. Herr Brun geht in seinen Damenschuhen, mit weichem, leichtem Schritt, weiter durch das Blau. Das Klappern, das man hört, kommt nicht von seinen Absätzen, sondern von einem Pferd. Da ist irgendwo ein Pferd. Frau Gamper, da ist ein Pferd. He, sagt Frau Gamper, red deutlicher. Herr Brun geht geradewegs durchs Blau, aber trotzdem bewegt der Vater den Gewehrlauf hin und her. Warum tut er das? Wo Gefahr ist, macht man das so. Aber er selbst ist ja die Gefahr. Hoffentlich ist das Pferd schneller, es ist schon nah, aber unsichtbar. Der Vater hat den Finger am Abzug, die anderen, die da sind, die man nicht sieht, warten darauf, dass er abdrückt. Das Pferd soll rascher kommen, warum geht es immer im Schritt? Der junge Schacher versucht mit der Zunge zu schnalzen. Hast Durst?, fragt Frau Gamper. Nein, um Himmels willen, sie soll jetzt nicht aufstehen und das Pferd erschrecken. Der junge Schacher bewegt mit großer Anstrengung den Kopf hin und her. Zum Glück bleibt Frau Gamper sitzen, das Pferd ist ganz nah. Warum sieht man es nicht, den Vater sieht man doch, er schwenkt das Gewehr in Richtung des Hufgeklappers, nein, Vater, auf das Pferd darfst du nicht schießen, das darfst du in alle Ewigkeit nicht. Da ist es. Da ist das Pferd, Man sieht es und kann doch nicht sagen, wie es aussieht, ein Pferd halt. Vater, nein. Ah. Der Vater hat es gehört, er lässt das Gewehr sinken, das Pferd geht weiter, ist schon wieder unsichtbar im Blau, Herr Brun auch, da weit vorn aufgelöst im Blau. Gott sei Lob und Dank.

Es sind schon mehrere Bewohnerinnen des »Matte«-Hauses unterwegs zu Fräulein Zinner. Ob man sie wecken darf? Frau Kellermeister hat gesagt, vielleicht besser nicht, aber sie hat nicht so viel zu sagen, wohnt ja nicht hier, sondern im anderen Mietshaus, war nur auf einen Sprung da und kann jetzt nicht nach Hause, weil der Schacher draußen mit dem Gewehr herumläuft. Die Eingänge des »Matte«-Hauses sind verbarrikadiert. Fräulein Zinner soll sagen, was man machen soll, und vielleicht weiß sie auch Näheres zum Schrank und zu dem, was der Schacher Komisches gesagt hat, dass der Weider sich selbst auch anzeigen müsste. Alle haben das gehört, aus allen Kleidern strömt feuchte Kälte, alle haben auf dem Balkon gestanden. Wer soll bei Fräulein Zinner läuten? Dumm, dass Frau Gamper nicht da ist, die könnte das am besten. Jemand ruft vor der Tür: Fräulein Zinner. Wie sollte sie das hören, wer tagsüber schläft, ist gegen solche Geräusche gefeit. Also doch läuten. Nichts. Noch einmal. Dann noch dreimal, erst jetzt hört es Fräulein Zinner, von der bereits jemand vermutet hat, sie sei vielleicht gestorben, und kommt an die Tür. Ist Krieg?, ruft sie von drinnen. Zum Glück ruft jemand: Sozusagen. Das öffnet die Tür.

Eine Stunde später, die Hausbewohnerinnen geben Fräulein Zinner zum Abschied die Hand. Was haben sie erfahren? Nicht viel. Fräulein Zinner hat fast die ganze Zeit damit verbracht, mit dem Schacher zu reden. Durch die Wirtshaustür, an die Schacher gepoltert hat. Mit dem Karabiner habe ich schon durch ganz anderes hindurchgeschossen, so ein Scheißschloss schieße ich ohne weiteres auf, hatte er gerufen. Moritz, hat Fräulein Zinner, notdürftig angezogen, furchtlos auf der anderen Seite der Wirtshaustür gerufen, worauf Schacher das Gewehr sinken ließ. Er horchte. Moritz, hörst du mich? Bist du das, Madeleine? Ja. Mach die Tür auf. Nein, Moritz, geh nach Hause. Mach die Tür auf. Nein, Moritz, geh nach Hause.

Madeleine, warum machst du das mit mir, seit neunzehnsiebzehn machst du das mit mir. Du weißt schon warum, Moritz, geh nach Hause, tu das Gewehr weg, sonst rufen wir die Polizei. Könnt ihr nicht, das Telefon vom Gamper ist kaputt, sagte Schacher, womit er recht hatte, Gampers Telefon, das eine von den beiden einzigen in der Gegend, läuft seit einer Woche nicht mehr. Das andere Telefon hat der Weider, aber dass der die Polizei nicht rufen würde, wusste Fräulein Zinner so gut wie der Schacher. Also ging das noch eine Weile so hin und her, bis Schacher dort draußen in Tränen ausbrach. Warum? Weil auch er auf einmal etwas sah, ein Bild im Kopf, ein Vorkriegsbild. Madeleine im schrägen Licht eines Herbstnachmittags. Trug sie da das violette Kleid? Ich muss dich etwas fragen, rief er weinend durch die Tür, und man hörte, wie er das Gewehr dagegenlehnte und wie es nicht stehenblieb, sondern abrutschte und umfiel, so dass man im Wirtshaus drinnen auseinandersprang. Aber der Schuss ging nicht los, man hörte nur, wie der Schacher schluchzend immer wieder Madeleine rief. Ich glaube, sagte da Gamper, jetzt können wir ihn abservieren.

Der Nebel hat sich etwas gelichtet, es ist sehr hell, irgendwo muss die Sonne scheinen. Davon hat es im Hundertjährigen Kalender nichts geheißen. Es hat geheißen, nicht kalt, aber viel Regen bis zum einundzwanzigsten, wer in diesen Tagen sucht, findet nichts. Aber das Gold von der Tante vom Weider ist doch im Schuppen im Schrank? Schacher, der die Stelle im Hundertjährigen Kalender mit einem an der Zunge befeuchteten Rotstift unterstrichen hat, ist im Moment nicht ansprechbar. Er wird, immer noch weinend, von einem guten Dutzend Personen nach Hause begleitet. An der Stelle, wo der jetzt weitgehend verrostete Kotflügel in dem von Disteln und kleinen Stauden durchwachsenen, nie gemähten Gras der Wiese liegt, will er nicht weiter. Schacher, kommt jetzt. Er schüttelt den Kopf und windet sich frei. Man lässt ihn. Er geht zum Kotflügel, setzt sich darauf und starrt mit tränennassen Augen vor sich hin. Was hat er? Das weiß nur Fräulein Zinner genau, aber die ist jetzt wieder im Bett, die dürfte man nicht noch einmal stören. Alte Liebe rostet nicht, sagen ein paar der Leute. Doch, sagt jemand und zeigt auf den Kotflügel. Man lacht, aber was soll man sonst noch sagen, den Kotflügel, der vorletzten Winter hier von einem Wagen abgefallen ist, worauf ihn die von der Polizei nicht abtransportieren durften, weil sich der Schacher fluchend vor ihn stellte, hat man zwar richtig mit seiner Liebesgeschichte in Zusammenhang gebracht, dazu aber eine Version erfunden, die es nicht zu rapportieren lohnt, weil sie hinten und vorn nicht stimmt.

Die wahre Geschichte des Kotflügels. Wieder dieses schräge Vorkriegs-Herbstnachmittagslicht. Es ist aber nicht Vorkrieg, sondern der Nachmittag desselben Novembertags in den Zwanzigerjahren, an dem sich am Morgen das neuste Schacherdrama abgespielt hat, wie man es schon nennt. Der Nebel hat sich so weit aufgelöst, dass er nur noch einen feinen Schleier bildet und die puderige Vorkriegswirkung hervorbringt. An der Sonne, die zwar tief steht, ist es doch fast warm. Wäre vom Kotflügel der schwarze Lack nicht schon weitgehend abgerostet, wäre es geradezu angenehm, auf ihm zu sitzen. Er würde einem den Hintern wärmen, und von da aus würde die Wärme in den Rücken hinaufstrahlen. Das ist es. Das hat Madeleine Zinner auf einer Ausfahrt gesagt, beim Halt am Rand einer Wiese, als sie sich in ihrem eher lila als violett zu nennenden Kleid auf den ausladenden Kotflügel des Automobils setzte. Schacher, noch im Wagen am Steuer, lachte sehr, als sie das sagte, hatte aber auch das Gefühl, das man beim Hören von einzelnen Sätzen immer hat, nämlich dass sie in eine riesige Flut hineingesagt sind, in die Flut der vielen Sätze, die man während eines Lebens sagt, eine Flut, in der all das Gesagte bald unkenntlich wird. Und doch gibt es dann einzelne Sätze, die Jahrzehnte überdauern. Schacher könnte nicht sagen, warum es gerade dieser sein muss, denn Madeleine, das weiß er noch, hat ihn mit vielen Sprüchen zum Lachen gebracht. So war das, und nicht etwa ein Wagenzusammenbruch auf freiem Feld, den der Schacher ausgenützt haben soll, im Schutz des Kotflügels, und was nicht noch alles erzählt wird.

Jetzt sitzt der Weider auf dem rostigen Kotflügel und raucht. Herr Weider, Sie werden sich Flecken holen, ruft Frau Blank von ihrem Balkon aus. Macht nichts, denkt Weider, Hauptsache, man hat kurz einmal vom Schacher Ruhe. Tatsächlich. Der herbeigeholte Arzt hat Schacher sowie seinem Sohn ein Beruhigungsmittel gespritzt, beide schlafen. Tineli ist in der Schule, Marteli bei Frau Gamper in der »Matte«. Das wäre der Moment. Der Moment wozu? Na ja, man wird noch das Recht haben nachzusehen, was und wie viel der Schacher bei der Tante abgeräumt hat, denkt Weider und bemerkt gleichzeitig, dass im Giebelfenster seiner Villa sein eigenes Fernrohr auf ihn gerichtet ist. Habe ich da offen gelassen, denkt er, komisch. Er macht einen Zug. Die letzte Zigarette vor dem schweren Gang, hat er gedacht, als er sich auf den Kotflügel setzte. Kein Wunder, dass er sich Mut anrauchen muss, er hat das Grundstück, das ihm gehört, seit fast zehn Jahren nicht mehr betreten. Was ist jetzt das? Dem Weider kommt es vor, als habe sich das Fernrohr dort oben bewegt. Das gibt es doch nicht. Wenn der das gewagt hat. Der kann etwas erleben. Aber ist er nicht in der Schule? Der Kleine kann es nicht sein, der ist noch zu klein. Weider will schon Hansueli rufen, aber dann lässt er es bleiben. Besser nicht wieder die ganze Gegend alarmieren. Es sehen sowieso schon viel zu viele, wie er da auf dem Kotflügel sitzt. Wo ist Fräulein Derendinger? Wenn man sie braucht, ist sie nicht da. Ja, das Fernrohr bewegt sich. Weider lässt die Zigarette fallen, tritt sie mit der Fußspitze in die Erde hinein und steht auf. Das Fernrohr schwenkt nach oben. Weider schaut zum Fenster hinauf und sagt lautlos und mit erhobenem Drohfinger: Hansueli, du kannst etwas erleben. Der spinnt auch schon völlig, heißt es in den Mietshäusern links und rechts. Hansueli, komm sofort her, sagt Weider, wieder lautlos. Das Fernrohr bewegt sich nicht mehr, aber Hansueli, Weiders älterer Sohn, kommt nicht in Sicht. Weider droht ihm noch einmal. Pass auf, Hansueli, das wirst du büßen. Er wendet sich ab, den knöpfen wir uns nachher vor, denkt er und beginnt quer über die Wiese auf den Schuppen zuzugehen. Jetzt. Jetzt ist es so weit. Jetzt holt der Weider das Gold zurück. In beiden Mietshäusern stürzt man zu den Fenstern und Balkonen, die nach hinten hinaus liegen, mit

Blick auf Schacherhaus und Schuppen. Wer an der Seitenfront Fenster hat, bleibt noch einen Augenblick dort, um zu sehen, wie der Weider auf der Wiese tot umfällt. Warum sollte er tot umfallen? Aber jeder fällt doch tot um, der die Wiese betritt, so wie die Frau Schacher. Aber sie hatte doch ein Herzproblem. Nicht Herzproblem, Frau Schacher ist vor Kummer gestorben. Wieso vor Kummer, der Röbi war doch wieder da. Ja, aber geschändet. Nein, sie ist wegen der Wiese gestorben, der Schacher betritt sie ja auch nicht mehr. Weider geht zwischen den vergilbten, brüchigen Halmen, den kleinen Stauden und dem stacheligen Unkraut weiter über die Wiese. Wenn er tot umfallen sollte, müsste er das jetzt tun, denn gleich werden ihn die Leute an den seitlichen Fenstern nicht mehr im Blick haben. So, jetzt ist er weg. Man läuft zu den Wohnungen hinten. Noch bevor man die entsprechenden Fenster erreicht, ist Hundegebell zu hören. Der Hund, Sakrament noch mal, der Hund, der seit der Heimkehr von Röbi Schacher nicht mehr an einem Strick festgebunden ist. An den hat niemand gedacht, der Weider offenbar auch nicht, der Hund wird das Ganze verderben. Weider steht, wie man jetzt sieht, schon vor dem Schuppen, vor ihm der bellende Hund.

Wäre Weider etwas mutiger, wäre er am Hund vorbei in den Schuppen getreten, möglichst entschlossenen Schritts, das hätte dem Eindruck gemacht. Aber wer konnte wissen, ob Schacher das Gebell nicht schon gehört hatte und nicht doch mit einer Waffe in der Hand auftauchte, obwohl man ihm den Karabiner am Morgen abgenommen hat. Aber der hat bestimmt noch anderes im Estrich oben.

Und so hat Weider noch vor dem Schuppen stehend eine neue Zigarette angezündet, sich langsam umgedreht und ist wieder in die Wiese hinein und quer darüber, während der Hund bellend am Wiesenrand entlanglief. Schade.

Jetzt ist niemand mehr zu sehen, die noch tiefer stehende Sonne scheint gerade durch die Luke in den Schuppen hinein, macht zwar auch hier die Luft puderig, leuchtet aber den dunklen Verschlag aus. Was ist zu sehen? Eben, Tante Luises Empireschrank, daneben ein unordentlicher Holzstapel, alte Lumpen, modernde Zeitungen, alte Hundertjährige Kalender, von denen einer, vom Jahr 1911, an der Wand hängt, und eine rote Kiste. Das hätte Weider gewundert. Als man den jungen Schacher im Mai nach Hause brachte, war er zufällig nicht auf Posten und hat nicht gesehen, dass das Gepäck des jungen Schachers aus dieser Kiste bestand. Das nehmt wieder mit, hat Vater Schacher gesagt, das gehört nicht uns. Nein, hat sein Sohn so laut geschrien, dass der Vater dieses Mal nachgeben musste. Ist das Gold vielleicht da drin? Denn im Schrank, wie Weider gleich hätte feststellen können, ist es nicht. Der Schrank steht offen und leer. Die Kiste hingegen ist zu, ihr gewölbter Deckel liegt ohne Schloss, aber auch ohne die geringste Ritze auf den unteren Teil geschmiegt, wie Herr Brun sagte, und lässt sich, auch das hätte Weider leicht feststellen können, mit einer feinen Bewegung, fast nur einer Berührung, öffnen. Aber wer nicht wagt, der nichts gewinnt, heißt es in den Mietshäusern, als man den Weider zurückkommen sieht. Der junge und der alte Schacher schlafen noch, der Hund liegt jetzt in seiner Hütte und zerfetzt einen Lumpen. Niemand denkt daran, dass ihn der junge Schacher heute nicht gefüttert hat. Marteli ist immer noch bei Frau Gamper, Tineli, von der Schule zurück, steht im ebenfalls von der untergehenden Sonne beleuchteten Hühnerstall, mit einem Messer in der Hand. Sie will Trixli, Martelis Lieblingshuhn, den Kopf abschneiden. Trixli blickt kopfruckend auf Tineli, die langsam näher kommt. Schön langsam, damit man Trixli packen und ihm die Kehle durchschneiden kann. Tineli verstärkt den Griff um das Messer. Es wird plötzlich dunkel, die Sonne ist weg. Tineli sieht Trixli nur noch als Schatten. Sie wirft das Messer auf den Boden und rennt hinaus.

Die Mattenwiese liegt leer, nach feuchter Erde riechend und am Waldrand von Stechpalmen und hagebuttenbeladenen Rosensträuchern gesäumt im rötlichen Licht der untergehenden Sonne. Schon wegen der Hagebutten hätte sich der Weg hierher gelohnt, früher im Herbst, als sie noch voll und rot waren. Jetzt sind sie schwärzlich und verschrumpelt. Dafür wäre es jetzt leicht, die Wiese zu finden, mit ihren drei hohen Stangen, die sich vor dem Abendhimmel deutlich abzeichnen. Aber es ist niemand da, niemand, auch kein größeres Tier, geht oder steht auf dem aufgewühlten Erdreich. Ein Novemberabend, oder besser -nachmittag, es ist ja erst halb fünf, aber so sind diese Spätherbsttage, zuweilen hell, klar, fast sommerlich warm, dann auf einmal in eine Winternacht übergehend, die helle Wärme des Tags eine seltsame Erinnerung. Ein Novemberabend also des Jahres 1416.

Herr Bernhard, wäre es nicht an der Zeit, dass Ihr mir alles sagtet?, fragt Herr Petrus in der Küche, wo er mit Herrn Bernhard sitzt. Die Köchin hat Herrn Bernhard Kräuter aufgelegt und die Hand verbunden. Herr Petrus hat geweint. Sie haben keine Lampe angezündet, das Feuer im Kamin brennt nicht, sie sehen einander undeutlich im schwindenden Licht. Was heißt alles?, fragt Herr Bernhard. Alles, was mit der Matte ist, sagt Herr Petrus. Werde mich hüten, denkt Herr Bernhard. Ich habe Euch schon alles berichtet, sagt er, mehr gibt es nicht zu sagen. Doch, doch, doch, denkt Herr Petrus. Er schweigt. Jetzt sagt er: Warum hat sich Herr Meier erhängt? Herr Bernhard sagt nichts. Herr Bernhard, beginnt Herr Petrus, aber Herr Bernhard unterbricht ihn: Von Herrn Meier werde ich Euch nichts mehr sagen, Ihr schwatzt zu viel. Herr Petrus blickt ihn an und legt die Hand auf die Brust: Kein Wort ist mir über die Lippen gekommen. Ach was, sagt Herr Bernhard so verärgert, dass der zu ihren Füßen liegende Herr Manfred aufspringt. Ich schwöre es Euch bei der Seele meiner Mutter, sagt Herr Petrus. Lasst mich mit Eurer Mutter in Ruhe, sagt Herr Bernhard. Oje. Darf man jetzt wieder den ganzen Abend nichts mehr sagen?, denkt Herr Petrus. Sie schweigen. Ein leises Kratzgeräusch im Kamin. Herr Manfred springt hin. Platz, sagt Herr Bernhard. Herr Manfred legt sich hin. Mein Guter, denkt Herr Bernhard. Verzeiht, sagt er, ich bin aufgebracht, weil meine Frau von meinem Ausritt schon weiß. Ich weiß, denkt Herr Petrus, aber warum weiß auch er, dass sie es weiß? Nicht von mir, sagt er trocken. Sieh einer an, denkt Herr Bernhard, das könnte sogar sein. Sie schweigen. Eure Frau weiß alles, sagt Herr Petrus.

Nein, sagt Herr Bernhard, so ist das nicht. Was weiß sie nicht?, denkt Herr Petrus. Ich werde veranlassen, dass sie gar nichts mehr weiß, sagt Herr Bernhard. Jesusmaria. Herr Petrus bekreuzigt sich. Was denkt Ihr bloß, sagt Herr Bernhard, wisst Ihr nicht, dass es Mittel gibt gegen die Geschwätzigkeit der Welt? Was? Was ist das? Herrn Petrus kommt eine Erinnerung. Hat er so etwas nicht schon einmal gesagt? Wann und wo? Herr Bernhard, verzeiht, ich verstehe Euch nicht. Ich mich im Augenblick auch nicht, sagt Herr Bernhard lachend.

Nacht. Sternenklar. Jemand steht am Rand der Mattenwiese. Wer ist das? Der Wüterich? So sieht er, soweit man das im Sternenlicht erkennen kann, nicht aus. Eine schlanke, eher langbeinige Gestalt. Es ist völlig still. Das Sternenklappen ist zu hören. Das Sternenklappen? Ja, wie das Geräusch des Hammers auf dem Amboss, weit weg, unregelmäßig, nur bei vollkommener Stille zu hören. Und das machen die Sterne? Ja. Herr Bernhard, hört Ihr, kommt, schaut. Herr Petrus klopft an die Tür von Herrn Bernhards Zimmer. Herr Manfred springt auf und beginnt zu bellen. Ruhig, sagt Herr Bernhard, was ist? Es brennt. Wo? Im Norden, wahrscheinlich auf der Matte. Herr Bernhard wirft sich seinen Umhang über und macht die Tür auf. Seid Ihr sicher? Kommt, schaut. Herr Manfred, hierher. Herr Bernhard bindet ihm die rotbrokatene Leine ans Halsband. Sie gehen in den Garten hinaus, wenden sich nach Norden. Da, seht Ihr? Tatsächlich, im Norden Feuerschein. Herr Bernhard sagt nichts. Herr Petrus denkt: Das ist das Ende der Welt. Herr Bernhard schaut reglos nach Norden. Was hat er?, denkt Herr Petrus. Er kann im Dunkeln nicht sehen, dass Herrn Bernhard die Tränen übers Gesicht laufen. Jetzt wischt sich Herr Bernhard mit dem Ärmel das Gesicht ab. Er weint, denkt Herr Petrus, mein Gott, verzeih uns unsere Sünden. Er fällt auf die Knie. Steht auf, sagt Herr Bernhard, seid nicht gar so besorgt um Euer Seelenheil. Herr Petrus steht auf, mit Mühe, weil er auf den Saum seines Umhangs tritt. Herr Bernhard, sagt er, nicht wahr, unser Seelenheil steht auf dem Spiel. Ja, sagt Herr Bernhard. O mein Gott. Was können wir tun?, fragt Herr Petrus. Nichts, sagt Herr Bernhard. Er hat geweint, denkt Herr Petrus, weil es jetzt zu spät ist, ein Christenmensch zu werden. Nein. Er verwirft den Gedanken, Herr Bernhard hat nicht deshalb geweint. Sagt den Leuten, sie sollen wieder hineingehen, sagt Herr Bernhard. Herr Petrus blickt angestrengt ins Dunkel, ach ja, da stehen Leute, eins, zwei, drei, vier Personen etwas weiter rechts und, Herr Petrus dreht sich nach hinten um, da, beim Stalleingang noch zwei, die, wenn man genau hinhört, miteinander reden. Wie ist das? Die vier Personen müssen die Köchin, der Diener, die Magd und die seit Sankt Simon hier lebende Nichte der Köchin sein. Hinten, beim Stall, steht der Bursche. Und wer ist die andere Person? O heilige Maria Muttergottes. Herr Petrus weiß es plötzlich: die Frau. Die Frau ist heraufgekommen. Weil sie dort unten am Südrand des Gartens nichts sieht. Sie will das Feuer sehen. Ist sie allein heraufgestiegen? Nein, der Bursche hat sie geholt. Der Bursche, der Verräter. Er hat ihr die Geschichte von Herrn Meier erzählt. Herrn Petrus fährt es heiß durch die Glieder, jetzt, jetzt wagt er zu denken, was er bisher nicht zu denken wagte: Herrn Meiers Geschichte ist die, dass er, unsterblich in Frau Dorothea verliebt, beseitigt werden musste. Von wem? Von seinem Rivalen. Herr Bernhard, ich sterbe, denkt Herr Petrus, Ihr habt Herrn Meier umgebracht. Er drückt sich die Hände aufs Herz. Das ist die Nacht der Wahrheit. Deshalb ist die Frau da, damit sich Herrn Bernhards Schicksal vollzieht, denn wenn er sie ansieht, stirbt er, das ist ihr Fluch und noch ein gnädigeres Ende, als wenn Herrn Meiers Söhne Rache üben, nachdem die verkohlten Gebeine des Vaters gefunden worden sind. Verkohlte Gebeine? Und wenn Herrn Meiers Leiche mitsamt dem Wäldchen völlig verbrennt? Hat Herr Bernhard das Feuer gelegt? Heute Morgen bei seinem Ritt auf die Matte? Und sich dabei die Hand verletzt, denn dass er vom Pferd gefallen ist, kann sowieso nicht sein. Wenn er vom Pferd fällt, ist es sein Ende. Dann ist er aber heute vielleicht wirklich hinuntergefallen, denn es ist ja sein Ende, die Frau steht ja da, wird ihn mit ihrem Blick töten. Und die Hand, die Hand. Seine verletzte Hand ist das Zeichen. Er hatte dem Toten die Hand abgeschnitten und auf die Wiese gelegt, und heute hat ihm der Tote die Hand gereicht, deshalb ist sie verletzt, zum Zeichen, dass er ihn holt, heute Nacht, mithilfe der Frau, der ebenso Gehörnten. Herr Petrus wendet sich wieder zum Stall um, die beiden Personen dort hören zu reden auf. Es ist völlig still. Niemand sagt ein Wort. Kann man das Sternenklappen hören? Wenn man genau hinhört, wenn man nicht die eigene Stimme hört, die einem den Kopf vollschwatzt, sondern der Stille standhält, dann ja.

Was habe ich gewollt?, denkt Selena, die an diesem nebligen Novemberabend in der Küche sitzt und eine Suppe aufwärmt. Auf demselben Glaskeramikherd in derselben Wohnung. Sie wohnt immer noch hier. Und Heinz? Heinz nicht. Aber wie das, haben sie nicht zusammen ein Kind? Doch. Und haben sich trotzdem getrennt? Ja. Und der Heinz ist bei der Renat? Klar. Was für ein Knatsch. Ja, sagen alle. Hingegen vermögen weder Verwandte noch Bekannte zu glauben, dass es Selena war, die ihn weggeschickt hat. Und doch ist es so. Wie soll man, wenn man schon eine schwierige Schwangerschaft hat, zusätzlich damit umgehen, dass ein Mann seinen Verfolgungswahn auslebt? Zuerst der Riesenkrach, als feststand, dass Selena schwanger war, dann gleich darauf das Wiederauftauchen des Doppelgängers von Heinz. Heinz, bitte sei nicht mehr da, wenn ich nach Hause komme, hat Selena an einem heißen Julitag im Spital gesagt, wo sie schon zum zweiten Mal wegen vorzeitiger Wehen lag. Selena hörte nicht, was Heinz erwiderte, sie blickte zum offenen Fenster in die heiße Luft hinaus, in der sich das gegenüberliegende Gebäude nach hinten zu biegen schien. Auch Heinz blickte hinaus, vorsichtig, weil dort unten auf dem halbleeren Parkplatz Aurel auftauchen konnte, mit trägen Schwimmbewegungen in der vor Hitze flüssigen Luft. Selena sah seinen angstvoll geweiteten Blick, wandte den Kopf ab und begann zu weinen. Heinz ist nach Hause gegangen und hat, ebenfalls weinend, zu packen begonnen, während er zum ersten Mal das Gefühl hatte, der Ausblick auf den Block da sei doch gar nicht so schlimm, aber große Hitze, an dem Tag waren es fünfunddreißig Grad, ist eben gnädig. Heinz ist also weg. Und wie schafft es Selena mit dem fünf Wochen alten Kind? Nicht gut. Sie selbst denkt täglich: Das geht nicht gut. Was habe ich gewollt?, denkt sie noch einmal. Sie gießt die Suppe in eine Schale, setzt sich an den Küchentisch, blickt zum Fenster, das sie nicht wie sonst widerspiegelt, weil es dahinter nicht dunkel, sondern vom Nebel weißlich ist. So ein Mist, denkt Selena mit einem Gefühl heilloser Ernüchterung. Was habe ich gewollt? Einen goldenen Herbst. Aber er war doch ganz golden, im Oktober viel schönes Wetter und sogar letzte Woche noch. Schon, aber der goldene Herbst ist anders. Wie denn? Ein leichter, spielerischer, unbeweint verlassener Übergang. Also eine Metapher fürs Leben? Na ja, so irgendwie. Und jetzt habt ihr beide die Geburt überlebt, obwohl du das nicht so geplant hattest, nicht wahr? Ja. Und die heillose Ernüchterung, seit dem Moment, als du aus der Narkose aufgewacht bist und das Kind in seinem Plexiglasbett neben deinem Krankenhausbett lag.

Morgen. Weider ist schon um sechs wütend aufgewacht. Wütend über sich selbst, dass er sich gestern von dem dummen Köter hat abhalten lassen, den Schuppen zu betreten. Jetzt, um Viertel vor sieben, steht er im Giebelzimmer am Fernrohr und hört aus dem unteren Stockwerk Kindergeschrei. Heute Morgen heult nicht nur der Kleine, sondern auch Hansueli, der seit der gestrigen Prügel für das verbotene Betreten des Giebelzimmers völlig aus dem Lot ist. Weider zündet ärgerlich eine Zigarette an und schaut mit dem Fernrohr durch das Dunkel zum Schacherhaus hinüber, das an diesem nebelfreien, aber windigen Föhnmorgen in den Umrissen sichtbar ist. Wenn der schlaue Fuchs aus seiner Betäubung aufwacht, wird er sicher als Erstes zum Schuppen laufen. Denkt Weider.

Wie sehr würde er sich erst noch rund achtzig Jahre später ärgern, wenn ihm ein schreiender Säugling ins Blickfeld geriete. Der Säugling liegt parallel zu Selenas schräg ins Zimmer ragendem Bett in seiner Wiege, genau auf der Linie zwischen Giebelfenster und ehemaligem Schuppen. Selena sitzt in der Küche und denkt: Nein, jetzt gehe ich nicht hin.

Morgen nach dieser durchwachten Feuernacht im frühen fünfzehnten Jahrhundert. Über dem See und der Stadt liegt Nebel, auf der Höhe von Herrn Bernhards Anwesen ist er etwas weniger dicht. Vorhin hat man aus dem Stall gehört, wie der Bursche mit dem Reisigbesen das Stroh zusammenkehrte, jetzt ist es wieder still, so still wie in der Nacht. Die Luft riecht wie immer nach Holzrauch, nicht mehr, nicht weniger. Die Köchin wärmt den Gerstenbrei auf dem Feuer. Die Magd sitzt auf dem Schemel neben dem Kamin, hat ein Sieb getrockneter Bohnen auf dem Schoß, klaubt die faulen heraus. Der Diener kniet hinter dem Holzschuppen neben einem kleinen Feuer und drückt und zieht an den Verstrebungen eines Holzgebildes, dessen Sinn und Zweck, obwohl es fertig scheint, nicht zu erkennen sind. Die Nichte der Köchin ist mit einem Zuber Wasser über den Hof unterwegs, gefolgt von Herrn Manfred. Jetzt macht sie die Tür zur Küche auf und tritt ein. Herr Manfred auch. Die Nichte stellt den Zuber auf den Boden. Niemand sagt ein Wort. Auch der Bursche im Stall nicht, der sonst fast ununterbrochen zu Ketsuron redet.

Fräulein Zinner macht sich an diesem Morgen zum Schlafen bereit. Sie geht früher als sonst ins Bett, weil sie ja gestern mit der Schachergeschichte gestört worden ist. Das Parfüm, mit dem sie sich den Hals betupft, stammt noch von vor dem Krieg. Ein Geschenk Schachers? Nein, sie hat es sich selbst gekauft. Betupft sich manchmal damit, um es im Schlaf zu riechen. Jetzt lehnt sie sich aus dem Fenster, um den Laden zuzumachen, ein warmer Windstoß fährt ihr durchs Haar. Aha, der Föhn. Da muss man ein Stück gefaltetes Papier zwischen Fenstersims und Laden klemmen, damit er nicht klappert. Fräulein Zinner geht zur Kommode und zieht eine Schublade auf. Da ist Papier, und da sind alte Briefe. Von Schacher? Nein, von ihrer Mutter. Geschrieben hat der Schacher nie, auch nicht aus dem Dienst an der Grenze. Aber das war ja nicht mehr der Moment zum Schreiben. Wieso nicht? Ach, das ist eine dumme Geschichte, die nur Fräulein Zinner kennt. Nämlich? Lassen wir's, ist schon lange her. Es muss auch nicht immer alles gesagt sein: einer der Leitsprüche Fräulein Zinners. Außerdem hat sich die Geschichte selbst schon gesagt. Wie denn? In der Geschichte mit seinem Sohn, dem Röbi. Die Geschichte gestern? Wie der junge Schacher und der Halter Edwin im Nebel aufeinandergelegen und sich geküsst haben? Sie haben sich zwar überhaupt nicht geküsst, sondern der Edwin wollte den jungen Schacher ersticken, weil der ihm fast die Nase gebrochen hat, aber es geht in dieser Richtung, und vor allem geht es um Herrn Brun. Jetzt langsam: Also, der Herr Brun hat den jungen Schacher entführt und geschändet, und diese Geschichte würde eine dumme Geschichte mit dem Schacher senior erzählen? Genau. Das würde also heißen, dass sich Vater Schacher an seinem Sohn vergreift? Man braucht es nicht gleich zu dramatisieren, das Ganze ist harmloser und hätte überhaupt keine Konsequenzen gehabt, hätte Fräulein Zinner nicht ihrem auf Diensturlaub weilenden Verehrer Schacher einen kleinen Besuch machen wollen und ihn dabei im Schuppen mit dem Weider überrascht. Was, mit dem Weider? Ja. Und? Nichts, das ist alles. Was haben sie da gemacht, was hat Fräulein Zinner gesehen? Kann man sich doch denken. Kommt drauf an, sich geküsst, oder was? Sich geküsst und noch ein bisschen mehr. Was, was? Sie waren halt unten nicht mehr bekleidet und hielten einander an etwas gefasst, von dessen Existenz, vor allem in einem solchen Zustand, Fräulein Zinner kaum etwas geahnt hatte, so, aber jetzt lassen wir das, Fräulein Zinner hat den Laden mit Papier fixiert und geht ins Bett.

Und wie sieht dieser Novembermorgen in den Sechzigerjahren aus? Nicht besonders. In Maris Zimmer herrscht ein Durcheinander, ein Teil ihrer Sachen ist in Kisten verpackt, anderes liegt herum, und das, obwohl Mari sonst sehr auf Ordnung achtet. Sie soll also nach Hause geschickt werden. Hat Ferenc genug von ihr? Ja. Hat Mari genug von Ferenc? Mehr oder weniger, und vor allem, es lässt sich nicht länger verheimlichen, sehnt sie sich nach ihrer Mutter. Sehnt sich ihre Mutter nach ihr? Schwer zu sagen. Sie schreibt einen Brief um den andern an Ferenc, er müsse Mari vorläufig dabehalten, immer aus irgendwelchen praktischen Gründen. Ferenc liest die Briefe nicht mehr. An diesem Regenmorgen zündet er sich in der Küche eine Zigarette an, macht die Balkontür auf, streckt den Kopf hinaus, feuchte Kälte schlägt ihm entgegen, aber wenigstens ist es still, die Arbeiten auf der Baustelle hinten, das heißt in der gut einen Meter unter Wasser stehenden Baugrube, haben noch nicht begonnen, es ist Viertel vor sieben. Ferenc blickt nach rechts, in Richtung der Straßenlampe, sieht die Regenschnüre, denkt, sie muss gehen, bevor das umschlägt in Schnee. Das ist die neuste in einer Reihe von Markierungen. Im Lauf der Spätsommers, Frühherbsts und Herbsts hat Ferenc gedacht: Sie muss gehen, bevor das Licht herbstlich wird; bevor sich die Blätter verfärben; bevor die Bäume kaum mehr belaubt sind; bevor es von den abgefallenen Blättern herbfeucht riecht. Und wenn sie gegangen ist, kann man hier ausziehen, in eine Zweizimmer-Dachwohnung mit Blick auf den See, unverbaubare Lage. Feri, ist das dein Ernst? Ja, ja, ja, denkt Ferenc ungeduldig, man kann nicht neben einer Baugrube leben. Tatsächlich, die Bauarbeiten kommen erstaunlich langsam voran, aus irgendeinem Grund werden die Arbeiter immer wieder nach Hause geschickt, manchmal wird ganze zehn Tage nicht gearbeitet, die Grube füllt sich mit Wasser und muss dann leergepumpt werden. Wie zum Beispiel jetzt, da sie wieder einmal angefangen haben. Ein Grad von Schlendrian, wie er auch bei uns nur selten vorkommt, denkt Ferenc. Er weiß nicht, dass es die Brüder Weider sind, die die Vorgänge zum Stehen bringen. Er weiß nicht einmal, dass es zwei Weiders gibt. Von Herrn Hansueli Weider hat ihm Mari erzählt: dass der mit dem Fernrohr alles beobachte. Na, gerade das hat uns gefehlt, hat Ferenc mit echtem Schrecken gesagt. Und gedacht: Gerade das geht nicht, dass sie mir alles zuträgt, sie ist wie ihre Mutter, klatschsüchtig und dumm. Feri, das geht zu weit, du weißt doch, dass sie, zusammen mit Dora Franceschini, die Beste in der Klasse ist. Was geht mich eine Dora Franceschini an, denkt Ferenc. Nichts, Feri, rein nichts, verdreh nicht alles, Mari ist nicht dumm, und du weißt es. Ferenc zieht den Kopf aus der nassen Kälte zurück, macht die Balkontür zu, setzt sich an den Küchentisch, legt die halbgerauchte Zigarette auf den Aschenbecherrand und nimmt aus der Innentasche seines Jacketts ein Notizbuch hervor. Er schreibt unter die Einträge der letzten Tage: 17. November: Ich muss mit diesen Selbstgesprächen aufhören, oder wenigstens damit aufhören, mich dabei vertraulich-gemütlich Feri zu nennen, als müsste ich mich bei mir selbst anbiedern, dabei habe ich diese Namensabkürzerei schon immer gehasst. Na schön, Ferenc, aber eventuell gibt es vordringlichere Probleme. Zum Beispiel ist es fast sieben, Mari, die ihrerseits genau besehen Maria heißt, nach ihrer Mutter, aber genau deswegen bleiben wir ja lieber bei Mari, Mari sollte aufstehen. Es ist nicht mehr so, dass sie das von sich aus tut. Sie ist wach, sie hat Licht gemacht, sie liest. Valentin Pimpernin, heißt die Geschichte. Das war der Valentin, der am Dorfrand lebte und Puppen machte, solche, die tanzen und singen konnten, und deshalb war er weitherum bekannt, und alle Mädchen hatten ein Auge auf ihn, denn er war ein schöner Bursche, aber Valentin hatte nur Augen für seine Puppen, so sehr, dass man hinter seinem Rücken zu spotten begann. Mari liest: fo fehr, dass man hinter feinem Rücken zu fpotten begann. Das Buch ist in Fraktur gedruckt, ihr Vater hat es als Kind von seinem deutschen Fräulein bekommen. Also, man begann hinter Valentins Rücken zu spotten, und die Burschen sangen ein Lied, das so ging, hier ist Mari versucht, die vom Text abgesetzte Liedstrophe zu überspringen, aber dann liest sie doch:

Valentin Pimpernin
Schaut nicht hin,
Wenn die Mädels lachen,
Muss doch Puppen machen,
So geht sein Leben hin.

Und noch lange nach Valentins Tod wurde in der Gegend das Lied gesungen. Mari blickt weinend vom Buch auf.

Eine Stunde später. In der »Matte« ist das Wirtepaar Lieber völlig verblüfft. Wer kommt zur Tür herein? Nicht etwa Bauunternehmer Kari Meier zu einem seiner Frühschoppen, sondern der Vater von Mari, der Herr Schalk, mit dem jungen Herrn Steiger, beide vom Neubau nebenan. Die trinken sicher nur einen Kaffee, denkt Frau Lieber. Richtig. Nachdem die beiden die feuchten Regenmäntel aufgehängt und sich an Tisch drei ans Fenster gesetzt haben, bestellen sie je einen Café Crème. Herr Steiger hält Herrn Schalk das Körbchen mit den Kipfeln hin. Danke, sagt Ferenc ablehnend und mit einem Akzent, der nicht dazu beiträgt, ihn hier beliebt zu machen. Ist auch nicht das Ziel, beliebt zu sein, nicht wahr, Feri, äh, Ferenc. Nein, denkt Ferenc mit einem Gefühl der Unsicherheit, die nicht das Beliebtsein betrifft, sondern die Frage nach Zielen überhaupt. Was wäre das Ziel? Ferenc zuckt ein wenig mit den Schultern. Da ist dieser Herr Steiger. Was wolltest du von ihm, Feri, Ferenc? Herausfinden, warum er mir so bekannt vorkommt, und das schien jetzt der richtige Moment zu sein. Ja, weil sie auf dem Weg zur Arbeit fast gleichzeitig aus der Wohnung traten, Herr Steiger im dritten, Ferenc im zweiten Stock, und Herr Steiger so freundlich war, mit dem Aufzug im zweiten Stock zu halten und Ferenc mitzunehmen. Worauf ihm Ferenc diesen kurzen Kaffeehalt in der »Matte« vorgeschlagen hat, er müsse ihn etwas fragen.

Jetzt beginnt an diesem Novembermorgen die erste Stunde. Rechnen. Die Lehrerin sagt: Ich möchte die Hefte sehen von Silvana, Maria und Edith. Die drei Mädchen gehen mit ihren Heften nach vorn. Die Lehrerin schaut die Aufgaben an. Silvana schreibt hässliche Zahlen, denkt Mari, während Silvanas Heft offen auf dem Pult liegt. Die Lehrerin findet das auch. Silvana muss einen Teil der Aufgaben noch einmal schreiben. Sie wird rot. Jetzt kommt Mari an die Reihe. Auch nicht so schön geschrieben wie sonst, Maria, sagt die Lehrerin. Aber sie lässt es durchgehen. Ediths Aufgaben sind einwandfrei. Ihr könnt an eure Plätze zurück, sagt die Lehrerin. Die Mädchen nehmen ihre Hefte und drehen sich zum Gehen um. Mari geht, statt an ihren Platz zurück, zur Tür. Reißt sie auf, wirft das Heft weg, rennt hinaus, in den grauen, leeren Schulgang, rennt in Richtung der Treppe, wobei sie im Vorbeirennen die Aborttür aufstößt, vielleicht eine auf Jahrhunderte in der zentralasiatischen Steppe zurückgehende Instinkthandlung, wie sie damals auf schlauen Fluchten überlebensnotwendig war, vielleicht aber auch nur auf die frühe Kindheit in einem Land, dessen Bewohner zwar tatsächlich aus der zentralasiatischen Steppe gekommen waren, sich aber, nahtlos, wie Ferenc sagen würde, in die europäische Tradition des Einander-Verfolgens eingefügt haben, sodass Mari schon als kleines Kind mitbekommen konnte, dass es gut ist zu wissen, wie man im Notfall die Polizei austrickst. Sie hat also die Aborttür aufgestoßen, ist jetzt an der Treppe, rennt hinunter und zum Schulhaus hinaus. Unterdessen verliert Fräulein Müller, die Lehrerin, wertvolle Minuten, zuerst, indem sie wie vor den Kopf gestoßen dasitzt, dann weil sie, als sie endlich hinausstürzt, die Aborttür langsam zugehen sieht und denkt: Aha, da ist sie, worauf sie den nach Kernseife, Metallröhren und den zu Klopapier zurechtgeschnittenen Zeitungen riechenden Abort betritt, alle acht Kabinette abklappert und sogar den neben dem Waschbecken befindlichen Besenschrank öffnet, bevor sie feststellt, dass Mari nicht da ist.

In diesem Moment sitzt Ferenc schon allein in der »Matte«, Herr Steiger hatte wirklich nur Zeit für einen raschen Kaffee. Das Gespräch war sowieso nicht ergiebig, Herr Steiger ist nie in Leipzig gewesen, schon gar nicht kurz vor dem Krieg, wie Ferenc das meinte, er ist Jahrgang 1930 und nahm also damals bestimmt an keinen Architektentreffen teil. Obwohl er, lustiger Zufall, tatsächlich vom Metier ist, Hochbauzeichner, der aber den Ehrgeiz hat, das Architektendiplom zu machen. Leipzig fällt also weg, denkt Ferenc. Und doch hatte er, als er mit Herrn Steiger im Lift hinunterfuhr, wieder das Gefühl von Wärme, wie an dem Abend, als er Fredi mit seiner Frau hier in der »Matte« sah, und diesmal wusste er sogar, dass es die Erinnerung an die Wärme der Tage in Leipzig war. Die Kinder hatten hitzefrei, hat Ferenc zu Fredi Steiger gesagt, der nicht verstand, was das zur Sache tat, nachdem sie ja schon geklärt hatten, dass er dort nicht gewesen sein konnte. Leipzig. Schon die Fahrt dorthin unter dem hohen, vor Hitze ein wenig blassen Himmel Brandenburgs, von Berlin kommend, wo Ferenc sein ehemaliges deutsches Fräulein besucht hatte. Die schönen Tage in Brandenburg, nicht wahr, Ferenc, so hast du das genannt, aber das brauchst du nicht zu erwähnen, das interessiert Herrn Steiger nicht. Und wirklich sah da Fredi schon auf seine Uhr und sagte, er müsse leider gehen, er komme sonst zu spät. Und so könnte jetzt auch Ferenc zur Arbeit gehen, umso mehr, als man ihn dort schon telefonisch sucht, von der Schulleitung, um ihn über Maris Flucht zu informieren. Aber Ferenc sitzt vor seiner leeren Kaffeetasse und sieht immer noch das brandenburgische Licht und einen dem Herrn Steiger so sehr gleichenden jungen Mann, der in Badehosen am Flussufer liegt. Ein junger Mann am Flussufer, wo man, im Wagen unterwegs von Berlin nach Leipzig, haltmacht und schwimmen geht. Der junge Mann liegt im unruhigen Schatten einer Espe, gehört wohl zur Gruppe, mit der Ferenc reist, denn sonst ist da niemand, man ist weit im Land draußen. Ist der junge Mann besonders schön? Nein. Fredi Steiger ist es ja auch nicht. Durchschnitt. Was ist also besonders? Nichts, nichts. Nicht jede Erinnerung muss purpurgeboren sein, denkt Ferenc, also geadelt durch eine tiefere Bedeutung, einen höheren Sinn. Einfach der junge Mann im Schatten einer Espe an einem Flussufer im brandenburgischen Licht. Ferenc blickt zum Fenster der »Matte« hinaus. Da sieht er ein Kind durch den Regen laufen, das stark seiner Tochter gleicht, aber die ist ja jetzt in der Schule und hatte außerdem den Mantel an und einen Schirm dabei, und vor allem darf ich mich, denkt Ferenc, nicht ins Bockshorn jagen lassen von meiner eigenen, wegen Herrn Steiger auf Ähnlichkeiten geschalteten Phantasie.

Halbe Stunde danach. Wo ist Mari? Zu Hause im Bett. Ihre nassen Kleider liegen in einem Haufen auf dem Badezimmerboden, sie hat wieder den Pyjama an, liegt unter der Decke und liest. Die Geschichte von Valentin Pimpernin. Wie er an den warmen Frühherbsttagen, als die Luft voller Spinnfäden war, hinter seinem Haus am Dorfrand an seinen Puppen werkte, in jenem Frühherbst, von dem die Rede sein soll, an einer ganz besonderen Puppe, die zu Weihnachten mit Goldflimmer im Haar singen und tanzen und sogar Konversation machen sollte. Die Burschen lagen im Gras und sahen zu, wie Valentin werkte. Jetzt beginnt in der Baugrube die Pumpe zu rattern, Mari zieht die Beine an, lehnt das Buch gegen die Oberschenkel, hält sich die Ohren zu, liest weiter beziehungsweise noch einmal die Stelle, wo Valentin an den warmen Frühherbsttagen, als die Luft voller Spinnenfäden war, hinter seinem Haus am Dorfrand an seinen Puppen werkte. Mari macht die Augen zu. Bevor man weiterliest, denkt sie, muss man alles genau sehen, den warmen Frühherbsttag, die Spinnenfäden, die tickende Luft. Die tickende Luft? Da sind Kapseln, denkt Mari, die springen auf, man hört, wie sie aufspringen, und auch, wie die Körner herausrieseln, und auch die Rinde der Bäume tickt in der Trockenheit und die Holzwand vom Haus vom Valentin. Das ist alles sehr lange her, denkt Mari und muss wieder weinen.

Es ist unvermeidlich, dass unterdessen schon mehrere Personen in separaten Gruppen einerseits Mari, andererseits ihren Vater suchen, der vor etwa zehn Minuten das Wirtshaus verlassen hat. Leider hat Herr Studer von der bereits alarmierten Stadtpolizei keine Befugnis, Schalachs Wohnungstür aufzubrechen, wie Frau Bach vorschlägt, die beim Einkaufen war, als Mari nach Hause gerannt kam, und also nicht weiß, dass sie da ist. Vor Schalachs Tür steht auch die neuerdings schwangere junge Frau Steiger, der es also doch nicht so schlecht geht, wie sie immer erzählt. Sogar hat sie heute besonders hochtoupierte Haare. Drinnen kann Mari das Reden vor ihrer Wohnungstür nicht hören, sie hält sich ja die Ohren zu, und da ist auch der Lärm von der Pumpe. Es ist niemand zu Hause, sagt die junge Frau Steiger, während sie die Finger wie zum Klavierspielen bewegt. Der hellrosa Nagellack ist noch nicht ganz trocken. Frau Steiger, mischen Sie sich bitte nicht ein, sagt Frau Bach, die nicht vergessen hat, wie Frau Steiger sie im Frühling im Flur hat stehenlassen. Sie mischen sich ja auch ein, sagt Frau Steiger, ohne von ihren Nägeln aufzublicken. Herr Studer sagt, er gehe jetzt auf die Baustelle Augenschein nehmen. Frau Bach sagt, sie komme mit. Frau Steiger zuckt mit den Schultern und wendet sich zum Gehen, steigt mit Mühe, als wäre sie im neunten Monat, denkt Frau Bach, die Treppe hoch, bleibt einen Augenblick, als sei sie außer Atem, mit der Hand auf der Klinke ihrer Tür stehen. Hätte der Weider, der schon seit dem frühen Morgen genau diesen dritten Stock im Auge hat, tatsächlich ein Röntgenfernrohr, könnte er durch die Wände hindurch sehen, wie Frau Steiger dort vor der Tür lacht. Herr Weider wäre aufgeregt beim Gedanken, dass sie lacht, weil sie vielleicht spürt, dass er sie sieht, und er wäre noch geneigter, sich auf etwas einzulassen, wovor ihn sein Bruder immer wieder warnt. Aber Frau Steiger lacht, weil sie hört, wie Frau Bach zum Polizisten sagt, er solle einen Augenblick warten, sie wolle nur rasch die Überschuhe anziehen. Geh nur, alte Kuh, denkt Frau Steiger lachend. Sie ist die Einzige, die Mari hat heimkommen sehen.

Es mag merkwürdig scheinen, dass Selena Zumwald genau in diesem Augenblick bei Frau Steiger klingelt, aber seit sie das Kind hat, tut sie das fast jeden Tag. Frau Steiger schließt auf und steckt wie immer zuerst den Kopf durch den Türspalt, frisch frisiert mit der praktischen Kurzhaarfrisur, makellos kastanienbraun gefärbt. Ist etwas, fragt sie mit ihrer immer noch jungen Stimme. Ja, sagt Selena. Frau Steiger macht die Tür ganz auf. Sie trägt einen schicken blauen Hosenanzug, nur die Pantoffeln verderben den Eindruck, aber mit ihren geschwollenen Knöcheln kommt sie im Moment in keine Schuhe hinein. Warten Sie, ich komme gleich, sagt sie und geht ins Badezimmer, wo sie sich, denkt Selena ungeduldig, wahrscheinlich noch einmal zurechtmacht. Frau Steiger, ruft Selena, ich warte unten. Ich komme, ruft Frau Steiger aus dem Badezimmer, und da kommt sie auch, sie gehen zusammen langsam zum Lift, um in den zweiten Stock zu fahren. Frau Steiger fragt gar nicht, was los ist. Es wird schon nichts sein, die Frau Zumwald, denkt sie, ist so wie diese japanische Prinzessin, die hat auch keine Freude an ihrem Kind, dafür meint sie jeden Tag einmal, das Baby sterbe, wenn es nur den Schluckauf hat. Sie sind im zweiten Stock angekommen, treten bei Selena ein. Zum Glück hat die alte Frau Steiger sonst nicht viel zu tun.

Jetzt ist Ruhe im Treppenhaus. Frau Bach ist mit Herrn Studer auf die Baustelle hinaus, Frau Steiger ist in ihrer Wohnung und noch mit ihren Nägeln beschäftigt. Endlich reine Luft, denkt Ferenc im dunklen Vorraum des Kellers. Da steckt er also. Hat leichtsinnigerweise sogar eine Zigarette angezündet, um, wie er denkt, nicht zu platzen vor Wut. Auf wen ist er wütend? Auf Mari? Nein, er weiß ja noch gar nichts von ihrem neusten Streich, der Flucht aus der Schule, er hat sich über die vor seiner Tür schnatternden Gänse geärgert. Da war auch irgendein Idiot von einem Mann. Dass man nie ungestört in seine Wohnung kann. Aber wieso willst du nach Hause, Ferenc, solltest du nicht bei der Arbeit sein? Ach, denkt Ferenc, das ist so langweilig. Er ist seit der unergiebigen Begegnung mit Fredi Steiger auf eine schwer erklärbare Weise demotiviert.

Schwer erklärbar? Aber nein. Schwer erklärbar nur dann, denkt Ferenc, der jetzt vor seiner Wohnungstür steht, wenn man von der vorgegebenen Perspektive ausgeht. Dabei ist die Banalisierung eines schwebenden Erinnerungsmoments schlimmer, als die Stelle zu verlieren. Die Wahrheit dieser Aussage wirst du bald überprüfen können, Ferenc, wenn du so weitermachst. Pah, denkt Ferenc, und es wird ihm bewusst, dass er die ganze Zeit vergeblich versucht, die Tür aufzuschließen. Was zum Teufel ist jetzt das? Das Schloss ist blockiert. Ferenc beginnt an der Klinke zu rütteln. Zum Glück ist Frau Bach nicht da. Huch. Ferenc reißt die Hand von der Klinke zurück, als sei sie plötzlich elektrisch geladen. Da ist jemand in der Wohnung. Sie warten auf ihn. Wer? Die Geheimpolizei natürlich. Ferenc hält den Atem an und drückt sich an die Wand. Ruhig, Ferenc, sie haben dich ja sowieso schon gehört, einer schaut wahrscheinlich durch das Guckloch. Ferenc schielt zum Türspion. Nein, dahinter ist es hell, da ist keiner. Sie brauchen ja auch nicht durchzuschauen, sie wissen schon, dass du da bist. Ferenc versucht die angehaltene Luft geräuschlos hinauszulassen. Er steht an die Wand gepresst, reglos, im Treppenhaus ist es still, man hört nur entfernt das Rattern der Baugrubenpumpe. Höre, Ferenc, wollen wir uns diesmal nicht doch an eine konventionelle Logik halten und uns sagen, dass sie dich kaum mit einem blockierten Schloss warnen werden, wenn sie da drin auf dich warten. Richtig, denkt Ferenc und atmet etwas leichter. Und wollen wir uns vielleicht auch sagen, dass das kein Land ist, wo eine Geheimpolizei operiert, jedenfalls nicht, soviel wir wissen. Aber was wissen wir schon, denkt Ferenc, und die Angst fährt ihm wieder in die Beine, auch meint er, in der Wohnung das Telefon klingeln zu hören, nein, war wohl eine Täuschung, also, Geheimpolizei wahrscheinlich nicht, aber was wissen wir, wie sie reagieren, wenn man nicht zur Arbeit geht, und das nicht zum ersten Mal. Dann geh eben hin, Ferenc, erfinde eine Ausrede für deine Verspätung, sag, das Kind sei krank. Ferenc würde gern auf seine Uhr sehen, aber dafür müsste er den Mantelärmel zurückschieben, und er darf sich ja nicht bewegen. Warum nicht, Ferenc? Wegen der Geheimpolizei. Ach, hör jetzt auf, du glaubst ja selbst nicht mehr dran. Ferenc löst die Arme von der Wand, bewegt sie vorsichtig aufeinander zu und beginnt seinen linken Ärmel hinaufzuschieben, verdammt, die Uhr steckt unter der Hemdmanschette fest, lässt sich nicht herausziehen. Ferenc nestelt an den Manschettenknöpfen, es müssen ja Manschettenknöpfe sein, nicht wahr, Feri, und dazu noch welche aus Obsidian, von Großvater Károly. Schon verfalle ich wieder in den Anbiederungston, denkt Ferenc so wütend, dass er die Manschette von der Uhr wegreißt. Fünf nach neun. Na also, da kannst du doch noch ohne weiteres ins Büro fahren, bist um halb zehn dort, arbeitest heute Vormittag nur zwei statt vier Stunden. Nein, denkt Ferenc.

Der Nebel ist um diese dritte Stunde nach der Frühmesse dichter geworden. Die Köchin sieht von der Küchenschwelle den Stall kaum mehr und faltet die Hände zum Stoßgebet. Das sind die Heerscharen, die vor dem Satan herlaufen, da ist es so, dass der Nebel statt lichter dichter wird, die sehen aus wie Nebel, sind aber kein Nebel, sondern die Heerscharen, die vor dem Bösen herlaufen. Die Köchin macht die Tür wieder zu. Das ist das Ende, das der Wandermönch vorausgesagt hat, der seit Martini in der Stadt ist. Jesus Christus, heilige Muttergottes, Heiliger Sankt Clemens, vergebt unsere Sünden, wir haben es über uns gebracht. Die Köchin lässt sich weinend auf die Knie nieder, neben dem Kamin schaut Herr Manfred erschrocken auf.

Wie viel Uhr ist es?, fragt Frau Steiger, die ihre Brille oben vergessen hat. Fünf nach neun, sagt Selena. Sie sitzen in der Küche bei einem Fencheltee, das Kleine schläft, es fehlt ihm, wie Frau Steiger vorausgesehen hat, gar nichts. Frau Zumwald scheint beruhigt, vielleicht wäre das der Moment, sie zu fragen, wie das mit ihrem Mann gelaufen ist, auch wenn Frau Zumwald bei einer früheren, vorsichtigen Frage heftig geworden ist, das gehe niemand etwas an, aber das war ja auch, als sie schwanger und kurz nachdem ihr der Mann davongelaufen war. Vielleicht mit Grund, vielleicht weil Frau Zumwald und Herr von Gugelau etwas miteinander haben, vielleicht ist ja das Kind von ihm. Frau Steiger schaut vorsichtig zu Selena hinüber. Zum Glück sitzt die so weit weg, dass Frau Steiger ihre Miene erkennen kann. Total sauer, wie Frau Steigers Sohn sagen würde. Besser nichts fragen.

Wenigstens einer ist abgefertigt, denkt Weider jetzt um fünf nach neun und meint seinen Sohn Hansueli, der kurz vor neun, von Fräulein Derendinger zur Gartentür begleitet, in die Schule aufgebrochen ist. Der Kleine hingegen heult immer noch, was macht diese Derendinger eigentlich, dass jeden Morgen so ein Gebrüll ist. Weider, im Giebelzimmer am Fernrohr, zieht an seiner Zigarette. Der Föhn rüttelt an den offenen Fensterläden, auch das ist lästig, aber jetzt besser nicht hinauslehnen, um sie irgendwie festzumachen, das wäre zu auffällig, das verscheucht das Wild. Gemeint sind natürlich Schacher Vater und Sohn, die sich nach dem gestrigen Drama beide noch nicht haben blicken lassen. Nur dieses halbschlaue Tineli ist kurz vor acht zur Schule gegangen, und um halb neun hat die Gamper das Marteli geholt. Zwischen dem Schuppen und seiner Hütte ist nur der Hund zu sehen, reglos auf dem Bauch. Weider drückt seine Zigarette aus und zündet eine neue an. Solche Föhntage machen einen gottverflucht nervös.

Um zehn nach neun sind Ferenc und Mari in der Küche ihrer Wohnung. Mari sitzt an derselben Stelle wie gute vierzig Jahre später Selena beim Tee mit der alten Frau Steiger, einer Stelle, an der sowohl gute vierzig Jahre als auch runde fünfhundertfünfzig Jahre zuvor nur Luft ist, stark bewegte Luft an dem Föhntag vor vierzig Jahren, auf Maris Höhe fliegt Zeug herum, das der Weider mit dem Fernrohr sehen könnte, wäre er nicht auf das Schacherhaus und den Schuppen konzentriert, während den auch hier dichter gewordenen Nebel des Morgens im 15. Jahrhundert kein Menschenauge sieht. Ferenc steht am Herd, kocht Kaffee, italienische Kaffeemaschine, er hat eine gefunden. Es geschehen noch Zeichen und Wunder, denkt er, meint aber nicht die Kaffeemaschine, sondern die Tatsache, dass ihn Mari auf sein Klingeln hin hereingelassen hat. Warum? Warum nicht? Wenn es klingelt, geht man öffnen, auch wenn draußen eine Pumpe rattert und man sich die Ohren zuhält, einen einzelnen langen, scharfen Ton hört man ja trotzdem. Vielleicht ist es eher ein Wunder, dass Ferenc zu klingeln wagte, trotz Geheimpolizei. Großartig, Feri, Ferenc, gratuliere. Ein Röcheln, das Wasser in der Maschine beginnt aufzusteigen, Ferenc dreht den Herdknopf von sechs auf null. Und überhaupt, lassen wir die Zeichen und Wunder, es genügt, Abläufe nicht im Voraus festzulegen, dann laufen sie vielleicht anders ab, dann ist es vielleicht so, dass Mari ein Kind ist, das einen auf ein Klingeln hin in die Wohnung lässt. Bravo, Ferenc. Ferenc zuckt mit den Schultern. Und jetzt?, denkt er. Und jetzt gießt du den Kaffee in die bereitgestellten Herendtässchen, obwohl, wenn wir ehrlich sein wollen, der Kaffee aus dünnem Porzellan gar nicht so gut schmeckt, aber sonst sind da nur diese innen weißen, außen erbsengrünen Tassen, das geht ja auch nicht. Bitte sehr, sagt Ferenc und stellt ein Tässchen vor Mari hin. Danke, sagt Mari. Ferenc zündet eine Zigarette an und setzt sich an die andere Schmalseite des Tischs. Liebe Tochter, sagt er, wie wollen wir deine Flucht aus dem Schulunterricht erklären? Mari verdüstert sich, red nicht so, denkt sie. Ferenc sieht ihre Miene, sie hat recht, denkt er, der Ton ist zu manieriert. Er zieht an seiner Zigarette. Also, sagt er, was soll ich diesem Fräulein Müller sagen? Maris Miene hellt sich auf. Zum Glück hast du mich Gevatter genannt, denkt Ferenc mit einer Formel aus den Märchen seines Landes, wo es darum geht, sich den zufällig getroffenen, eventuell bösen alten Mann mit der richtigen Anrede wohlgesinnt zu machen. Eigentlich interessant, denkt Ferenc, dass in diesen Märchen Gut und Böse nicht von vornherein feststehen, sondern sich im Moment entscheidet, nach welcher Seite die Sache kippt, hätte ich die Lehrerin nicht korrekt Fräulein Müller genannt, würde mir Mari eine ihrer Szenen machen. Also?, fragt er. Mari schaut in ihre Tasse. Ich gehe nicht mehr in die Schule, ich will lieber Bücher schreiben, sagt sie. Oho, sagt Ferenc, das soll ich Fräulein Müller sagen? Ja, sagt Mari. Aha, sagt Ferenc, du willst also Schriftstellerin werden. Äh, ja, sagt Mari, die nicht wusste, dass man dem so sagt. Aha, sagt Ferenc, meinst du, er will sagen: Das wird dieser Spießbürgerin einleuchten, sagt aber: Das wird diese Frau verstehen? Auch diese Frau ist noch zu dick aufgetragen, Mari verdüstert sich wieder und sagt: Fräulein Müller. Na schön, sagt Ferenc, wird Fräulein Müller das verstehen? Weiß nicht, sagt Mari. Mach jetzt keinen Fehler, Ferenc, lass die sarkastischen Witzigkeiten, im Stil von: Deine hohe Berufung ist der Dame vielleicht nicht ganz verständlich, und Ähnliches, womit man Kinder zu demontieren pflegt. Schweig lieber, bis dir etwas Gescheiteres einfällt. Ferenc nimmt einen Schluck Kaffee. Leicht metallisch im Geschmack, die Maschine ist noch zu neu. Auch Mari nimmt einen Schluck. Du bist ja auch zu Hause, sagt sie. Stimmt, sagt Ferenc. Sie schweigen, man hört es regnen, um diese Zeit ist fast kein Verkehr. Und jetzt?, denkt Ferenc noch einmal. Ferenc, darf man dir wieder die konventionelle Logik empfehlen, frag sie doch, wie sie auf die Idee kommt, Bücher zu schreiben. Wie kommst du auf die Idee?, fragt Ferenc. Mari schaut in ihre Tasse. Wegen Valentin, sagt sie. Wer ist Valentin?, fragt Ferenc. Pimpernin, sagt Mari. Ah, Valentin Pimpernin, sagt Ferenc. Und fühlt plötzlich den warmen Frühherbsttag im Garten der Villa seiner Eltern, das hohe Gras, das man nie schneidet, ist so trocken, dass die gelben Halme brechen, wenn man auf sie tritt, und einen Strohgeruch verbreiten, der sich zu dem Geruch der vertrocknenden Blätter des Nussbaums fügt. Das Einzige, das feuchter, frischer und ein wenig nach Tinte riecht, sind die gelben und rosa Dahlien in einem ebenfalls von hohem Gras umwachsenen Beet. Ferenc wirft das große Badetuch aufs Gras, es schwebt auf den Halmen langsam zu Boden, ein fliegender Teppich, denkt Ferenc, drückt dann das Tuch rasch hinunter und legt sich mit dem Bauch darauf, denn auf der Terrasse, links in der Distanz, ist der Bruder erschienen: Feri, wo bist du?

Nicht da, denkt Ferenc und öffnet das von seinem deutschen Fräulein erhaltene Buch. Die Sonne scheint auf die Rückseite der Oberschenkel, den Hintern, den Rücken, den Nacken, den Kopf. Ah, denkt Ferenc in der Küche, wie richtig es war, nicht zur Arbeit zu gehen.

Frau Steiger, der es unbehaglich wird, weil Selena seit Minuten nichts redet, sagt: Also, dann gehe ich jetzt wieder hinauf. Sie haben den Tee noch nicht getrunken, sagt Selena. Ich möchte nicht stören, sagt Frau Steiger. Sie stören nicht, Frau Steiger, sagt Selena. Sie schweigen wieder, man hört die Autoreifen auf der nassen Straße, das Wetter ist gleich wie vor vierzig Jahren. Jetzt sollte ich sie endlich fragen, denkt Selena. Was fragen? Einfach, wie das da draußen früher ausgesehen hat, das hat mich doch einmal interessiert, Frau Steiger weiß das noch wahrscheinlich, sie ist ja mit den Arnis zusammen die älteste Hausbewohnerin. Dann frag sie doch, Selena. Ach, interessiert mich eigentlich nicht mehr. Eine Story wird ja auch nicht daraus, Selena ist nicht mehr bei der Zeitung, gekündigt, nicht wegen, sondern trotz ihrer Schwangerschaft, allgemeiner Stellenabbau aus wirtschaftlichen Gründen. Los, frag sie trotzdem, denkt Selena, einfach, um etwas zu reden, sonst läuft sie davon, dann sitzt du wieder allein da. Frau Steiger, sagt sie, Sie wissen das vielleicht: Was war da hinten auf dem Grundstück, bevor sie den Block hingebaut haben? Weiß ich nicht, sagt Frau Steiger, als wir eingezogen sind, wurde schon gebaut. Ach so, sagt Selena. Sie schweigen. Selena nimmt einen Schluck Tee und sagt dann mit Mühe: Ich habe einmal gehört, dass da irgend so ein Bauernhaus war. In Frau Steigers Kopf blitzt das Bild eines Hauses auf, unten verputzter Stein, oben rotbemaltes Fachwerk, so akkurat, dass sie sich sagen müsste, dass sie das vielleicht doch mit eigenen Augen gesehen hat, aber sie sagt: Da hätten Sie meinen Mann fragen müssen, der kannte die Gegend von Kind auf. Wann ist der eigentlich gestorben?, denkt Selena. Sie blickt zu Frau Steiger hinüber, Frau Steiger sieht ungerührt aus. Wann ist Ihr Mann gestorben, fragt Selena, zum ersten Mal ein wenig interessiert. Vor elf Jahren, sagt Frau Steiger. Was sagt man jetzt?, denkt Selena. Da ist er aber jung gestorben, sagt sie. Ja, sagt Frau Steiger, mit dreiundsechzig. Woran?, denkt Selena, aber das darf man nicht fragen. Und der Sohn war da noch zu Hause?, fragt sie. Aber woher denn, sagt Frau Steiger, der war da schon fertig mit der Universität und lebte mit der Freundin. Nichts mehr fragen, denkt Selena mit einem Schaudern. Sie schweigen. Frau Steiger trinkt ihren Tee aus und sagt, jetzt müsse sie aber wirklich gehen, Frau Zumwald solle aber läuten kommen, wenn etwas sei.

Jetzt um zehn ist Weider noch fuchsteufelswilder, weil er zufällig vom Fernrohr aufblickt und unten an der Gartentür den Hansueli sieht. Was macht denn der schon wieder da? Weider schaut auf die Uhr, eins nach zehn, ist die Schule schon wieder aus, was ist das für ein Schlamperbetrieb? Der Föhn hat zugelegt, dem Hansueli stellt es von der Seite das Haar auf, den Mantel trägt er über dem Arm, er zieht an der Gartenklingel, Weider hört das Schellen im Haus. Da kommt die Derendinger, sie hält sich mit einer Hand die Frisur, damit das hochgesteckte Gebilde nicht auseinanderflattert, ist doch gar nicht mehr

Mode, Fräulein Frieda, die Geliebte von dem Blank, sieht mit ihren kurzen Haaren viel hübscher aus. Mit der anderen Hand hält sich die Derendinger den Schal um die Schultern fest, der Wind nimmt sie von rechts, klar, die Villa steht ja nach Osten ausgerichtet, der Großvater wusste schon warum, Morgensonne, war aber sonst ein Spinner, der Großvater, ein Sektenbruder und Geomant, was immer das ist, jetzt hat die Derendinger die Gartentür erreicht, lässt den Hansueli herein, beide gehen über den vom Großvater eigenhändig ausgemessenen und angelegten Gartenweg, steigen die drei Stufen zur Haustür hinauf, jetzt sieht man sie von oben nicht mehr, unten geht die Tür zu, verdammt noch mal, jetzt geht gleich das Geschrei wieder los, Weider horcht hinunter. Nein, es ist still, man hört nur von draußen den Föhn.

Was für eine Stille, das kommt vom Nebel, der füllt alles aus, lässt keinen Ton durchdringen, liegt auf der nassen Erde der aufgewühlten Matte, sogar in den noch tief eingesackten Löchern von den Hufen der dreißig Pferde, liegt auch zwischen den Baumstämmen des Wäldchens, kein Tier scheint da zu leben, kein Laut. Tropfen hängen von den Nadeln der Rottannen, ohne hinunterzufallen.

Mari und ihr Vater sitzen jetzt um zehn im Wohnzimmer, Mari nicht mehr im Pyjama, sondern in ihrem roten Pullover, dem dunkelblauen Wollrock, den dunkelblauen Wollstrumpfhosen. Warum sieht das Mädchen auf einmal so mongolisch aus?, fragt sich Ferenc. Weil sich Mari während des Anziehens die Fransen geschnitten hat, zu kurz, was ihrem Gesicht etwas Schlitzäugiges verleiht, obwohl ihre grauen Augen, wie Ferenc zum ersten Mal feststellt, durchaus europäischen Zuschnitts sind. Das stellt er fest, nicht aber die Kürze der Fransen, wäre ja auch zu viel verlangt, obwohl Mari immer wieder an ihnen zieht, als könnte sie sie damit verlängern. Mist, denkt sie, die sind zu kurz. Was machst du mit deinem Haar, sagt Ferenc, lass das. Mari verschränkt die Arme. Also, sagt Ferenc und wird von einem Klingeln unterbrochen. Schon wieder. Mari und ihr Vater sehen sich schweigend an. Mari wagt kaum zu atmen. Wir sind nicht da, denkt Ferenc, jetzt sehen Sie's doch endlich ein. Das Gleiche sagt Frau Steiger zu Frau Bach, die es nicht lassen kann, immer wieder bei Schalachs zu klingeln, obwohl sie selbst am besten wissen müsste, dass sie nicht da sind, sie steht ja pausenlos auf ihrem Posten. Frau Bach, glauben Sie's doch, sie sind nicht da, sagt Frau Steiger heimlich lachend, denn nur sie hat gesehen, wie der Vater, oder was immer, aber auf seine Art ein attraktiver Mann, an seiner Tür herumfummelte, das Mädchen hatte ja abgeschlossen. Blöd, die Bach war da vielleicht schon im Anmarsch, man musste etwas machen. Frau Steiger hat die Tür zugemacht und es wieder einmal ganz groß gefunden, dass der Fredi ein Telefon angeschafft hatte, da, auf einem extra Möbelchen im Flur. Sie hat Schalachs Nummer gewählt, 64415, von allen vier im Haus vorhandenen Telefonen kennt sie die Nummer auswendig, und zu Mari gesagt, die beim ersten Klingeln abnahm: Das ist die Frau Steiger vom dritten Stock, dein Vater steht vor der Tür, lass ihn hinein, sonst kommt noch die Frau Bach, siehst du, er läutet wieder. Frau Steiger hörte Ferenc' Klingeln doppelt: real und durchs Telefon. Und so ist Mari öffnen gegangen, während die junge Frau

Steiger ihre noch nicht hundertprozentig trockenen Nägel zum Vorwand nahm, um auf ihren straßenseitigen Balkon zu treten und dort die Finger klavierspielerisch zu bewegen, selbstverständlich ohne einen Blick zum Giebelfenster der Weider'schen Villa.

Also, sagt Ferenc jetzt, ein paar Minuten später, noch einmal, wenn du schon Bücher schreiben willst, dann sag ich dir eines: Mach bloß nie Notizen. Warum nicht?, fragt Mari, die nicht weiß, was das mit Bücherschreiben zu tun haben könnte. Bücher schreiben, das ist ein ledergebundenes, schweres, nach altem Papier riechendes und auf dem Deckel mit einem Bild von Rübezahl illustriertes Buch in der Hand halten. Und nicht in die Schule gehen. Wer Notizen macht, ist verloren, sagt Ferenc. Das ist ein Zitat, er weiß es, nur fällt ihm im Moment nicht ein, von wem. Wieso?, fragt Mari. Weil du mit dem, was du schreiben willst, in einer intimeren Beziehung stehen musst, sagt Ferenc. Mari wird rot, intime Beziehung, das ist doch, wenn und so weiter. Verdammt, denkt Ferenc, man kann eben nicht mit einem zehnjährigen Kind über den schöpferischen Akt reden. Er sagt laut: Und lass endlich dein Haar in Ruhe. Warum, schreit Mari, lässt nicht du mich in Ruhe? Ja, warum nicht, denkt Ferenc, weil man mit ihr nicht reden kann, aber lassen wir's, wenn sie wieder bei ihrer Mutter ist, kann ich mich Gescheiterem zuwenden und sie vergessen. Wirklich? Ja, denkt Ferenc grimmig. Sie sitzen schweigend und wütend, draußen rattert die Pumpe nicht mehr, man hört undefinierbare Geräusche, dumpf und arhythmisch. Was heißt dumpf und arhythmisch, fragt Ferenc herausfordernd. He?, sagt

Mari. Dumpf und arhythmisch, sagt Ferenc. Spinnst du?, sagt Mari. Was erlaubst du dir eigentlich, sagt Ferenc, mit deinem Vater so zu reden. Red doch einfach auch so, Ferenc. Nein, denkt Ferenc noch wütender. Du spinnst, schreit Mari. Mari, schreit Ferenc, ich werde dir zum ersten Mal im Leben eine Ohrfeige geben. Tu's doch, schreit Mari. Sie verengt die Augen zu Schlitzen, sieht noch mongolischer aus. Ferenc muss plötzlich lachen. Red wie du willst, sagt er, vielleicht bin ich gar nicht dein Vater. Wer ist dann mein Vater?, sagt Mari. Vielleicht jemand, sagt Ferenc, der aus Ulan-Bator dahergelaufen kam. Ulan-Bator. Da ist es staubig. Kalt, aber staubig. Der kalte Wind treibt den Staub, oder besser: die oberste Schicht der ausgetrockneten Erde von der Ebene gegen die Berge. Daher die bräunliche Tönung des Sonnenlichts. Mari sieht das staubgefilterte Licht zwischen dem Couchtisch und dem Bücherregal. Sie sagt in dieses Licht hinein: Meine Mutter hat dich nicht betrogen, du sie aber schon. Ho, das weiß sie also. Woher zum Teufel? Nicht fragen, Ferenc, nicht fragen. Ferenc holt das Taschentuch aus der Tasche und trocknet sich die Stirn ab, zündet eine Zigarette an. Mari blickt immer noch auf Ulan-Bator zwischen Couchtisch und Bücherregal. Ica, denkt Ferenc, die kann den Mund nie halten, die redet zu viel, die redet noch, wenn ich in ihr drin bin. Es überläuft ihn heiß, es wird ihm so, dass er fürchtet, Mari könnte es bemerken. Ach woher, Feri, du hast doch eine lose geschnittene Hose an. Trotzdem steht Ferenc auf und geht rasch aus dem Zimmer.

Ein paar Minuten später, Ferenc kommt beruhigt zurück. Hat er Hand an sich gelegt? Nein, nein, das würde Ferenc nie tun, er hat in der Küche ein Glas Wasser getrunken und sich geärgert, dass er sich gerade wieder Feri genannt hat, auch das brachte Abkühlung. Jetzt steht er in der Wohnzimmertür. Mari blickt nicht mehr auf Ulan-Bator, sondern zu ihm. Ich weiß, was dumpf und arhythmisch heißt, sagt sie. Aha, sagt Ferenc und greift in die Hosentasche nach den Zigaretten. Zündet eine an. Telefon. Verdammt noch mal. Ferenc rührt sich nicht. Nimm ab, sagt Mari ungeduldig. Nimm doch du ab, sagt Ferenc. Nimm ab, schreit Mari. Ferenc geht zum Apparat, nimmt den Hörer ab. Hallo? Hallo, Feri, ich bin's. Maris Mutter. Ferenc wird so wütend, dass er das Naheliegende, das er in einem solchen Fall denken würde, nämlich lupus in fabula, nicht denkt, sondern nur: Die nicht auch noch. Maria, pass auf, sagt er, ich kann jetzt nicht reden, ich rufe dich demnächst zurück. Demnächst, bist du wahnsinnig, hör mir sofort zu, sagt Maria, du musst das Mädchen bis im Januar behalten, vorher geht es unmöglich, es gibt da die verschiedensten Schwierigkeiten, sie will weiterreden, aber Ferenc sagt laut: Interessiert mich nicht, und deine Tochter bleibt sowieso da, du kannst sie vergessen. Er knallt den Hörer auf den Apparat, nicht ohne sich dabei ein wenig lächerlich vorzukommen.

Fast halb elf, sie haben endlich das einzig Richtige getan, nämlich den Stecker des Telefons herausgezogen, sodass die Damoklesschwerter, wie Ferenc denkt, aber sich hütet zu sagen, nämlich Maria, Schule und Büro, ausgeschaltet sind. Das Klingeln an der Tür hat seltsamerweise aufgehört. Welchem gnädigen Prinzip verdanken wir das wohl, denkt Ferenc und würde staunen, dass es die dumme kleine Puppe ist, so nennt er sie, die junge Frau Steiger. Als sie Frau Bach wieder einmal klingeln hörte, hat Frau Steiger heruntergerufen: Frau Bach, ich habe einen Anruf bekommen, man hat die Schalachs gefunden, sie sind auf der Polizeiwache in der Stadt. Warum hat sie das getan? Aus einem Rachebedürfnis an Frau Bach, von der sie sich seit Monaten geschnitten fühlt. Aus dem Bedürfnis, sich wichtig zu machen: Sie hat ein Telefon, Frau Bach hat keins. Aus Sensationslust: Je weiter sich die Situation spannt, umso größer der Knall am Ende. Aus Langeweile: Der Vormittag ist lang. Und ja: Ein bisschen ist sie schon in diesen komischen, aber nicht unattraktiven Herrn Schalach verliebt. Also ist er doch kein warmer Bruder? Doch, wahrscheinlich doch, er beachtet sie ja nie. Ist ja auch das Attraktive an ihm, müsste man Frau Steiger wohl sagen und hinzufügen, dass man immer das Abgewandte liebt. Was? Ja, das Abgewandte beziehungsweise den Abgewandten, der zu seinem eigenen Horizont blickt. Aber Liebe ist doch Austausch, er muss doch mich anblicken. Nein, er muss zu seinem eigenen Horizont blicken, dann ist er liebenswürdig im starken Sinn des Wortes. Das ist mir zu einseitig, zu distanziert. Bitte, wie Sie wollen.

Mari zieht wieder an ihren Fransen. Lass das endlich sein, sagt Ferenc, so kann man nicht reden. Draußen beginnen wieder die dumpfen, arhythmischen Geräusche. Was willst du reden?, fragt Mari. Wir wollen darüber reden, dass ich dich hierbehalte, du hast es ja gehört. Und wenn ich nicht will?, fragt Mari. Willst du nicht?, fragt Ferenc. Mari schiebt die Unterlippe vor. Sieht nicht mongolisch aus, sondern, denkt Ferenc, mongoloid. Hör auf, sagt er. Mari zieht die Unterlippe zurück. Also?, fragt Ferenc. Mari sagt nichts. Wäre es nicht freundlich, fragt Ferenc, irgendetwas zu sagen? Wäre es nicht freundlich, fragt Mari, mich zuerst zu fragen, ob ich hierbleiben will? Ferenc drückt die Zigarette im Aschebecher aus. Er schämt sich. Er sagt: Verzeih, Mari, weißt du, auch ich bin nicht gern hier. Wo hier?, fragt Mari. In diesem Land, in dieser Stadt, in dieser Wohnung, sagt Ferenc. Ich weiß, sagt Mari.

Unterdessen kehren in der »Matte« die Arbeiter zu ihrer Vormittagspause ein, Mari und ihr Vater merken es am Aufhören der dumpfen, arhythmischen Geräusche. Die Arbeiter erörtern wieder einmal, was die Brüder Weider eigentlich immer noch auf der Baustelle suchen, die ja jetzt weitgehend aus einem Loch besteht. Nichts, sagt Erich. Alle blicken erstaunt auf ihn. Der Erich hat etwas gesagt. Woher weißt du das, Erich, he? Erich sagt nichts mehr. Sicher nicht nichts, sagt der Vorarbeiter, während sie sich an den Stammtisch setzen. Nein, sagt Giulio, die suchen etwas, haben auch Polizist geschickt. Gemeint ist Studer, der am Vormittag auf dem Baugelände erschienen ist, auf der Suche nach Mari. Das Loch ist so übersichtlich, dass er gleich feststellen konnte, dass sie dort nicht war. Aber sein Erscheinen gibt halt doch zu reden. Und wenn die Arbeiter erst sähen, wer jetzt gerade über die Baustelle läuft. Der Weider, der Herr Hansueli Weider, der Fernrohrweider, in Gummistiefeln. Er geht vorsichtig am Rand der Baugrube entlang, steigt dann, ebenfalls vorsichtig, die Rampe ins Loch hinunter, wo er bis zu den Waden im Schlamm versinkt. Er bückt sich. Geht in gebückter Stellung langsam vorwärts. Der sucht also wirklich etwas. Aber was? Etwas, das er jeweils mit dem Fernrohr sucht? Aber seit wann braucht man ein Fernrohr, wenn man auf einem Gelände etwas sucht, der will doch bloß im dritten Stock des Neubaus die junge Steiger im Unterrock sehen. Aber schon sein Vater hat doch immer durchs Fernrohr geschaut, und da waren weder Neubau noch die Steiger. Der wusste noch warum, wie gesagt. Und der da, der Hansueli, wüsste es nicht mehr? Vielleicht nicht. Aber jetzt sucht er doch ganz gezielt nach etwas. Gezielt schon, aber vielleicht weiß er trotzdem nicht wonach.

Es kommen immer Dinge zum Vorschein. Ferenc hat einmal, erinnern wir uns, beim verbotenen Betreten der Baustelle mit dem Fuß den Bauschutt auseinandergeschoben, und da hat er darunter ein altes Hufeisen entdeckt. Als er den Schutt mit dem Fuß auseinanderzuschieben begann, wusste auch er nicht, dass er etwas suchte. Das Stehenbleiben und Schuttverschieben war eine Übersprungshandlung, um das Gesicht zu wahren, sich nicht einfach wegjagen zu lassen, denn er hatte gemerkt, wie die Arbeiter miteinander redeten und zu ihm herüberblickten. Das Hufeisen, schwarz, dünn, zerknittert aussehend, liegt neben dem kleinen, zum Sammeln der Asche dienenden Deckeleimer aus Schmiedeeisen auf dem Bücherregal. Mari, immer noch auf dem Sofa, jetzt um elf im Schneidersitz, hat beide Gegenstände im Auge, oder besser: Im Körper, so wie man eben die vertrauten Gegenstände eines vertrauten Zimmers als Formen des eigenen Raumgefühls wahrnimmt. Mari beginnt, sich vor und zurück zu wiegen. Mutter nicht, Vater nicht, denkt sie im Takt des Sich-Wiegens. Sie meint: Mutter will mich nicht, Vater will mich nicht, nur sind diese Sätze für die kurze Wippbewegung zu lang. Wie traurig, denkt Mari und versucht zu weinen. Es geht nicht. Etwas lacht. Was lacht? Der Körper. Er wiegt sich gern, er fühlt sich wohl, er lacht. Mari wird wütend. Er lacht über mein trauriges Schicksal. Sie wiegt sich weiter. Muss auf einmal selber lachen. Was lachst du?, fragt der Vater, der wieder in der Tür steht. Mari antwortet nicht.

Es geht schon auf halb zwölf zu, draußen ist es immer noch still, es fällt sogar dem Vater auf, der am Fenster steht und hinausschaut, in den Regen, auf den Schlamm, die leere Baugrube. Wo sind die Arbeiter? Links unter dem Vordach des Warenlagers des Lebensmittelgeschäfts, was der Vater nicht sehen kann. Sie reden mit Herrn Weider, das heißt, der Vorarbeiter redet, die anderen hören zu. Sie reden darüber, dass die Arbeit für diese Woche unterbrochen wird. Schon wieder. Ab Montag geht es weiter. Teurer Spaß, die Angelegenheit, scheint dem Weider höllisch wichtig zu sein. Hat er vorhin etwas gefunden? Ja. Was? Einen roten Deckel, gewölbt. Das ist doch der Deckel von der roten Kiste, die der junge Schacher vor vierzig Jahren weiß Gott wie von dem Herrn Brun bekommen hat. Weider ist ganz aufgeregt, will unbedingt den zum Deckel gehörenden unteren Teil auch finden. Na gut, dann gehen wir jetzt halt, sagt der Vorarbeiter. Ich nicht, sagt Erich. He? Wieso, Erich? Einfach so, sagt Erich. Der ist nicht normal. Hast die Arbeitswut, Erich? Erich sagt nichts. Weider blickt aus zusammengekniffenen Augen auf ihn.

Hat der Lunte gerochen? Erich blickt auf seine Bergschuhe hinunter. Den muss man loswerden, denkt Weider, der gefällt mir nicht, schon von Anfang an nicht, ein heimlifeißer Duckmäuser, oder noch Schlimmeres. Mach kein Theater, Erich, sagt der Vorarbeiter, statt froh zu sein um die bezahlte Freizeit. Erich sagt nichts. Also, dann auf Montag, sagt Weider. Nein, sagt Erich. Herr von Allmen, sagt Weider zu Erich, ich kann ein solches Verhalten nicht brauchen, wenn Sie nicht gehen, muss ich Sie entlassen. Bin vom Kari Meier angestellt, nicht von Euch, sagt Erich. Das können Sie mir überlassen, sagt Weider mit einem dünnen Lächeln. Erich sagt nichts. Also, dann, sagt Weider. Sie wenden sich zum Gehen. Ich bleibe, sagt Erich. Was können sie tun? Sie müssen Erich da unter dem Vordach stehenlassen. Aber wenn Sie auf der Baustelle etwas anrühren, sagt Weider, zeige ich Sie an. Erich sagt nichts. Sie gehen. Erich bleibt unter dem Vordach stehen.

So, sagt der Vater am Fenster, nachdem wir das geklärt haben, lade ich dich zum Mittagessen ein. Geklärt haben sie, dass Mari also nicht zu ihrer Mutter zurückgeht, sondern hierbleibt, wobei das nicht heißt, dass alle Zweifel ausgeräumt sind, natürlich nicht, aber da weder Mutter noch Vater sie haben wollen, kann man geradeso gut hierbleiben und wenigstens eine brauchbare europäische Sprache lernen, wie Ferenc gerade sagt. Ach Gott, Ferenc, warum verfällst du immer wieder in diesen eifrigen Neubekehrtenton, schreibt Mari gute vierzig Jahre später, während sie jetzt in den Sechzigerjahren nur düster vor sich hin sieht, sodass der Vater merken muss, dass der Ton wieder falsch war. Er wiederholt seine Einladung zum Mittagessen. Das geht nicht, sagt Mari, dann erwischen sie uns. Ach ja, sagt Ferenc, du hast recht, was machen wir? Weiß nicht, sagt Mari. Sie schweigen, der Vater blickt hinaus, in den Regen, auf den Schlamm, die leere Baugrube. Mari blickt auf den Zwischenraum zwischen Couchtisch und Bücherregal. Da ist leider nicht mehr Ulan-Bator, sondern nur noch die zigarettenrauchgeschwängerte Wohnzimmerluft. Sie schiebt die Unterlippe vor. Oder hätte ich Schriftsteller werden sollen?, fragt sich Ferenc und blickt in den Regen hinaus. Er sieht links unten Erich zum Vorschein kommen und langsam, leicht gebückt, die Schultern hochgezogen, beide Hände in den Taschen, zum Rand der Baugrube stampfen. Und über die Schönheit der Welt schreiben?

Die Matte liegt nach wie vor unter dickem Nebel, der sich nicht auflösen will. Die Stadt wartet auf ihr Ende. Wer nicht unbedingt muss, verlässt sein Haus nicht. Viele liegen betend auf den Knien. Einige trinken Bier. Die Krüge bleiben in erstarrten Händen auf halbem Weg in der Luft stehen, als man durch die Nebelstille weitherum Ruderschläge hört. Herrjesses. Der Antichrist kommt über den See gefahren. Auf der Matte ist im selben Moment das Knacken von Ästen zu hören. Schritte?

Die Mittagsstunde bringt keine Lösung. Essen mag ich eh nichts, denkt Selena, und wieso sollte ich auf einmal wissen, wie es weitergehen soll? Ja, wie soll das weitergehen? Der Babyblues dauert aber lang, hat Frau Steiger gesagt, die den Ausdruck aus einer Sendung im Fernsehen kennt. Das ist nicht Babyblues, hat Selena gesagt. Was dann sonst? Das Gefühl, etwas verloren zu haben. Den Heinz? Um Gottes willen, nein, zum Glück ist der weg. Frau Zumwald, wie können Sie so reden, wie können Sie sagen, Sie hätten etwas verloren, Sie haben doch das Kind. Genau. Genau mit ihm habe ich etwas verloren, denkt Selena. Den Karli, und noch etwas. Den Karli, wir reden von der Katze, hat Heinz mitgenommen, zu Renat, wo er es besser hat, da gibt es eine Dachterrasse. Und dann noch etwas, denkt Selena. Die Stelle? Nein, Selena denkt schaudernd an den seichten Verblödungsstil des Blatts und ist froh, nichts mehr damit zu tun zu haben. Sie richtet sich auf ihrem Küchenstuhl auf, blickt hinaus, es regnet immer noch. Sie greift nach dem Handy und tippt Heinz' Nummer ein, Heinz antwortet sofort: Ist etwas?, fragt er. Ja, sagt Selena, ich schlage einen Tausch vor: Du gibst mir den Karli wieder und nimmst dafür Hedwig. Hedwig, tatsächlich, so heißt das Kind, auch eine von Selenas Schnapsideen, nur mochte da Heinz nicht mehr streiten. Die Frau ist nicht richtig im Kopf. Selena, sagt Heinz, ich werde die Zahlungen um den Betrag kürzen, der für deine Psychotherapie gedacht war. Ich gehe ja in die Therapie, sagt Selena. Heinz verschlägt es einen Augenblick die Sprache. Das ist aber neu, sagt er. Ja, und?, sagt Selena. Heinz sagt nichts mehr. Also, fragt Selena, machst du mit bei dem Tausch? Selena, ich lasse mich von dir nicht mehr provozieren, schreit Heinz und drückt auf die Abstelltaste. Selena wirft das Handy auf den Tisch und beginnt zu weinen. Hedwig beginnt auch zu weinen.

Ketsuron steht mit gerecktem Hals und gespitzten Ohren in seinem Stall. Herr Manfred steht mit gerecktem Hals und nach vorn geklappten Ohren, er hat Hängeohren, ist ein Jagdhund, in der Küche. Niemand sagt ein Wort, weder der Stallbursche zu dem Pferd noch die Köchin zu dem Hund noch Herr Petrus zu irgendwem. Er steht am Fenster und drückt ein Auge an eine der rautenförmigen Scheiben, um hinauszusehen, sieht aber nur das Weiß des Nebels. Oder kommt da jemand vom Südende des Gartens herauf?, denkt Herr Petrus erschrocken. Aber man darf nichts fragen, nichts sagen.

Hedwig, denkt Selena, hör auf. Sie steht neben der Wiege und blickt auf Hedwig hinunter, die, rot im Gesicht, immer noch weint. Selena wendet sich ab und geht aus dem Zimmer. Ich muss eine rauchen, der Rest ist mir gleich, denkt sie. Da, auf dem Glastisch in der Essecke des Flurs, ist das vor etwa fünf Monaten zum letzten Mal benutzte Päckchen, auch ein kleines flaches Feuerzeug steckt darin. Selena zündet sich eine an. Was für ein Gefühl plötzlicher Entspannung. Vielleicht wird doch alles gut. Vielleicht kann man, Selena muss lachen, Hedwig doch eintauschen oder sich womöglich an sie gewöhnen. Es klingelt. Bloß das nicht, bloß jetzt nicht die alte Frau Steiger mit ihren Geschichten von ihrem erfolgreichen Sohn, Jurist wie Heinz, ungefähr gleich alt und, Selena hat ihn auch schon getroffen, nicht so, wie man es nach den Geschichten seiner Mutter erwarten würde. Selena geht zum Türspion. Um Himmels willen, der Heinz. Wo war der, als ich ihn anrief, denkt Selena, das ist ja keine fünf Minuten her. Heinz, wart rasch, ich komme gleich, ruft Selena durch die Tür, läuft in die Küche, macht den Wasserhahn auf, hält die Zigarette darunter, wirft sie in den Mülleimer, ins falsche Fach, aber egal, reißt das Küchenfenster auf, er wird es ja trotzdem riechen, jetzt, wo's um Hedwig geht, versteht er erst recht keinen Spaß. Hedwig weint immer noch, vielleicht kann man Heinz gleich zu ihr hineinsteuern, da hat der Säuglingsgeruch den Rauch vielleicht absorbiert. Selena läuft durch den Flur, schließt die Tür auf, öffnet sie: niemand. Da ist niemand. Heinz? Sie tritt hinaus, schaut hinunter: niemand. Sie geht die Längsseite des Treppenhauses entlang, schaut von dort noch einmal hinunter, auch da ist niemand. Was soll denn das? Heinz? Selena geht zur Schmalseite des Treppenhauses, dann die Treppe in den ersten Stock hinunter, auch da ist keiner, und es ist völlig still, komisch, dass man Hedwig hier nicht weinen hört, oder hat sie aufgehört zu weinen? Selena steigt rückwärts ein paar Treppenstufen hoch und horcht, doch, Hedwig weint noch, ein erstaunlich dünner, feiner Ton. Selena steigt die Stufen wieder hinunter, steht vor dem Lift im ersten Stock, hält sich am Geländer fest, blickt auf die andere Schmalseite der Wand. Das Licht geht aus. Selena streckt den Arm nach hinten, tastet neben der Lifttür an der Wand herum, findet den Knopf, drückt darauf. Fährt zusammen, als es wieder hell wird. Was mache ich da?, denkt sie. Sie beginnt, die Treppe hochzusteigen, ist außer Atem, als sie oben ankommt. Bleibt stehen, schaut hinauf zum Oberlicht, schleicht der Heinz da oben herum, sind da Schritte? Selena ist nicht sicher, das Säuglingsweinen stört. Soll er eben herumschleichen, hat wohl einen Knall, denkt Selena, geht rasch zu ihrer Wohnung, macht laut die Tür zu, kalt hier drin, die Fenstertür des Küchenbalkons ist im Durchzug ganz aufgegangen, Selena geht in die Küche, macht sie zu. Nimmt wieder das Handy, stellt wieder Heinz' Nummer ein, wieder antwortet Heinz sofort: Selena, ich habe mir das überlegt, bitte ruf mich ausschließlich an, wenn etwas mit Hedwig ist, auf deine Provokationen gehe ich nicht mehr ein. Wer provoziert wen?, sagt Selena. Du, du versuchst es immer wieder, aber ich mache das nicht mehr mit. Aha, und was soll ich sagen, wenn du bei mir läuten kommst und gleich wieder verschwindest? Wie bitte? Ja, wie bitte, sag du mir bitte, warum du läuten kommst und dann verschwindest, wo bist du überhaupt, im vierten Stock? Was heißt vierter Stock, sagt Heinz, ich bin im Büro, ich verstehe überhaupt nicht, was du redest. Aber das stimmt nicht, er hat schon verstanden, mit einem Gefühl, als liefe alles aus ihm aus, Pläne, Inhalte, Leben, nur zu gut verstanden, dass der andere wieder da ist, der Aurel, der Doppelgänger.

Es ist nicht der Antichrist. Wer sich davon überzeugen wollte, könnte das an der Landungsstelle tun, wo der im Stehen geruderte Nachen aus dem Nebel auftaucht und knirschend auffährt. Der Rudersmann hat kaum Platz zum Stehen, so hoch beladen ist das Boot mit Tannenreisig. Darunter sind Tannenscheite. Trockene Scheite, guter Preis. Der Rudersmann kommt von Südwesten her gefahren, hat die ganze Nacht sich nah an die Ufer haltend gerudert. Er steigt vorsichtig, mühevoll das Gleichgewicht wahrend, über die Äste zum Bug, stützt sich mit einer Hand ab, springt mit einem schrägen Schwung ans Ufer. Bleibt stehen, lehnt sich an den Bugrand, wischt sich den Schweiß ab, holt aus einer Tasche, die ihm unter dem Umhang vom Hals hängt, ein Brot, beginnt es zu zerkauen. Im Heck des Nachens erscheint ein großer, zottiger, schwarzer Hundekopf. Auch der Hund beginnt vorsichtig und immer wieder im Reisig einsinkend nach vorn zu gehen. Er ist beim Bug angelangt, springt ans Ufer, schüttelt sich. Er wird dann auf den Nachen aufpassen müssen, während der Rudersmann das Holz in vielen Gängen in die Stadt hineinträgt.

Auch Selena hat begriffen, dass sie wieder das Doppelgängerproblem haben, das heißt, eigentlich ist es ja das Problem von Heinz, versucht er es mir anzuhängen, oder was? Wenn das so weitergeht, denkt Selena, muss ich wirklich in die Therapie. Ach so, dann war das vorhin eine Lüge? Ja. Und was hast du dazu zu sagen, Selena? Nichts, er soll mich in Ruhe lassen, ist ja schön, wenn ihm die Therapie etwas bringt, ich glaube nicht daran. Allerdings hat Heinz genau jetzt nicht das Gefühl, dass ihm die Therapie etwas bringt, in die er seit dem Herbst auf Renats Anraten geht. Er sitzt schwitzend auf dem Bürostuhl, das Gesicht in den Händen. So ein Scheiß. Bald wird der Aurel bestimmt auch vor Renats Haus auftauchen, und dann ist fertig, dann kann ich auf der Psychiatrischen einchecken, denkt Heinz. Auf dem Schreibtisch klingelt das Telefon, Heinz nimmt ab und sagt: Carla, ich bin besetzt, sag, ich sei am späteren Nachmittag wieder zu erreichen. Ist gut, Aurel, sagt Carla. Heinz legt auf, nimmt das Handy, stellt Michelles Nummer ein. Michelle antwortet bald, Höllenlärm im Hintergrund. Hallo, Michelle, das ist der Heinz, wo bist du? Michelle ist im Restaurant, wartet gerade auf den Salat, es ist ja schon halb eins. Sorry für die Störung, sagt Heinz, aber Michelle hat ihm ja gesagt, dass er im Notfall jederzeit anrufen darf, und jetzt ist sie auch bereit, ihn zu empfangen, allerdings erst um sechs, bis dahin ist sie durchgehend besetzt. Wie halte ich das so lange aus, denkt Heinz, als er das Telefon abstellt, und vergräbt wieder das Gesicht in den Händen.

Es ist auch niemand vom Südende des Gartens heraufgekommen, das hat sich Herr Petrus bloß eingebildet, Blasen und andere Unebenheiten im Glas der Fensterscheibe sieht man bald einmal als eine sich im Nebel bewegende Gestalt. Herr Petrus sitzt jetzt neben dem Kamin, wo die Köchin den Gerstenbrei wärmt, und zuckt zusammen, weil die Tür aufgeht. Der Diener ist's, der mit roten, klammen Händen an seinem Werk dahinten beim Holzschuppen nicht weiterschaffen kann. Wann darf man das Opus magnum sehen?, würde Herr Petrus normalerweise fragen, aber jetzt fragt er nichts. Auch die Köchin fragt nichts, und auch ihre Nichte nicht. Wo ist eigentlich die Magd? Und Herr Manfred? Eigentlich seltsam. Aber man darf nichts fragen, nichts sagen. Der Diener kommt zum Kamin, geht in die Hocke, hält die Hände gegen die Flammen. Der weiß etwas, denkt Herr Petrus plötzlich. Der ist nicht wegen der Kälte hereingekommen, sondern weil er etwas gesehen hat. Er schaut dem Diener ins Gesicht. Der Diener schaut geradeaus ins Feuer. Wieso kauert der da so ruhig, wieso ist er nicht im langen Flur mit den Sandsteinplatten und den Hirsch-, Reh- und Wildschweinschädeln, vor Herrn Bernhards Tür? Wieso ist er sicher, dass er nicht gebraucht wird? Herrn Petrus wird auf einmal schlecht. Heilige Muttergottes, Heiliger Sankt Veit, helft uns, heute macht die Frau den Fluch wahr, heute am Ende der Welt. Herr Petrus taumelt durch die Küche, reißt die Tür auf, erbricht sich auf den Hof.

Was mache ich jetzt?, denkt Selena. Es hat wieder geklingelt. Ich rufe die Polizei, wenn das wieder dieser Pseudoheinz ist. Sie nimmt das Handy, schlüpft aus den Birkenstocks, geht auf Socken lautlos durch den Flur, sieht im Spiegel am Flurende ihr eigenes fahles Gesicht. Wie sehe ich aus?, denkt sie. Jetzt ist sie beim Türspion, schaut durch. Genau, das ist er. Sie vergisst, dass sie die Polizei rufen wollte, und reißt die Tür auf. Frau Steiger, die da draußen steht, fährt zurück. Was ist?, fragt sie erschrocken. Frau Zumwald, was ist? Selena holt Atem. Haben Sie geklingelt, Frau Steiger? Ja, sicher, was haben Sie? Ich weiß es nicht, kommen Sie herein, Frau Steiger. Frau Steiger kommt herein, sie gehen in die Küche. Frau Steiger will einen Arzt rufen. Nein, sagt Selena, Frau Steiger, ich muss Ihnen etwas sagen, mein Mann, der Heinz, der hat einen Verfolgungswahn, der meint immer, er sehe seinen Doppelgänger. Seinen was? Einen Menschen, der genau gleich aussieht wie er, sagt Selena, und jetzt meine ich auch schon, dass ich ihn sehe. Das ist mir auch einmal passiert, sagt Frau Steiger. Was, wirklich? Ja, als wir hier eingezogen sind, da hat einer gesagt, das war übrigens ein Vorgänger von Ihnen, der hat genau in dieser Wohnung gewohnt, der hat gesagt, er kenne mich, er habe mich schon früher gesehen, im Ausland, in Deutschland, dabei war ich damals noch nie im Ausland gewesen, aber er hat es steif und fest behauptet. Ach so, sagt Selena, aber ich meine nicht das, ich meine, dass ich jetzt den Mann auch sehe, der genau gleich aussieht wie Heinz. Und wo haben Sie den gesehen?, fragt, Frau Steiger. Hier, er hat hier an der Tür geläutet. Wann? Etwa vor zwanzig Minuten, sagt Selena. Das kann nicht sein, sagt Frau Steiger. Wieso nicht? Weil ich das gehört hätte, sagt Frau Steiger, ich habe bei mir offen gelassen, für den Fall, dass bei Ihnen etwas ist. Das ist sehr nett, Frau Steiger, aber es ist nicht nötig, sagt Selena und denkt innerlich knirschend: So ist das also, die spioniert mir nach, ich muss weg hier.

Sechs Uhr, Heinz sitzt schon in Michelles Lehnstuhl. Michelle, blond, großbusig und selbstverständlich von Angeboten und Anträgen überschwemmt und trotzdem Single, setzt sich ihm gegenüber und schaut ihn lächelnd an. Heinz lächelt zurück, er kann nicht anders, obwohl es ihm noch lausiger geht als am Mittag. Was hat am Nachmittag passieren müssen, als er sich einen Ruck gab und im Laden unten ein Sandwich kaufen ging? Ja, klar, der Aurel, da beim Regal mit den Gewürzen und Beutelsuppen. Heinz stürzt also hin, so, jetzt wollen wir es wissen, der Mann wendet sich von den Beutelsuppen ab, schaut Heinz erstaunt an, sieht überhaupt nicht so aus wie er. Heinz hat sich entschuldigt und gedacht: Zwar spinne ich, aber es ist doch beruhigend, dass sich das alles nur in meinem Kopf abspielt. Dann geht er zur Kasse, und die Kassenfrau, Frau May, schaut ihn verblüfft an und sagt: Herr Zumwald, ich habe Sie gar nicht zurückkommen sehen, Sie haben doch vorhin schon etwas bei mir bezahlt, oder?

Die zwölfte Stunde des Tags, sechs Uhr am Nachmittag. Ist die Welt untergegangen? Nicht ausgeschlossen, wenn man in das vollkommen undurchsichtige Nebeldunkel hinausschaut. Besser nicht hinausschauen. Im Stall hockt der Bursche neben Ketsurons reglosen Beinen im Stroh. Schläft Ketsuron? Der Bursche wagt nicht zum Pferdekopf aufzuschauen, wenn er es täte, sähe er sowieso nur einen noch dichter dunklen Fleck in der Dunkelheit. Der Bursche ist schwach vor Hunger, niemand hat ihm sein Essen gebracht, niemand ist so wahnsinnig, das Haus zu verlassen. Vielleicht gibt es ja zwischen Haus und Stall den Hof nicht mehr, vielleicht hat sich dort der Abgrund aufgetan, wo schon der Kampf tobt, zwischen den Heerscharen des Bösen und des Heilands Heer. Dem Burschen stockt der Atem. Worauf kauert dann er? Was ist unter seinen Füßen? Und unter Ketsurons Hufen? Der Bursche erstarrt. Nichts ist unter dem Boden, nichts, nur eine dünne Schicht gestampfter Erde trennt ihn von leerer Luft, vom schwarzen Abgrund, in welchem die Sterne ganz zuunterst sind. Dem Burschen wird schwindlig, er kippt aus der Hocke nach vorn, wagt die Beine nicht auszustrecken, wer weiß, ob es dahinten noch Boden gibt. Ketsurons Hinterbeine scheinen zwar noch fest zu stehen, aber wer weiß, ob ein paar Zoll daneben die Erde nicht schon weggebröckelt ist. Die letzten Schollen unserer Welt.

Um nicht die ganze Zeit in unserem eigenen Saft zu schmoren, sagt Ferenc, der sich die Metapher gestattet, da sie dem hiesigen Idiom entlehnt ist, sagt er also jetzt um sechs: Lass uns im Schutz der Dunkelheit, er will sagen: diese ungastliche Stätte verlassen, aber das wiederum ist zu stark, er sagt also: hinausgehen. Wohin?, fragt Mari.

An den See?, fragt Ferenc. An welchen?, fragt Mari. Der Ort befindet sich ja auf einer kleinen Anhöhe zwischen zwei Seen, die man hier aber beide nicht sieht, wobei der kleinere See ganz in der Nähe ist. An welchen möchtest du?, fragt Ferenc und denkt: Bestimmt an den kleinen, Kinder sind fürs Kleinkarierte. Mari sagt: An den kleinen. Na, bitte. Warum an den kleinen?, fragt Ferenc. Weil es dort dunkler ist, sagt Mari.

Selena sitzt unweit der Stelle, wo Mari gute vierzig Jahre zuvor das sagt, nämlich im Schlafzimmer, und stillt Hedwig. Selena weint. Was für öde Tage, denkt sie, öde Tage auf der Diagonalen zwischen Küche, Glastisch im Flur, Schlafzimmer. Das Wohnzimmer, wo Mari und ihr Vater, ohne Licht gemacht zu haben, miteinander reden, betritt sie nicht mehr. Dort stehen auf dem Glastisch schwärzlich braun vertrocknete Astern in einer Vase, in der das verdampfte Wasser einen braunen Belag hinterlassen hat. Im Steingutaschenbecher aus dem Indianerreservat liegen geruchlos gewordene Zigarettenkippen. Der Kerzenhalter aus Zinn, den Mari vor etwa dreißig Jahren beim Auszug aus der Wohnung hier vergisst und den Selena ihrem Vorgänger, einem Herrn Peter oder Pius Lieber, für zwanzig Franken abgekauft hat, hält eine heruntergebogene weiße Kerze, die an einem heißen Julivormittag geschmolzen ist. Es ist kalt, die Heizung ist abgestellt. Staub überall. Frau Zumwald, wenn Sie wollen, räume ich Ihnen da ein wenig auf, hat Frau Steiger gesagt. Nein, hat Selena so grob geantwortet, dass sich Frau Steiger danach längere Zeit nicht mehr blicken ließ. Auch das kleine Zimmer, logischerweise das Kinderzimmer, wenn auch nicht mehr mit Molluskentapete, betritt Selena nicht mehr. Was, sie benutzt nicht einmal mehr den Computer? Oder steht der jetzt an einem anderen Ort? Nein, der Computer befindet sich nach wie vor im kleinen Zimmer, unbenutzt und vielleicht schon kaputt. Ich halte das nicht aus, denkt Selena weinend. Sie greift mit der freien Hand nach dem Handy in der Tasche ihrer Strickjacke, hält es über Hedwig und stellt eine Nummer ein. Bruno, sagt sie weinend, als sich eine Männerstimme meldet.

An diesem Novembertag in den Zwanzigerjahren ist seit zehn, als Hansueli für Weiders Gefühl viel zu früh aus der Schule kam, Folgendes passiert: Der Föhn hat zugelegt. Fräulein Zinners Fensterladen hat, trotz des in die Ritze gesteckten Papiers, die ganze Zeit geklappert. Weider hat, solange es hell war, umsonst am Fernrohr gestanden. Außer dem zur Schule gehenden und von der Schule heimkehrenden Tineli kam von Schachers niemand in Sicht. Allerhand Zeug immer wieder im Blickfeld des Fernrohrs, Blätter, Papier, Stofffetzen, trockene Grashalme von der Wiese. Blank auf raschem Heimweg von der Arbeit, wenn's so stürmt, verkriecht er sich lieber bei Rosa, seiner Frau. Ein verpfuschter Tag, hat Weider schon am frühen Nachmittag gedacht und denkt es jetzt um sechs noch mehr. Am frühen Nachmittag ist ihm zu allem Unglück auch noch der Abschiedsbrief seiner Frau, als sie mit dem Welschen durchgebrannt ist, aus der Brieftasche gefallen, während er wie jeden Tag die Scheine darin nachgezählt hat, man weiß ja nie, das Mädchen oder die Derendinger bürsten morgens das Jackett. Ich muss das verbrennen, hat Weider plötzlich gedacht, aber nicht hier, die Derendinger mit ihrer Angst vor Feuer dreht sonst durch. Er ist in den Garten hinuntergegangen und dann geradewegs nach Osten, hinaus aus dem Garten, über die leere Straße, wo der Föhn noch stärker blies, bis zum Rand von Schachers Wiese. Es war um halb drei an diesem Zwanzigerjahretag, dass Hansueli Weider senior fast einen Großbrand verursacht hat, denn er begann am Wiesenrand zu züseln, wie Frau Blank, die ihm von oben zusah, das nannte, also mit dem Rücken gegen Süden, gegen den Wind, kauernd ein Streichholz nach dem anderen anzuzünden. Jesusmaria, hat Frau Blank gedacht, der zündet uns alle an. Weider rückte in seiner Kauerstellung hin und her, um den windtoten Winkel zu finden, eins der Streichhölzer hatte bereits einen Augenblick gebrannt. Er zündete wieder eins an, das brannte noch etwas länger. Noch eins. Das erlosch gleich. Noch eins, das brannte wieder ganz gut. Frau Blank riss das Fenster auf: Herr Weider, Ihr zündet uns alle an. Da kam Weider zu Besinnung und fand sich erstaunt am Wiesenrand wieder, er wusste gar nicht, wie er dorthin gekommen war. Dieser gottverfluchte Föhn. Jetzt liegt er im Bett, nicht anders als die Schachers, Vater und Sohn, beide noch schwach, wenn nicht schwächer: vor Hunger, vor Tiefdruck und, Vater Schacher, davon, dass er seit vierundzwanzig Stunden nichts getrunken hat. Hol mir einen Liter, hat er schon um vier gestöhnt, als Tineli von der Schule nach Hause kam. Nein, hat Tineli gesagt, es stürmt. Dich schlage ich tot, hat der Vater geröchelt. Das ist mir gleich, hat Tineli gesagt. Wo ist der Röbi, hat der Vater geröchelt, schick den Röbi. Der Röbi ist krank, hat Tineli gesagt. Ich bin noch kränker, hat der Vater gestöhnt, schick den Röbi, er soll mir einen Liter holen. Da ist Tineli aus dem Zimmer gegangen. Jetzt, um sechs, wo man die Birnbäume des Gartens nur knapp und die Tannen des Wäldchens gar nicht mehr sieht, klingt das Windgeräusch wie eine starke Brandung, von mehr als nur dem Durchgang der Luft zwischen den Ästen hervorgebracht. Es wird uns noch das Dach wegblasen, sagt der Vater, der jetzt am Küchentisch sitzt, im Schein der Petroleumlampe. Kann man dann von oben das Gold sehen?, fragt Tineli, das für sich und den Röbi je eine große Kartoffel kocht. Das Marteli ist noch bei Gampers. Der Käse, in sein Tuch eingeschlagen, liegt schon auf dem Tisch. Der Vater mag nichts essen. Er stiert vor sich hin. He? Was hat das Tineli gefragt? Was hast gesagt, Tineli?, fragt er. Nichts, sagt Tineli. Doch, sagt der Vater, du hast was gesagt. Nein, nichts, sagt Tineli, das war der Wind. Doch, sagt der Vater und haut mit der Faust auf den Tisch. Tineli weicht in Richtung der Tür zurück. Nichts habe ich gesagt, Vater, ich schwör's, ruft sie. Tineli, erfinde doch etwas, sag, du habest gesagt, in diesem schlechten Licht könntest du fast nichts sehen, stimmt ja sogar. Aber Tineli, den Körper schon gegen Schläge versteift, kommt nicht auf den Gedanken. Vom Gold hast geredet, sagt der Vater, warte, ich hol das Gewehr. Er versucht aufzustehen, kracht auf den Stuhl zurück. Röbi, schreit er und beginnt zu schluchzen, hol mir das Gewehr, hol mir einen Liter. Der junge Schacher, oben in der Kammer im Bett, hört das. Wie soll ich das machen, denkt er, ich kann nicht aufstehen, der Vater bringt mich um. Er versucht sich hinzusetzen, doch, das geht. Er schiebt die Beine über den Bettrand, die Knie knicken von selbst ein. Er versucht aufzustehen. Das hingegen geht nicht. Röbi, schreit der Vater unten, hol mir einen Liter. Wie mache ich das, denkt der junge Schacher, über die Wiese wäre es kürzer, aber wie komme ich dorthin, und wenn ich die Wiese betrete, bringt mich der Vater um, weil ich das Gras zertrample, nein, es ist ja Herbst, und er mäht sie gar nicht mehr, aber ich falle trotzdem tot um, wer die Wiese betritt, fällt tot um, wie die Mutter. Aber du selbst bist doch der Mutter auf die Wiese nachgelaufen und nicht tot umgefallen. Ja, aber, denkt der junge Schacher, so sagen es alle. Unten ist es still, der Vater liegt mit dem Oberkörper auf dem Tisch, weint vor sich hin. Tineli überlegt sich, ob sie ihm das kochende Kartoffelwasser auf den Kopf schütten soll, aber was wird dann aus den Kartoffeln. Sie sticht mit einem spitzen Messer in eine hinein, noch hart. Marteli, denkt sie, bekommt bestimmt Wurst von Frau Gamper. Tineli presst die Zähne zusammen und sticht noch einmal in die Kartoffel, so, dass die Messerspitze gegen den Topfboden schlägt. Sie versucht das Messer herauszuziehen, geht nicht, dazu müsste man mit einer Gabel die Kartoffel festhalten, und die Gabeln sind in der Schublade vor Vaters Bauch. Tineli lässt das Messer stecken. Oben hat sich Röbi unterdessen auf die Füße gestellt, schwankend. Wieso eigentlich? Nach einem Tag im Bett sollte man doch noch laufen können, selbst wenn man nichts gegessen hat. Aber ich kann nicht, denkt der junge Schacher, Herr Brun hat mich auch oft ins Bett getragen. Und dann? Und dann das Licht gelöscht, und was im Dunkeln läuft, muss man nicht wissen. Der junge Schacher schwankt wieder und fällt aufs Bett zurück. Kommt mich holen, Herr Brun, denkt er und beginnt zu weinen, zum ersten Mal, seit er wieder daheim ist. Auch

Marteli weint, bei Gampers in der »Matte« drüben. Die Frau kommt ja gleich wieder, sagt Gamper zu dem weinenden Kind, sie ist nur rasch zu Fräulein Zinner hinaufgegangen. Zum Glück haben wir keine Kinder, denkt er, obwohl die Frau ja gewollt hätte, aber mir ist es recht. Da, sagt er zu Marteli, kannst ein Stück Brot haben, bis die Frau wiederkommt. Marteli greift mit einer nassen Hand nach dem Brot und beginnt daran zu kauen. Das Brot wird auch sofort nass, von Tränen, Spucke und Rotz. Gamper wendet sich ab, der einzige Gast, Herr Wagenbach, der Hausierer, will zahlen. Schlechter Geschäftsgang, für beide, in diesem scheußlichen Föhn, darüber beginnen sie zu reden, zum Glück gibt das Kind Ruhe. Es ist ein liebes Kind, sagt oben Frau Gamper gerade zu Fräulein Zinner, ich würde es gern zu mir nehmen, aber der Mann will nicht. In Gottes Namen, sagt Fräulein Zinner, die bei ihrem Frühstückskaffee sitzt, da kann man nichts machen, was haben sie eigentlich mit dem jungen Halter gemacht? Der Halter hat ihn verprügelt, und jetzt hat er drei Tage Arrest in der Besenkammer, sagt Frau Gamper. Fräulein Zinner lacht. Sie nimmt einen Schluck Kaffee. Seid Ihr sicher, dass Ihr keinen wollt?, fragt sie. Nein, nein, sonst kann ich nicht schlafen, sagt Frau Gamper, ich komme später dann noch zu einem Tee. Ist recht, sagt Fräulein Zinner. Sie schweigen und horchen auf das Brausen des Wetters. Ist das ein Sturm, sagt Fräulein Zinner, man könnte meinen, es sei schon wieder Krieg. Sagt das nicht, Fräulein Zinner, sagt Frau Gamper, einen Krieg möchte ich nicht noch einmal erleben. Aber es wird wieder einen geben, sagt Fräulein Zinner. Woher wisst Ihr das? Aus dem Hundertjährigen Kalender, sagt Fräulein

Zinner. Frau Gamper wird es kalt. Was steht da?, fragt sie. Wartet, ich lese es Euch vor, sagt Fräulein Zinner. Sie geht zum Küchenkasten, zieht die oberste Schublade auf, nimmt den Kalender heraus. Frau Gamper wagt kaum zu atmen. Fräulein Zinner setzt sich und schlägt die mit einem roten Stoffstück bezeichnete Seite auf. Viel Nebel, dann großer Wind in den Tagen nach Sankt Otmar, liest sie. Viel Schaden an Flur und Haus, wer sein Dach nicht beschwert, dem fliegt es fort, Feuergefahr, Bedrohung für Leib und Leben. Jesses, sagt Frau Gamper, Ihr erschreckt mich, Fräulein Zinner. Ja, sagt Fräulein Zinner, es steht gleich noch einmal: Großer Wind, es nützt nichts mehr, etwas zu verbergen. Ich habe nichts zu verbergen, sagt Frau Gamper. Ihr nicht, sagt Fräulein Zinner. Wer denn?, müsste jetzt Frau Gamper fragen, aber sie kann nur denken: Es gibt wieder Krieg. Fräulein Zinner, sagt sie, das ist ja schrecklich. Fräulein Zinner zuckt mit den Schultern und nimmt einen Schluck Kaffee. Da können wir nichts machen, sagt sie. Frau Gamper atmet tief ein. Dann gehe ich jetzt halt nachsehen, was das Marteli macht, sagt sie, der Mann weiß ja nicht recht, wie es hüten. Sagt Eurem Mann nichts vom Krieg, sagt Fräulein Zinner, Männer haben so schnell Angst. Da habt Ihr weiß Gott recht, sagt Frau Gamper und steht auf. Geht hinunter, macht die Tür zur Wirtsstube auf, staunt nicht schlecht: Marteli kaut still an einem Stück Brot, beobachtet von Gamper und, wie kommt jetzt der hierher, von ihrem Bruder, dem Röbi. Röbi, was machst du da, geht's dir wieder besser?, fragt Frau Gamper. Der Schacher hat ihn nach Wein geschickt, sagt Gamper. Der soll jetzt nicht schon wieder anfangen zu saufen, sagt Frau Gamper, geh du wieder heim, Röbi, und sag ihm das. Nein, sagt der junge Schacher. Der Schacher schlägt ihn zusammen, wenn er ohne Wein zurückkommt, sagt Gamper. Soll ich mitkommen?, fragt Frau Gamper. Nein, sagt der junge Schacher. Marteli hört zu kauen auf und sagt: Der Vater schießt auf den Röbi mit dem Gewehr. Das Gewehr habe ich dem Sauhund abgenommen, sagt Gamper. Red nicht so vor dem Kind, sagt seine Frau. Der junge Schacher steht auf. Gehst jetzt schön nach Hause, gelt, Röbi, sagt Frau Gamper. Nein, sagt der junge Schacher. Wohin willst du dann? Den Hund suchen, sagt der junge Schacher. Den Hund? Ja, sagt der junge Schacher. Ist er weg? Ja, sagt der junge Schacher. Aber jetzt kannst du ihn nicht suchen, im Dunkeln, im Sturm. Doch, sagt der junge Schacher. Das ist doch eine Spinnerei, sagt Frau Gamper, geh jetzt schön nach Hause, Röbi. Nein, sagt der junge Schacher. Der Hund kommt schon wieder, wenn er Hunger hat, sagt Gamper. Dabei ist der Hund genau aus diesem Grund weggelaufen. Na ja. Der junge Schacher ist schon unterwegs zur Tür. Du gehst jetzt nach Hause, gelt, Röbi, sagt Frau Gamper, den Hund kannst du noch morgen suchen. Der junge Schacher sagt nichts mehr, macht die Tür auf, geht hinaus, macht sie hinter sich zu. Beginnt auf die Wiese zuzugehen, gestoßen vom Wind, der ihm Haare und Kleider an den Körper klebt. Sieht das schwache Licht dort drüben im Küchenfenster, hinter dem der Vater sitzt. Bleibt stehen. Kehrt gegen den Wind um, die Bö warmer Luft nimmt ihm fast den Atem. Er beginnt gegen den Wind gestemmt stadteinwärts zu gehen.

Jetzt ist es auf einmal kalt geworden. Die regennassen Straßen dieses Sechzigerjahreabends sind gefroren, unter den Straßenlampen glitzert der Boden. Mari und ihr Vater halten sich lachend aneinander fest. Sie sind unterwegs zum kleinen See. Mari lacht wie eine Verrückte, verliert deshalb fast das Gleichgewicht. Du wirst mich umreißen, sagt ihr Vater. Umreißen, was für ein lustiges Wort, Mari lacht noch mehr. So, sagt ihr Vater, bleib auf dem Teppich. Eisteppich, schreit Mari lachend und rutscht aus. Ferenc fällt auch fast um, lässt sie los. Mari liegt auf dem Boden auf dem Rücken und lacht. Steh auf, Mari, sagt Ferenc. Hilf mir, sagt Mari. Ferenc hält sich mit einer Hand an einem Gartenzaun fest, zieht Mari mit der anderen Hand hoch. Na, das ist ein riskantes Unternehmen, sagt Ferenc, der an die zum kleinen See hin abfallende Straße denkt. Macht nichts, sagt Mari. Sie gehen mit kleinen Schritten weiter, ungesehen, unbehelligt.

Es ist besser, genau hinzusehen, sagt Michelle. Ja, sagt Heinz, du hast es mir auch schon gesagt. Sie schweigen. Michelle ist in ihrer Praxis noch nie einem Doppelgängerproblem begegnet, hat also die Fachliteratur und ihre Supervisorin konsultiert. Man hört den Regen auf die Aluminiumverkleidung des Fenstersimses klopfen. Ich muss etwas erzählen, sagt Heinz, das ich noch nie jemandem gesagt habe. Michelle nickt. Heinz blickt auf seine Hände. Da ist ja immer noch sein Ehering. Blöd, und rücksichtslos gegen Renat. Er zieht ihn vom Finger und steckt ihn in die Jackentasche. Warum machst du das?, fragt Michelle. Heinz erklärt es. Aber warum jetzt?, fragt Michelle. Ach, einfach so, ist mir gerade jetzt aufgefallen. Michelle nickt. Sie schweigen. Heinz schaut auf seine Hände. Sehen nicht anders aus ohne Ring. Ich war ein Zwilling, sagt er, ohne aufzublicken. Du meinst, du hattest eine Zwillingsschwester oder einen Zwillingsbruder, sagt Michelle. Ja, sagt Heinz, einen Zwillingsbruder, eineiig. Aha, aha. Und was ist mit dem Zwillingsbruder geschehen?, fragt Michelle. Gestorben, kurz nach der Geburt, sagt Heinz. Michelle nickt. Woran ist er gestorben?, fragt sie. Weiß ich nicht, sagt Heinz nach kurzem Zögern, wir haben nie von ihm geredet. Ich verstehe, sagt Michelle, möchtest du jetzt von ihm reden? Ich weiß nichts von ihm, sagt Heinz, aber ich wollte es dir sagen, weil das ja wahrscheinlich mein Problem erklärt. Allerdings, sagt Michelle, aber warum hast du mir das nicht schon früher gesagt? Heinz zuckt mit den Schultern und blickt auf seine Hände. Weil, denkt er, mir diese Lüge erst jetzt einfällt.

Selena hat vorhin dem Bruno von Gugelau versprochen, sie werde versuchen, das Tabu-Wohnzimmer wieder zu betreten, aber noch nicht jetzt. Jetzt sitzen sie am Glastisch im Flur. Herr von Gugelau hat Hunger, halb sieben, nach alter Tradition die Essenszeit, die er einhält, weil er ja so früh arbeiten geht. Darf ich dich in die »Matte« einladen?, fragt er. Ich kann doch nicht, sagt Selena. Nimm doch das Kind mit, sagt Herr von Gugelau. Da ist so ein Rauch, sagt Selena, es wird bestimmt gejasst, und jemand raucht Stumpen. Stumpen gehörten verboten, sagt Herr von Gugelau, ich bin gegen diese Anti-Raucher-Hetze, aber Stumpen gehörten verboten. Finde ich auch, sagt Selena. Du selbst rauchst wieder, nicht wahr?, sagt Herr von Gugelau. Eine einzige Zigarette, die erste seit Monaten, am Mittag, wie hast du das gemerkt?, fragt Selena. Man riecht's, sagt Herr von Gugelau. Wir können, fügt er hinzu, auch in ein anderes Restaurant gehen, ich lade dich ein. Das ist sehr nett, aber Selena mag nichts essen, hat leider auch nichts im Haus, das sie dem Bruno kochen könnte, aber er soll ruhig essen gehen, sie wolle ihn nicht länger aufhalten. Und ich danke dir sehr für das Gespräch, sagt Selena, wenigstens habe ich herausgefunden, was mir fehlt. Ja, sagt Herr von Gugelau, ich bin auch immer bedrückt, wenn ich eine Zeitlang nicht träume, denn manchmal fehlen einem fiktive Gestalten mehr als die realen. Der Unterschied ist ja auch nicht so eindeutig, sagt Selena. Das stimmt, sagt Herr von Gugelau. Er lächelt. Selena fragt sich, ob sie ihn im Sitzen umarmen kann, nein, dazu müsste man sich zu sehr über die Tischecke lehnen, aber aufstehen und ihn von oben umarmen wäre etwas übertrieben. Sie bleibt, wo sie ist. Ich danke dir wirklich sehr, sagt sie. Du brauchst mir nicht zu danken, sagt Herr von Gugelau. Ich möchte aber, sagt Selena lachend. Auch Herr von Gugelau lacht. Geh ruhig essen, sagt Selena, bevor du vor Hunger umkippst. Ich bin nicht am Umkippen, sagt Herr von Gugelau, ich wollte dir noch etwas sagen, apropos fiktive Gestalten, das erinnert mich an ein Buch, das mir viel bedeutet. Ach ja? Ja, es heißt *Bild mit Stifterfigur,* kennst du es? Nein, sagt Selena. Ich will es oben suchen und bringe es dir dann, sagt Herr von Gugelau. Danke, sagt Selena, und was ist es für eine Geschichte? Jemand, sagt Herr von Gugelau, sieht in einem Museum ein Bild, Anbetung der Weisen, Maria und das Kind in der Mitte, die Weisen stehend und kniend, und rechts im Vordergrund, im Verhältnis viel kleiner, die kniende Stifterfigur, und da stellt er, der Bildbetrachter, sich vor, dass diese Figur nicht aus Gründen der, äh, religiösen Bescheidenheit so klein dargestellt ist, sondern weil er wirklich so klein war, und er stellt sich vor, wie der sich mit dieser Kleinwüchsigkeit durchs Leben schlägt. Interessant, sagt Selena, bitte such mir das Buch. Ja, sobald ich oben bin, sagt Herr von Gugelau. Geh ruhig, sagt Selena, ich bin jetzt o. k. Sicher?, fragt Herr von Gugelau. Ja, sicher, sagt Selena. Und doch macht sich Herr von Gugelau Sorgen: Solange sie einen Teil ihrer Wohnung nicht betritt, ist sie nicht in Ordnung. Wollen wir nicht zusammen ins Wohnzimmer gehen?, fragt er. Nein, sagt Selena, lieber nicht. Wenn dort etwas nicht gut ist, sagt Herr von Gugelau, können wir einen Gegenzauber machen. Selena muss lachen. Was für einen?, fragt sie. Das entscheidet sich an Ort und Stelle, sagt Herr von Gugelau, das kann man im Voraus nicht wissen. Und du kannst so was?, fragt Selena. Ich kann's probieren, sagt Herr von Gugelau. Ich will mir das überlegen, sagt Selena. Man sollte nicht zu viel überlegen, sagt Herr von Gugelau. Er weiß doch gar nicht, was mein Problem ist, denkt Selena. Dein Problem ist, sagt Herr von Gugelau, dass du dich von deinen Ideen einsperren lässt.

An diesem Weltuntergangsabend, an dem man immer noch nichts sagen darf, da sich Herr Bernhard immer noch nicht gezeigt hat, steckt Herr Petrus Herrn Manfred ein Stück Speck zu. Gott bewahre, dass der Hund vom Fleisch fällt. Wer weiß, was sich unseren Augen darstellen wird, wenn sich der Nebel einmal lichtet, vielleicht ein gleiches weißliches Nichts, ohne See, ohne Berge, aber dass Herr Bernhard, und sei es auch in auferstandenem Zustand, Herr Petrus bekreuzigt sich, über die Behandlung des Hundes Rechenschaft verlangen wird, das ist gewiss. Und des Pferdes. O Gott, ist der Stall wohl noch da? Man darf nicht fragen. Herr Petrus schielt zur Köchin hinüber, sieht sie im Schein der Glut zusammengesunken auf ihrem Stuhl, schlafend oder betend. Und die anderen? Die Nichte? Der Diener? Die Magd? Kauern sie da drüben in der dunklen Ecke, oder sind sie hinausgegangen, Herr Petrus weiß es nicht mehr.

Nacht. Heinz und Renat sitzen in der »Holzstube«, einem der letzten Altstadtwirtshäuser, das außerdem bis zwei Uhr geöffnet ist. Heinz bestellt, gegen seine Gewohnheit, ein drittes Bier. Renat, auf der Fensterbank, schiebt den Vorhang beiseite, schaut auf die Gasse hinaus, sagt, es schneie. Was, schon?, sagt Heinz. Es geht ihm auf die Nerven, dass Renat hinausschaut. Als Nächstes wird der Aurel da im Schneegestöber auftauchen. Aber er darf es nicht sagen, weil Renat die Geschichte nicht mehr hören mag. Für die ist Michelle zuständig. Und doch muss, daher das dritte Bier, gestanden werden, dass Heinz nicht mehr zu Michelle gehen wird. Er hat sie ja angelogen, und damit ist die Sache aus. Auf seine Art schon schön, sagt Renat, die immer noch in den Schneefall hinausschaut. Da kommt jemand die Gasse herunter. Ist schon Fastnacht?, fragt Renat. Wieso?, fragt Heinz mit einer üblen Vorahnung. Der sieht so komisch aus. Die Gestalt kommt näher. Ah nein, sagt Renat, der hält sich bloß die Jacke über den Kopf, wegen dem Schnee, das hat so komisch ausgesehen. Zum Glück kommt das dritte Bier. Prost, sagt

Heinz, um Renat von der Gasse abzulenken. Die Wirtshaustür geht auf, der mit der Jacke tritt ein, schüttelt sie, Schneeflocken fliegen umher. Ach, Shit, der Krähenbühl.

Um beim Schnee zu bleiben: Auch gute vierzig Jahre und einige Stunden vorher schneit es schon, als Mari und ihr Vater, rutschend und sich aneinander festhaltend, beim kleinen See anlangen. Es schneit, sagt Mari, die die Flocken auf dem Gesicht spürt. Ihr Vater, Männerhaut, hat es noch nicht gemerkt. Wirklich?, sagt er.

Darf man sich dazusetzen?, fragt Krähenbühl. Ach herrje. Bitte, bitte, sagt Heinz, angestrengt lächelnd. Hat den Krähenbühl, Vertreter der Gegenpartei in Sachen illegaler Grundstücksverkauf am See, schon lange im Verdacht, jene anonymen Drohbriefe, »Herr Aurel Zumwald, dir schieße ich eine Kugel durch den Kopf«, geschrieben zu haben. Was trinkt ihr, fragt Krähenbühl, Bier? Nein, das will er nicht, das ist etwas für den Sommer, bei diesem Schnee braucht es ein Holderio, Hagenbuttentee mit Zwetschgenschnaps. Habe zwar heute schon zwei gehabt, nach dem Mittagessen in der »Matte«, deinem Ex-Quartierlokal, sagt Krähenbühl zu Heinz. Was? Wieso isst der dort, was hat der dort zu suchen? Hatte in der Gegend zu tun, sagt Krähenbühl. Aha, sagt Heinz. Die haben sich enorm verbessert, sagt Krähenbühl, jetzt führt es ja ein Inder, macht aber auch gute Schnitzel-Pommes frites. Das haben Sie gegessen, Schnitzel-Pommes frites?, fragt Renat. Nein, ein Lammcurry, sagt Krähenbühl. Renat bekommt gleich Hunger, sie bestellen eine Portion Bündnerfleisch, greifen gemeinsam mit den Händen in die Platte. Ich teile, denkt Heinz, mit meinem Mörder das Mahl. Schade, dass du nicht mehr dort wohnst, Heinz, sagt Krähenbühl kauend, das ist ein interessanter Ort. Hm, sagt Heinz. Wieso?, fragt Renat. Nimm das wieder mit, Janka, sagt Krähenbühl zur Serviertochter und zeigt auf das Holderio, kannst es mir nachher bringen, will im Moment lieber einen Halben Roten.

Um kurz vorauszublenden: Auch Mari und ihr Vater werden nach dem Spaziergang im Schneefall am dunklen, stillen, starren See ein Glas Rotwein trinken, in der »Matte«.

Krähenbühl nimmt einen Schluck Rioja und wiederholt: ein interessanter Ort. Halt die Klappe, denkt Heinz. Erzählen Sie doch endlich, sagt Renat lachend. Ich habe, sagt Krähenbühl, herausgefunden, dass das Mattegrundstück in vorchristlicher Zeit eine Art Kultstätte war. Stellt sich heraus, dass Krähenbühl ein Hobbyhistoriker ist, hätte überhaupt lieber Geschichte studiert, wäre da nicht schon die Praxis des Vaters gewesen. Es war, sagt Krähenbühl, die Kultstätte für die Geister der Luft und die Geister der Erde, die sich die Waage hielten, und wenn man mit jemandem etwas abzurechnen hatte, tat man es möglichst dort, weil man sich nicht schuldig machte, weil der Genius loci alles ausglich. Genius loci, denkt Heinz, brauchst nicht aufzuschneiden, Renat kann auch Latein. Hui, sagt Renat lachend zu Heinz, Abrechnung, zum Glück wohnst du nicht mehr dort. Hedwig, denkt Heinz, die muss weg da. Prost, sagt Krähenbühl und stößt mit Renat an, ich bin der Anton, ein blöder Name, aber der Vater hieß halt so. Renat, sagt Renat.

Alles, was Sie schon immer über die Matte wissen wollten, aber sich nie getrauten zu fragen, denkt Heinz jetzt gegen eins, erste Stunde des 18. November, wütend. Renat hingegen findet es hochinteressant. Klar, dass sich der Krähenbühl so spreizt. Will vielleicht sogar einmal über diese Kultstätten, in der Umgebung der Stadt gab es mehrere, etwas schreiben, wenn er bloß mehr Zeit hätte. Ja, klar, denkt Heinz. Immerhin habe er, Krähenbühl, dank »unserem Streitfall«, er zwinkert Heinz zu, weitere interessante Aspekte aufgedeckt, er habe nämlich die Akten illegaler Grundstücksaneignungen studiert und sei da auf den Ur-Weyder, noch mit y, gestoßen, der um 1850 herum vom Mattegrundstück, das einer allerdings ausgestorbenen oder verschollenen Familie Kestal gehört hatte, Besitz ergriffen habe. Auf Goldgräberart, sagt Krähenbühl, indem er einen Stock in den Boden steckte, my claim, gewissermaßen. Der schaut wahrscheinlich Videos von alten Hollywoodstreifen, denkt Heinz. Und dann hat niemand zu protestieren gewagt, sagt Krähenbühl, weil dieser Goldgräber-Weyder sich als Geomant ausgab und allerlei Hokuspokus machte und behauptete, wer seinen Claim-Stecken da herausziehe, sei verflucht. Und das haben die Behörden geschluckt?, fragt Heinz gereizt. Man hat natürlich schon eine Abordnung hingeschickt, sagt Krähenbühl, aber dann ist tatsächlich kurz darauf einer der Herren spurlos verschwunden, da bekamen sie Schiss, obwohl der wahrscheinlich nur mit seiner Geliebten durchgebrannt war, was, Heinz? Heinz schaut so wütend drein, dass Krähenbühl sein Glas hebt und sagt: Hab's nicht so gemeint, Prost, Heinz. Heinz hebt widerwillig sein Glas, auch er und Renat sind zu Rioja übergegangen. Und warum musste der Goldgräber gerade dieses Grundstück haben?, fragt Renat. Och, sagt Krähenbühl, der wusste wahrscheinlich von der Kultstätte, solche alten Spinner kannten sich aus, wusste wahrscheinlich, dass man da ungestraft illegales Zeug macht, quod erat demonstrandum. Arschloch, denkt Heinz. Dann hat er alles genaustens ausgemessen und Wege angelegt, sagt Krähenbühl, die ausgerichtet waren auf den Sonnenstand bei den Sonnenwenden und den Tagundnachtgleichen, und zuerst hat er sich eine Hütte hingebaut und dann, ein paar Jahre später, am Rand des Grundstücks, die schöne große Villa, die ja heute noch steht, fragt mich nicht, woher er das Geld hatte. Na ja, sagt Heinz, so, ich glaube, wir sollten nach Hause. Schade, sagt Krähenbühl, ich wollte gerade die Pointe loslassen, den Mord. Heinz fühlt ein Stechen in der Herzgegend, psychisch bedingt, klar. Mord, toll, sagt Renat, habe ich gleich gedacht, dass man den Goldgräber am Ende umgebracht hat. Den hat niemand umgebracht, sagt Krähenbühl lachend, der ist mit siebenundneunzig gestorben, im Kreise seiner Lieben. Also, dann lass schon die Pointe los, dann können wir gehen, sagt Heinz. Muss nicht sein, sagt Krähenbühl auf einmal düster. Komm, Anton, erzähl, ich bin ganz Ohr, sagt Renat lachend. Krähenbühl sagt nichts. Renat schaut irritiert auf Heinz. Heinz blickt verstockt vor sich hin. Renat hebt ihr Glas: Prost, Anton, auf deine Leistung als Historiker. Krähenbühl hellt sich auf: Prost, auf die guten Zuhörerinnen. Sie nehmen einen Schluck. Also, sagt Renat, der Mord?

Tja, der Mord. Es geht auf halb zwei, sie trinken immer noch Rioja, Krähenbühl hat sich nämlich die Sache aus verschiedenen Dokumenten und Akten so zusammengestückelt: Der alte Spinner, Weyder, war natürlich überhaupt nicht auf den Kopf gefallen, wie schon die Errichtung der soliden Villa zeigt. Und vorher, bevor er mit dem Bau anfing, hat er sich über die rechtmäßigen Besitzer des Grundstücks, die Familie Kestal, kundig gemacht, wie aus seinen Aufzeichnungen hervorgeht, denn er schrieb nonstop, zum Teil wirres Zeug, zum Teil aber ganz vernünftige Sachen, ist alles bei Emmy Weider zu finden, seiner Urenkelin, einer Cousine der beiden alten Knaben, die bis in die Achtzigerjahre noch in der Villa lebten. Weiß ich doch, denkt Heinz. Also, der Weyder findet zu seiner Beruhigung heraus, dass von der Besitzerfamilie wirklich keiner mehr da ist. Dann findet er, vielleicht zu seiner Beunruhigung, vielleicht auch nicht, heraus, dass ein Teil dieser Familie genau auf diesem Grundstück ermordet worden ist, irgendwann im Mittelalter, eben halt auch so eine Abrechnung. Er beginnt also die Matte umzugraben, weil er denkt, da müssten Überreste sein, von den vier oder fünf Personen, die da umgebracht worden sind. Findet nichts. Rein nichts, steht in seinen Aufzeichnungen, rot unterstrichen. Dann baut er diese ansehnliche Villa, obwohl da noch nicht einmal eine gepflasterte Straße ist, nur so eine Art breiter Feldweg, tüftelt genau ihre Stellung aus, damit er von dort das ganze Grundstück im Blick hat, man weiß ja nie, ob es einem nicht doch jemand wieder wegnehmen will, heiratet, hat Zwillinge, von denen der eine als kleines Kind stirbt. Dass es Heinz an diesem Punkt der Erzählung mulmig wird, ist verständlich. Anton, sagt er, wart mal, das hast du schon einmal erzählt, oder? Du hast es erzählt, sagt Krähenbühl, weißt du nicht mehr, als du den Hintergrund zum Seegrundstück recherchiert hast, habe dich ja einmal auch bei uns suchen lassen, aus Fairness, aber Undank ist der Welt Lohn, danach bist du noch schärfer vorgegangen, hast mir sogar gedroht, hast gesagt, Geschwister kämen rascher zum Vorschein, als man meine, du wollest schon noch sehen, ob das Seegrundstück nicht gleichberechtigte Mitbesitzer habe, das Mattegrundstück zum Beispiel sei testamentarisch an Zwillinge vermacht, deshalb habe ich mir dann auch noch die Weyder-Geschichte angeschaut, obwohl mich der Kultstättenaspekt mehr interessiert.

Heinz hört nicht mehr richtig zu, er macht sich Sorgen um sich selbst: dass er das mit den Weyder- oder Weiderzwillingen so vergessen konnte, und dann spuckt er es bei Michelle als seine eigene Story aus, ob das die ersten Anzeichen von Alzheimer sind, schließlich wird er im Februar vierzig. Der Rioja nach dem Bier hilft auch nicht, Heinz ist das nicht gewohnt, aber natürlich, wenn der Krähenbühl auftaucht, läuft alles krumm. Heinz hat plötzlich eine Eingebung: Du, Anton, sagt er mit nicht ganz leichter Zunge, hast du heute bei meiner Frau geklingelt? Krähenbühl unterbricht seinen Bericht davon, wie es schon im Spätmittelalter Bemühungen gab, das Grundstück zu zivilisieren, ein reicher Adeliger habe sich da eine Art Ritiro gebaut, mit der Devise »Gegen die Geschwätzigkeit«, aber dann, was meinst du, Heinz? Hast du heute Mittag bei meiner Frau geklingelt?, wiederholt Heinz. Warum sollte ich bei deiner Frau klingeln?, sagt Krähenbühl mit einem komischen Lachen. Zum Beispiel, um sie zu erschrecken, sagt Heinz. Bin doch nicht im

Kindergarten, sagt Krähenbühl, nicht mehr lachend. Renat zieht wieder den Vorhang beiseite und schaut auf die Gasse hinaus. Es schneit immer noch, sagt sie, der Boden ist schon weiß. Keiner der beiden sagt etwas. Man hört nur, wie Janka die Kasse macht. Also, sagt Krähenbühl, dieser reiche Adelige, gib mir eine Antwort, sagt Heinz laut. Ich habe es doch schon gesagt, gottverdammt noch mal, sagt Krähenbühl, ich mache keine Kindergartenstreiche. Wäre dir aber zuzutrauen, sagt Heinz. Jetzt gehst du aber sehr weit, Heinz, sagt Krähenbühl drohend. Kommt, streitet nicht, sagt Renat. Ich streite nicht, sagt Krähenbühl, ich will nur nicht, dass er seinen Verfolgungswahn auf mich projiziert, wenn ich etwas nicht vertrage, dann das. Er hat keinen Verfolgungswahn, sagt Renat. Ach so, sagt Krähenbühl, dann ist man offenbar falsch informiert. Heinz hält sich an der Tischkante fest, um Krähenbühl zu fixieren: Wer man und worüber informiert?, fragt er. Eben, über seinen Verfolgungswahn, die halbe Stadt weiß das doch, auch das mit den Drohbriefen. Habe auch welche bekommen, sagt Krähenbühl, aber ich freake nicht gleich aus. Deine Frau hingegen schon, sagt Heinz. Dass das nicht in eine Schlägerei ausartet, ist Janka zu verdanken. Bald Polizeistunde, ruft sie von der Kasse her, liebe Leute, wollt ihr noch etwas? Renat will einen Kaffee, komm, Anton, nimm auch einen. Nein, Janka soll ihm jetzt das Holderio bringen. Sag deinem Freund, sagt er zu Renat, dass sie in Sachen Seegrundstück bald zusammenpacken können. Sag ihm das doch selbst, sagt Renat. Nein, sagt Krähenbühl, mit dem rede ich nicht mehr.

So endet dieser Beizenabend mit der Polizeistunde jetzt um zwei. Janka hilft den Herren in den Mantel beziehungsweise in die Jacke, ganz schön liebe Leute sein, sagt sie mit ihrem auf der ersten Silbe betonten Akzent und schiebt sie auf die Gasse hinaus. Es schneit, wenn auch weniger dicht. Schön, sagt Renat. Das Pflaster der Gasse ist von einem einheitlichen Weiß. Kein Schuhabdruck darin. Heinz ist von der kalten Luft ein wenig ernüchtert. Krähenbühl holt aus der Innentasche seiner Jacke eine Zigarre. Nett, dass du die erst jetzt rauchst, sagt Renat. Immer auf dem Heimweg, sagt Krähenbühl, etwas muss man noch haben, wenn man nach Hause kommt. Seine Frau ist ja irgendwo in einer Anstalt untergebracht, seine beiden Kinder leben bei den Großeltern. Tschüss, Renat, hat mich gefreut, grüß deinen Aurel, sagt Krähenbühl und geht die Gasse hinauf, auf der er eine schwarze Spur hinterlässt.

Unvermeidlich, dass jetzt der erste große Streit zwischen Heinz und Renat im Gang ist. Sie stehen in kurzer Distanz zum Wirtshaus auf der Gasse, der Schnee unter ihren Füßen ist zu einem dunklen Fleck geschmolzen. Was kommt alles aufs Tapet? Renats Eifersucht: Dass Heinz von Selena immer noch als von seiner Frau redet. Heinz findet das lächerlich, aber wenn wir schon bei lächerlich sind, solle er bitte sein eigenes Verhalten anschauen. Und was sei mit Renat, die den ganzen Abend den Krähenbühl anmacht? Sie hat ihn nicht angemacht, es hat sie interessiert, was er erzählte. Was hat er erzählt?, fragt Heinz. Hättest ja selber zuhören können. Habe ich, sagt Heinz. Warum fragst du dann? Weil du nicht zugehört hast, du warst damit beschäftigt, ihn anzuhimmeln. Ich himmle an, wen ich will, sagt Renat, und es war interessant, was er erzählt hat. Also?, sagt Heinz. Bitte, er hat gesagt, ein Doppelgängerproblem sei kein Problem, alle Menschen hätten ihr Doppel, und nur Schwachstromtypen könnten damit nicht umgehen. Heinz starrt Renat an. Das hat er gesagt? Hast also doch nicht zugehört, sagt Renat. Aber er hat doch nicht davon geredet, sondern vom Mattegrundstück, sagt Heinz. Kleine Figuren, die aussehen wie du, Statuen, wenn man will, in der Erde vergraben, die in bestimmten Momenten lebendig werden, hat Krähenbühl erzählt, der herausgefunden hat, dass man unter anderem auch auf der Matte solche Figuren vergrub, das ist der Link zum Grundstück, aber Renat mag es nicht weitergeben, Heinz schaut so benommen drein, dass sie nur sagt: Komm, gehen wir nach Hause. Heinz will nicht. Zuerst soll ihm Renat sagen, was der Krähenbühl mit der Doppelgängerbemerkung gemeint hat, das sei ja ein starkes Indiz, dass er die Drohbriefe schreibe. Wieso, fragt Renat, was haben die Drohbriefe damit zu tun? Er will mich fertigmachen, sagt Heinz. Renat mag nichts mehr hören, mit diesem Problem soll er zu Michelle. Heinz wird plötzlich wütend: Wenn sich Renat den Problemen des Partners nicht stellen könne, solle sie, doch jetzt kommt Janka daher, auf dem Heimweg, in Pelzmantel und Stilettostiefeln: Hast versprochen, dass ein Lieber bist, Aurel, gelt, jetzt schön lieb nach Hause gehen mit Frau. Sie winkt den beiden zu und stakst weiter. Heinz muss sich einen Augenblick an Renat festhalten. Warum nennt die mich so?, fragt er. Renat zuckt mit den Schultern. Warum sollte sie ihn nicht so nennen, sie wird's halt gehört haben von den alten Bekannten, die sich nicht an Aurels neuen Namen gewöhnen können. Man sollte eben nicht nur den Namen, sondern auch den Ort wechseln, sagt Renat. Hab ich doch, sagt Heinz auf einmal gerührt und umarmt sie. Renat hat zwar die Stadt, womöglich das Land gemeint, aber o. k., gehen wir jetzt nach Hause. Sag mir zuerst, was er gesagt hat. Heinz, hör auf. Renat macht sich von ihm los. Komm jetzt. Nein, Heinz macht keinen Schritt weiter, solange sie ihm nicht sagt, was er sonst alles nicht gehört hat. Woher Renat das wissen solle. Weiß Heinz auch nicht. Er sagt: Ich muss ihn kaltstellen. Jetzt habe ich aber genug von diesem aggressiven Männergehabe, sagt Renat, der andere redet auch die ganze Zeit so, interessiert sich für das Mattegrundstück wahrscheinlich auch nur, weil dort Gewalttaten passiert sind, Mitte letztes Jahrhundert habe ein Vater dort auch noch seine ganze Familie umgebracht und sich nachher erhängt. Heinz hat eine deutliche Erinnerung an die alten Zeitungsartikel, die er einmal gesehen hat. Das stimmt hinten und vorn nicht, sagt er, da sieht man, dass der Krähenbühl lügt, die ganze Geschichte ist erlogen und erstunken, der und Hobbyhistoriker, der will dich bloß flachlegen, das ist alles. Renat schaut ihn von unten an, wendet sich ab, lässt ihn stehen, geht über die verschneite Gasse, wobei sie darauf achtet, nicht in Jankas Stiefelspuren zu treten.

Es ist ganz still. Man hört auch nicht das Rieseln des Schnees, wie sollte man das hören? Oder doch? Was hört man? Etwas hört man. Wie ein leises Schnalzen mit der Zunge. Das macht nicht der Schnee. Es könnten Tropfen sein, aber es kommt nicht von den Abflussrohren, sondern von ganz nah. So ein Tz-tz, wie wenn jemand unzufrieden ist. Aber emotionslos, ein einfaches Geräusch. Jetzt vollkommene Stille. Jetzt wieder das Geräusch. Ich sollte nicht trinken, denkt Heinz. Wie still es ist. Gehen wir nach Hause. Aber wohin? Die lässt mich nicht herein, das ist sicher. Zu Carla? Nein, das geht nicht um diese Zeit. Ins Hotel? Nein, alles, bloß das nicht. Wer ist noch auf? Wer ist in der Nacht auf? Wer ist in der Nacht immer wieder auf, weil sie das Kind versorgen muss? Selena. Heinz hält den Atem an. Hört man das Tz-tz-Geräusch? Nein. Vollkommene Stille. Heinz atmet wieder. Also, hinaus zur Matte, zu Fuß, sollte man in einer Viertelstunde schaffen. War überhaupt der Ort, wo ich am ruhigsten war, wo ich das Problem jahrelang nicht hatte. Heinz macht den ersten Schritt, vom dunklen Fleck auf den Schnee der Gasse, dorthin, wo er noch unberührt ist. Aber Heinz, du kannst doch nicht einfach mitten in der Nacht dort erscheinen, nach dem, was am Mittag passiert ist, wird sie doch erst recht denken, das sei der Doppelgänger. Wem sein Doppelgänger, verdammt noch mal, denkt Heinz.

VIII

Es ist ein Aprilabend in den Sechzigerjahren, angenehm warm, trotzdem hat Erich auf der Baustelle ein Feuer gemacht. Im Wohnzimmer ist das Fenster offen, der Rauch kommt herein. Was verbrennt der da? Karton, Zeitungen, eine Spanholzkiste, vielleicht auch alte Lumpen, daher der Rauch, durch die knospenden Zweige des Kirschbaums kann man es nicht recht sehen. Soll es hereinrauchen, umso besser, das deckt den Rauch von der Zigarette zu, deren Asche gerade in den Aschenbecher geschnippt wird. Nicht geschickt geschnippt, es braucht mehrere Klopfbewegungen, bis die Asche abfällt. Mit elf kann man das noch nicht so gut, auch wenn es nicht die erste Players Filter ist, die man raucht. Jetzt, wo die Asche weg ist, kann man einen Zug machen und rasch die Zigarette hochhalten, um die rotschmelzende Lavawelt der Glut zu sehen, bevor sie gleich wieder in einen Zustand des allmählichen Verlöschens, Erkaltens, Zusammensackens übergeht. Noch eindrücklicher wäre das bei Dunkelheit, aber es ist noch nicht dunkel, halb acht, höchstens, dass die Dämmerung dichter wird. Man sollte etwas essen, aber es ist nichts im Haus. Jedenfalls nichts, das einem passte, das vorgekochte Rindspörkölt schmeckt irgendwie komisch, zu schwer, zu viel Paprika. Man sitzt quer auf einem der Esstischstühle, an die Wand gelehnt, deren rauen Verputz man durch das neue Twinset hindurch spürt. Die Beine hat man auf den anderen Stuhl gelegt. Ein schöner Abend, draußen ist es still, man hört manchmal sogar das Feuer knistern.

Ein Aprilabend in den Zwanzigerjahren, auf der Höhe des Wohnzimmers ist Luft wie in einem Gewächshaus. Es hat nach einem warmen Tag geregnet, jetzt steigt Dunst von der nassen Wiese auf. Auf dem gegabelten Zweig des Kirschbaums, der jetzt über einen Meter hoch ist, sitzen halb offene Blüten. Auf der Wiese sind durch das letztjährige, im Winter vom Schnee flach gedrückte lange Gras hochstielige Gänseblümchen und eine dicke, scharfe Art von Halmen durchgewachsen. Von den Birnbäumen tropft es. Ihre Knospen sind noch zu.

Zu Anfang des einundzwanzigsten Jahrhunderts zeigt das Thermometer am Wohnzimmerfenster an diesem Aprilabend fünf Grad an, was niemand sieht, denn es ist kein Mensch in der Wohnung. Das Wohnzimmerfenster ist geschlossen. In der Vase auf dem Glastisch stehen rote Tulpen. Auch die Kerze auf dem Kerzenhalter aus Zinn ist rot. Es ist still, durch die Doppelverglasung kommen kaum Geräusche herein. Die Heizung läuft, vor dem flachen Heizkörper im kleinen Zimmer liegt zusammengerollt eine Katze.

An diesem Aprilabend des Jahres 1417 stehen auf der unebenen, mit kurzem, dichtem Gras bewachsenen Wiese zwei Wildschweine und wühlen den Boden auf. Da sind Wurzeln und Knollen und Keimlinge in der feuchten Erde. Das Wetter ist schön. Der leichte Wind trägt wohl Gerüche herbei, die Wildschweine reißen immer wieder den Kopf hoch, wittern. Eins macht jetzt ein paar Schritte in Richtung des Wäldchens, das andere senkt den Kopf und wühlt weiter. Das Schwein, das fliehen wollte, kommt zurück.

Jetzt ist der Rauch sogar sichtbar, schwarze Fäden ringeln sich zum Fenster herein. Was verbrennt der da? Mari drückt die Zigarette aus, steht auf, geht zum Fenster. Der Mann, der das Feuer gemacht hat, kommt gerade mit weiterem Zeug an der Hauswand des Neubaus entlang, der bis zum ersten Stock steht, gespickt mit Armierungseisen. Der Mann erreicht das Feuer, wirft das Zeug hinein, durch die Äste des Kirschbaums kann man nicht sehen, was es ist, die Flammen schlagen hoch hinauf und sprühen Funken. Das sind ja Tannenzweige, die er da verbrennt, es riecht wie Weihnachten, obwohl wir doch die Karwoche haben. Mari schaut an sich hinunter, um sicher zu sein, dass sie sich nicht täuscht, nein, da ist das hellblaue Twinset, ein vorzeitiges Ostergeschenk, wie ihre Mutter gesagt hat, sie wolle es nicht bis Ostern im Koffer schmoren lassen. Ja, ihre Mutter ist da. Das heißt, im Moment mit ihrem Mann, Ferenc, im Kino, Viva Maria, was er aber nicht als Hommage an seine Frau Maria verstanden haben will. Es geht um Jeanne Moreau. Ihr, nicht Brigitte Bardot, widersteht er schlecht. Frühling ist's also, das Twinset hat Maria in Budapest einer Bekannten abgekauft, die es aus Kanada geschickt bekommen hatte. Hellblau ist nicht Maris Farbe, zu ihren grauen Augen ginge, wenn schon, Rosa besser, aber Hellblau, hat die Bekannte von ihren Verwandten in Kanada erfahren, ist jetzt im Westen Mode. Ein bisschen kühl ist es hier am Fenster schon, Mari knöpft die Perlmuttknöpfe der Jacke zu, lehnt sich hinaus. Das brennt lichterloh, man hört es knistern, die Äste und Knospen des Kirschbaums zeichnen sich vor einem roten Schein ab. Auch die unfertige Betonwand da drüben ist rötlich beleuchtet, der Schatten des Mannes, der beim Feuer steht, fällt darauf. Was macht der da? Mari lehnt sich noch weiter hinaus. Man sieht es nicht, man sollte hinuntergehen. Darf man nicht, die Mutter hat es verboten, denn da unten streichen russische Soldaten herum. Hat sie zwar nicht gesagt, aber sicher gedacht. Wenn das ein Russe ist, der da unten Zeug verbrennt, um sich zu wärmen und zu rächen, an denen, die tot oder geflohen sind und Spitzentischtücher, Ebenholzelefanten, Lackdosen, japanische Fächer und Amethystkristalle hinterlassen haben? Nein, Amethystkristalle brennen nicht, aber der Rest schon, er muss es verbrennen, weil er nichts damit anfangen kann. Wenn das so ist, wirklich besser nicht hinuntergehen. Im brennenden Holz explodiert Harz, man sieht zwischen den Kirschbaumästen Funken aufsteigen.

Unterdessen sitzt in den Zwanzigerjahren die Familie Schacher am Küchentisch, schweigend, durch den Gewächshausdunst draußen hört man eine Amsel singen. Die Familie Schacher, soweit noch vorhanden: Vater Schacher, Tineli, Marteli. Und der junge Schacher, Röbi, wo ist der? In einem Heim für schwererziehbare Kinder. Seit dem 21. Dezember, als man ihn im südlichen Landesteil aufgegriffen hat. In vier Jahren, mit achtzehn, wird er entlassen, da kann er dann den Seich übernehmen, hat der Vater gesagt, also den Hof mit dem Gemüsegarten, den Hühner- und Kaninchenstall, die paar Birnbäume, das Holz im Wäldchen, und die Wiese kann er dann auch mähen, ihm macht es ja nichts aus, hinter ihm spioniert der Weider nicht her. Tineli, sagt der Vater, der bei seinem zweiten Liter Roten sitzt, während die Mädchen Reißnägel in die Tischplatte drücken, gegessen haben sie schon, Tineli, sagt er, du kommst jetzt mit auf den Estrich. Tineli drückt einen weiteren Reißnagel in die Platte, da ist schon ein richtiger Weg. Hast gehört, Tineli? Tineli sagt nichts. Der Vater lässt die Faust auf den Tisch krachen, die Literflasche fällt fast um, Marteli springt auf, geh, Tineli, schreit es.

Unveränderte Situation, die Katze vor dem Heizkörper im kleinen Zimmer hat nicht einmal ihre Stellung gewechselt, liegt zusammengeringelt da. Neu ist nur, dass es jetzt schneit. Man würde nicht meinen, dass übernächsten Sonntag Ostern ist, es sieht eher nach Weihnachten aus, sagt in der »Matte« Selena zu Bruno von Gugelau. Schnee, sagt Bruno, scheint unser Leitmotiv zu sein, schon bei unserer ersten Ausfahrt hat es geschneit, weißt du noch? Hat es geschneit?, fragt Selena. Ja, sagt Bruno. Ah ja, jetzt, wo du es sagst, erinnere ich mich, sagt Selena. Sie lächelt Bruno zu.

Die Wildschweine sind abgezogen, die Wiese, gegen die Mitte hin aufgewühlt, liegt verlassen im leichten Abendwind. Die Zweige der Rottannen im Wäldchen wippen.

Aus dem Schacherhaus kommt ein Dröhnen, was machen die, schlagen sie den Boden durch, oder was? Verdammte Suppe da draußen, Weider sieht schlecht durch das Fernrohr. So, das ist die Stunde der Wahrheit. Er zieht das Fernrohr ein und macht das Giebelfenster zu.

Fast acht Uhr, Mari steht unten beim Feuer, das immer noch lichterloh brennt. Der Mann bricht die Äste ab von einer kleinen vertrockneten Tanne, warum verbrennt der seinen Christbaum erst jetzt, morgen ist doch Gründonnerstag, aber fragen kann man den nicht, der sagt nichts, hat auch den Gruß nicht erwidert. Geht nur hin und wieder Zeug holen, Jutesäcke, Eierkartons und vorhin diese zweite Tanne. Seltsam, dass die Brüder Weider das Feuer noch nicht gerochen haben, aber die sind vielleicht in der Kirche, rennen in der Karwoche jeden Tag hin. Oder hat der Mann den Auftrag von ihnen? Mari kennt ihn nicht, sie hat Erich, als er noch auf dem Bau angestellt war, nie beachtet. Er steht auf der anderen Seite des Feuers, die Hände in den Taschen, schaut hinein. Man sieht ihn verzerrt in der heißen, glasigen Luft. Sagt er nichts, weil er nur Russisch kann? Wenn's brenzlig wird, denkt Mari, renne ich durch unseren Hintergarten.

Weider ist bei der Nordecke der Wiese, wo nie etwas blüht. Diesmal aber schon, eine einzelne, noch nicht ganz aufgegangene Osterglocke. Wie kommt die hierher? Jemand muss sie gepflanzt haben, Blumenzwiebeln kommen nicht durch die Luft geflogen. Weider greift in die Jackentasche, holt die Zigaretten heraus, zündet eine an. Verflucht noch mal, was soll die Blume? Was hat der Großvater vor seinem Tod gesagt? Ich komme wieder, achtet auf die Zeichen. Wieder das Dröhnen aus dem Schacherhaus. Weider macht einen Schritt, bleibt stehen. Schaut auf die Blume hinunter. Eine Osterglocke, der Kelch in der Mitte dunkelgelb, die halb offenen Blütenblätter hellgelb. Beide Farben gedämpft in dem Gewächshausdunst. Hat sie der Schacher gepflanzt? Auch das wäre ein Zeichen. Aber der sieht nicht nach Blumenpflanzen aus. Aber gerade deswegen. Weider blickt zum Schacherhaus hinüber, jetzt ist es still dort, sie haben ihn vielleicht gesehen. Weider macht eine halbe Drehung und bückt sich ein wenig, um die Blume zu betrachten. Osterglocke. Hat der Großvater etwas von Ostern und Glocken gesagt? Nein. Warum ist es so still? Weil die Dunkelheit fällt, müsste man ihm sagen, weil die Vögel verstummen, und weil an diesem dunstigen Frühlingsabend sonst nicht viel läuft. Der Blank ist als Einziger in der Stadt, in einem Vergnügungslokal, während die Schachers mit dem, was sie taten, aufgehört haben, denn, ja, sie haben den Weider gesehen. Weider zieht an seiner Zigarette, blickt noch einmal auf die Blume, dreht sich um, geht über die Straße in seine Villa zurück.

Wenn man trotzdem wissen möchte, was Schachers da taten, dann ist es so, dass Tineli auf dem Estrichboden liegt und der Vater an der Dachluke steht. Zum Glück zieht er ab, der Sauhund, sagt er, als er Weider jetzt weggehen sieht. Darf ich aufstehen, Vater?, fragt Tineli. He? Schacher macht einen Schritt rückwärts, verliert fast das Gleichgewicht. Kannst selber noch suchen, sagt er und stapft durch das Halbdunkel unsicher auf die Estrichleiter zu. Lässt sich dort ächzend auf den Boden nieder, sucht mit den schweren Schuhen fluchend nach der obersten Sprosse. Da ist nirgends nichts, sagt Tineli auf dem Bauch liegend in den Boden hinein. Der Vater hört es nicht. Sucht immer noch die Leitersprosse. Finde es schon noch, sagt er, auch wenn mir der Sauhund nachspioniert. Finde was? Es. Wer etwas sucht, findet es jetzt im Haus, dort, wo Boden und Wände hohl tönen, draußen im Nebel hat die Suche keinen Sinn, hat es im Hundertjährigen Kalender geheißen, und auch wenn das draußen eher Dunst als Nebel ist und der ganze Estrichboden hohl tönt, wie Schacher beim Schlagen mit dem Holzstrunk auf den Boden feststellen konnte, sodass Tinelis auf die Dielen gedrücktes Ohr nicht einmal nötig war, so will der Schacher weitersuchen, gottverdammtnochmal, bis sich herausstellt, ob es stimmt, was Madeleine Zinner vor dem Krieg sagte, nämlich dass Johann Jakob Weyder etwas versteckt hat, das sich zu suchen lohnt. Und was ist mit dem Gold der Tante Luise? Wie eifersüchtig Madeleine auf die war, Schacher muss kurz lachen. Also, was ist mit dem Gold? Ah bah. Es geht jetzt um den großen Fang, bevor es wieder Krieg gibt.

Aber irgendwie stinkt mir das trotzdem, sagt Selena, die zum Fenster der »Matte« in den Schneefall hinausschaut. Du solltest wieder arbeiten, sagt Bruno von Gugelau. Ich habe den Schnee gemeint, sagt Selena. Ach so, sagt Bruno, ich dachte, es sei dir langweilig in der plötzlichen Ruhe. Plötzliche Ruhe: Hedwig ist bei Selenas Mutter, fürs Erste, dann sieht man weiter, die Katze, die im Moment im kleinen Zimmer vor den Heizung liegt, ist Selenas neuer Kater, Peter, aus dem Tierheim und nicht mehr der jüngste.

Nein, alles o.k., mehr oder weniger, sagt Selena, ich lese viel, ach ja, fügt sie hinzu, hast du das Buch mit der Stifterfigur gefunden? Bruno bricht in Tränen aus. Um Gottes willen, was ist, Bruno? Dass der weint, das hätte Selena auch nie gedacht. Bruno holt sein Taschentuch heraus, trocknet sich die Augen. Entschuldige, sagt er. Selena legt ihm die Hand auf die Hand. Sag doch, was ist? Ach, das weißt du doch, sagt Bruno. Die Sache mit deinem Freund? Bruno nickt. Blickt mit den Tränen kämpfend in den Schneefall hinaus. Komisch helles Licht, vielleicht macht das der Schnee, oder sind jetzt im April die Tage schon so lang? Verzeih, sagt er, ich wollte dich nicht erschrecken. Du hast mir nie gesagt, warum er dich verlassen hat, sagt Selena. Die übliche Geschichte, sagt Bruno zum Fenster hinaus, die große Verliebtheit in den viel jüngeren Mann. Wie lange wart ihr zusammen? Fast fünfzehn Jahre, sagt Bruno.

Feuer. Es brennt. Der Mann hat etwas hineingeworfen, das mit einem Windbö-Geräusch höher aufgeflammt ist als der unfertige erste Stock des Neubaus. Mari steht an die orange ausgeleuchtete Wand ihres Hauses gedrückt, spürt bis hierher die Wärme. Es kann nicht mehr lange dauern, bis jemand die Feuerwehr ruft. Bis dann bleibe ich da, denkt Mari, so ein schönes Feuer. Warum? Weil, wie sie gute vierzig Jahre nach diesem Augenblick schreibt, die Schönheit des Feuers mit radikaler Verwandlung eins ist, nur Feuer kann das, der Rest ist bloße laue und in ihrer Lauheit unschöne Veränderung.

Die Wiese liegt nach wie vor verlassen da, der Abendwind ist etwas stärker geworden, die Tannen wippen stärker. Wippt der erhängte Herr Meier mit? Nein, er ist abgefallen. Seine Knochen liegen auf dem Waldboden verstreut, zum Teil schon saubergenagt und -gepickt vom Mondhornbock, von den Ameisen, dem Fuchs und den Raben. Sein rechtes Bein ist nicht mehr da. Das hat im Hornung der Mächtige geholt, der Wolf, wenn es ein Wolf war, der beim letzten Winterhalbmond von oben am Hang in den Wald kam, während auf den Warnruf der Eule hin die anderen Tiere erstarrten. Nur die vier Wildschweine, die seit dem großen Frost im Jänner hier sind, haben sich beim Eulenschrei erschreckt grunzend quer über die Wiese davongemacht und sind erst nach der Frühlingstagundnachtgleiche wiedergekommen, was bei den Äquinoktialstürmen dieses Jahrs keine gute Idee war und ihnen nur zufällig nicht schlecht bekam, denn im Wäldchen sind da weitere Bäume umgefallen, zwei Tannen, eine alte Fichte. Die im vorvorigen Winter umgekippte Tanne ist fast bis auf den Boden gesackt, darunter wachsen jetzt Zyklamen, zwei Zoll neben ihnen liegt Herrn Meiers Schädel. Seine Söhne, die geschworen haben, sich am Täter zu rächen und den Vater zu finden und in Ehren zu begraben, würden nicht nur sein rechtes Bein, das der Mächtige geholt hat, und nicht nur seine linke Hand, die, so erinnert man sich, schon in der Wiesenecke gesichtet wurde, als Herr Meier noch in seinem dunkelblauen Umhang mit dem goldgestickten Blumen- und Rankenmuster, der perlennadelbesteckten Pelzmütze und den grün-weißen Beinkleidern am Baum hing, nicht mehr finden, sondern auch seine Schulterblätter, Schlüsselbeine und Oberarmknochen nicht. Die liegen vielleicht unter den sturmgefällten Bäumen, von denen zwei aufeinandergefallen sind, einer hat den andern mitgerissen, und in das Gewühl zerbrochener Äste und schwerer Stämme kommt man nicht hinein, dazu würde es Leute brauchen, aber, Jesses Gott, schon beim Gedanken wird es einem komisch, auf die Matte kommt keiner.

Und so ist und bleibt es still an diesem Abend, eben ist Schacher in Richtung der »Matte« abgezogen, Weider kann seinen Posten am Fernrohr verlassen, dass Tineli und Marteli beim Schein eines Kerzenstumpfs mit einem Messer in den Ritzen des Estrichbodens stochern, sieht und hört niemand. Musik, Stimmen und Gelächter kommen nur aus dem Vergnügungslokal, wo Blank mit Fräulein Frieda sitzt und Sekt trinkt. Auf euer Wohl, hat der blinde Herr Schärer gesagt, der vom Korbflechten zum Taschendiebstahl übergegangen ist und sich zwischendurch hier ebenfalls ein Glas Sekt gönnt. Wieso weiß er, dass wir gerade trinken wollten?, hat Fräulein Frieda Herrn Blank gefragt. Ich höre alles, hat Herr Schärer vom Nebentisch lachend geantwortet. Jetzt redet er mit Walter der Krähe, seinem Freund, dem Verkäufer von Veilchen, Schokolade, Vorbeugemitteln, Zigaretten, gehäkelten Handschuhen. Sie reden vom Krieg. Dass der nächste kommen wird, darüber sind sich beide einig, nicht aber über den Zeitpunkt seines Beginns. Bald, sagt Herr Schärer, nein, das geht noch eine Weile, sagt Walter die Krähe. Sie streiten schon fast, Fräulein Frieda muss lachen. Lachen Sie nicht, Fräulein, sagt Herr Schärer über den Sopran hinweg, der vorn auf der Bühne von Frühlingsträumen singt, der Krieg ist nicht zum Lachen. Weiß ich, sagt Fräulein Frieda, das nächste Mal kommen sie mit Flugzeugen, und auch hier wird man kämpfen.

Jetzt ist es so weit. Die Feuerwehr kommt gefahren. Weder Erich noch Mari sind in Sicht. Das Feuer brennt zwar nicht mehr so stark, dass man es nicht einfach hinunterbrennen lassen könnte, aber die vier Mann tun ihre Pflicht. Mari schaut auf dem Balkon von hinter den Hyazinthen in der Styropor-Blumenkiste zu, etwas benommen von ihrem starken Geruch. Es wird dunkel, das Feuer ist gelöscht. Jetzt schälen sich wieder die vier Männer, die paar Zuschauer, die dazugekommen sind, die Betonwand des Neubaus, der schwarze, nasse Haufen, wo das Feuer war, aus der Dämmerung. Bald halb neun, geh jetzt hinein, Mari, es ist kühl, deine Eltern können jederzeit nach Hause kommen, die Halb-sieben-Uhr-Vorstellung ist schon seit einer Weile aus, dein Vater ist nicht im Krieg, nicht mehr oder noch nicht, vielleicht wird es doch wieder einen geben, den Kennedy haben sie jedenfalls schon umgebracht, aber im Moment sitzt der Vater mit der Mutter, die gerade auch nicht im Pommerland ist, in der Straßenbahn, Tram Nummer eins, bereits in der leichten Steigung auf die große, noch kahle Linde an der Kreuzung zu. Die drei Hyazinthen, weiß, blau, rosa, riechen in der zunehmenden Kühle immer stärker, geh hinein, bevor du Kopfweh bekommst. Mari dreht sich um und tritt zwischen den mit Schlangen und Drachen aus farbigem, papierdünnem Gummi beklebten Scheiben der Balkontür in ihr Zimmer, macht die Tür zu, aber auch hier riecht es stark, nach dem Rauch der verbrannten Tanne. Hier ist ja noch Winter, der alte Winter, denkt Mari mit einem Gefühl der Erleichterung.

Bruno hat sich gefasst. Er nimmt gerade einen Schluck Waadtländer Weißen, nicht gerade das Richtige zum Chicken Tandoori, Selena hat recht, dass sie Bier trinkt. Es schneit nicht mehr, die Straße ist nass, Selena sagt, wenn man hinausschaue, könne man sich einreden, es sei ein Frühlingsabend, auch wenn man auf der anderen Straßenseite nur die Bushaltestelle und einen Fünfzigerjahrebau sieht, unten drin der Videoladen, der von seinem früheren Standort, in der ehemaligen Nordecke der ehemaligen Wiese, da hinübergewechselt ist. Mach doch eine Reise in den Süden, sagt Bruno. Und Hedwig?, fragt Selena. Hedwig ist zwar bei ihrer Mutter, aber Selena geht jeden Tag hin. Hedwig kommt schon über die Runden, sagt Bruno. Wirklich? Selena muss fast weinen beim Gedanken, dass Hedwig über die Runden kommt. Ich mache das sonst nicht, sagt Selena, aber darf ich ausnahmsweise telefonieren? Bitte, sagt Bruno. Selena drückt die Tasten auf dem Handy. Hallo, sagt sie, Mama, ist alles in Ordnung? Überbesorgtheit, das sichere Zeichen von mangelnder Solidarität mit dem Kind, ich kenne das, denkt Bruno. Auf einmal hat er genug vom Chicken Tandoori. Oder von Selena? Ja, im Moment auch von Selena. Er legt das Besteck auf den Teller, was Selena sieht. Sie schaut auf, sieht sein Gesicht, sagt ihrer Mutter, sie rufe nachher noch einmal an. Was ist, Bruno, sorry fürs Telefonieren. Nein, schon recht, sagt Bruno. Sie schweigen.

Mari steht immer noch in ihrem Zimmer, atmet den alten Winter ein, der bei so vielen Atemzügen etwas von seiner Kraft verliert. Sie geht noch einmal auf den Balkon hinaus, riecht an den Hyazinthen, so riecht im Winter der Frühling, an einem kohlerauch- und nebelverhangenen Januartag der Frühlingsgruß, die Topfhyazinthe in grünem Krepppapier, die jemand heraufgeschickt hat, herauf auf den Budapester Burghügel, ein Verehrer der Mutter, ja, aber betrogen hat sie Ferenc nie, hat sie selber gesagt, lachend. So, jetzt kann man wieder hineingehen, sonst verliert der alte Winter doch seine Kraft, weil die Tür offensteht. Mari geht hinein, macht die Tür zu. Da ist er wieder, oder noch.

Die Mattenwiese liegt leer. Der Abendwind ist kaum mehr zu spüren. Von einer Tanne im Wäldchen fliegt mit ihrem abgehackten Ruf eine Amsel auf.

Nichts. Weider hat durch das Fernrohr geblickt. Die Suppe draußen ist dichter geworden, sieht wirklich wie Nebel aus, ist aber nach wie vor Dunst. Dass Tineli und Marteli im Estrich mit der Kerze den Dachbalken anzuzünden versuchen, sieht niemand. Obwohl Weider mit etwas Geschick die Kerzenflamme durch die Dachluke hindurch ins Blickfeld bekommen könnte. Aber er sitzt hinten im Giebelzimmer und raucht.

Also, sagt Selena, bevor auch du davonläufst, erzähle ich dir doch noch mein eigentliches Problem. Ich laufe nicht davon, sagt Bruno. Hm, sagt Selena. Also?, sagt Bruno. Da, sagt Selena und nimmt aus ihrem von der Stuhllehne hängenden Rucksack ein gefaltetes Papier und reicht es ihm. Er faltet es auf. Lieber Johannes, liest er und erschrickt. So hieß, heißt sein Freund, wer hat ihm da geschrieben, warum hat Selena den Brief, hat sie ihn geschrieben und nicht abgeschickt, war da etwas zwischen ihnen, obwohl die sich ja gar nicht kennen, da haben wir doch in der Grünzone gewohnt, und überhaupt ist es ausgeschlossen, dass er mit einer Frau, aber was schreibt sie ihm da? Geboren 4. 12. 1910 in Tafers FR verstorben in Luzern am 29. 6. 1967. Der Standesbeamte, schwungvolle, unleserliche Unterschrift. Was ist das? Warum schreibt der Standesbeamte dem Johannes eine Todesnachricht? Und wer ist gestorben? Bruno schaut wortlos auf das Blatt. Klar, du verstehst nicht, warum das mein Problem ist, sagt Selena. Ich verstehe überhaupt nichts, sagt Bruno.

Jetzt treten die Eltern durch die Wohnungstür in den alten Winter ein. Sie beginnen gleich darüber zu reden. Die Mutter sagt: Wonach riecht's da? Der Vater sagt: Nach Tannenrauch. Es wird ihm für einen Augenblick leicht. Er erinnert sich an die Endwinterfeuer im Garten seiner Eltern. Seine Frau ist schon aufgeregt. Sie sagt: Es brennt, um Gottes willen, wo ist Mizzusch? Die Magennerven sowohl von Mari als auch die ihres Vaters spannen sich bei dem Kosenamen an. Verbrannt, sagt der Vater. Mari, in ihrem Zimmer, muss lachen. Ah, da bist du, Mizzusch, ruft die Mutter und läuft zum Kinderzimmer, mein Gott, hast du mich erschreckt. Geh zurück ins Pommerland, sagt Mari.

Sie haben geklärt, dass Lieber Johannes so hieß: Johannes Lieber. Er selbst ist also gestorben. Was Selena da hat, ist ein schlichter Totenschein. Woher? Aus dem Einbauschrank im Flur. Sie hat ihn dort zwischen Tablar und Wand eingeklemmt gefunden. Vergessen von ihrem Vormieter, einem Peter oder Pius Lieber. Johannes wird wohl sein Vater gewesen sein. Hätte ihn ihm nachgeschickt, sagt Selena, wenn. Wenn was?, fragt Bruno. Ja, eben. Bruno fühlt wieder den Ärger hochsteigen. Was ist heute mit mir?, denkt er. Red Bitte nicht in Rätseln, sagt er. Es ist aber eins, sagt Selena heftig. Bruno muss lachen. Er bekommt wieder Lust auf das Chicken Tandoori. Gut, dann lösen wir es, sagt er und nimmt das Besteck in die Hand.

Ein bisschen brennt der Balken im Estrich schon, zumindest die wegragenden trockenen dünnen Späne am Rand fangen da und dort Feuer, brennen bis an den Balken heran, verlöschen. Der Abendwind hat sich ganz gelegt. Am Rand des Wäldchens sitzt ein Hase auf den Hinterbeinen und wittert mit raschen Schnüffelbewegungen in die dämmerige, wieder nach einer Andeutung von Himbeeren riechende Luft hinaus. Wie gesagt, es ist nicht klar, was im Frühling diesen feinen, weichen Geruch hervorbringt. Vielleicht die Art der Humusschicht?

Also?, sagt Bruno wieder. Er nimmt einen Bissen Chicken Tandoori, so lauwarm ist es beinahe besser, ganz heiße Gerichte springen einen eher mit Hitze an als mit Geschmack. Selena blickt auf ihren Teller und sagt nichts. Hast du Angst vor dem Toten?, fragt Bruno. Nein, sagt Selena. Sondern? Sondern vor mir und uns. Wie meinst du das?, fragt Bruno. So, dass wir langweilig sind, alles ist langweilig, seit ich das gefunden habe. Selena zeigt auf den Totenschein. Wieso?, fragt Bruno. Weiß nicht, sagt Selena, aber im Augenblick, wo ich das gefunden habe, gleich nach unserem Einzug hier, ist mir alles verleidet, ich verstehe es selbst nicht. Warum hast du es dann nicht dem Sohn nachgeschickt?, fragt Bruno. Der war auch langweilig, so ein Beamtentyp mit Frau. Hättest es ihm trotzdem nachschicken können, sagt Bruno. Nein, sagt Selena. Warum nicht, ich verstehe das nicht. Ich auch nicht, sagt Selena, den Tränen nahe, aber versteh doch: Nur er ist nicht langweilig, der Johannes Lieber.

Die Mutter ist beim Packen. Sie ist beleidigt. Sie lässt sich nicht sagen, sie solle zurück ins Pommerland. Dann geht sie eben. Zehn Tage zu früh, ihr Visum wäre noch bis zum Weißen Sonntag gültig. Der Vater sitzt im Wohnzimmer auf dem schottisch bezogenen Sofa und raucht, schnippt die Asche direkt in den kleinen Deckeleimer aus Schmiedeeisen. In der Vase auf dem Couchtisch stehen gelbe Freesien, seine Lieblingsblumen, deren Geruch, es sind die Jahre, in denen Freesien noch riechen, sich langsam durch den auch hier hängenden Tannenrauch schält. Das musste ja so kommen, denkt er. Seine Tochter Mari liegt in ihrem Zimmer auf dem Bauch auf dem Bett, das Gesicht ins Kissen gedrückt beziehungsweise auf den graublau blumenstreifengemusterten Bettüberwurf aus Chintz, der vom Tannengeruch des alten Winters nichts aufgenommen hat, sondern kühl und fad riecht wie ein verregneter Märzabend.

Wir wollen in den Garten gehen. Jetzt? Ja, jetzt. Lasst mich wenigstens meinen Umhang holen, der Abend ist kalt. Wartet, der besorgt das schon. Eine wegschiebende Bewegung der Finger einer linken Hand, da läuft der Diener den Umhang holen. Einer linken Hand, die Finger der rechten sind zu einer solchen leichten, lockeren, herrschaftlichen Bewegung nicht mehr fähig. Der Diener kommt mit dem Umhang gelaufen, marderpelzgefütterter, am Kragen verbrämter moosgrüner Brokat. Seid Ihr bereit? Wenn es sein muss.

Selena und Bruno stehen draußen vor der »Matte«, frierend, obwohl sie beide einen wattierten Winterparka anhaben. Trotzdem wollen sie den geplanten Spaziergang noch machen, zu einer Magnolie mit rosa Knospen, in einem Vorgarten an einer der Straßen zum kleinen See.

Nach Euch, Herr Bernhard. Habt keine Angst, Herr Petrus. Sie sind beim Durchgang in den südlichen Teil des Gartens, einer schmalen Öffnung in der Weißdornhecke. Herr Manfred, sagt Herr Bernhard mahnend. Herr Manfred zieht an seiner Leine, die Herr Bernhard in der linken Hand hält, auch zum Halten eines aufgeregten Hundes ist die rechte zu schwach. Und zum Reiten? Reiten geht, wenn es ein Pferd ist wie Ketsuron, das man am losen Zügel reiten kann, aber Herr Bernhard reitet kaum mehr. Warum? Weil er im November vom Pferd gefallen ist? Nein, aber wohin soll er auch reiten, seit an Weihnachten Frau Dorothea gestorben ist. Was, wirklich? Etwa ermordet? Nein, im Kindbett gestorben. Was, sie hatte ein Kind, wessen Kind, eins von Herrn Bernhard? Wahrscheinlich schon, er redet nicht darüber. Und das Kind? Auch tot. Darüber redet er wohl auch nicht? Nein. Hat er überhaupt etwas gesagt? Ja, er hat kopfschüttelnd gesagt: Und ich dachte, die Matte sei die Gefahr. Das, mit Verlaub, dachte ich auch, hat Herr Petrus gesagt, nicht wahr, der Mörder, den Ihr einmal geträumt habt, der über die Matte lief, von dem habt Ihr gedacht, das sei der Mörder von Frau Dorothea? Zu Herrn Petrus' Erstaunen hat Herr Bernhard geantwortet: Ja. Soll man Träumen glauben? Herr Bernhard tut es mehr als früher, obwohl oder vielleicht gerade weil er sich getäuscht hat. Er hat sich getäuscht, denkt Herr Petrus, nicht aber der Traum. Auch jetzt. Auch jetzt hat er etwas geträumt, er hat nicht gesagt was, aber deshalb sind sie in den Garten herausgekommen, Herr Petrus weiß es bestimmt. Was hat er geträumt?, denkt er und blickt in das von der Ausdünstung frischgrüner Pflanzen gedämpfte bläuliche Licht zwischen Tag und Abend. War es ein Traum?, wagt er jetzt zu fragen. Ohne sich umzublicken, sagt Herr Bernhard: Ja, es war ein Traum. Aber was für einer, denkt Herr Petrus mit Schaudern, dass er da unten spielt, in der Domäne der Frau, kein guter, kein guter. Und da sie jetzt im Durchgang sind, bekreuzigt er sich ungesehen. Habt keine Angst, wiederholt Herr Bernhard. Hat er es doch gesehen, hat er auch Augen nach hinten? Herr Petrus bekreuzigt sich absichtlich erneut. Was sagt er nun? Nichts. Herr Bernhard tritt in den unteren Teil des Gartens hinaus. Lacht auf. Herr Petrus, noch im Durchgang durch die Hecke, hört das. Was lacht Ihr, Herr Bernhard? Kommt, schaut.

Das müsste man auch dem Weider sagen, der immer noch im Giebelzimmer sitzt, bei seiner vierten Zigarette. Ihn sieht man in dem Rauch schon schlechter als das, was er draußen sehen könnte, trotz Gewächshausdunst, nämlich dass auch aus der Dachluke des Schacher'schen Estrichs Rauch kommt. Tineli und Marteli haben unterdessen aus einem alten Hundertjährigen Kalender, auch hier liegen welche herum, einen Fidibus gemacht, mit dem sie an den Balken und an einem alten Stuhl sengen. Einer der Balken hat schon ein wenig gebrannt. Herr Weider, das wäre der Moment, sich mit den Mädchen zusammenzutun. Auch die suchen das Gold, das ihnen zwischen den rauchgeschwärzten Trümmern des Estrichs entgegenglitzern würde, denn Gold, hat sich Tineli auf einmal erinnert, kommt immer so zum Vorschein, im Ruß eines Feuers unbeschadet glänzend. Aber Weider ist müde, er hat für heute aufgegeben. Auch sonst schaut niemand groß in den Abenddunst hinaus. Frau Blank zum Beispiel sitzt mit aufgestützten Ellenbogen am Küchentisch, das Gesicht in den Händen, und schaut mit glasigem Blick zu, wie ihr Jüngster mit einem violetten Stift Striche auf ein Papier zeichnet. Nur Fräulein Zinner, die jetzt vor dem Frühstück die Fensterläden aufmacht und einen Augenblick in die Stille des Aprilabends hinaushorcht, hat auf einmal das Gefühl, in der dunstigen Luft hänge frischer Rauch, obwohl um diese Stunde niemand mehr kocht, und wer würde im Frühling noch den Ofen heizen?

Was ist also im unteren Garten, weiter unten rechts auf dem leichten Abhang in dem grünlich-bläulich gesiebten Zwielicht zu sehen? Ein Pferd. Ein geschecktes Pferd, das den schwarz-weiß-grauen Kopf erschrocken hochreißt, als es die Männer und den Hund durch die Hecke treten sieht. Herr Petrus schlägt sich die Hand vor den Mund. Hättet Ihr nicht gedacht, was?, sagt Herr Bernhard. Das Pferd äugt misstrauisch herüber, ein Büschel Gras hängt ihm aus dem Maul, es hat aufgehört, daran zu kauen. Herr Manfred steht erstarrt, nur seine Rute zittert. Aber er hat es gewusst, denkt Herr Bernhard, er hat oft nach draußen gehorcht. Ketsuron auch, sie haben es gewusst. Herr Bernhard lacht wieder auf. Das löst Herrn Manfreds Spannung, er beginnt zu bellen, das Pferd macht einen Satz, bleibt angespannt stehen, blickt herüber. Herr Petrus nimmt die Hand vom Mund. Das ist doch der Falke, sagt er. Ja, sagt Herr Bernhard. Wo kommt denn der her?, fragt Herr Petrus. Nirgendsher, sagt Herr Bernhard, er war die ganze Zeit da. O Jesus. Habt Ihr das gewusst?, fragt Herr Petrus. Herr Bernhard zuckt mit den Schultern. Geahnt? Geträumt? Ihr habt es geträumt, diese Nacht, nicht wahr?, fragt Herr Petrus. Ja, sagt Herr Bernhard. Herr Petrus hält sich mit der linken die rechte Hand fest, um sich nicht zu bekreuzigen. Die Frau, denkt er, Herrn Bernhards Frau hat das Pferd gestohlen. Aber warum?, fragt er. Warum was?, fragt Herr Bernhard. Warum hat sie das Pferd ge-, genommen? Vielleicht als Gegengabe zu Ketsuron, den ich behalten habe, sagt Herr Bernhard. Was ist das für eine Gegengabe, die man sich stiehlt, denkt Herr Petrus, kein Wort ist wahr, es ist Teil ihrer Rache, und er weiß es, Frau Dorothea, die große Geliebte, ist schon daran gestorben. Herr Petrus beginnt zu weinen. Weint nicht, sagt Herr Bernhard. Herr Manfred bellt nicht mehr, setzt sich, beobachtet aber immer noch den Falken. Der Falke blickt immer noch herüber, kaut aber wieder an dem Gras. So ist das, sagt Herr Bernhard. Was ist wie?, denkt Herr Petrus. Wie meint Ihr?, fragt er. So, sagt Herr Bernhard. Herr Petrus wagt nicht nachzufragen. Er schaut auf den Boden, auf den hier in Heckennähe noch eng geschlossenen, zartblättrigen Löwenzahn. Das gäbe guten Salat, das müsste man der Köchin sagen, aber, Jesus, das ist ja die Domäne der Frau, nicht das Kreuz schlagen. Er hört Herrn Bernhard leise lachen. Das erste Mal seit Weihnachten, dass er lacht, denkt Herr Petrus. Er blickt auf. Da steht weit unten eine Gestalt, wahrscheinlich rot gekleidet, wenn man es in der Dämmerung richtig erkennt. Wer ist das?, fragt Herr Petrus. Wer wohl?, sagt Herr Bernhard. Der Bursche. Der andere Bursche, der verräterische Hund. So ist das also. Herr Petrus hat es ja immer geahnt. Der hielt es schon immer mit der Frau. Die Schlange an unserem Busen, sagt er. Es scheint so, sagt Herr Bernhard.

Streit. Leider. Zwischen Selena und Bruno, weil Selena den Totenschein von Lieber Johannes nicht verbrennen will, obwohl das, wie Bruno sagt, die beste Lösung wäre. Sie stehen in der Nähe der Magnolie mit den rosa Knospen, die ihrerseits im Schnee steht, Bruno hat das Feuerzeug in der Hand, Selenas Feuerzeug, er raucht ja nicht, sie hat es ihm gereicht, als sie noch einverstanden war, den Totenschein zu verbrennen, dann hat sie ihn im letzten Augenblick zurückgezogen. Nichts geht Bruno mehr auf die Nerven als so ein Hin und Her, ich glaube, wir gehen jetzt am besten nach Hause, hat er gesagt, nein, wart noch, hat Selena geantwortet, was die Sache nicht besser machte. Bruno möchte sich nicht in ihren, jetzt nennt er es beim

Wort, Hirngespinsten verstricken, Wohnzimmertabu und Träume und etwas von einem Doppelgänger ihres davongelaufenen Mannes und jetzt noch der tote Mann, dieser Johannes Lieber, der doch Selena gar nichts angeht, höchstens mich, sagt Bruno und muss fast wieder weinen. Geh du nach Hause, sagt Selena, ich bleibe. Sie holt die Zigaretten hervor, nimmt Bruno das Feuerzeug aus der Hand, zündet eine an. Geh nur, sagt sie. Er kann sie doch da nicht stehen lassen. Doch, doch, geh nur. Wenn es dir lieber ist, sagt Bruno, dann gehe ich, aber bleib nicht zu lange in der Kälte stehen. Er geht. Selena zieht an ihrer Zigarette. Das Ende einer schönen Freundschaft, denkt sie und muss lachen.

So, jetzt fällt doch ein oranges Flackern auf, es ist auch dunkler geworden, Jesses, da drüben bei Schachers brennt's. Hat es der Weider nicht gesehen, warum ruft er nicht mit dem Telefon die Feuerwehr? Er sitzt eben immer noch hinten im Giebelzimmer, achte Zigarette. Dann halt zu Gampers, aber bis dem sein Telefon Verbindung bekommt, und dann hockt der Schacher dort und will sicher nicht, dass man die Feuerwehr ruft. Soll halt der Karsumpel abbrennen. Bist du wahnsinnig, und die beiden Mädchen?, schreit Frau Kellermeister ihren Mann an. Frau Kellermeister füllt den Eimer mit Wasser. Du gehst jetzt sofort löschen, schreit sie.

Die Mutter hat fast fertig gepackt. Sie wird durch den verschneiten Tannenwald, braune und grüne Nadeln auf dem Schnee, mit ihren beiden Koffern, dem einen, riemenverschlossenen aus Kamelleder von vor dem Krieg und dem neuen, nach Leder aussehenden, aber wahrscheinlich aus Pappe bestehenden, in welchem sie Bücher, auch Kinderbücher, für kleinere Kinder, und den Kerzenhalter aus Zinn und einen Hasen aus Porzellan aus der alten Wohnung und eine Stange Salami, ein Säckchen Paprika und eine Flasche Tokajer mitgebracht und jetzt mit absichtlich beschmutzten und zusammengeknüllten Nylonstrümpfen, scheinbar gebrauchten Stöckelpumps und zerknitterten Prinzesskleidern, das alles, um den Zoll zu täuschen, vollgepackt hat, ins Pommerland zurückstapfen. Nicht alle schaffen den Weg, erfrorene Leute liegen da und dort zwischen den Stämmen, aber die Mutter wird sich beharrlich, Schritt für Schritt im Schnee einsinkend, die Koffer abstellend, nachschleppend, abstellend durch den Wald kämpfen, bis die weißgraue Ebene in Sicht kommt und sich weit vorn graue, umhangbekleidete, von Gewehrläufen überragte Gestalten aus dem Nebel lösen, da, da ist die Grenze. Hoffentlich, denkt Mari, hat man sie mit ihren beiden Koffern am Waldrand nicht schon gesehen, denn sie soll, sie soll unbemerkt zurück ins Pommerland. Mari liegt noch auf dem Bett, auf der faden Chintzdecke, ihr Vater sitzt immer noch im Wohnzimmer und raucht.

Immer noch? Ja, immer noch. Was soll er sonst machen? Er kann ihr ja nicht ins Schlafzimmer folgen und beim Packen helfen oder Zusehen. Er ist auch schon bei der fünften Zigarette. Seit vorhin sind zwanzig Minuten vergangen, Selena ist zu Hause, sitzt am Glastisch im Flur, ebenfalls rauchend, mit Blick zur Wohnzimmertür. Was ist da drin los? Selena beugt sich ein wenig vor. Ein Rupfgeräusch. Peter, sagt Selena. Das Rupfgeräusch wird lauter. Peter, hör auf. Intensives Rupfen. Verdammt, der macht das Sofa kaputt, neben dem Glastisch das einzige teure Stück der Einrichtung, der Rest ist Ikea. Wetzt die Krallen am cremefarbenen Baumwoll-Leinen-Gemisch. Selena steht auf. Geht bis zur Wohnzimmertür. Da, in der Dämmerung der Umriss einer Katze, die das Sofa bearbeitet, nicht weit von der Stelle, an der vor vierzig Jahren Maris Vater auf dem schottisch bezogenen Sofa sitzt. Selena tastet nach dem Schalter, macht Licht, geht energischen Schritts hin, hebt die Katze hoch, deren Vorderbeine sich lang strecken, weil ihre Krallen mit dem Stoff verhakt sind, sodass die Selena einzeln lösen muss, worauf sie sich mit der Katze aufs Sofa setzt, das, wie sie sieht, an mehreren Stellen aufgeraut ist. Na ja, denkt sie, ist ja egal. Merkt erst jetzt, dass sie im Wohnzimmer ist, zum ersten Mal nach mehr als einem Jahr.

So löst sich alles, sagt Herr Bernhard lachend. Was lacht er?, denkt Herr Petrus. Es gefällt ihm nicht mehr, dass Herr Bernhard lacht, es ist ja schön, wenn er nicht mehr trauert, aber warum eigentlich nicht? Seid Ihr nicht traurig über den Verrat des Burschen?, fragt er. In einem Meer von Traurigkeit ist das nur ein Tropfen, sagt Herr Bernhard. Herrn Petrus wird kalt. Gehen wir zurück, Herr Bernhard, sagt er, der Frühlingsabend ist kühl, Nebel fällt. Nicht das will er sagen, sondern: Seht, die Gestalt dort unten ist weg, der Bursche hat uns gesehen, er holt jetzt die Frau. Habt keine Angst, sagt Herr Bernhard und beginnt den Abhang hinunterzugehen. Aber Herr Petrus fällt auf die Knie.

In diesem Moment sind mehrere Tiere auf der Matte: zwei Igel, ein Fasan, ein Stachelschwein, verschiedene Nachtkäfer und die vier Wildschweine, die gleichzeitig beim Aufwühlen des Bodens innehalten und nach Norden horchen. Was haben sie gehört? Streicht im April noch der Mächtige in der Nähe herum? Aber er kommt doch sonst eher aus Nordost, von oben. Jetzt hört man es auch mit einem menschlichen Ohr: ein Quietschen. Die vier Wildschweine machen kehrt, galoppieren ins Wäldchen, der Fasan fliegt auf, die Igel rollen sich zusammen, auch das Stachelschwein verschwindet im Wald. Was kommt da? Wieder das Quietschen. Jetzt das Schnauben eines Pferds. Der Feind, der Österreicher, will das Land erobern. Das ist sicher Säbelrasseln. Oder? Jetzt kommt am unteren Saum des Wäldchens ein Pferd in Sicht, seine Farbe in der Dämmerung nicht mehr erkennbar, mühevoll einen Wagen ziehend, dessen Deichsel auf dem unebenen Gelände quietscht, während ihn hinten mehrere Leute, fünf oder sechs, mit Anstrengung schieben. Das Pferd tritt auf die Matte hinaus, bleibt stehen. Ho, rufen sie von hinten. Kommen hervor, sehen gegen den immer noch schwach beleuchteten Himmel die drei Stangen aufragen. Ziehen die Hüte.

Auf dem Tisch im Flur klingelt das Handy. Selena steht mit der Katze im Arm auf, geht hin, nimmt es, kehrt gleich wieder um, setzt sich wieder mit der Katze aufs Sofa. Hallo? Bruno. Er will wissen, ob sie zu Hause ist oder noch in der Kälte draußen herumsteht. Ach, Bruno, sagt Selena und muss fast weinen, entschuldige wegen vorhin. Aber nein, er müsse sich entschuldigen für seine

Ungeduld. Sie jedenfalls müsse ihm danken, sagt sie, der Zauber mit den roten Tulpen und der roten Kerze habe gewirkt, sie sitze im Wohnzimmer und hoffe, dass das der erste Schritt zur Überwindung ihrer Hirngespinste sei, er habe ja völlig recht. Es gehe ihm nicht darum, recht zu haben, sagt er, aber er freue sich wirklich sehr über diesen Fortschritt.

Der Brand ist gelöscht, ein paar Eimer Wasser haben genügt. Herr Kellermeister, der zuckerkranke Herr Schmied und ein Herr Tobias, neu im Mietshaus links, wahrscheinlich Jude, stehen mit den geleerten Eimern in Schachers Küche und versuchen von Tineli zu erfahren, wo Marteli ist. Weiß nicht, sagt Tineli. Aber sie weiß es und will und darf es nicht sagen. Sie hat Marteli in den Schuppen gesperrt. Wieso? Damit es nicht verbrenne, hat sie der Schwester gesagt, aber nicht darum geht's, sondern Tineli wollte, als die Balken endlich brannten und der Schatz also am Erscheinen war, das Gold für sich haben. Herr Kellermeister zuckt mit den Schultern. Hat sich halt irgendwo versteckt, kommt dann schon hervor. Herr Schmied findet, dass man das Kind suchen sollte. Herr Tobias findet das auch. Tineli erschrickt. Marteli ist im Hühnerstall, sagt sie. Ja, dann geh es holen, oder sollen wir gehen, hast Angst? Nein, ruft Tineli, ich gehe. Sie springt auf, rennt hinaus, schlägt die Tür zu. Stürzt zum Schuppen. Tritt ein. Völliges Dunkel, völlige Stille. Marteli, wo bist? Stille. Marteli. Stille. Jesus, Marteli ist tot, vor Schreck gestorben wie die Mutter, Jesus Gott, dann werden sie hier hereinkommen, um den toten Körper zu holen, und alles darf geschehen, nur das nicht, dass sie in den Schuppen kommen. Marteli, ruft Tineli mit dünner, atemloser Stimme, du darfst nicht tot sein, wenn du tot bist, kommen sie hier herein, um dich zu holen, hörst, Marteli? Der Empireschrank beginnt zu ächzen. Du musst mir aber auch vom Gold geben, sagt Marteli und klettert heraus.

Das Pferd ist jetzt, an diesem Aprilabend des frühen fünfzehnten Jahrhunderts, ausgespannt und grast ungefähr an der Stelle, wo letztes Jahr die Mutter der beiden Mädchen und damals auch noch die Mutter von Röbi, der in den Gedanken der beiden nicht mehr vorkommt, tot umgefallen ist. Der Wagen, groß, zu schwer für ein einzelnes Pferd, steht ungefähr auf der Höhe der späteren Birnbäume. Die Leute haben ein Feuer gemacht, weiter kommen sie heute nicht mehr, um diese Zeit sind die Stadttore geschlossen. Nicht gut, dass man hier bleiben muss, an diesem mit drei Stangen markierten Ort. Stangen hat man zwar schon den ganzen Tag da und dort gesehen, nie aber gleichzeitig drei. Aber was soll man machen, auch das Pferd schafft es nicht mehr. Wo ist es überhaupt? Dort, weiter weg, es ist weitergewandert, ist jetzt ungefähr auf der Höhe des späteren Kirschbaums. Einer der Männer am Feuer weist mit dem Kinn in seine Richtung. Ein kleiner Mann steht auf, nicht größer als eins zwanzig, gekleidet wie ein Herr, in Seidenwams und Federbarett, und geht auf dem wildschweindurchwühlten Boden stolpernd über die Wiese. Jetzt sieht man ihn im Dunkeln nicht mehr. Das Pferd sieht man noch gegen den im Westen schwach beleuchteten Horizont. Es hebt den Kopf. Es muss den Mann gesehen oder gehört haben und schaut reglos herüber. Der Mann steht, breitbeinig, um das Gleichgewicht nicht zu verlieren, in etwa zehn Schritt Distanz zu dem Pferd. Er redet etwas in einer fremden Sprache, das Pferd kommt langsam heran und lässt sich auf den Boden herunter. Der Mann klettert auf seinen Rücken, schnalzt mit der Zunge, das Pferd stemmt sich wieder hoch, der Mann hält sich mit beiden Händen an der Mähne fest. Das Pferd geht über die Wiese auf das Feuer zu.

So, sagt die Frau, während sie ins Wohnzimmer tritt, gepackt wäre. Sie bleibt stehen. Was will sie, denkt Ferenc, eine Szene, tu's nicht, geh nicht? Sie steht da. Geh zum Teufel, denkt Ferenc, nicht ohne ein wenig zu erschrecken. Was ist mit mir los, denkt er, Eifersucht? Eifersucht? Na ja, es ist klar, dass sie dem jungen Herrn Steiger gefällt, als man sich zufällig unten beim Lift traf, ist gleich der Funke gesprungen, osteuropäischer Sexappeal der zuzwinkernden Art, das muss für ihn neu sein, und neben seiner hochschwangeren kleinen Puppe wäre er bestimmt zu haben für eine Abwechslung. Ferenc, komm, das ist ja lächerlich. Wieso, denkt Ferenz verärgert, und was will sie, warum steht sie da? Ja, die Frau steht immer noch da, im Zwischenraum zwischen der Tür und dem Esstisch aus Esche. Setz dich doch, Maria, sagt er gereizt. Maria setzt sich schräg auf einen der Eschenstühle. Sieht auf dem Tisch im Aschenbecher die nicht ganz zu Ende gerauchte, beim Ausgedrücktwerden entzweigebrochene Players Filter. Ah ja, das Rauchen hat er dem Kind auch noch beigebracht. Weißt du, warum ich gehe?, fragt sie. Weil du auf Kindergeplapper überreagierst, sagt er. Nein, sagt sie, sondern weil du die ganze Zeit eifersüchtig bist. Was heißt die ganze Zeit, die Sache mit Fredi Steiger hat sich vorhin abgespielt, beim Heimkommen aus dem Kino. Wie meinst du das?, fragt er. So, sagt sie, dass du die ganze Zeit eifersüchtig bist, auf mich und Mizzusch.

Es ist dunkel geworden. Durch den feinen Dunst sieht man die Sterne, Herr Bernhard ist noch nicht zurück. Herr Petrus kauert mit nassen Beinkleidern an der Hecke. Der Falke ist auch da, hat sich beruhigt, grast in der Nähe, wie Herr Petrus hört. Nie mehr werde ich ihn sehen, denkt Herr Petrus, und das wegen eines Pferds, das ihm gar nicht gefällt, das er sowieso verkaufen wollte. Er vergräbt das Gesicht in den Händen, schluchzt in seine nach Erde riechenden Handflächen hinein. Der untere Teil des Gartens hat bessere Erde, hier müsste man das Gemüse pflanzen, müsste es der Köchin sagen, ach nein, ach nein. Wo bleibt er? Tot ist er. Dann geht doch ins Haus zurück, Herr Petrus, bereitet die Leute auf den Tod ihres Herrn vor, damit sie ihr Bündel packen und weiterziehen können, die Köchin ist zu alt, aber die Magd kann sich wieder verdingen, der Diener auch, kann vielleicht das Gebilde aus hölzernen Rädern, Hebeln und Streben, das er mit einer Kurbel in Bewegung setzen kann, sein fertiges Opus magnum, für Geld zeigen, auch wenn es sonst niemandem zu etwas nütze ist, aber wie will er es mitnehmen, er müsste einen Karren haben, hat er nicht, muss es also dalassen, die Frau wird es verbrennen. Die Frau. Sie wird die Herrschaft übernehmen, ich selbst bin dann auch tot, hier gestorben unter der Hecke, hier verscharrt. Herr Petrus weint. Spürt einen feuchten Druck auf dem Handrücken. Der Tod. Er reißt die Hände vom Gesicht. Herr Manfred steht da, wedelnd, an der Leine, festgehalten von Herrn

Bernhards schlechter rechter Hand, denn in der linken, der stärkeren, hält er das Ende eines Stricks, der zu den zusammengebundenen Handgelenken des Burschen führt. Der ist tatsächlich rot gekleidet, hellrot und dunkelrot, in den Farben der Frau. Kommt jetzt, sagt Herr Bernhard. Herr Petrus steht auf, mit Mühe, weil ihm vom Kauern die Knie steif geworden sind. Sie gehen durch das Loch in der Hecke.

Heinz sitzt an diesem Aprilabend im Büro an seinem Schreibtisch, der so steht, dass er durch das vorhanglose Fenster auf den kleinen Balkon sieht, wo bis zur Hälfte, bis dorthin, wo von drinnen Wärme kommt, Schnee liegt, leicht gewölbt wie eine Decke, unberührt. Wozu auch da hinaustreten, nicht einmal Renats Dachterrasse hat er je benutzt. Wird er auch nicht mehr, er wohnt nicht mehr bei Renat, sie hat es schlecht vertragen, dass er nach dem Streit in jener Novembernacht zu Selena gelaufen ist. Eine miserable Idee, in jeder Hinsicht. Lassen wir das, denkt Heinz und zündet die Schreibtischlampe an. Sieht den Schnee auf dem Balkon nur noch als weißlichen Schimmer und sich selbst gespiegelt. Ach ja, denkt er ärgerlich. Er blickt weg, auf die Akten, die auf dem Schreibtisch liegen. Der Prozess um das Seegrundstück? Ach nein, sondern ein langweiliger Käse. Den Prozess um das Seegrundstück, Heinz wird ein wenig heiß, haben sie verloren. Ja. War vorauszusehen, der Krähenbühl weiß doch, wie man die richtigen Leute einkauft. Ist dafür auch in der richtigen Partei. Heinz schiebt wütend die langweilige Akte weg. Seit der Prozess vorbei ist, taucht auch der Doppelgänger nicht mehr auf. Was noch einmal beweist, quod erat demonstrandum, wie das Arschloch sagen würde, dass er dahintergesteckt hat. Heinz greift in den Papierkorb, zieht die Zeitung heraus, schlägt die Seite mit den Kinos auf. Hat ja eh keinen Sinn, heute Abend noch zu arbeiten.

Vater, Mutter und Kind sitzen in der Küche. Sie trinken Tokajer. Dem Vater ist er zu süß, aber was soll's. Dem Kind gefällt die goldgelbe Farbe, die zu dem immer noch in der Luft hängenden Tannengeruch passt. Abschiedstrunk, auch wenn die Mutter morgen, Gründonnerstag, noch den ganzen Tag hier sein wird, sie nimmt dann den Nachtzug, Budapest Keleti pu. Geh nur, denkt Mari, vom Tokajer angenehm durchwärmt. Die Mutter lächelt ihr zu: Wirst du mich vermissen, Mizzusch? Mari sagt nichts. Warum machst du das, Maria, sagt Ferenc. Maria lächelt nicht mehr. Weil ich das Gefühl habe, dass ihr mich nicht vermissen werdet. Bitte hör auf, sagt Ferenc, das ist Untermietergerede, um den Ausdruck, den er verwendet, wörtlich zu übersetzen. Da hast du wohl recht, sagt Maria und nimmt einen Schluck. Das Tuch werde ich vermissen, denkt Mari trotzig und blickt auf die leere Stelle an der Wand über dem Tisch. Dort fehlt das mit Kräutern bedruckte, mit ihren Namen beschriftete Tuch. Das wollte die Mutter unbedingt haben.

Den Burschen will Herr Bernhard morgen verhören, er ist im Moment in eins der leeren Zimmer gesperrt. In eins im Erdgeschoss, mit einem Gitter vor dem Fenster. Der Bursche hat das kleine Fenster im großen Fenster aufgemacht, schaut in die leicht verhängte Aprilnacht hinaus, hinüber zum Stall. Er pfeift leise. Keine Antwort. Stille.

Er pfeift noch einmal. In der Küche bellt Herr Manfred einmal. Nein, nicht der ist gemeint. Der Bursche wagt nicht mehr zu pfeifen. Wartet. So ein Feigling, denkt er. Wer? Der andere, der andere Bursche. Solange er vom unteren Garten her mit Geschenken gekommen ist, Speck, Käse, Mangoldkuchen, war er genehm. Jetzt wird ihn der andere Bursche verraten. Was gibt es noch zu verraten, Bursche, ist der Verrat nicht deinerseits, und herausgekommen ist er auch. Aber jetzt kommt alles heraus, denkt der Bursche. Was alles? Das Feuer. Der Bursche beginnt zu schwitzen. Hast du in jener Novembernacht das Feuer auf der Matte gelegt? Ja, aber im Auftrag der Frau. Im Auftrag der Frau, wie lautete der Auftrag, was hat sie gesagt? Etwas vom Verbrennen der Spuren. Und das hast du so verstanden, dass du die Matte anzünden sollst? Ja. Hat sie es denn zu dir gesagt? Der Bursche wird rot. Ich glaube schon. Ja oder nein? Weiß nicht, denkt der Bursche, ja, wohl schon, sie redet ja manchmal zu mir. Er wird noch röter. Ach so ist das. Und als es dann wirklich gebrannt hat, aber was hat eigentlich gebrannt, die Matte jedenfalls nicht, die Leute, die jetzt dort um das Feuer sitzen, sitzen auf einem von Brand unberührten Gelände, also sag's, was hast du angezündet? Nur das kleine Turmhaus aus eng gebündeltem Schilf, mit dem himbeerfarbenen Wimpel, Herrn Bernhards Schweigeort, am Westrand der Wiese. Spurlos verbrannt, vom Winterschnee bedeckt, jetzt schon von Frühlingsgräsern überwachsen. Ach so ist das. Nun, also: Und als es dann wirklich gebrannt hat, hast du dich nicht zurückhalten können, bist heimgaloppiert, auf dem Falken, nein, wahrscheinlich eher auf dem Jupiter der Frau, bist heraufgekommen in den oberen

Garten, in den Stall, hast vor dem anderen Burschen geprahlt, wie gut du mit der Frau stehst, denn das wart doch ihr in der Stalltür in jener Nacht, als die Matte brannte? Ja. Warum hast du nicht wenigstens den Mund gehalten, warum bist du nicht bei der Frau unten geblieben, warum bist du auch danach immer wieder heraufgekommen? Der Bursche bricht in Tränen aus. Wegen dem Pferd, denkt er, wegen Ketsuron.

IX

Es ist ein Aprilmittag eine Woche später in den Sechzigerjahren, viel zu warm, es könnte Sommer sein. Die Hyazinthen in der Styroporkiste sehen geschmolzen aus, die blaue und die rosa sind dunkler, die weiße gelblich geworden, auf eine fettige Art. Sie riechen auch kaum mehr nach sich selbst, sondern nach abgestandenem Wasser. Der Kirschbaum steht in voller Blüte. Die Jacke des Twinsets kann man vergessen, der kurzärmelige Pullover ist mehr als genug, noch so ist einem zu heiß. Höllischer Baulärm, man blickt auf die Uhr, zehn vor zwölf, bald machen sie Pause und stellen den Zementmischer ab. Man lehnt sich über die Balkonbrüstung hinaus, um besser zu sehen, was sie da machen. Einen dicken schwarzen Schlauch ziehen sie durch die Öffnung, die wahrscheinlich der Eingang des Neubaus sein wird. Der Schlauch scheint schwer, ist irgendwo festgemacht, man sieht nicht wo, lehnt noch weiter hinaus, sieht unten auf dem Balkon im ersten Stock ein Kind, etwa neunjährig, das am Boden kauert und mit Murmeln spielt. Wer ist das? Man starrt hinunter. Das Kind merkt es und blickt herauf. Schaut eine Weile, sagt dann: Ich bin Heidi, wie heißt du? Man zögert einen Augenblick. Mari, sagt man dann.

Auch in den Zwanzigerjahren ist es warm an diesem Mittag, aber auf frühlingshafte Art, mit leicht bewegter Luft, im Schatten Kühle. Die Matte, höckerig, maulwurfdurchwühlt, ist von Gestrüpp, von dickem, kurzem Gras und gelbem Löwenzahn überwachsen. Am gegabelten Ast des kleinen Kirschbaums sitzen Blüten, die Knospen an den Birnbäumen sind halb offen. Tineli und Marteli stehen, sich an den Händen haltend, am Wiesenrand. In Tinelis Zöpfen stecken Gänseblümchen zwischen den Flechten, in Martelis Zöpfen Gänseblümchen abwechselnd mit Löwenzahn. Sie bewegen die Lippen im Gleichtakt, scheinen etwas herzusagen. Was machen diese Bälger?, denkt Weider, aber er ahnt es schon.

Selena sitzt im Wohnzimmer auf dem Sofa, das Wetter ist o. k., windig, manchmal kommt zwischen den Wolken die Sonne hervor, das Thermometer am Fenster zeigt zwölf Grad. Trotzdem hat Selena Licht gemacht, weil sie neustens, um den Betonblock nicht zu sehen, die Lamellenläden herunterlässt, mit waagrecht gestellten Lamellen, sodass zwar Licht durchkommt, aber zum Lesen nicht genug. Was liest sie? *Bild mit Stifterfigur?* Nein. Bruno hat letzthin am Abend eine Weile vor seinem Bücherregal gestanden, wo das Buch auf Augenhöhe ist, immer dort ist, es stimmt nicht, dass er es suchen müsste, wie er zu Selena gesagt hat, er kann sich nur nicht entschließen, es herauszunehmen, es ist das einzige Buch des verstorbenen Bruders seines ehemaligen Lebensgefährten. Er hatte den Finger schon oben in den Buchrücken gehakt, um es herauszuziehen, hat es aber, als der Umschlag mit der knienden kleinen Renaissancefigur in Sicht zu kommen begann, wieder zurückgeschoben. Was also liest Selena? Ein Buch, dessen Titel ihr in der Buchhandlung aufgefallen ist: *Alles zeigt sich, wenn man will.*

Im April habe ich immer Kopfweh, denkt Heinz, wieder im Büro an seinem Schreibtisch, auf dem ebenfalls das Licht brennt. Es fällt auf eine langweilige Akte. Heinz drückt auf den Knopf der Gegensprechanlage: Carla, haben wir Aspirin? Ja, Carla hat Aspirin, sie bringt's gleich. Idiotisches windiges Wetter, Heinz versucht sich auf die Akte zu konzentrieren, auch idiotisch, alles ist idiotisch. Er blickt auf, wartet auf Carla und das Aspirin. Da, die Tür öffnet sich, aber niemand kommt herein, Heinz beginnt das Herz zu klopfen, das ist er vielleicht. Nein, es ist Carla, da bin ich, Aurel, sagt sie, ich habe nur gerade gesehen, dass an deiner Tür der Zettel noch klebt. Was für ein Zettel? Dein Bin-gleich-wieder-da-Zettel, sagt Carla. Sie hält ihm den rosaroten Post-it-Zettel hin, der an ihrem Handrücken klebt. In der Hand hat sie ein Glas Wasser, in der anderen die Schachtel Aspirin. Sie stellt alles hin, klebt den Zettel vor ihn auf den Schreibtisch. Heinz schaut darauf. Das habe ich nicht geschrieben, sagt er. Wieder klopft sein Herz. Sicher hast du es geschrieben, Aurel, sagt Carla, ich war ja dabei. Na ja, sagt Heinz, danke, Carla. Bitte, sagt Carla und geht hinaus. Ja nichts sagen, denkt sie, so wie der eh schon drauf ist. Vorhin hat wieder einer angerufen und dem Herrn Aurel Zumwald gedroht. Diesen Dings, Doppelgänger, denkt Carla, sollte man verhaften. Heinz hat unterdessen das Aspirin geschluckt, wartet auf die Wirkung. Draußen kommt gerade die Sonne heraus, ist das grell, das Schreibtischlicht sieht man kaum mehr.

Er löscht es. Die Sonne verschwindet. Er zündet es wieder an. Auch eine Beschäftigung, denkt er. Er lehnt sich zurück, zieht rechts die oberste Schublade auf, nimmt eine auf die Kinoprogramme hin zurechtgefaltete Zeitung heraus. Darunter unbeschriebene weiße Blätter, die Agenda vom letzten Jahr und zuunterst eine gerahmte Fotografie aus den Sechzigerjahren: seine Mutter, strahlend, mit zwei gleich aussehenden, etwa sieben Monate alten Säuglingen auf dem Schoß.

Im April, besonders vom Ostermontag an, geht es wüst zu, Stürme, Nebel, Hagel, einmal schön, dann wieder Hagel und Regen. Es wird schon so sein, wenn's der Vater gesagt hat, er hat es im Kalender unterstrichen, gestern, an einem ebenfalls sonnigen Tag. Das täuscht, hat er gestern gesagt, als er, ausnahmsweise um neun Uhr schon auf, vom Schatten vor seinem Haus durch die Knospen an den Birnbäumen hindurch in die kühle, nach Gras riechende, von der Morgensonne hell beschienene Luft über der Matte hinausschaute. Zum Glück hat er heute seinen Suff noch nicht ausgeschlafen, Tineli und Marteli stehen ungestört am Rand der Wiese. Weider am Fernrohr hustet vor Aufregung. Das darf nicht sein, denkt er, man müsste etwas tun. Aber er kann sich nicht rühren. Sie beten, denkt er. Amen, sagen sie jetzt, man sieht es deutlich an ihren Lippen. So. Weider kann kaum atmen. Tinelis und Martelis Hände krampfen sich schwitzend umeinander. Jetzt, sagt Tineli. Auch das sieht Weider. Jetzt, denkt er atemlos. Die Mädchen machen gleichzeitig einen Schritt in die Wiese hinein, zwischen und auf den gelben Löwenzahn. Jesus, Weider greift sich ans Herz. Tineli und Marteli gehen langsam, mit geschlossenen Augen, weiter in die Wiese hinein. Sie hören, wie die Stiele der Löwenzahnblüten unter ihren Schritten mit saftigem Knirschen brechen. Weider krampft die Faust über dem Herz zusammen und sinkt zu Boden.

Im April macht das Wetter, was es will, denkt man, während man hinter dem Flurvorhang die Shorts und das gestreifte Sommerleibchen sucht, wobei man sich doch ein wenig blöd vorkommt, nicht wegen der Shorts, sondern wegen des Spruchs, der, so schwant einem, noch nie zu irgendeinem Aprilwetter gepasst hat. Na, ist ja gleich, da sind die Shorts. Man zieht sie an, unter den Rock, erst dann zieht man ihn aus. Scheußlich, das Orange der Shorts zu dem Hellblau des Twinset-Pullovers. Wo ist das ärmellose weiße Leibchen mit den roten Querstreifen, dass die Mutter überall Ordnung machen musste, man knirscht mit den Zähnen, zum Glück ist sie zurück in ihrem Land. Da ist es ja, links bei den Sommersachen, nicht bei den Shorts, die trägt man ja auch zum Turnen. So. Jetzt kann man wieder auf den Balkon hinaus und Heidi vorführen, wie man im Gegensatz zu ihr kühl gekleidet ist. Hoffentlich ist sie noch da. Jetzt tritt man in die Mittagshitze und -stille hinaus, der Zementmischer ist abgestellt, die Sonne beginnt auf der Haut zu brennen. Man schiebt den wackeligen Brockenhaus-Korbstuhl an die Brüstung.

Ich wusste, wo sie war, und ich wusste auch wozu, liest Selena. Jetzt wird's spannend. Sie legt das Buch offen neben sich und streckt den Arm links nach den Zigaretten auf dem niedrigen Glastisch aus, auf dem auch heute rote Tulpen stehen. Peter, der auf ihrem Schoß liegt, gerät durch die Bewegung in Schräglage. Selena legt ihm die Hand um die Krümmung von Schultern und Hals, spürt unter dem Fell das filigrane Schulterblatt. Sie setzt sich wieder richtig hin, Peter kippt in seine Normallage zurück. Selena zündet eine Zigarette an, nimmt das Buch wieder auf.

Heinz wüsste, er ist in Amerika zur Schule gegangen, dass man das einen Cliffhanger nennt, wenn die Erzählerin von Selenas Buch jetzt zurückblendet an den Anfang der Geschichte, statt gleich zu sagen, was sie wusste, nämlich wo sie war und wozu, wer immer sie ist, aber Heinz kann im Moment vor Kopfweh nichts denken, das Aspirin hat einen Dreck genützt. Er drückt wieder auf den Knopf der Gegensprechanlage, Carla, sagt er, kannst du noch einmal kommen, mir ist richtig schlecht.

Im April schon?, fragt Herr Petrus. Ja, sagt Herr Bernhard, schon im April.

Der Anfang der Geschichte. Im Januar des Jahrs, in welchem ich mit meiner Mutter in unsere Heimat zurückkehrte, begann mir aufzufallen, dass auf dem noch unberührten, aber schon abgesteckten Gelände morgens im Schnee Spuren waren, jeden Morgen mehr, als würden da jede Nacht Leute herumlaufen, liest Selena und zieht an ihrer Zigarette. Sie muss sich Mühe geben, das erwähnte Gelände nicht als fahle Schneewüste zu sehen, sondern als ein von Gebäuden umstelltes leeres Grundstück, so, wie es die Autorin beschreibt. Wie heißt sie schon wieder? Selena klappt das Buch über ihrem Finger zu, ach ja, Maria Szalagh, wie man das wohl ausspricht, Schalag wahrscheinlich, egal, sie klappt das Buch wieder auf, liest weiter. Ich nahm mir vor, nachts einmal heimlich aufzustehen und hinauszugehen, um zu sehen, was sich da auf dem etwa zehn Minuten von unserem Haus befindlichen Gelände tat, aber es gelang mir nie, denn jedes Mal kam etwas dazwischen, mein an Schlaflosigkeit leidender Vater ging in der Wohnung umher, meine Mutter, die deshalb für Geräusche und Bewegungen empfindlich war, wachte schon auf, wenn ich das Licht anknipste, oder die Nachbarin, die uns Tag und Nacht zu belauern schien, regte sich in ihrer Wohnung, wenn ich die Tür aufmachen wollte. Kennen wir, denkt Selena. Sie liest weiter: Und so konnte ich Ende Januar nur feststellen, dass der Schnee auf dem ganzen höckerigen Gelände zu einer zertretenen bräunlichen Masse geworden war, Fußspuren überall und eine breitere Spur, als wäre dort etwas Schweres, ein Kasten vielleicht, über das Grundstück geschleppt worden. Am Tag, nachdem diese breite Spur erschienen war, am 31. Januar, geschahen die Dinge, von denen ich erzähle. Also, denkt Selena. Sie liest: Die Leute, die in dem kleinen Haus am Rand des Grundstücks wohnten, eine Familie Zumstein, was?, denkt Selena, standen an dem kalten, bedeckten Morgen alle draußen, wie ich auf dem Weg zur Schule sah. Es wunderte mich, was sie da machten, und ich versuchte, die älteste Tochter, die mit mir in der Klasse war, heranzuwinken, aber sie sah mich nicht oder tat, als sähe sie mich nicht. In der Kälte mochte ich nicht lange da stehenbleiben, und hingehen war auch nicht ratsam, denn der Vater Zumstein vertrug das nicht. Ich ging also weiter, als ich plötzlich Schüsse hörte, fünf, sechs, sieben, und ich warf mich instinktiv auf den Boden. Meine Beine in den grauen Wollstrumpfhosen, die mir, wie ich schon gesagt habe, jene Winter zum Teil vergällten, waren schon nass, als ich endlich den Kopf zu heben wagte. Da rannten bereits Leute auf das Haus zu, vor dem niemand mehr stand. Herr Zumstein hatte seine fünf Kinder, seinen alten Vater und dann sich selbst erschossen. Was, denkt Selena mit einem leichten Schwindelgefühl, das habe ich doch schon einmal gelesen, und nicht nur schon gelesen, sondern die ganze Situation war schon so, dass ich hier gesessen habe, mit der Katze auf dem Schoß, mit der Zigarette in der Hand, mit diesem erst gestern gekauften Buch, und diesen Satz gelesen. Ein Déjà-vu, wie sie weiß, was zu wissen, wie gesagt, nichts nützt, der Gedanke, dass es ein Déjà-vu ist, gehört zum Déjà-vu. Verdammt noch mal, jetzt fängt es wieder an. Selena drückt die fertig gerauchte Zigarette im Aschenbecher aus, zündet gleich wieder eine an, aber auch das nützt nichts, auch das war schon einmal. Was ist das für ein Buch? Ich hätte es nicht kaufen sollen, denkt Selena, aber vielleicht nützt es, wenn man weiterliest: Ich stand vom Boden auf, wagte aber nicht, näher zu gehen. Vor dem kleinen Haus bewegten sich schon etliche Leute um die auf dem Boden liegenden Körper herum, und ich stellte mir vor, wie der bräunliche, zertrampelte Schnee dort rot war, und wollte schon mit zitternden Knien und in einem großen Bogen nach Hause zurücklaufen, als ich hörte, dass man etwas rief, immer wieder, einen Namen, Frau Zumstein, wie ich beim genaueren Hinhorchen hörte. Herrgott noch mal, Selena zieht mit blassen Lippen an der Zigarette. Einige der Leute gingen ins Haus, dessen Tür sie aufbrechen mussten, andere liefen auf dem Gelände umher, auf der Suche nach Frau Zumstein, die, so stellte sich heraus, nicht bei ihrem Mann, ihrem Schwiegervater und ihren Kindern lag. Plötzlich hatte ich eine Eingebung, denkt Selena und liest: Plötzlich hatte ich eine Eingebung. Ich wusste, wo sie war, und ich wusste auch wozu. Atemlos und mit schwachen Beinen begann ich am Rand des Grundstücks entlangzurennen, nicht beachtet von den Leuten, die mir auf dem Trottoir entgegengerannt kamen. Ich gelangte ans andere Ende des Geländes, wo, von dem Haus der Zumsteins kaum mehr sichtbar, ein Wellblechverschlag stand, in welchem ich mit der ältesten der Töchter, meiner Klassenkameradin, auch schon gespielt hatte. Ich wusste, dass Frau Zumstein da drin war. Ich wusste es auch, denkt Selena. Sie liest: Ich ging um den Verschlag herum, zu der Stelle, wo zwischen den schräg aneinandergelehnten Wellblechplatten ein Spalt war. Ich wusste auch, was ich da hindurch sehen würde, denn in solchen Augenblicken, da etwas Außergewöhnliches geschieht, wird der Vorhang weggerissen, den wir sonst mit aller Kraft zusammenhalten, um nicht zu sehen, was wir doch schon wissen, oder besser: um nicht zu wissen, dass wir wissen. Und so staunte ich nicht und war erst sehr viel später schockiert, dann allerdings tödlich, dass ich Frau Zumstein mit dem Rücken zum Spalt auf dem Boden sah, mit gespreizten Oberschenkeln auf den Fersen sitzend, aber nicht stillsitzend, sondern mit zitterndem, ruckendem Hinterteil, während sich ihre Arme auf und ab bewegten, als würde sie ein Waschbrett benutzen, aber auch das wusste ich, was sie da unter ihrem hochgerutschten Rock tat, während sie leise stöhnte. Selena wirft das Buch aufs Sofa. Peter springt erschrocken hinunter. Selena rennt ins Badezimmer.

Schon im April, obwohl das Wetter noch unsicher ist, jetzt gerade scheint am Westufer des Sees die Sonne, während die Matte unter einem schrägen Regen liegt, mit sichtbaren Tropfenschnüren, weil sie von dem Licht im Westen beleuchtet sind. Ihr werdet Euch, werdet Euch etwas holen, Herr Bernhard, sogar Schnee kann es noch geben, abgesehen von, abgesehen von allem, wartet noch. Nein, sagt Herr Bernhard, kein Wort mehr darüber. Herr Petrus neigt schweigend den Kopf.

Um Heidi vorzuführen, dass man schon die Shorts anhat, genügt es nicht, an der Balkonbrüstung auf dem knisternden Korbstuhl zu stehen, sondern man muss, da es einem strikt verboten ist, auf der Brüstung zu sitzen, auf einem Bein stehend das andere nackte Bein in Ballerinapose seitwärts darüber hinausstrecken und hoffen, erstens, dass man das Gleichgewicht nicht verliert, und zweitens, dass Heidi wenigstens den unteren Saum der Shorts sehen kann. Heidi, siehst du?, ruft man laut, weil man es ja nicht hinunterrufen kann, sondern geradeaus rufen muss, den Balkon entlang, in Richtung des blühenden Kirschbaums. Keine Antwort von unten, sodass man jetzt den Fuß des seitwärts gestreckten Beins auf die sonnenwarme Brüstung stellt und sich schräg vorbeugt, um hinunterzusehen. Man sieht nichts von Heidi, man beugt sich noch ein wenig vor.

Weider hat bei seinem Sturz das Fernrohr verdreht, es steht jetzt parallel zum Fenstersims, die Linse also auf den Fensterrahmen gerichtet, und das fällt ausgerechnet Blank auf, der von der Omnibushaltestelle zur Mittagspause kommt, strahlender Laune an diesem schönen Apriltag, voller Vorfreude auf den Abend, wenn er mit Fräulein Frieda, neustens um die Augen violett geschminkt, ausgehen wird. Was kann ich machen, dass ich so verliebt bin, denkt er und schaut gewohnheitsmäßig zum Weider'schen Giebelfenster auf, der Spinner hockt sicher auf der Lauer, ihm fehlt eben eine Frau, aber was ist das, was soll das, warum steht das Fernrohr quer, braucht er es jetzt als Geländer? Immer muss einem etwas die Freude verderben. Blank weiß gar nicht, warum er das denkt, es könnte ihm ja gleich sein, wie dem Weider sein Fernrohr steht, aber da ist wie ein Schatten in der Sonne. Blank schaut auf, nein, der Himmel ist wolkenlos blau, höchstens mit einem hauchfeinen Schleier, wie es an wirklich schönen Tagen, nicht föhnschönen Tagen, der Fall ist. Also, was ist das? Er geht eilig auf sein Haus zu, das Mietshaus links von der Wiese. Du, Rosa, will er sagen, komm einmal auf den Balkon, beim Weider stimmt etwas nicht.

Heinz seinerseits liegt in seinem nach hinten kippbaren Bürostuhl, die Füße auf dem Schreibtisch, auf den langweiligen Akten, einen nassen Waschlappen auf der Stirn, die Hand um Carlas Hand. Er weint. Carla, sagt er, ich liebe dich, ich habe schon immer nur dich geliebt. Au, denkt Carla, nicht auch das noch. Aurel, sagt sie, ich bin dreizehn Jahre älter als du, und weine nicht, das macht das Kopfweh noch schlimmer.

Blank und Rosa stehen auf dem Balkon und schauen zum Weider'schen Giebelfenster hinüber. O Gott im Himmel, sagt Rosa, rasch, mach etwas, geh hinüber läuten, schnell. Was tust du so dumm aufgeregt, sagt Blank, wegen einem Fernrohr. Aber er weiß, dass sie recht hat. Geh du, sagt er, mich hat er auf der Pike. Blank, schreit Rosa, wenn du nicht sofort gehst, lasse ich mich scheiden. Blank ist schon unterwegs und stößt, aus der Sonne ins dunkle Zimmer tretend, Markus, seinen Jüngsten, um.

Zwölf Uhr, das Mittagsläuten beginnt. Mist, sagt Heinz, Carla, lass bitte den Rollladen herunter, dann hört man es vielleicht weniger. Carla zieht ihre Hand zurück und legt seine auf die Armlehne des Stuhls, geht den Rollladen an der Balkontür herunterlassen, vorsichtig, damit die Holzlamellen nicht rattern. Sie zündet das Licht auf dem Schreibtisch an, dreht die schwenkbare Lampe so, dass sie in die Ecke leuchtet.

In dem blöden Mittagsgeläut hört bei Weiders niemand die Klingel, Blank zieht schon die ganze Zeit an der Schnur. Rosa, den heulenden Markus an der Hand, ruft ihm vom Balkon etwas zu, aber das hört wiederum er nicht.

Nein, bitte nicht, denkt Selena, als sie jetzt von der nahen Kirche, das ist ja auch ein Grund, warum man hier wegziehen muss, das Läuten stört. Sie liegt auf ihrem schräg ins Zimmer ragenden Bett und tastet mit einer Hand auf dem Boden nach dem Handy. Ach nein, denkt sie, in diesem Glockengeschell versteht man ja sein eigenes Wort nicht. Sie zieht die Hand zurück, legt beide Hände übereinander auf den Magen.

Ich muss aufhören, bei jedem Mittagsläuten das Gleiche zu denken und es auch noch stolz zu denken, verflucht noch mal, dass es an unseren Sieg über die Türken erinnert, das ist, denkt Ferenc, vom Büro unterwegs nach Hause, ebenfalls so eine Anbiederung, aber auch das, denkt er, sollte ich nicht mehr denken, und er tritt mit seinem abwesenden Lächeln vom Trottoir auf die Straße hinaus. Herr Schalak, passen Sie auf, schreit jemand so schrill, dass es das hier auf der Brust spürbare Glockenvibrieren übertönt. Ferenc macht einen Sprung rückwärts, um der Ambulanz auszuweichen, deren Sirene man erst jetzt hört. Die Person, die gerufen hat, die kleine Sekretärin vom Büro nebenan, hat vor Schreck ihre Stöckelschuhe verloren und lehnt bleich an der Hauswand. Ferenc liest die Schuhe zusammen, spürt auf dem Rücken die Sonne brennen, richtet sich auf, stellt die Schuhe vor die Füße in den Nylonstrümpfen mit Naht. Sie stützt sich auf seinen gebeugten Rücken und schlüpft in die Pumps. Er richtet sich auf, es ist ihm heiß, er zieht den Dreiviertel-Regenmantel aus. Fräulein, sagt er laut ins Läuten hinein, was machen Sie denn für Sachen? Sie machen Sachen, Herr Schalak, sagt sie. Salag, sagt Ferenc, S wie Salami. Er artikuliert es überdeutlich, um das S durch die Glockentöne hindurch wenigstens sichtbar zu machen. Die kleine Sekretärin muss lachen. Wie Susi, sagt sie mit dem hierzulande stimmlosen S und ebenfalls überartikuliert, so heiße ich. Sehr erfreut, sagt Ferenc laut und greift reflexartig nach ihrer Hand, um sie zu küssen.

Da schon mehrere Personen darauf aufmerksam sind, dass der Blank vor der Weider'schen Tür an der Klingel zieht, beachtet niemand die beiden Mädchen auf der Wiese, das heißt, aus den Augenwinkeln, im Vorbeigehen, sieht man sie schon, aber niemand hat jetzt Zeit weiterzudenken: Was machen die da, zertrampeln das Gras, der Vater wird in sie hineinschießen, und überhaupt, seit wann kann man da wieder drauftreten? Sondern man ist mit der Frage beschäftigt, was der Blank beim Weider will, hat es etwas damit zu tun, dass die Derendinger gerade mit den beiden Kindern beim Arzt ist, nicht nur der Kleine, sondern auch der Größere hatte plötzlich einen Asthmaanfall. So stehen Tineli und Marteli ungestört mitten auf der Wiese. Die Augen immer noch geschlossen, hören sie das Glockenläuten, und es kommt ihnen bekannt vor, aber auch anders, losgelöst von dem nahen Kirchturm, eine heranbrandende, am Wiesenrand nach allen Seiten verlaufende, aber sich immer wieder erneuernde, zu glänzenden Kämmen aufgeworfene dunkle Masse, die sich durch einen vollkommen reinen Raum bewegt, der riesig ist und sich doch innerhalb der zugedrückten Augenlider befindet, so vertraut, so erschreckend und erfreulich vertraut, dass der Körper bis in seine letzte Faser zusammenzuckt. Und auch diese erschreckende Freude ist vertraut, so vertraut, dass das Leben bisher, jetzt weiß man es, dazu gedient hat, sie zu meiden. Aber jetzt geht das nicht mehr. Jetzt muss man hinsehen, und man sieht sie. Was? Die Freude. Siehst du?, denkt Tineli. Ja, denkt Marteli. Im Westen, im Osten, im Norden, im Süden die sich in vollkommener Stille ausbreitende Masse der Töne. Marteli und Tineli können nur stehen und zusehen, wie sich der Horizont immer weiter verschiebt und doch diesseits der zugedrückten Augenlider bleibt. Das ist es, diese unmittelbare Nähe ist es, die schreckliche Freude, der man sich nicht mehr entziehen kann. Martelis rechte, Tinelis linke Hand sind so umeinandergekrampft, dass an beiden Quetschungen entstehen. Auch dieser Schmerz ist ein Teil der Freude. Tineli, denkt Marteli, wo bist du? Sie sieht Tineli weit weggetragen, an den südlichen Horizont, auch wenn sie nicht aufhört zu spüren, dass Tineli neben ihr steht. Marteli, denkt Tineli, jetzt werden dich die Töne gleich nach Norden tragen. Jetzt trägt es Marteli fort. Jetzt sind sie an voneinander unendlich entfernten Punkten des Raums. Tineli, denkt Marteli, komm noch einmal zurück, wir wollen noch einmal hier stehen. Ja, denkt Tineli. Jetzt stehen sie wieder im Mittelpunkt des sich ausbreitenden Raums. Von hier laufen die glänzenden Kämme der dunklen Masse an den immer weiter entfernten Horizont. Du, Marteli, denkt Marteli, denn jetzt hält sie sich selber an der Hand. Wo ist Tineli? Ich bin Tineli, denkt Marteli. Marteli, das seinerseits Tineli war, dreht sich zu ihr um. Wessen Gesicht ist das? Nicht das von Tineli, nicht das von Marteli. Ein gemeinsames Gesicht, das sie schon immer hatten. Das kenne ich, denkt Marteli-Tineli lachend. Jetzt ist Tineli-Marteli wieder weggeschwemmt an den Horizont, diesmal an den östlichen. Marteli-Tineli fühlt einen schweren, scharfen, schneidenden Schmerz. Geh noch nicht, denkt sie, wir wollen noch einmal hier stehen. Wir sind schon gegangen, denkt Tineli-Marteli. Wohin?, denkt Marteli-Tineli. Jetzt zeigt sich wohin, jetzt sieht man über der dunklen glitzernden Masse ein verkehrtes Bild: zwei Mädchen, mit dem Kopf in den Raum hinaushängend, auf einer gelben Wiese, Hand in Hand, stillstehend, schweigend. Waren wir das?, denkt Marteli-Tineli. Ich war das, denkt Tineli-Marteli. Das Bild verschwindet. Jetzt sieht man, dass die Tonkämme noch viel weiter draußen im Raum sind. Jetzt ist es gleich so weit, denkt Tineli-Marteli für beide. Spürst du, fragt sie sich, wie es uns nach Westen zieht? Ja, denkt Marteli-Tineli vom südlichen Horizont her. Komm zurück, Tineli, denkt Tineli mit großer schmerzlicher Freude. Jetzt wirst du bald nach Westen gesaugt und gedrückt und gestoßen, in einem luftleeren Kanal. So ist diese Welt: voller unsichtbarer, schon viel früher begangener Wege, die wiederzuerkennen eine ungeheure Freude ist. Wer sich so freut, erholt sich davon nicht mehr. Jetzt. Jetzt setzt sich in langsamer Drehung um sich selbst Tineli-Marteli-Tineli nach Westen in Bewegung. Mit der Drehung nach Norden kommt die Stelle, wo sie standen, in Sicht: dunkle Tonwellen mit glitzernden Kämmen, die gleichzeitig eine vom Mittagssonnenschein beleuchtete Frühlingswiese sind. Noch einmal holt Marteli Schacher, sechsjährig, mit ihrer Schwester auf der väterlichen Wiese stehend, Luft. Sie bewegt den Mund. Noch einmal redet sie mit ihrer Stimme: Sind wir tot?, fragt sie. Tineli sagt: Ja.

Aber baut Euch wenigstens ein festes Haus, verzeiht, wagt Herr Petrus doch noch zu sagen. Herr Bernhard schweigt. Nein, er darf nicht schweigen, denkt Herr Petrus, diesmal nicht, nicht diesmal. Er fällt vor Herrn Bernhard auf die Knie, auf den kalten Stein des Flurbodens. Tut das nicht, sagt Herr Bernhard, aber er bleibt stehen, immerhin. Jetzt wird er etwas sagen, denkt Herr Petrus und spürt den kalten Hauch des von der Sonne nie erreichten Steins. Herr Bernhard schweigt. Herr Petrus sieht in der Ritze unter der Zimmertür rechts einen hellen Streifen, es ist die sechste Stunde, denkt er, Mittag, wenn er jetzt nichts sagt, sterbe ich. Herr Bernhard schweigt. Was tut er da oben? Auch Herr Manfred schaut zu ihm auf. Herr Bernhard, sagt Herr Petrus, lieber sterbe ich. Er hört Herrn Bernhard lachen. Er hat gelacht, jetzt warten. Herr Petrus wartet. Herr Manfred setzt sich. Lieber als was?, fragt Herr Bernhard. Was fragt er? Herr Petrus fällt vorn auf die Hände, die Kälte des Steins brennt an den Handflächen. Steht auf, sagt Herr Bernhard. Herr Petrus steht auf, mit Mühe, weil ihm die Kälte ins Kreuz gefahren ist. Es wird ihm schwarz vor den Augen, er lehnt sich an die Wand. Auch kalt. Was wolltet Ihr mir sagen?, fragt Herr Bernhard. Ich weiß es nicht mehr, Herr Bernhard, verzeiht. Herr Petrus versucht sich von der kalten Wand zu lösen, sehr schlecht für sein Kreuz. Warum habt Ihr Angst, sagt Herr Bernhard, auf der Matte kann nichts mehr geschehen. Das war es, jetzt fällt es Herrn Petrus wieder ein: Aber geht nicht schon im April da hinaus, und baut nicht wieder ein Turmhaus aus Schilf, das dann abbrennt. Ich habe schon gesagt, kein Wort mehr darüber, sagt Herr Bernhard, geht, lasst mich, geht in die Stadt, seht Euch den Zwerg und das gelehrte Pferd an, da habt Ihr einen Gulden. Unwillkürlich streckt Herr Petrus die Hand aus. Auch der Gulden ist kalt. Herr Petrus ist so verblüfft, dass er nur zusehen kann, wie Herr Bernhard und Herr Manfred durch den dunklen Flur verschwinden. Wieso, denkt er und hat das Gefühl, die kalte Wand sauge ihn in sich hinein, wieso weiß er, der Zurückgezogene, von dem Zwerg und dem Pferd?

Aus dem Mittagsläuten hat sich die Sirene der Ambulanz herausgeschält. Sie steht jetzt vor dem Haus. Vor welchem?, wollen die wissen, die von der Hügelstraße auf die Linde an der Kreuzung zurennen. Vor dem Neubau, heißt es. Vor dem, der jetzt gebaut wird? Nein, vor dem alten. Ja, da steht die Ambulanz vor der Glastür mit der Bakelitscheibe. Rasch. Endspurt die Straße hinunter, sonst verpasst man alles. Nein, zum Glück sind die Sanitäter noch drinnen. Was ist passiert? Verschüttung? Wie? Die junge Frau da vom Haus. Frau Steiger, sagt jemand. Ja, die junge Frau Steiger hat eine Verschüttung, Fehlgeburt. Sie war doch schon im neunten Monat. Kann ja trotzdem passieren. Vor allem, wenn man. Wenn man was? Nein, ich will nichts gesagt haben. Niemand will es gesagt haben, und vielleicht stimmt es ja auch nicht, dass die junge Frau Steiger trotz ihres Zustands mit dem Weider, dem Hansueli, dem Fernrohrweider. Wirklich? Wie gesagt, vielleicht ist es nicht wahr.

Wann wird es endlich still, dieses Mittagsgebimmel ist nicht zum Aushalten, denkt Selena auf dem Bett liegend und schläft ein. Da. Da ist er ja wieder. Der Sommernachtsbrunnen. Er ist wieder da. Irgendwie angeleuchtet. Von einem Feuer? Vom Frühlingsvollmond? Er steht auf einem dunklen, nach frischer Erde und Gras riechenden Feld. Genau, denkt Selena im Traum.

X

Fünf Minuten später. Es wird still. Man hat das Verklingen der Glocken noch im Ohr, die Vibrationen hören auf. So, jetzt lässt sich endlich reden, sagt Ferenc mit einem Lächeln zu der jungen Frau, die schweigend neben ihm hergeht.

Endlich hört das Läuten auf, plötzlich ist es still. Wo bist du, Carla?, fragt Heinz mit geschlossenen Augen in die Stille hinein, hört aber nur den Wind draußen und ist froh, dass niemand antwortet.

Hier ist es immer still, wenn niemand redet. Jetzt bellt in der Küche Herr Manfred ein einziges Mal. Jetzt ist es wieder still.

Es ist auf einmal so still, dass man unter dem eigenen Gewicht den Korbstuhl knistern hört. Wo ist Heidi?

Unten vor dem Haus, wo die Sanitäter die bewusstlose Frau Steiger in die Ambulanz schieben. Die Zuschauer sind auf Distanz gedrängt worden und schauen in der Stille nach dem Mittagsläuten schweigend zu. Die Türen der Ambulanz werden zugeschlagen, das ist laut, die Ambulanz fährt ab, ohne Sirene. Noch bevor sie die Kreuzung erreicht, hört man das Motorgeräusch nicht mehr.

Der leere Raum, der aus Tönen entstand, besteht trotz seiner nie gebrochenen Stille immer noch aus Tönen. Sie rollen von der Frühlingswiese weg, die glitzernden Wellenkämme jetzt schon von mehreren Sonnen beschienen.

Stille. Es muss fünf nach zwölf sein. Was ist jetzt? Nichts. Blank wartet. Frau Blank auf dem Balkon wartet. Markus weint nicht mehr. Die anderen, die Blank sehen, warten auch. Jetzt hebt er die Hand. Und jetzt? Nichts. Er wartet, mit der Hand an der Klingel. Jetzt zieht er noch einmal daran. In der plötzlichen Stille hört man das Schellen auf der ganzen Matte. Fräulein Zinner erwacht einen Augenblick von dem ungewohnten Ton.

XI

Es ist ein Nachmittag gegen Ende April, nicht nur arbeitet der Zementmischer, sondern auch ein Pressluftbohrer. Dazwischen singt, überlaut, so kommt es einem vor, eine Amsel. Es wird wieder Krieg geben, denkt man, während man immer wieder die Hände an die Ohren drückt und wieder wegzieht, wodurch der Lärm etwas Drängendes bekommt, wie das Heranstampfen und vor den Augen Hochwachsen eines Panzerschiffs. Der Vater ist ja auch nicht da. Und es schleicht wieder die Fünfte Kolonne herum, Frau Bach vor der Tür, zum Glück hat man abgeschlossen, sonst wäre sie vielleicht schon hereingekommen und hätte sich am Flurende hinter dem Vorhang zwischen den Kleidern versteckt. Vielleicht stirbt Frau Steiger, dann wäre Frau Bach beschäftigt, mit dem Kind, wie sie Herrn Steiger schon angeboten hat, aber vorläufig sind beide, der trotz allem auf die Welt geholte Alfred junior und die sterbende Frau Steiger, noch im Spital. Auch heute ist es fast so warm wie letzte Woche, ein bisschen föhnig vielleicht, das Licht hat etwas Flaches, der Kirschbaum ist verblüht. So ist das im April. Jetzt kommt auch noch ein Lastwagen gefahren, den Motor hört man vor lauter Pressluftbohrer nicht, der Fahrer, eine Zigarette im Mund, hängt den Oberkörper zum Fenster heraus und schreit dem Arbeiter am Bohrer etwas zu, der hört zu bohren auf, der Fahrer zeigt in Richtung des Hauses, wo man im zweiten Stock auf dem Balkon steht, und redet auf den anderen ein, aber der zuckt mit den Schultern und setzt den Bohrer wieder an. Die Amsel scheint darauf gewartet zu haben, auch sie setzt wieder an. Man geht ins Zimmer hinein, macht die Tür zu, lässt den Lamellenladen herunter, stellt die Lamellen waagrecht, Nachtlicht, nicht wahr, setzt sich ans Pult, zündet die Brockenhauslampe an, nimmt ein braunes, nicht eingeschlagenes Heft aus der Schublade, auf dem mit Bleistift in einer fremden Erwachsenenhandschrift Maria Szalagh steht, macht es auf, erschrickt, weil es läutet, soll sie läuten, man geht nicht öffnen, blickt auf die erste und als einzige beschriebene Seite in eigener Handschrift, ziemlich sauber geschriebene, voneinander abgesetzte Textblöcke. Entwürfe? Kapitelanfänge? Gedichte? Ach woher. Noch lange nicht. Es ist das neue Heft für Schönschreibung, noch mit dem heuer blaugrünrot geblümten Papier einzuschlagen, wie ein Teil der Hausaufgaben lautet. Die Osterferien sind vorbei.

Herrgottsakramentnochmal, schreit die Derendinger, der man das gar nicht zugetraut hätte, aber seit der Weider tot ist, führt sie sich auf wie die Gewitterhexe, so schrill in das Kindergeheul hinein, dass man es durch die offenen Fenster, auch jetzt ist das Wetter schön, wirklich ein schöner April, in der ganzen Gegend hört. Zum Beispiel bei Blanks, wo Rosa beim Schluchzen, jetzt hat Blank diese Hure auch noch geschwängert, einen Augenblick innehält, wobei sie nicht nur das Geschrei aus der Weider'schen Villa hört, sondern auch ihren Jüngsten, Markus, der unten auf der Straße nach ihr ruft. Mit Angst in der

Stimme. Rosa stürzt auf den Balkon hinaus, sieht unten den Schacher mit dem Gewehr. Nein, er zielt nicht auf Markus, der steht ja nicht auf der Wiese, nicht einmal auf ihrer Nordecke, wo nie etwas wächst und die Osterglocke verblüht ist, sondern er, Schacher, schaut mit halb zugekniffenen Augen zum Giebelfenster der Villa hinauf, wo das Fernrohr immer noch quer steht. Er hebt langsam das Gewehr, eine alte Jagdflinte, und legt an. Markus, kreischt Rosa, dass der Schacher zusammenzuckt und der Schuss abgeht. Nicht ins Giebelzimmer, sondern ins Fenster einen Stock darunter, unglaublich, wie laut das splittert, man hört es beinahe stärker als den Schuss. Rosa schreit immer noch nach Markus, der wie erstarrt da unten steht und seine Mutter kaum mehr hört in dem auf allen Seiten entstehenden Geschrei: Man muss ihn entwaffnen, tut etwas, wo ist der Edwin, Schacher, legt sofort das Gewehr weg, geh, lauf zum Gamper, er soll der Polizei telefonieren, nein, dem Gamper sein Telefon ist kaputt, verdammt noch mal, aber macht nichts, schauen Sie, da. Was ist? Der Schacher hat die Flinte auf die Wiese geworfen, in den verblühten, zu den weißlichen Flaumbällen gewordenen Löwenzahn, und geht über die Wiese, er trampelt über die Wiese, auf sein Haus zu, vor dem die Birnbäume blühen. Der Weider ist tot. Schacher weint.

Renat hält den Hörer vom Ohr weg, die Fünfte von Beethoven, das ist doch zum Kotzen, diese Berieselung, denkt sie und staunt selbst über ihre Heftigkeit. So ist sie sonst nicht, aber es nervt sie, dass er sie warten lässt, na ja, er ist im Büro, aber haben sie nicht abgemacht, dass sie ihn am Nachmittag in der Kaffeepause anruft? Hier ist auch so ein Gelaufe und Geschnatter, zwei Frauen benutzen die Toilette, um sich auszutauschen, dass die Telefone der Cafés immer neben der Toilette sein müssen, aber Renat weigert sich, ein Handy anzuschaffen, sie will auch von ihm keins. Hallo, Renat, sorry, ich war auf der anderen Linie besetzt, aber jetzt bin ich ganz bei dir und hoffe, am Abend noch gänzer bei dir zu sein, und danach zeige ich dir etwas Unglaubliches, ich habe etwas Unglaubliches herausgefunden, ach, Scheiße, jetzt läutet es schon wieder, es ist der Teufel los, ist immer so im April, sorry, ich muss abnehmen, weißt du, wer das ist, du wirst es kaum glauben, dieses Arschloch von deinem Exfreund, ich erzähl dir dann warum, es hat mit dem Unglaublichen zu tun, also, ciao, amore, bis um sieben. Ciao, Anton, sagt Renat. Sie geht langsam die Treppe hoch ins Erdgeschoss, sieht durch die Glastür das verschleierte Licht dieses warmen Apriltags, geht hinaus, ohne zu zahlen, macht nichts, sie kennen mich ja. Renat macht die Tür auf, es ist angenehm warm, und doch stimmt etwas nicht, was haben die beiden miteinander zu reden, am Ende solidarisieren sie sich gegen einen, kennt man ja, vielleicht sind sie, denkt Renat wütend, gerade dabei, mich durchzuhecheln.

Sind sie das? Nein. Aber was will dann der Heinz vom Krähenbühl? Wenn er das wüsste. Er weint fast vor Gereiztheit, wegen der Fünften, verdammte Platzhirschmusik, typisch für einen, den man auch schon den Stadtbock genannt hat, hallo, Heinz, sagt der jetzt, also, haben wir den Deal? Nein, sagt Heinz. Ja, was ist dann?, sagt Krähenbühl mit harter Stimme. Heinz sagt nichts. He?, sagt Krähenbühl, ich habe keine Zeit zum Verplempern, da kommt schon wieder ein Anruf. Stimmt, man hört sein Handy, Triumphmarsch aus der Aida. Verdammt noch mal, schreit Heinz, und wenn ich darauf eingehe, lässt du ihn wieder auf mich los. Spinnst du eigentlich, sagt Krähenbühl und meldet sich am Handy: Krähenbühl. Heinz knallt den Hörer auf den Apparat. Carla, ruft er, ach so, nein, Carla ist ja schon gegangen. Er greift wieder nach dem Hörer und wählt eine Nummer. Wartet. Jetzt. Hallo, Erika, das ist der Aurel, wie steht's? Gut, sagt Erika, gute Nachrichten, sie ist zu Hause, wo sie hingehört. Wieso?, fragt Heinz. Was heißt wieso, ein Kind gehört zu seiner Mutter, Selena geht es auch viel besser, ich als Großmutter, sagt Erika lachend, habe im Moment ausgedient und fahre morgen nach Florenz. Hedwig darf da nicht sein, sagt Heinz, wenn du wüsstest, was ich inzwischen erfahren habe. Ich will es nicht wissen, sagt Erika, geh nach Hause, Aurel, zu deiner Frau und deinem Kind. Ach, sagt Heinz und legt den Hörer auf. Sitzt da, blickt durch die Balkontür in den verschleierten Aprilnachmittag hinaus, so sind diese Aprilnachmittage, und beginnt langsam den Kopf zu schütteln. Er merkt nicht, dass er ihn schüttelt, er sieht nur, wie die Kamine auf dem Hausdach da drüben hin und her rutschen. So ist es nicht, denkt er, es ist überhaupt nicht so, wie Erika meint.

Ein Tier, etwa so groß wie ein ausgewachsener Keiler, aber bodennäher, weil es nur aus einem Schädel mit Zähnen und einem Rückgrat besteht, kriecht ruckartig schlängelnd über die Matte. Herr Bernhard schaut zu. Wir wollen hoffen, sagt er, dass es als Mittel geschickt genug ist, alle fernzuhalten. Der Diener, der auf dem Boden kniet und an den Schnüren zieht, die das Tier bewegen, schaut zu Herrn Bernhard auf. Herr Bernhard nickt. Der Diener steht auf. Geh jetzt, sagt Herr Bernhard, damit du noch vor Torschluss heimkommst. Er drückt dem Diener ein Goldstück in die Hand. Der Diener verbeugt sich und will die Schnurenden Herrn Bernhard reichen. Lass nur, sagt Herr Bernhard. Der Diener lässt die Schnüre fallen, dabei rollt ihm das Goldstück aus der Hand. Er geht rasch in die Knie und beginnt auf dem Boden herumzutasten. Herr Bernhard schaut zu. Der Diener tastet vorn, hinten, rechts, links. Herr Bernhard schaut zu. Jetzt zeigt er mit der Spitze seines rotblauen Brokatschuhs viel weiter nach rechts, gute fünfzig Zoll weiter. Der Diener schaut fragend zu ihm auf. Herr Bernhard nickt. Der Diener kriecht auf den Knien zur gezeigten Stelle. Tastet herum. Da ist es. Da liegt das Goldstück. Er schlägt die Hand darauf, als könnte es fliehen, steht auf, steckt es in seinen Beutel. Herr Bernhard schaut zu. Macht eine Kopfbewegung in Richtung der Stadt. Der Diener verneigt sich, macht kehrt, marschiert los.

Nur noch die Stimmen der Vögel an diesem kühlen, aber schönen Apriltag, Amseln, Drosseln, Lerchen, Goldammern, Krähen, hoch oben der Ruf eines Bussards. Und sonst kein Lärm? Nein, höchstens noch das leise Rauschen des Winds in den Ästen der Tannen. Lärm wird nur der Diener hören, wenn er beim Stadttor ist, von innerhalb der Mauer, die Rufe des Holzhändlers, Hundegebell, Ziegenmeckern, einen vielstimmigen Streit, neustens gibt es jeden Tag Streit, ein sicheres Zeichen, dass der Österreicher bald wiederkommt, der Frieden vorbei ist, der am

Nachmittag gestattete Bierausschank hilft da auch nichts, und der scharfe Klang von den zwei Schmieden, wo fast Tag und Nacht Hufeisen geschmiedet werden, macht die Pferde nervös, gerade vorhin ist ein Karren umgekippt, auch deswegen ist ein Geschrei entstanden, die Steine, die vom Karren gefallen sind, haben einem Welschen beide Füße gebrochen, er schreit, man schreit nach einem Handwagen, um ihn abzutransportieren, der junge Mann, der hier im Turm eingesperrt ist, schreit durch die Eisenstäbe etwas herunter, Ratschläge vielleicht, aber man versteht es schon deshalb nicht, weil er wegen einer Striemenspur, die ihm diagonal übers Gesicht läuft, nicht richtig reden kann.

Hier aber, auf der Matte, hört man nur die Vögel und das Rauschen des Winds. Er rauscht nicht nur in den Ästen der Tannen, sondern bewegt zuweilen auch die trockenen Blätter des Turmhauses aus Schilf und auf ihm den hellroten Wimpel. Und da ist noch ein Geräusch, gedämpft, kaum wahrnehmbar, das Geräusch einer Bewegung oder auch nur des Gegenwärtigseins einer großen, lebendigen Masse. Und noch eins, wenn man genau hinhört: das Ein- und Austreten der Luft durch ein etwas angespannt arbeitendes Atmungsorgan. Eintreten der Luft, ihr Weg zu den Lungen, ihr Weg zurück, ihr Austreten. Ein- und Ausatmen der kühlen, ein wenig feuchten Frühlingsluft in größeren Zügen, als einem Menschen möglich. Da, vor dem Schilfhaus, steht Ketsuron. Er blickt herüber.

Nachwort

Man fragte mich einmal, ob die Ungarn alle so langsam sprechen wie ich. Ich versicherte, dass die Ungarn nicht langsamer sprechen als sonst irgendwer, ich sei es, der langsam spreche. Auch Christina Viragh spricht eher langsam ungarisch, gewissermaßen nachdenklich, den Problemen des Satzbaus nachhängend. Als versuchte sie, vom Ende her zu sehen, wie der Satz Gestalt gewinnt. Oder vielleicht bleibt ihr entstehender Satz zwischen den beiden Sprachen stecken. Und wenn sie ihm eine andere Richtung gäbe, wäre es nicht mehr ihre vertraute Muttersprache. Vielleicht schreibt sie sogar, wenn sie redet, und jeder ihrer Sätze läuft auf dem Unterschied zwischen gesprochener und geschriebener Sprache auf. Das sind schmerzhafte Operationen. Tempo und Charakter des Sprachgebrauchs werden nicht nur davon bestimmt, welche Ausdrucksmittel jemand wählt, und ob die Wahl reflektiert geschieht, sondern auch von dem, worauf er verzichtet, was er meidet, was er verwirft. Wenn Christina Viragh meine Texte aus dem Ungarischen ins Deutsche übersetzt, spüre ich nichts davon, denn da sehe ich ja das Abbild meiner eigenen Person, das verzahnte System meiner eigenen Entscheidungen pro oder contra. In ihrem deutschen Satz sehe ich mich selbst, er ist meinen Absichten angepasst. Die Vielschichtigkeit ihres Sprachgebrauchs wird hingegen offenbar, wenn sie als Romanautorin deutsch schreibt, ihre eigenen Entscheidungen trifft, ihren eigenen Absichten folgt. Ihre deutschen Sätze haben einen Kiel mit ungewöhnlich großem Tiefgang, den kein Sturm erschüttert. Das Auffälligste an ihrem deutschen Sprachgebrauch ist die Fundiertheit. Als komme ihr Deutsch von ihren Schweizer Vorfahren, es wären aber Vorfahren, die das Deutsche mit philologischer Gründlichkeit verwendet hätten, obwohl doch ihre zwischen den ungarischen Vorfahren vorhandenen Schweizer Ahnen ja bestimmt einfach Dialekt gesprochen haben.

Ihr Roman *Im April* hat diese historische und psychische Fundiertheit zum Thema. Wie formt das Psychische das Historische, und welche Rückwirkung hat das Historische auf das Psychische. Ihr Roman wird nicht durch das Verhältnis von Zeitebenen und Figuren strukturiert, sondern durch den geografischen Raum, durch die Topografie eines bestimmten Schweizer Orts. Mit diesem auktorialen Gestus wird die Geschichte der Personen auch gleich schweizerisch. Die Geschichte des Orts tritt in eine Wechselwirkung mit der dort geborenen Person, bis zu ihrem Lebensende.

Christina Viraghs Sätze durchlaufen in diesem Roman locker und vor allem ohne Stilisierung sechs Jahrhunderte, wobei sie in keinem Augenblick archaisch oder künstlich werden. Wie begegnet das beschädigte Wesen des Emigranten dem Geist der historischen Beschädigungen eines Orts, das ist die große Frage, die Christina Viragh hier stellt. Eine ureigene Frage, die meines Wissens bisher noch nie gestellt worden ist. Auf welche Art scheint ein Jahrhundert im anderen auf, und auf welche Art wird der Geist des Ortes tradiert, sodass er noch Jahrhunderte später die Anwohner erschrecken kann. Wo wohnt er, woraus besteht er. Dabei ist es eigentlich nebensächlich, ob es Ungarn oder Schweizer sind, die mit ihm interagieren. Der Geist des Ortes funktioniert auch unabhängig. Es kollidieren und formen sich gegenseitig das Kollektive und das Individuelle, das Universelle und das Lokale, das Durchschnittliche und das Besondere, und aus diesem unablässigen Prozess entsteht das ungreifbare Etwas, der Genius loci, wie er seit der Antike genannt wird. Im Leben, in der Literatur ist also nicht nur das Ich von Belang, sondern auch der Vorgang der Selbstidentifizierung eines Orts.

So radikal hat sich noch nie jemand mit der räumlichen Dimension der Geschehnisse befasst, mit den Vektoren, die diese vor unserer Nase ablaufenden Geschehnisse auf Jahrhunderte hinaus organisieren. Ob man das weiß oder nicht. Ausgehend von einem weiten Zeitraum bekommt Christina Viragh die universale Sprache der lokalen Dramen in den Blick, die sie aus dem bequemen Gesichtswinkel des angestammten Orts gewiss nicht hätte kennen können. Ihre Koordinaten sind Mehrsprachigkeit und Multinationalität, Emigratentum und schweizerische Verwurzeltheit. Daraus entspringt auch die feine Ironie des Romans.

Ich würde kühn behaupten, dass in Christina Viraghs Sprachgebrauch alles bewusst, analysiert, durchleuchtet ist. Auch die Ironie bleibt auf der bewussten Ebene, sie verkehrt sich nie in Komik, lebt eher aus dem Zauber der Gleichzeitigkeit, des Nebeneinanders, der Gleichrangigkeit, kein Ereignis relativiert das andere. Jedes Wesen in Christina Viraghs Welt ist eine selbständige Entität. Ihr bewusster Umgang mit der Sprache kulminiert in diesem Roman. Eine schönere, vollkommenere, besser durchleuchete literarische Sprache ist nicht möglich. Am liebsten würde sie noch die Intuition oder die Lust am Improvisieren durchleuchten, damit sie nicht unkontrolliert in die Sprache ihrer Figuren übergehen. Das Gewicht von Jahrhunderten an Sprachgeschichte und Gesellschaftshistorie rollt hier mit, die jahrhundertealte Geschichte mehrerer Sprachen. Für das Entwerfen von literarischen Figuren ist das in jedem Fall von Vorteil. Und gerade weil die Autorin mit dem Instinktiven sparsam umgeht, erhalten die Improvisationen in den Zwangspausen der Bewusstheit eine Objektivität, die sie besonders poetisch macht.

Es gibt die amüsante Übereinstimmung in unserer beider Leben, dass ich in Budapest in der Straße wohne, in der Christina Viragh als Virágh Krisztina geboren wurde, im sogenannten Bürgerviertel des Burgbezirks. Zwischen den bescheidenen Häusern der einstigen Handwerker und Händler stehen hier die kleinen Stadtpalais der ältesten aristokratischen Familien. Bürgerviertel meint hier einfach die Abgrenzung zum königlichen Viertel der Burg. Verbunden sind beide Viertel durch die bis heute erhaltene frühmittelalterliche Burgmauer mit ihren Basteien, Türmen und den bis zur Donau hinterführenden verwinkelten, unterirdischen Gängen, Treppen und Höhlen. Die aus Naturstein und Ziegeln bestehende Umfassungsmauer und das Höhlensystem machen die beiden Viertel, das königliche und das aristokratisch-bürgerliche, urbanistisch zu einer Einheit.

Mein Fenster geht auf die vertrautesten, vielleicht auch liebsten Häuser Christina Viraghs, in der Úri utca, der

Straße ihres Ursprungs. Sie fragt mich auch immer wieder, wie es der Straße gehe, als sei diese eine Person. Es ist eine schweizerisch gefärbte Frage. Nicht etwa, weil sie in fehlerhaftem Ungarisch gestellt wäre, nein, die Grammatik ist einwandfrei. Aber die Mentalität dahinter ist schweizerisch. Auf Ungarisch klingt es komisch, wenn man eine Straße so direkt anspricht, selbst dann, wenn man in ihr zu Hause ist. Wir nähern uns den Beziehungen zwischen Gegenständen und Personen anhand einer anderen Logik, wir verwenden die Relativpronomen und Demonstrativpronomen anders. Wir beginnen den Satz an einem anderen Punkt. Wir arbeiten mit einer anderen Raumaufteilung, in der Topografie der ungarischen Sprache verhalten sich die konstanten und die variablen Elemente anders zueinander. Der Roman *Im April* lässt sich zwar auf Ungarisch übersetzen, aber ich habe den deutlichen Eindruck, dass er nicht hätte auf Ungarisch geschrieben werden können. Das Zuhausesein, der Geburtsort haben auch für die Ungarn eine große Bedeutung, aber in der Sprache keine solche objektive Geltung. In der großen Sternennacht, in die wir mit unserer menschlichen Historie gelangt sind, folgen wir einer anderen Konstellation.

Zu den linguistischen Besonderheiten kommt ein philosophiegeschichtlicher Unterschied. Für den ungarischen literarischen Sprachgebrauch ist es gleichgültig, ob eine Autorin Montaigne, Hume oder Kant gelesen hat, sei es im Original oder in einer Übersetzung, das alles ist letztlich ihre Privatangelegenheit. Selbst dann, wenn in ihren Texten durchscheint, dass sie diese Autoren kennt oder eben nicht kennt. In den großen Sprachen hingegen, Englisch, Französisch, Deutsch, die eine eigene, auf dem Griechischen und dem Lateinischen gründende, in Jahrhunderten entstandene und immer noch entstehende selbständige Philosophie artikulieren, ist die Kenntnis der Philosophen von Belang. Ein Autor, eine Übersetzerin, die in diesen Sprachen arbeiten, sollten wissen, auf welche Art sich Philosophie und Sprache gegenseitig befruchtet haben.

Christina Viragh, dank ihres Studiums mit der Philosophie vertraut, gehört zu den deutschsprachigen Autoren, die ihre Sätze nicht nur gemäß den Gegebenheiten ihrer Protagonisten, der Schauplätze, der historischen Zeiten und geografischen Verhältnisse formulieren, sondern auch von einem philosophischen Standpunkt aus durchleuchten. Interessanterweise verfährt sie auch als Übersetzerin so. Im Lauf unserer gemeinsamen Arbeit kam die Rede auch immer wieder auf diesen Aspekt. Wer den Dialog zwischen Philosophie und Sprache nicht hört, legt seinen Sprachgebrauch auf eine niedrigere Reflexionsstufe fest. In Christina Viraghs Texten ist hingegen diese Reflexionsstufe stets hoch. Im Roman *Im April* erreicht sie ihren Höhepunkt. Was die Schweizer Verortung ihres Romans nicht etwa schwächer, sondern stärker macht.

Dagegen gibt es Sprachen, denen die Philosophie zwar nicht fremd ist, die aber in keiner jahrhundertealten organischen Beziehung und schon gar nicht in einer Wechselwirkung zu ihr stehen. Und so fehlt auch im Sprachgebrauch weitgehend die philosophische Methodik. Eine solche Sprache ist etwa das Ungarische, aus dessen Gemenge Christina Viragh stammt. Doch da muss man gleich hinzufügen, dass sie sieben Jahre alt war, als sie aus der Úri utca in Budapest in die Luzerner Maihofstraße kam.

Was für den literarischen Sprachgebrauch kein Nachteil ist. Die eine Sprache blickt auf die andere, und je weiter entfernt sie voneinander sind, umso mehr bekommen sie in den Blick. Im Ungarischen gibt es keine mit philosophischen Methoden festgelegten Begriffe, was trotz aller belletristischen Bemühungen die Sprache undurchsichtiger macht als das Deutsche. Die Absicht des Schreibenden lässt sich leicht vernebeln, seine gesellschaftliche Zugehörigkeit bleibt im Dunkeln, wodurch der Unterschied zwischen der gesprochenen und der geschriebenen Sprache um etliches größer wird als im Deutschen, dafür ist die Macht der Konventionen nicht so groß. Keine stehenden Wortverbindungen und sprachlichen Schemata behindern den Erfindungsgeist, die Neigung zum Improvisieren wird nicht gelähmt, der dichterischen Intuition wird freier Lauf gelassen, kurz, der Text erstickt nicht in der Monotonie vorgefertigter Lösungen. Der ungarische Erzähler kann jedes Mal bei Null beginnen, ja, er muss auch. Alles ist gestaltbar, nichts abgeschlossen, endgültig. Plastizität ist Trumpf. Mangels einer selbständigen Philosophie hat die ungarische Sprache nicht vergessen, dass die Zahl der Dinge, die wir nicht wissen, viel größer ist als die Zahl jener, die wir wissen oder zu wissen meinen.

Wenn sich Christina Viragh einmal nicht nach unserer gemeinsamen Straße erkundigt, erzähle ich doch von ihr. Die Fahrbahn und die Gehsteige sind aufgerissen. Das ist nichts Neues, sie kennt wahrscheinlich seit der frühen Kindheit den Lärm der Luftdruckhämmer. In dieser mittelalterlichen Úri utca stürzt immer etwas ein, unter dem Straßenbelag bricht und reißt es. Ob sie fragt oder nicht, ich berichte, dass die Situation unverändert ist. Auch sie weiß es, weiß es schon lange, ihr hervorragender Roman weiß es am besten, nämlich dass unter den Straßen ein Geflecht von Höhlen, Tunnels, Gängen ist, natürliche Bildungen oder jahrhundertealte Verteidigungs- und Fluchtanlagen, das Geflecht unter der Erde, auf der wir leben.

Péter Nádas

Zum Buch

»Christina Viraghs Prosa gehört zu den bedeutendsten Leistungen deutschsprachiger Literatur der Gegenwart.«
Kurt Drawert, Neue Zürcher Zeitung

Auf derselben Wiese, auf der im 15. Jahrhundert Holzstangen den Ort verschiedener Untaten markieren, steht am Anfang des 21. Jahrhunderts das Mietshaus, in dem Heinz und Selena die kühle Endphase ihrer Beziehung erleben.

In den Zwanzigerjahren befindet sich auf ebendieser Wiese das Bauernhaus der Familie Schacher, aus dem der junge Schacher davonläuft und mit Bruns Ein-Mann-Varieté auf Wanderschaft geht.

In den Sechzigerjahren wohnen die neunjährige Mari und ihr Vater in dem Mietshaus, auch sie ein seltsames Paar: Mari ist in ständiger Angst vor Krieg und Geheimpolizei, aber auch vor der neugierigen Nachbarin, und Vater Ferenc fasst im neuen Land nicht Fuß.

Auf vier Zeitebenen über sechs Jahrhunderte hinweg zeichnet *Im April* die Geschichte ein und desselben Ortes und seiner einander ablösenden Bewohner nach.

Zur Autorin

CHRISTINA VIRAGH, geboren 1953 in Budapest, kam mit sieben Jahren nach Luzern. Nach dem Studium der Philosophie und Literatur ist sie seit den 1980er Jahren als Schriftstellerin und Übersetzerin tätig. Nach zahlreichen Publikationen erschien zuletzt der Roman *Eine dieser Nächte* (2018). Christina Viragh übersetzte u. a. Marcel Proust, Imre Kertész, Sándor Márai und Péter Nádas. Für ihre Übersetzung von Nádas' *Parallelgeschichten* erhielt sie 2012 den Preis der Buchmesse Leipzig. Für ihren Roman *Eine dieser Nächte* war sie 2018 für den Deutschen Buchpreis nominiert und erhielt 2019 sowohl den Schweizer Literaturpreis als auch den Kunst- und Kulturpreis der Stadt Luzern. Sie lebt in Rom.